# 文学研究から現代日本の批評を考える

## 批評・小説・ポップカルチャーをめぐって

西田谷洋［編］

ひつじ書房

# 文学研究から現代日本の批評を考える◉目次

# はじめに

西田谷洋

## 1　批評家の恣意性

柄谷行人は、『近代文学の終り』（二〇〇五、インスクリプト）において一九八〇〜九〇年代を回顧して近代文学の終わりを説いている。

①ある物の起源が見えてくるのは、それが終るときである。三〇年前、『日本近代文学の起源』を書いたとき、私は日本近代文学の終りを感じていた。しかし、それは文学の終りではなかった。それは別の文学の可能性をはらむものであった。実際、近代文学の支配的な形態において排除されていたような形式の小説が多く書かれたのである。名をあげていえば、中上健次、津島佑子、村上龍、村上春樹、高橋源一郎などが登場したのであった。それらはポストモダンと呼ばれた。（三〇頁）

②一九九〇年代に、そのような文学は急激に衰え、社会的知的インパクトを失い始めた。ある意味で、中上健次の死（一九九二年）は総体としての近代文学の死を象徴するものであった。それはもはや別の可能性があるというようなものではない。たんに終りなのである。もちろん、文学は続くだろうが、それは私が関心をもつような文学ではない。実際に、私は文学と縁を切ってしまった。（三一頁）

③近代文学を作った小説という形式は、歴史的なものであって、すでにその役割を果たし尽くしたと思っているのです。（四七頁）

柄谷は①形式的な変質、②情勢的な変質という現象から③歴史的使命の喪失という結論を語っている。(注1)

なるほど、たとえば村上春樹の小説はそれまでの小説に比して読みやすく、その点で形式的な変化はあったかもしれない。また、一九八〇年代に作家論に代えて記号論・物語論が導入され、一九九〇年代に、脱構築から新歴史主義、文化研究へ、作品内的なアプローチから歴史的・社会的なアプローチへと日本近代文学研究のモードが転回し、それに伴い文学の地位低下が進行したかのようである。今日においても人文科学系への予算削減、岩波書店の『文学』休刊を始めとする文学系学術商業誌の休刊が続き、対して、ポスト・サブカルチャー批評が盛んかもしれない。この点で、柄谷の判断は確かなもののように見えるかもしれない。

しかし、柄谷の発言は、様々な流派、表現技法が交替していった近代文学史に対して恣意的に境界を見出すことで均質的に近代文学を捉え、境界以後を終わりとして評価するもので、単に自らの関心の喪失を正当化するためのものと考えられないだろうか。なぜなら、文体や人称、あるいは内容の断片性やドキュメント形式、未完結性といった形式面、あるいは主題や人間関係、あるいは探究譚などの物語性などの内容面はそれ以前と以後で通じるものもあると見ることもできる。メディアの分化、機器の発達、作品の増加によって相対的に近代文学の個々の作品の読まれ買われる量が低下しただけで、近代文学が終わったわけではない。

レイモンド・ウィリアムズが指摘するように、文学が「支配的文化の実際的な機能を大きな力によって実現することができるのは、（略）文学のもつ、ある特定の意味および価値を体現し具現化し実行する能力、あるいは、なにもしなければ一般的真実となってしまうものに独自のやり方で加工をほどこす能力」（『共通文化に向けて』

二〇一三、みすず書房、一六七頁)のためであり、そうした文学のイデオロギー機能は、様々な文学作品で、あるいは諸メディアに存続している。また、ジョナサン・カラーも「文学的なものが一見したところ目立たないのは、一種の幻覚」だとして「つねに、あらゆる種類の言説に文学的なものがさまざまな姿で潜んでいることを、したがって文学的なものが中心的な位置にある」(『文学と文学理論』二〇一一、岩波書店、六頁)と説いている。それゆえ、たとえば佐々木敦「グルーヴ・トーン・アトモスフィア」(『ゲンロン』二〇一五・一二)など、文学の終わりを語る柄谷の発言をパラフレーズするような批評には論理内容を吟味する限りは、いかほども価値をおけまい。

批評はこのような致命的な論理的欠陥を随所に抱えることが多いが、むしろ破綻した言説にも何か意味はある(はず)という遂行的読解が批評に価値を与えてきた。一方で、そうした過剰な意味づけを行う文芸批評・文化批評の誤り・偏りを文学研究・文化研究が訂正するという古くからある分業体制が生まれる。

だが、論理内容の真偽を判断する立場では、批評の粗雑な主張がそのときメディア空間を流布し席巻したことの意義は捉えられない。したがって、当該言説が持つ欲望を検討する必要が生じることになる。そこでは、メディア空間で議論されるか否かが議論の内容に優先する。柄谷行人以降、大塚英志・東浩紀からゼロ年代批評に至るまでの、それら文化批評の文学を説明する方法は極めて一面的であり、自らが論じたい対象を持ち上げるために文学を否定的に扱う操作がなされていた。

もちろん、批評家によっては個別に出自も立場も違い、目配りの範囲も異なる。しかし、原理的にはテーマは無限である故になぜその点だけが論じられ、評価されなければならないのか。そのテーマ選択/非選択への批評こそがなされねばならないのではないのか。批評においてそれがなされないとすれば、批評の場が前提知識や立場、見方を共有する空間を作り出しているのである。あるいは、批評家個人の評論では陥りがちな主張の反復性・一面性などの欠陥は、『季刊思潮』や『ゲンロン』での複数の批評家が集う〈批評の諸問題〉などの共同討議では解消されうるのだろうか。一方で、単独執筆では可能でありうる緊密な論理構成は、共同討議では流動的で粗雑な発言へと転化してしまう。発言内容の是非はときに度外視され、こうして批評は自己言及的に批評をリスト化しつつ、参照すべきものとして特権化し、批判的な言説を黙殺する。たとえば、杉田俊介・藤田直哉・矢野利裕「ブックガイド近代日本の文芸批評を知るための40冊」(『すばる』二〇一六・二)の共同討議でも、柄谷行人『日本近代文学の起源』を批判した亀井秀雄『感性の変革』は言及されない。自給自足的な批評の円環は批評から批評性を喪失させかねない。

## 2 文学・文化とイデオロギー

それは、東浩紀のダーク・ツーリズムの提唱と「放射脳」批判に見られるように、大文字の政治が強化される一方で政治に関わることが忌避されがちになることとも対応するだろう。それはたとえば、『文豪アルケミスト』でプロレタリア作家・小林多喜二に注目が集まっていることを伝える『赤旗』記事(二〇一七・三・一七)が書かれると、ゲームユーザーの一部が小林多喜二を政治利用するなとTwitterで発言し、それを知った研究者や批評家が窘めたという出来事も同じ問題である。

しかし、文学・文化の研究/批評からの政治の排除は、自分とは異なる立場の政治的主張によって受容体験ないし主体の実践あるいは対象の純粋さが損なわれると感じられるためであろう。あるいはネタバレを嫌うもはや一般的な風潮も先行情報の介在によるテクスト受容の汚染を忌避するのであろう。それは余計な異物のない状態で没入していたいという欲望の現れである。しかし、そんな純粋経験などは古今東西において存在しない。あるとすれば、それを見ようとしないためである。あらゆる人間の営為を包摂する文学/文化から、特定の要素だけを排除することなど不可能である。私たちが受容し、あるいは作者側が制作するテクストは様々な引用の集積・葛藤の産物であり、その制作過程も受容過程も政治的な力学の中にあるからである。そして、「政治的」という言葉で批判されるのは常に政治的に周縁的な立場からの主張である。そうした「政治」を否定するのは、常に発言することもなく自己の立場を確保できる政治的主流派である。そのような最も政治的な振る舞いは「政治的」と呼ばれることはない。そうした意味で自らが「政治的ではない」という者こそが実はもっとも政治的なのであり、支配と結びついたもっとも強力な政治力を発揮することになる。したがって、文学研究／文化批評において、特定テーマにおいて政治を論じないと唱えることは可能だが、政治テーマが文学の外部に過ぎないと排除することはできない。

また、メディアは消費を可能にする技術であり、できあいの夢を受け手に提示する。このとき、受け手の注意力が分散し、意識が文化産業と結びついて大量の情報・イメージの渦にとりかこまれ、精神の象徴的貧困が進むと、文化テクストを言語化・意識化する能力が受け手から剥奪されてしまう。それゆえ、文化批評や文学研究は文化のメディアを、その形式に注意して調査・分析する必要がある。

レイモンド・ウィリアムズ『共通文化にむけて』（二〇一三、みすず書房）は、「文化はつねに伝統的であるのと同時に創造的であり、もっとも日常的な共有された意味であるのと同時に最良の個人的な意味でもある」「ふつうのもの」（一〇頁）として捉える。また、スティーヴン・グリーンブラット「文化」（『現代批評理論』一九九四、平凡社）は、文化を構成する信念と実践の組み合わせが、統禦のテクノロジーとして機能し、個人が従わなければならないモデルを構成すると説く。文化が制約の構造として機能するなら、それは運動＝変動を統制しつつ保証するものとして機能する。さまざまな文化のなかで、〈抑制〉と〈流動性〉は連関して動いている。そこにはかつてのそれを基礎とした残滓的形式と新たな勃興的形式がある。また、一方で支配的な文化に代替的な文化とともに対抗的な文化が存在する。本書でとりあげるアニメやマンガなどは今日においては対抗・抵抗の文化ではなく、消費文化である点で、ポップカルチャーやポスト・サブカルチャーと呼ぶにふさわしい。むろん、それらの文化テクストがフラットであるわけではなく、そこにも中心と周縁、支配と従属といった葛藤が伏流する。

イデオロギーは「最も重要な勘所」である「文字の散文的な物質性」を「曖昧化させ」る（ポール・ド・マン『美学イデオロギー』二〇一三、平凡社ライブラリー）。イデオロギー批判は、一見自明・当然視されるテクスト・実践を背後から支えるように透明化されつつ人を縛るイデオロギーを暴露する。イデオロギー批評を脱構築によって批判する、あるいは文学研究を相対化するかのようなイデオロギーの無効性を示すシニシズムも同時代の支配的なイデオロギーに従属している。権威の無効を指摘する主体は距離や断片化・分裂によってイデオロギーから距離がある例外・特別な主体として自己を確保するが、それも閉じた全体性のイデオロギーといえよう。

伝統や慣習が失われ断片化した世界に対し、ファシズムはイメージによる世界の幻影を作ることで新たに再統合された世界を作ることを目指す。美学は現実世界と言葉、イメージが融解した状態でこの危機を言葉の解体と再構築を通して美的に乗り越え新たな世界を構築しようとする。全体性を構築しようとする限りで、全体主義、マルクス主義、脱構築は、混沌を乗り越えていこうとする意思、世界を完結させる意図がある限り類似する。全体化への抵抗自体が全体化をまねいてしまうからである。

さて、ウィリアムズは、文化の「生産物の構成要素ではなく、実践の条件のほうをわたしたちは追い求めるべきだ」（『共通文化にむけて』一七二頁）と説く。それは芸術が自律しているようでいて、実際にはそれをなりたたせる文化・文脈との関係があるからだ。学術場・批評場・芸術場と商業場の関係性が文学・文化のダイナミズムを発生させる。文化テクストは、社会がもつ価値観やコンテクストをうまく吸収し、それによって、文化的なものとなるが、文化テクストは、外の世界への言及によってのみ、文化的なものとなっているわけではない。

芸術家は、自分が属する文化の諸力をまったく新しい方法で組み合わせ、これまで疎遠であった要素間に、強固な相互関係を発生させる。この能力は、芸術と社会の相互関係を、根底からゆるがす存在的可能性をもっている。また、それは現在／今後享受される／されうる側面を盲目の領域におくことでもある。文化に対するアプローチは様々に開かれている。

### 3　本書の成り立ち

本書は、ポップカルチャー／ポスト・サブカルチャーとその批評をめぐって、文学研究の立場から考察する論集である。一五本の論考からなる論集であるが、母体となる共同研究ないしワークショップやシンポジウムがあるわけではない。

ちょうど、拙著『ファンタジーのイデオロギー』(二〇一四、ひつじ書房)で東浩紀からゼロ年代に至る批評をアニメテクストの分析を通して批判する仕事をしたことがあった。その縁で同じくひつじ書房の森脇尊志さんとサブカルチャーを対象とした文化批評論集を編む企画をたてる機会が与えられた。その趣意文は次のようなものである。

思想や文学の言論は文芸評論がその代表としてその役割を担ってきたが、一方で、その言説は文学研究で培われてきた研究成果がきちんと参照されてきたとは言いがたい。特にゼロ年代以降、文芸批評や文学研究の対象は伝統的にとり扱われてきた文学作品だけに留まらず、文化一般へと急速にその範囲が広がったが、両者の乖離は広がるばかりである。そのような現状を踏まえ、文学研究の蓄積を踏まえない批評の言説と、安易にそうした言説に依存する文学研究の側の問題を相対化し、また文化を文学研究という一つの方法を用いて研究することの持ち得る射程を、特に「ゼロ年代批評」がその主軸としたサブカルチャーをメインに取り扱いながら検討し、文化研究の更新を目指す。

私としては自分が日本近代文学研究の傍系に過ぎないことは自覚していたし、また同じ立場を共有する党派性にもこれまでの経験から余り感心できなかった。そうした点で趣意文に対する執筆者の距離の取り方は様々にあっていいと考えていた。趣意文への直接的な批判こそないかもしれないが、本論集は様々な立場の執筆者の集った場なのである。むしろ一つの考え方を肯定することこそ、避けねばならない。

また、本書はそうした企画の経緯からアニメ論を多く含んでいるが、一方で軸線となるのは東浩紀からゼロ年代批評への道筋の淵源とその展開として柄谷行人・亀井秀雄から十年代批評に至る批評の系譜である。また、視野を広げるために隣接分野の論考も含んでいる。なぜなら、文化批評を支えているのは多く文芸批評の論点の恣意的な拡張であることが多く、両者は改めて文学研究から検討される必要があるからである。

この点で、本書は類書である限界研編『ビジュアル・コミュニケーション』（二〇一五、南雲堂）が動画の側面を重視しているのに対し、本書はアニメの物語内容に比較的傾斜し、押野武志編『日本サブカルチャーを読む』（二〇一五、北海道大学出版会）ほどの分野の広さはないが、一方で類書にない批評史面での充実があると言えよう。

こうした様々な視角／対象を取り扱う本書が、現代日本の文学・文化の分析によって間接的に、あるいは現代日本において展開された批評を直接的に、検討することで、現代日本の批評を考える緒となれば幸いである。そもそも、本来、意義ある研究とは批評的であるとするならば、本書がそうした研究と批評の境界画定を行うこと自体を乗り越えるような契機ともなりうることを願っている。

論集に参加してくれた執筆者の皆さん、企画の声をかけてくれた森脇さん、刊行を認めてくれたひつじ書房房主の松本功さんには、改めて深謝申し上げる。

## 4　本書の構成

さて、本書は以下の四部からなる。

「I　闘争するジェンダー／表象される戦争」では、戦争／闘争空間において、その表象がジェンダーを始めとするいかなるポリティクスと共にあるか、あるいはそれをいかに撥無するかを論じる。

中村三春「宮崎駿監督映画における戦争の表象」は宮崎駿映画に登場する戦争兵器や戦闘の表象がアナクロニズムであることから世代論・年代論の無効を説き、戦場にまつわる場が両義的液状性を伴うことと生体兵器の根源を同一にするとし、戦闘機が戦争の提喩的表象であり、表象の両義性において評価すべきと論じる。

山田夏樹「富野由悠季『機動戦士Zガンダム』における「ニュータイプ」表象の現在性」は、ニュータイプによる人類の革新とそれに伴う大量破壊と再生の構図に対し、そうならないかもしれない可能世界を模索する者として、男性性を求めつつも女性に体を貸すカミーユの構図に閉塞空間からの脱却の可能性を見出す。

西田谷洋「『機動戦士ガンダムUC』における主体性」は抵抗・闘争の主体が身体の集合について語る言語行為において、人間／機械、責任／無責任というレッテルを割り当てて表象され、新自由主義の社会で不可視化＝可視化される物語の不自然さを分析する。

河野真太郎「戦う／働く少女たちの自由」は、新自由主義と結びついたポストフェミニズム状況下でのディズニー映画・宮崎駿映画の戦闘／労働する少女は、努力することで、アイデンティティ／感情を管理し、有償労働／無償労働の融解した労働に全存在を捧げることを強いられていると説く。

岩川ありさ「ポピュラー・カルチャーと歴史認識」は歴史的な言葉を現在時にいる読者が解釈することで織りなされたポピュラー・カルチャーを、対位法的読解と共感共苦によって呼びかけられた「いま」を変容させられると説く。

「II　身体／ジェンダーとまなざし」では、表象／世界と相互作用する身体／まなざしが、没入／覚醒、無力化／批評化することのせめぎ合いを媒介・媒体の問題を通して論じる。

広瀬正浩「仮想世界の中の身体」は、『ソードアート・オンライン』において仮想世界の現実認識やアバターを生身と捉える没入の両義性は、その仮想世界のシステムへの無自覚な隷属によって成り立ち、その管理を是とする想像力が現実世界を生きる私たちの政治にも働いていることを示唆する。

水川敬章「『リンダリンダリンダ』論」は、小説と映画の異なる表現媒体が織り成す作品＝現象として捉えることで、小説化作品が持つ原作映画に対する批評性を浮かび上がらせつつ、原作が映画であることを小説内に保ち続ける表現行為の実現を見いだす。

近藤周吾「『おおかみこどもの雨と雪』論」は、他者の子供を育てる物語である『二十四の瞳』『八日目の蝉』『おおかみこどもの雨と雪』が、父性を脱臼させ、母性を割り当てられ笑顔を強いられていくことで、女性＝映画＝文学が無力化されつつ、それでもなお無ではないことの意味を問う。

倉田容子「男装少女のポリティクス」はクィアとフェミニズムの交錯する少女を愛する少女という問題領域において同性愛的な欲望をもつ少女像が投稿欄や小説に男装表象として現れたが、女性の男性化としてのレズビアニズムから女性への同一化としてのそれへと分離派フェミニストの捉え方が政治的な正しさを獲得したためとする。

「Ⅲ　表現史と批評」では、視野を転じて現代の文化批評の淵源の一つである文芸批評史の問題を、表現史を模索した亀井秀雄の『感性の変革』をめぐる批評との交錯、理論受容と「発明」から検討する。

小谷瑛輔「亀井秀雄『感性の変革』と柄谷行人『日本近代文学の起源』」は、『感性の変革』の批判に言及しないことで『日本近代文学の起源』は批評の名著として文庫化・全集化され、『感性の変革』は長く絶版が続いたが、実は『日本近代文学の起源』の定本版への改稿は文学研究者・亀井の批判を摂取しており、現代日本の文芸批評と文学研究の関わりを改めて検討することを示唆しうる。

矢口貢大「日本近代文学とミハイル・バフチン受容」は、小森陽一がポリフォニー理論の援用によって「浮雲」中絶の検討という近代文学研究における再文脈化を試み、亀井秀雄が『感性の変革』後半に於いて方法論の検証を行っているバフチンを日本における受容史の中に位置づける。

服部徹也「ジャパニーズ・セオリーの「発明」」は、「理論の時代」においてローカル言語の文学研究が他言語へと翻訳されるだけでなく、共通の問題意識や操作概念によって理解されうる基盤が準備されたが、受容者達のコンテクストに合わせて引用され、学問領域を跨いで別の目的に作り替えられるとき、あるローカルな研究はそのローカルな出自を括弧に入れられて、理論と呼ばれるようになるさまを亀井秀雄『感性の変革』をめぐる系譜学として素描する。

「Ⅳ　ジャンルと批評」では、コージー・ミステリ、ゼロ年代批評、三・一一以後の文学、ＳＦといったジャンルの問題と絡めて検討することで、文化批評の可能性と限界を探る。

大橋崇行「ジャンルの変容と「コージー・ミステリ」の位置」は、ゼロ年代批評に至る批評は多岐にわたるが文芸批評を隠蔽することで成立していたとし、ライト文芸のコージー・ミステリのジャンルをカテゴリーとタグから検討することで、ゼロ年代批評が想定していた読者共同体の解体を示唆する。

千田洋幸「ゼロ年代批評とは何だったのか」は、東浩紀の直接接続と誤配・複数性から偶有性の思想を時代精神として見いだし、誤配不可能な単純な図式を適用する宇野常寛を批評的知性の廃墟によって勝ち組となるとしつつ、批評的な系譜を東の薫陶を受けた者たちに見いだしていく。

柳瀬善治「八〇年代以降の現代文学と批評を巡る若干の諸問題について」は、中上健次や笙野頼子と柄谷行人、吉本隆明らの「世界のフラット化」・「小説の不可能性」、いとうせいこうらの「三・一一以後の文学」の記述する「私」の分裂、「過去と未来の死者の声」の表象の先駆である三島由紀夫・小林秀雄らの課題に対峙する試みとして伊藤計劃、宮内悠介を位置づける。

（1）　なお、「近代文学の終り」は、『思想的地震』（二〇一七、ちくま学芸文庫）所収のバージョンでは①②を削除している。このため、『思想的地震』では小説が「道徳的な課題」「から解放され」「先端的な意味をもたなくなり、③に至ったとされる。しかし、小説の道徳性は現在においても読解され、一方で道徳的に失効している媒体という捉え方はえてして自由な主体の称揚と他者への抑圧への盲目を伴う。こうした点で、柄谷の把握は依然として恣意的である。

# I
# 闘争するジェンダー／表象される戦争

# 宮崎駿監督映画における戦争の表象

## 『風の谷のナウシカ』から『風立ちぬ』まで

中村三春

### 1　美しさと戦争——紋切型を超えて

宮崎駿の兵器好きはよく知られている。一九八四年から九〇年にかけて発表された『宮崎駿の雑想ノート』(注1)は、『紅の豚』(一九九二)の原型となった第一二話「飛行艇時代」を含む、絵とテクストで構成された一三話から成るが、どの章も各時代に亙る架空の戦争における架空の兵器と兵士の物語である。最初の第一話「知られざる巨人の末弟」は、「ボストニア王国」という(ボスニア+エストニアから発想された)架空の国の空軍史の一節とされる。そこに同国の誇った「空中艦隊」の軍用機が図解されているが、大きく取り上げられている「WP—30重空中戦艦」は、「ユンカースJ—38のボストニア向き軍用型」ということである。(注2)ユンカース社は実在した航空機メーカーである。『風立ちぬ』(二〇一三)でドイツを視察に訪れた堀越二郎は、ユンカースの工場へ案内され、巨大な機体を見て、「G《ジー》—38じゃないか。こんなものを買うの」と言っていた。その後、機密にこだわるドイツ側に難渋するものの、同機の産みの親であるフーゴー・ユンカース博士の取りなしもあって、同機に実際に体験搭乗することになる。

このシーンについて、半藤一利との対談において、宮崎は次のように自身が試写を見て泣いた場面として挙げている。「まことに馬鹿げた話ですが、堀越と本庄がドイツに派遣され、ユンカース社の工場に行く場面なんです。映画でも少し描きましたが、資料を読むと、当時、日本の技術者たちは本当にひどい扱いを受けたそうなんです。僕は遅れてきた軍国少年でしたから、何かに触れたんでしょうね」(注3)。すなわち、一九八四年一一月号の『月刊モデルグラフィックス』に連載第一回として掲載された「知られざる巨人の末弟」は、実に三〇年後にアニメーション化され、製作者自身の心も動かすG(J)—38の威容を、イラストとテクストで事細かに描写していたことになる。そこに記された架空の歴史・戦史と軍隊に関して詳細を極める「雑想」の記述は、宮崎が航空兵器と、架空戦史に対してどれほどの思い入れがあるのかを傍証する。

しかし、航空兵器マニアとしての宮崎監督は、単に自分の嗜好を満足させるために『風立ちぬ』ほかの映画を作ったわけではない。そのことは『風立ちぬ』の「企画書」にも述べられている。すなわち、「私達の主人公二郎が飛行機設計にたずさわった時代は、日本帝国が破滅にむかってつき進み、ついに崩壊する過程であった。しかし、この映画は戦争を糾弾しようというものではない。ゼロ戦の優秀さで日本の若者を鼓舞しようというものでもない。本当は民間機を作りたかったなどとかばう心算もない。/自分の夢に忠実にまっすぐ進んだ人物を描きたいのである。夢は狂気をはらむ、その毒もかくしてはならない。美しすぎるものへの憬れは、人生の罠でもある。美に傾く代償は少くない。二郎はズタズタにひきさかれ、挫折し、設計者人生をたちきられる。それにもかかわらず、二郎は独創性と才能においてもっとも抜きんでていた人間である。それを描こうというのである」(注4)。大戦が日本を「崩壊」させたことや、軍用機の製作に加担したことへの批判意識を踏まえ、「狂気」

や「毒」「人生の罠」としての側面も見据えながら、「美」へ突き進んだ人物の「独創性と才能」を描こうとする、という企画の趣旨は明らかである。他に宮崎には、重点は堀越の開発の過程にこそあり、「『零戦好き、零戦好き』って騒いでいるバカどもと僕は一緒ではないっていうことです」という発言もある。(注5)

とはいえ、公開された作品においてそのような意図が認められたしても、それを評価するか否かは別である。宮崎の作品に対する分析・評価は、宮崎が常に多くの発言を行うためか、宮崎自身の意図や構想を前提とも結論ともする循環論法的なものが多く、注意が必要である。『風立ちぬ』については、およそ作品にも透過して見えるそのような意図にもかかわらず、それを否定的にとらえる論者がある。藤原帰一は、この映画を見てその「美しさ」には感心したが「感動しなかった」と述べ、その理由として、この映画を「子どもっぽい」と断ずる。(注6) 戦闘機作りについては、「夢の飛行機をつくる人生もいいですが、戦闘機の美しさは戦場の現実と裏表の関係にある。宮崎駿が戦争を賛美しているとは思いませんが、戦争の現実を切り離して飛行機の美しさだけに惑溺する姿には、還暦を迎えてもプラ模型を手放せない男のように子どもっぽい印象が残ります」と、また他方では男女関係についても、堀辰雄の『風立ちぬ』では、「病苦の女性に男が尽くし続けるから恋愛小説になる」が、「映画の『風立ちぬ』では男が女に尽くすのではなく、結核を病んだ女性の方が男に最後まで尽くし続ける。[…] この筋書ではゼロ戦と女性のどちらを選ぶのかを迫られることもない。思い通りに進む、都合の良すぎる恋愛です」と手厳しく批判する。

この批判は、映画『風立ちぬ』に対する否定的な見方の典型と思われる。それに対し宮崎には、韓国でこの映画が批判されたことについて、「そういうのが出るだろうなと予想していたので、驚きません」という言葉がある。(注7)「企画書」の構想だけからも、それらの批判は織り込み済みであることが分かる。これとは全く逆に、「宮崎監督は、本作の日独伊の登場人物の言動を通し、戦争責任を直接的に糾弾することなく、自らの歴史観と反戦思想を表現したのです」とまで見るのは秋元大輔である。(注8)戦争と恋愛が、『風立ちぬ』のみならず、多くの宮崎監督作品に共通に認められる特徴であることは言うまでもない。また、今般の批評パラダイムにおいて、それが反戦か否か、女性を尊重するか否かという戦争政治学とジェンダー批評の観点から論評されるのも無理はない。しかし、いずれの立場を採るにしても、それらはどう転んでも紋切型にならざるを得ないのではないだろうか。ここでは、映画、特にアニメーション映画に特有の表現・表象の観点から、宮崎駿監督作品における戦争について、考え直してみよう。

## 2 生体兵器の登場――『風の谷のナウシカ』

「戦争は映画であり、映画は戦争なのだ」と、ポール・ヴィリリオは一九八四年に書いた。(注9)「もともと戦場は視覚の場であるわけだから、戦争機器は軍司令官にしてみれば、画家の絵筆とパレットに比較できるような表現の道具なのである」(ヴィリリオ)。(注10)その視覚性、光学的擬態(シミュレーション)効果、加速度的移動、メッセージの三次元的再構成など、数々の特徴の全般に亙って、戦争と映画との間には等価性が成り立つとするヴィリリオの刺激的な論考は、しかしながら、それらの歴史の終末、つまり現在に近づくにつれてその特権性が剥奪される地点をも示唆していた。「中性子爆弾の出現によって、都市住民は核戦争の人質としての最終的価値を失った。軍事的決定権保有者によって見捨てられた市民は、もはや都市国家の不滅の住民などではなく、映画はその通過儀礼的な価値を失った。映画はもはや祖国の子孫たちに、生者と死者との交換を通じてその運動が作りあげるワルハラ宮を提供する土着戦士の黒ミサではなくなった。というのも録音録画されたテープの普及によって、かつて映画が所有していた恐るべき技術的特性は失われてしまったからなのだ」(ヴィリリオ)。(注11)

「ワルハラ」（バルハラ）とは北欧神話における主神オーディンの楽園であり、これは映画がもはや、観客に戦争の有様を見せつける特権性を失ったことを意味する。それは情報コミュニケーション技術（ICT）における映画メディアの失墜、ラジオ・TVの覇権から、各種記録再生媒体（「録音録画されたテープ」の類）の普及を経て、その後のインターネットの一般化の過程において、より顕著になる事柄である。もちろん、映画メディアが相対的に失墜したからといって、より発展した光学＝音声的シミュレーション技術が戦争と歩調を共にして展開する状況そのものが失われたわけではない。現代の戦争を「エレクトロニクス戦争」と呼んだ、ジャン・ボードリヤールの『湾岸戦争は起こらなかった』（一九九一）を参照してもよい。[注12] クリント・イーストウッド監督『アメリカン・スナイパー』（二〇一五）において、イラクに展開する主役の狙撃手クリス（ブラッドリー・クーパー）は、衛星携帯電話でアメリカにいる身重の妻と会話しながら標的を狙い、その作戦は逐一、偵察衛星の画像を作戦本部のスタッフが確認しつつ行われていた。ICT環境の進展は、その後も戦争と映像の双方に大きな変容を及ぼしたが、ただ映画はその唯一の担い手ではなくなったということなのである。

しかし、宮崎駿監督の作品群を通観すれば容易に分かるように、その内容において、一九八〇年代後半以降に激変したこのような戦争と映画をめぐるICT環境は、ほとんど影響を及ぼしていない。それらの起点となる『風の谷のナウシカ』（一九八四）には、ナウシカの「凧」メーヴェや風の谷のガンシップのように瀟洒な飛行機（「船」）も登場しないわけではないが、トルメキアの戦艦や「浮砲台」などは、あたかも縄文土器を思わせるデザインである。しかも、『ナウシカ』において最終兵器とされるのは巨神兵であり、攻撃型の人造人間ヒドラ、あるいは王蟲や腐海そのものも含めて、生物そのものが兵器とされていた。それは「エレクトロニクス戦争」ではなく、結局は生身同士で互いに視認して撃ち合い殺し合う古典的な戦争である。宮崎駿の戦争は決して現代的ではない。それは現代的表象文化を、九〇年代、ゼロ年代などの世代論・年代論によって切り取ろうとするあらゆる理論の、無効となる世界である。

巨神兵やヒドラの由来や機能そのものは、超高度に発達したバイオテクノロジーの存在を背景としているものの、そこには光学的シミュレーションを本質とするような戦争の現代性は認められない。それは、オープニングタイトルに「大産業文明は一〇〇〇年後に絶頂期に達しやがて急激な衰退を迎えることになった」と説明されるような、〈退行＝進化〉型の未来、つまり進んでいるはずの未来が逆に遅れた過去に過ぎないという（近）未来ＳＦの文法に則っている。しかし、そこに見られる兵器は、生《なま》ものの兵器、いわば柔らかい兵器でしかなく、戦争はいつでも、その意味で白兵戦とならざるを得ない。そのことは、マンガ版（一九八二〜一九九四）においてはさらに顕著に見て取れる。これを〈生体兵器原理〉と名づけよう。『ナウシカ』は、後続する幾つかの宮崎監督作品における戦争テクノロジーの基本を提供したのである。(注13)

## 3　液状化する身体──作品系列追跡

次にそのような観点から、幾つかの主要作品を概観してみよう。

### （1）『天空の城ラピュタ』（一九八六）

この作品の舞台は一九世紀頃のヨーロッパのようである。しかしそこに登場する兵器類は、どの時代のどの地域とも言いがたく、「飛行石」やラピュタそのものと同様に、基本的には架空のものと言わなければならない。空の海賊ドーラ一家の乗船はタイガーモスと名づけられた鳥型の飛行船で、嘴を備えた怪鳥のように見える。また乗員らはフラップターと呼ばれる羽ばたき型の小型飛行機を操る。叶精二によれば、フラップターの一種である「オーニソプター」は、レオナルド・ダ・ヴィンチのスケッチに始まり、宮崎は早くから（一九八〇）「オーニソプター」を描いていたという。(注14) パズーはドーラと手を組み、フラップターを操ってシータを救出する。軍の巨大な旗艦ゴリアテは『ナウシカ』の巨大艦と同じように機動力において劣り、ラピュタのロボット兵を操るムスカの攻撃で爆破されてしまう。ラピュタのロボットは、強力な光線を目から発射して対象を一瞬のうちに破壊する能力を持つ反面、小鳥の巣を守り花を供えるなど、プログラムされた結果とはいえ、むしろ人間的な性質も備えていて両義的である。それは巨神兵やヒドラの(作品系列上の)末裔とも言える。またそれはラピュタ本体から射出され、飛行能力も持つところから、後の『ハウルの動く城』(二〇〇四)の、魔法使いが変身した戦闘機的な怪鳥の群をも想起させる。

ムスカは、軍の多数の将兵をラピュタの床を抜いて高空から落とし、またゴリアテ爆破の際にも無数の兵士が生きたまま海上に落下する。シータとは別系統のラピュタの王族であるムスカは、自らの復権と世界制覇のために大量虐殺《ジェノサイド》をも意に介さない冷酷な人物である。シータとパズーは「バルス」の呪文でラピュタを解体し、ムスカを撃退する。結末でラピュタから脱出する二人が乗ったのは、『ナウシカ』のメーヴェにも似た凧(タイガーモスの見張り台)であり、彼らが再会したドーラ一家は、荷重が重すぎて上昇できない、繋がった非力なフラップターに乗っていた。虫の羽を連想させるフラップターに代表される『ラピュタ』の船は、『ナウシカ』の生体兵器の記憶をとどめ、兵器の兵器性と戦争の残虐さを脱力させる点において、いかにも宮崎的な航空機である。それは、空中にありながら、旧市街が水没して魚の泳ぐ海洋のように深く沈み込んでいるラピュタ、また強力な城塞都市でありながら、一本の大木の根が張ることにより完全崩壊を免れたラピュタそのものの、矛盾を抱えこむことによってこそ魅力的である表象と軌を一にする。

(2)『紅の豚』(一九九二)

舞台は一九二〇年代末期のアドリア海に採られ、ポルコ・ロッソは第一次世界大戦に戦功のあった複葉機乗りという設定である。ポルコの愛機はサボイアS―21試作戦闘艇、対戦する空賊連合の助っ人ドナルド・カーチスの搭乗するのはカーチスR3C―0でいずれも複葉機である。これらはいずれも実在したが、叶精二によれば、「本作に搭乗する幾多の戦闘飛行艇は、ほんの一時期に活躍した『幻の飛行機械』である」とされ、(注15)また作中でも言及されるシュナイダーカップは、これらの機種を用いて一九一三年から三一年まで一二回に亙り仏英伊米などで行われていた。ポルコはカーチスとの最初の戦いで撃墜されるが、ピッコロ社の工場でその修理に当たったのは一七歳の娘フィオと、大勢のおかみさんたち女性陣で、ピッコロ社の親爺はエンジンを整備しただけだった。物作りの主役を女性が担うのは、『もののけ姫』(一九九七)のタタラ場とも共通する。

このように手作りの、しかも複葉機という古典的な戦闘機によって戦いは繰り広げられる。ポルコとカーチスの決闘は、空中戦ではけりがつかず、二人は丸腰で水中で殴り合いを演じ、どちらも殴られてどんどん顔が変形して行く。決して人を殺さないポルコは、カーチスの後ろを取るが撃墜はせず、燃料切れを待っていた。このユーモラスとも言える決闘と対比されるのは、回想において第一次大戦の激しい空中戦の後、多数の戦闘機が帯状に宙宇を目指して昇って行く光景であり、そこにはかつての戦友で、ジーナと結婚したばかりのベルリーニの姿も含まれていた。空中戦の戦死者があの世へと旅立って行く様子として受け取れるこの描写と酷似するシーンが、『風立ちぬ』の結末近くにも現れる。手作りの複葉機、宙返りと捻り込み、素手の殴り合い、戦死者の(文字通りの)昇天と、『紅の豚』における戦いの表象は、ほとんどアナクロニズムを構成し、そのアナクロニズムこそがこの作品の最大の魅力と言っても過言ではない。ポルコが豚と化した理由は、殺し合いとしての戦争に対する嫌悪感からであり、それを痛感させたのはベルリーニの戦死と、彼らが昇天する幻覚の記憶なのだろう。

(3)『もののけ姫』(一九九七)

舞台は室町時代の森と山里で、太古からの神々、すなわちシシ神の外、山犬のモロ一族、巨大なイノシシ(ナゴの守、乙事主ら)、猩猩《しょうじょう》などの人語を解する動物たち、さらに木霊が登場し、この神々は自然神として森の側にある。人間界は、タタラ場を経営するエボシ御前の集団が、この神々の森と対峙し、そこへ天朝(天皇・朝廷)勢力がタタラ場の産業を狙って介入し、同時に神々の駆逐にも動く。ジコ坊を棟梁とする師匠連は、この対峙関係から漁夫の利を得ようと目論み、不老不死の薬とされるシシ神の首を狙おうとする。アシタカはナゴの守がタタリ神となって自分の村を蹂躙しようとした際、闘って右腕に呪いの印を受け、モロを母と慕うもののけ姫サンと共闘して、デイダラボッチと化したシシ神の首をシシ神に返し、一帯を壊滅から救う。このように、神々の側も人間の側も、内部に相克を抱えており、『ナウシカ』マンガ版にも似て情勢は入り組んでいる。しかし、シシ神のように超自然的な力によって生命を支配し、祟りを司る自然=神の陣営と、製鉄の産業技術によって社会を構築し、自然=神と決別して自立しようとする人間の陣営との間の戦い、いわば神話的な世界から歴史的な世界への交代が、『もののけ姫』の物語の基本構図を成すことは間違いない。

宮崎監督作品としては例外に属するが、この映画には飛行機械が登場せず、専ら地上戦において、太刀・弓・石火矢・壺型爆弾(城壁から足で転がして落とす)などが武器として用いられ、移動には馬が使われ、アシタカはアカシシ(大カモシカ)ヤックルに騎乗する。ナゴの守の体内に食い込んだ鉄製の礫が珍しいほどで、時代設定のせいか新兵器は存在しない。その代わりに躍動するのは、生体兵器にほかならない。最強の武器は、シシ神が変化したデイダラボッチの粘液化した体・体液であり、これに触れると死ぬとされる一方、首を返されたデイダラボッチが地上に倒れ散布されると、野山には花が咲き、業病が癒され、アシタカのタタリの痣も色が薄くなる。ここには顕著な両義性がある。この両義性は、自然の両義性、さらには水の両義性に繋がり、死と発生、腐敗と清浄などのイメージに統御された液状性の属性にほかならない。この点においても、『もののけ姫』は『風の谷のナウシカ』と一部世界を共有している。

## (4)『ハウルの動く城』(二〇〇四)

火の悪魔にして天界からの流れ星であるカルシファーとの契約により、魔力と心臓とを交換したハウル自身が、姿を怪鳥に変え、巨大な戦闘爆撃機と交戦する。航空兵器のデザインは概ね『ナウシカ』や『ラピュタ』に通じるもので、怪鳥に変身したハウルは一種の生体戦闘機のように見える。この戦争は、ダイアナ・ウィン・ジョーンズの原作(注16)には全く現れず、また実態が不明であるとの指摘がなされている。米村みゆきは、「サリマンから逃げ回る弱虫の魔法使いという設定でありながら夜ごと危険を冒し負傷してまで戦場に飛んでゆくのは、ハウルの行動原理にブレが見受けられる。『ハウルの城』は、原作にはない『戦争』という要素を加えることで、物語に混乱をもたらしていることが想像される」と述べ、何が宮崎監督をして戦争の要素を導入させたのかを検証している。(注17) いずれにしても原作に戦争の要素が加えられなかったならば、それは宮崎監督作品としての『ハウル』とはならなかっただろう。

この戦闘に駆り出されているのは、ハウルをも含む魔法使いたちである。すなわち、飛行軍艦から発出される攻撃機の群は、いずれもハウルと同じく怪鳥であり、魔法使いの変化《へんげ》であった。戦闘の後、城に帰還したハウルは、カルシファーに「臭い。生き物と鉄の焼ける匂いだ」「あんまり飛ぶと戻れなくなるぜ」と言われる。その実態は髪の色が変わっただけで落ち込んで緑色に粘液化(液状化)し、室内に流れ出す小心なハウルだが、国家によって動員されるのが魔法使いの義務であるためか、またソフィーを守るためもあって、高空で敵と必死に戦う。この戦争は「生き物と鉄」が入り乱れて傷つき、生体そのものが兵器となってお互いを傷つけ合う生体兵器による戦争である。その結果、「あんまり飛ぶと戻れなくなる」寸前までハウルは行くこととなり、城の奥部の塒《ねぐら》で黒い羽に体表を覆われたハウルは苦しみ、あるいは城が崩壊した谷底でハウルは怪鳥の姿のまま呆然と体を休める。敵に対する攻撃が、自分に対する攻撃として否応もなく跳ね返ってくる。戦いの身体性と相互性。宮崎監督作品における生体兵器の究極のイメージはここにある。

ハウルの動く城は、プロデューサー鈴木敏夫が「あの城は言わばガラクタの寄せ集めで[注18]」と言う仕方で作られたジャンク機械であり、見馴れたものを見馴れた形状のままに合体したキッチュなデザインである。バラバラに動くパーツをＣＧで統合して一つにした城の動きは、調和的日常の統一性を不安定化・不安化する。[注19] カルシファーの魔力によってかりそめに構築され機能する動く城は、カルシファーが脱出すると崩壊を始める。その姿は、胴体と脚部が直結した蜘蛛や蚤やヤドカリなどの節足動物を想起させ、生命の宿った有機体をイメージさせる。すなわち城そのものも、一種の生体化された機械として登場するのである。

### (5)両義的液状性の場

ここで中間的に総括してみよう。『ナウシカ』で未熟なまま動員された巨神兵は、光線を発射した後、泥水状に崩落し、クロトワに「腐ってやがる。早過ぎたんだ」と言われる。〈腐る〉のは老衰・死のイメージであり、〈早過ぎる〉のは未熟・発生のイメージに繋がるはずなのに、それらの生命の始点と終点の両極が、この液状化の表象には同居するのである。[注20] そしてこのいわば〈液状化原理〉は、『ナウシカ』にのみ見られるわけではない。『もののけ姫』のシシ神は、死を間近にした生物の生命を吸い取る一方、泉で動物の傷を癒し、その足元・足跡からは植物が繁茂する。その夜の姿であるデイダラボッチは通常でもゼリー状の体を持ち、奪われた首を探してのたうち回る粘液質の体は、接触する者に死をもたらすとともに、最後には生命を活性化し病を治癒する力を有する。ここに、『千と千尋の神隠し』(二〇〇一)の主な舞台が油屋(湯屋)と川であり、ハクがコハク川の神、オクサレ様が河の神とされていたことを数え入れてもよい。ハクは湯婆(ユバーバ)の式神との戦いで傷ついた龍身を晒すが、その姿は後のハウルの変化を髣髴とさせる。凜としたハクと、廃棄物を蓄えヘドロで腐臭を放つオクサレ様とが同じく河(川)の神であるのは一見、対比的だが、オクサレ様も油屋の薬湯と千の努力によって浄化されると、翁面と透明な身体を持つ清浄な神として真の姿を現すのである。

『千と千尋』の湯は、『ハウル』でソフィーがハウルを入浴させる浴槽に繋がり、『もののけ姫』のシシ神の泉に繋がり、遡って『ナウシカ』の腐海にも繋がる。表面は瘴気を発し、蟲以外には人間の生きられない世界である腐海は、その底部に清浄な水の流れを宿していた。マンガ版『ナウシカ』では、腐海も人工物とされ、地球清浄化のテクノロジーとする設定が加えられる一方で、ナウシカを救う王蟲の体液「漿《しょう》」として、このような治癒する液体の存在がより明確に呈示されている。水・液体・液状化は、始原と終末、生と死とを同居させる生命的両義性の物質的状態である。つとに宮崎の発想の源泉とされる中尾佐助が提唱した照葉樹林文化は、(注21)森が水の変化形であることからすれば、イメージ論的には液状性の具体相と見ることもできる。そして、宮崎駿作品の戦争表象に横溢する生体兵器は、恐らくこのような両義的液状性と根源を同じくするのである。

## 4　戦略爆撃と零戦

映画『風立ちぬ』の冒頭で、少年時代の堀越二郎は夢の中で小型飛行機を操る。屋根に上り、木材と綱で出来た機体の操縦席に座り、ノブを引いてスイッチを押し下げ、プロペラエンジンを始動させてから機外のハンドルを回して翼を広げる。飛び立った機体は主翼端が各々四つに開き、プロペラのキャップが黄色く嘴のように見え、あたかも鳥のようだ。雲の影を追うように『となりのトトロ』(一九八八)的な田圃の上を滑空する、和装に制帽の堀越。『千と千尋』を想起させる温泉宿から人々が手を振り、『紅の豚』のように川に掛かった橋の下をくぐり抜ける。上空の雲の間から、下部に『ナウシカ』『ラピュタ』よろしく多数の黒い小型兵器を吊したドイツ空軍の羽ばたき型航空戦艦が現れ、堀越は応戦しようとするが近眼のため目がくらみ、機は失速、そこへ爆弾兵器が不審な要員らとともに落下して来て、堀越は目を覚ます。このオープニングのシークエンスは、その素朴な鳥型の飛行機など生体兵器の要素を伴いつつ、『風立ちぬ』をそれ以前の宮崎監督作品と確実に結びつけるものである。(注22)

その後、堀越の夢とカプローニの夢が合同して、堀越はその「夢の王国」において、理想の航空機を体験することになる。この夢のシーンが、たびたび堀越の現実のシークエンスの中に挿入されるのが、『風立ちぬ』の基本構造である。最初の合同の夢では、カプローニは堀越に自社製の三葉機を見せるが、その前には軍用の複葉機に対して、「あの半分も戻って来まい。敵の町を焼きに行くのだ」と言い、空襲で燃えさかる都市の上空で戦闘機が舞い墜ちる幻想を堀越は見る。その後に、「だが、戦争はじき終わる」とカプローニは言い、「どうかね、美しかろう!」「はい、壮麗です」「いいかねニッポンの少年よ、飛行機は戦争の道具でも、商売の手立てでもないのだ。飛行機は美しい夢だ。設計家は夢に形を与えるのだ」と続き、この映画の中心的な動因となる、美しい飛行機を設計する夢が起動される。

だが、重要なことに、理想の「王国」は、決して単純に理想ではない。宮崎自身は「戦闘シーンとか戦場のシーンは、描いていないです」と述べているが、(注23)この言葉に反して、現実のシークエンスにおいては戦争の時代を描きながら戦争を描かない『風立ちぬ』にあって、夢のシーン(カプローニ登場以前の冒頭のシーンを含む)には頻々と戦場が描き込まれているのである。たとえばドイツ滞在中の堀越は、うたた寝して、日の丸をつけたユンカース型戦闘爆撃機が夜の雲間から墜落炎上するのを夢に見る。「日本はどこと戦争をするのだろう」と言うほどに堀越は時局に疎いのだが、堀越の夢は、その「王国」において戦争の時代の実態を堀越にまざまざと見せているのである。

「戦闘機の美しさは戦場の現実と裏表の関係にある」と藤原帰一は述べていた。(注24)言い換えれば、戦闘機の美しさは戦場の現実を表象するのである。この場合の表象は、戦争というクラスに属する兵器(戦闘機)というメンバーによって、戦争というクラスを表現すると見なすことができるから、一種の提喩的な表象にほかならない。現実の歴史において実際に戦闘機が果たした役割を前提とするなら、戦闘機の美しさは、戦場で戦闘機が敵を破壊・殺戮し、ひいては自軍の壊滅をも招くに至った禍々しい美しさとしか見ることができなくなる。試みに前田哲男による貴重な論考『戦略爆撃の思想』(一九八八)を繙いてみよう。(注25)それによれば、零戦が初めて本格的に実戦投入されたのは中国戦線における一九四〇年の重慶爆撃においてであり、零戦の援護攻撃によって当時の抗戦首都重慶は徹底的に破壊された。「零戦初出撃は八月一九日。第三〇回目の重慶爆撃への護衛任務である。この日初めて部隊戦闘詳報に『零式戦』の名が記入された(注26)」。この日の爆撃だけで二〇〇〇戸以上が被害を受け、死者は数百人に達し、これを含め重慶がこの焦土作戦(百一号作戦)でどれほどの被害を受けたかを前田は綿々と語る。

しかし、前田の論考の重要性はその被害の強調にだけあるのではない。日本軍の重慶などへの無差別爆撃は、ドイツ軍のロンドン空襲、連合軍英米によるドイツ空襲(戦略的に無意味なドレスデンなどを含む)へとその思想を受け継がれ、ついには第二次世界大戦末期における東京大空襲や広島・長崎への核爆撃など、軍事施設だけを狙うのではない無差別戦略爆撃を帰結するに至った。東京大空襲を主導したカーチス・ルメイについて前田は、「それを正当化する論理は、その数年前、日本軍が中国の都市に無差別爆撃を加えながら展開した言い分と驚くほど似たものだった」として、「日本の都市の家屋はすべてこれ軍需工業だった」から、東京や名古屋の都市一般に絨毯爆撃を加えることは何ら問題ではないとするルメイの主張を紹介している。(注27)当初、ドイツ軍や米軍などは無差別絨毯爆撃に反対または躊躇していたのに、敵がそれを行ったとする理由で次々とそれを採用したが、その起点となったのは日本軍の重慶爆撃であり、零戦は初陣でその護衛任務に就いて活躍したのである。従って必ずしもこの論理だけで決着する問題ではないにしても、零戦も動員された日本軍の所行自体が、東京・広島・長崎を含む壊滅的な生命と国土の破壊を招き寄せたという論法が成り立つ。一方、零戦の悲劇として大戦末期における神風特攻の自爆攻撃がよく取り沙汰される。だがそれは敢えて言うならば木を見て森を見ない類であって、零戦特攻の愚行を帰結した原因を作ったのもまた零戦を含む戦略全体であり、愚劣な国家運営の全般なのだ。

もちろん、宮崎自身の意図としては、前述のように、零戦を描くことが目的であったわけではない。また佐々木隆は作中の堀越について、「ゼロ戦が特攻に使われたのは彼の意図では全くありませんでしたが、ゼロ戦を作った者として悲しんだはずです」と論じる。（注28）さらに実在の堀越二郎は著書『零戦　その誕生と栄光の記録』（一九七〇）において神風特攻隊に触れ、「なぜ日本は勝つ望みのない戦争に飛びこみ、なぜ零戦がこんな使い方をされなければならないのか、いつもそのことが心にひっかかっていた」と述べている。（注29）この映画に「戦争や震災で亡くなられた多くの人の鎮魂の祈り」（注30）を見て取る佐々木の論は精緻で傾聴に値する。とはいえ、では零戦は何に使われればよかったのだろうか。実在の堀越も作中の堀越も、戦闘機が何であるかを知らないわけがない。『風立ちぬ』の結末で、「国を滅ぼしたんだからな」とカプローニが言うように、先に述べた提喩的表象の論理に従うならば、零戦、ひいては堀越二郎その人が、「国を滅ぼした」という言い方もできなくはないのである。しかし、翻ってこの映画は、堀越も底辺の一員として加担した国策遂行そのものが国家を存亡の危機に追い詰めたことを、夢の場面において、あるいはその提喩的表象においてこそ、むしろ誤解の余地なく明示しているではないか。その意味で、『風立ちぬ』は、夢の場面の方が現実的で、むしろ現実の場面の方が夢的と言うべきなのかも知れない。

## 5 『風立ちぬ』――表象と両義性

『風立ちぬ』が、戦闘機設計技術者・堀越二郎（一九〇三〜一九八二）の事績と、堀辰雄（一九〇四〜一九五三）作の小説『風立ちぬ』（一九三八）の要素を合体して作られたことは周知の事柄である。再び宮崎の「企画書」によれば、「この作品の題名『風立ちぬ』は堀辰雄の同名の小説に由来する。ポール・ヴァレリーの詩の一節を堀辰雄は〝風立ちぬ、いざ生きめやも〟と訳した。この映画は実在した堀越二郎と同時代に生きた文学者堀辰雄をごちゃまぜにして、ひとりの主人公〝二郎〟に仕立てている」とする。（注31）小説『風立ちぬ』と映画とは、避暑地の高原で巡りあって婚約し、彼女が結核のためサナトリウムで療養する物語の大枠が合致する。映画の菜穂子はその死が小説のようにサナトリウムで療養中のことかどうかは明確ではないが、結末の風に消えるシーンにより、死んだことが示唆される。ヴァレリーの一節の外、小説では義父から「しかし、あなたも病人にばかり構つて居らずに、仕事も少しはなさらなければいけないね」と言われ、「ええ、これから少し……」と答える箇所があり、映画でもそれは「男は仕事をしてこそだ」として取り入れられている。また小説には、夜に彼女の病室で執筆の仕事をする際に、明かりを消し、彼女の手を握る叙述があり、これも映画は増幅して踏襲している。

小説では妻の名は節子だが、映画では菜穂子とされたのは小説『菜穂子』（一九四一）に由来するだろう。ちなみに、菜穂子の姓である里見は、宮崎も愛読する漱石『三四郎』の里見美禰子と関連するのかも知れない。（注32）小説『菜穂子』には、療養所に入った菜穂子が予告なしに病院を抜け出して夫の元へ訪れる場面があるが、これも映画で菜穂子が山を下り、二郎の寓居へ同居する設定に取り入れられているようである。さらに、重要な登場人物である都築明のモデルが詩人・建築家の立原道造であることも、設計士を主人公とする映画と繋がる。しかし、その点も含め、夫婦間の齟齬など『菜穂子』が抱えこんでいる深い人間関係の問題を、映画は全く追

求していない。（注33）

また、『風立ちぬ』に限定するならば、小説には看病・闘病する生活がそのままそれ自体を題材として対象化する執筆活動の場でもあるという再帰的構造が顕著に認められ、そのことが小説様式において重要であるのに対して、映画では妻の問題と仕事とは全く別の領域をなしている。むろん、福永武彦が小説『風立ちぬ』の核心に「芸術家のエゴ」を看取したように、（注34）小説においても節子の闘病と死は小説家「私」の芸術造形の対象に過ぎないが、しかしそれはこの小説家の人生態度において、全く抜き差しならない位置を占めている。反面、映画『風立ちぬ』は、菜穂子の存在が戦闘機設計の仕事と全く関係がないことから、堀越の〈夢＝仕事〉の系列と〈恋愛＝妻〉の系列とが交わりを持たないままに、堀越という蝶番によって繋ぎ止められた印象を拭うことができない。あくまでも堀越の夢は美しい飛行機の設計にあり、菜穂子はそれを応援するものの、それ以上の関わりがない。前述の藤原帰一の見方の外、岡田斗司夫が堀越を指して、「綺麗なものばかりを見て」おり、「残酷」で「人情がない」人物として評価するのは、このことに由来している。（注35）

しかし、だからといってこの映画が無価値だということには全くならない。この映画を見て、冒頭に引用した宮崎のように外遊の場面で泣く人は少ないだろうが、病によって引き裂かれるこの二人の運命で涙する人は多いだろう。堀越と菜穂子の関係は、確かに小説『風立ちぬ』『菜穂子』の物語の系列を引き継いだ、見事なメロドラマを構成している。この場合のメロドラマ的体験とは、いつか見た甘美な悲恋とよく似た物語を、もう一度見る（そして泣く）ということにほかならない。（注36）その意味でもこの映画の物語はアナクロニズムなのである。とはいえ、そのような様式の表象としての価値を軽んじてはなるまい。最終的な「夢の王国」のシークエンスで、健気にも「あなた。生きて。……生きて」と語りかけて風になって透明化し消えてしまう菜穂子の言葉は、夢を追いかけて生きた一人の人物の生き方を、その矛盾と両義性のままに、包容し肯定するのである。それはどのような生き方であったのか。

堀越「ここは私たちが最初にお会いした草原ですね。」
カプローニ「我々の夢の王国だ。」
堀越「地獄かと思いました。」
カプローニ「ちょっと違うが、同じようなものかな。君の一〇年はどうだったかね。力を尽くしたかね。」
堀越「はい。終わりはズタズタでしたが。」
カプローニ「国を滅ぼしたんだからな。」(間)
カプローニ「あれだね。君のゼロは。」(間)
カプローニ「美しいな。いい仕事だ。」
堀越「一機も戻って来ませんでした。」
カプローニ「往きて帰りしものなし。飛行機は美しくも呪われた夢だ。大空は皆飲み込んでしまう。」

結末のシーンで、カプローニが「国を滅ぼしたんだからな」と言った後、数機の零戦が低空から上空へ向かって飛行し、やがてそれは白い軌跡となり、他の多数の軌跡と合流して高空へと流れて行く。「大空は皆飲み込んでしまう」のである。この場面は、『紅の豚』で戦死したベルリーニらが昇天するショットと似ている。このシーンは、零戦が試験飛行を行って成功を収め、それと並行して菜穂子が山のサナトリウムへ戻って行くシーンの後に置かれている。そこへ移行する直前に、高空を無数の航空機が通過する下で、硝煙を上げる零戦が緩やかに落下し、地上では燃えさかる大地と、それを見守る村人の影、撃墜された多数の戦闘機の残骸が黒く広がる焦土、さらに地中に埋もれた軍用機の残骸が描かれ、その間を歩いて堀越が登場し、この草原のショットへと移る。いかに美しい草原＝「夢の王国」であっても、それは「地獄」と同じものである。その両義性は、「飛行機は美しくも呪われた夢だ」というカプローニの言葉から明瞭に分かるように、夢が美であると同時に呪われているという、堀越の事業や人生に取り憑いた両義性の表現にほかならない。

私は藤原帰一に代表される批判は十分に理解できるものの、賛成する気にはなれない。作中の堀越二郎は確かに戦闘機設計に関わった戦争責任を感じていず、またそれに対するストレートな批判も加えられてはいない。しかし、現実の人間に対する評価と、映画作品の作中人物に対する評価とを同列に行うことは、適切とは言えない。一義的な回答の出るようなメッセージ性が、良作の要件ではない。全く逆に、批判を喚起しつつ、その批判に対する反応も示唆する過剰な意味を実現してこそ、表象テクストは真に豊かと言えるのだ。戦争表象の問題が表象一般の問題に行き着くのも、けだし当然のことである。この場合、それは戦争中に軍需産業に携わった人物を描くに当たって、単純に白か黒かと決着をつけるのではなく、それまでも宮崎監督が作品において追究してきた〈生体兵器原理〉や〈液状化原理〉、さらにその人間的な意味であるところの、生きることにまつわる両義性において、堀越を作ったのである。そのことは『風立ちぬ』のいわば現実の場面と、夢の場面との交錯において見出される解釈の帰結にほかならない。

人は、夢がなければ生きられない。たとえ、その夢に裏切られるとしても。

---

（1）宮崎駿『宮崎駿の雑想ノート』（一九九七、大日本絵画）。なお、このうち「飛行艇時代」の部分（「雑想ノート」No.14〜16）を中心として新たに編まれたのが『映画「紅の豚」原作　飛行艇時代〔増補改訂版〕』（二〇〇四、

大日本絵画）である。
（2）前掲『宮崎駿の雑想ノート』、七頁。同書は原文横書き。
（3）宮崎駿・半藤一利「記念対談『風立ちぬ』戦争と日本人」（『文藝春秋』二〇一三・八）。
（4）「企画書」（『風立ちぬ』公式サイト、http://kazetachinu.jp/message.html）。
（5）庵野秀明・松任谷由実・宮崎駿「映画『風立ちぬ』完成報告会見」（『熱風　スタジオジブリの好奇心』二〇一三・八）。なお、ほぼ同内容（別文）の記者会見は、同「90分トーク」（『キネマ旬報』一六四二、二〇一三・八）としても公開されている。
（6）藤原帰一「藤原帰一の映画愛　風立ちぬ　作画はさすがの美しさ　やるせない子どもっぽさ」（『毎日新聞』二〇一三・七・二一）。
（7）宮崎駿インタビュー「特別再録　宮崎駿『いま』の生活を語る。『世界に冠たる日本はない。東の片隅で楽しく、ひっそりしていよう』――「風立ちぬ」・憲法・死生観を持たない政治家そして大量消費文明の綻び――」（聞き手・青木理、『熱風　スタジオジブリの好奇心』二〇一五・四）。
（8）秋元大輔『ジブリアニメから学ぶ　宮崎駿の平和論』（二〇一四、小学館新書）、二一二頁。
（9）ポール・ヴィリリオ『戦争と映画　知覚の兵站術』（一九八四、石井直志・千葉文夫訳、一九八八、UPU、引用は一九九九、平凡社ライブラリー版より）、七六頁。引用文傍点原文、以下同。
（10）同書、五九頁。
（11）同書、二二〇頁。
（12）ジャン・ボードリヤール『湾岸戦争は起こらなかった』（一九九一、塚原史訳、一九九一、紀伊國屋書店）、一三九頁。
（13）中村三春「液状化する身体　『風の谷のナウシカ』の世界」（米村みゆき編『ジブリの森へ――高畑勲・宮崎駿を読む』、二〇〇三、森話社）参照。本稿はその続編である。
（14）叶精二「天空の城ラピュタ」（『宮崎駿全書』、二〇〇六、フィルムアート社）、八七〜八九頁。

(15) 叶精二「紅の豚」(同書)、一六〇頁。
(16) ダイアナ・ウィン・ジョーンズ『ハウルの動く城1 魔法使いハウルと火の悪魔』(一九八六、西村醇子訳、一九九七、徳間書店、二〇一三、徳間文庫)。
(17) 米村みゆき「アニメーションの〈免疫〉『ハウルの動く城』と戦争」(『ジブリの森へ――高畑勲・宮崎駿を読む 増補版』、二〇〇八、森話社)、二七三頁。
(18) 鈴木敏夫インタヴュー「ソフィーというキャラクターは、女性の多面性を体現しています」(ロマンアルバム『ハウルの動く城』、二〇〇五、徳間書店)、九七頁。
(19) 技術面については、「擬態するCG」(同書)参照。様式面については、西川正也「物語作家としての宮崎駿論(2)――失われた起承転結:『ハウルの動く城』――」(『共愛学園前橋国際大学論集』6、二〇〇五・六)が、これについて「バラバラのパズル」として論じている。
(20) 中村三春前掲論文参照。
(21) 中尾佐助『栽培植物と農耕の起源』(一九六六、岩波新書)などを参照。
(22) 『風立ちぬ』の原点となった『風立ちぬ 宮崎駿の妄想カムバック』(二〇一五、大日本絵画)には、「第一話」(『月刊モデルグラフィックス』二〇〇九・四)に三葉機のイラストが見られるが、映画『風立ちぬ』冒頭の場面に相当する描写はそこにはない。
(23) 前掲「映画『風立ちぬ』完成報告会見」。
(24) 藤原帰一前掲エッセー。
(25) 前田哲男『戦略爆撃の思想 ゲルニカ―重慶―広島への軌跡』(一九八八、朝日新聞社、引用は『戦略爆撃の思想 ゲルニカ、重慶、広島 新訂版』より、二〇〇六、凱風社)。
(26) 同書、二九〇頁。
(27) 同書、五〇三頁。
(28) 佐々木隆「アニメ『風立ちぬ』について」(『上智大学人間学紀要』44、二〇一五・一)

(29) 堀越二郎『零戦　その誕生と栄光の記録』(一九七〇、光文社カッパ・ブックス、引用は二〇一二、角川文庫版より)、二二二頁。
(30) 佐々木隆前掲論文。
(31) 前掲「企画書」。
(32) 前掲「記念対談　『風立ちぬ』戦争と日本人」で、宮崎は「僕は『草枕』や『三四郎』が好き」と述べ、『三四郎』を愛読した体験について語っている。
(33) 小説『菜穂子』の構想については、福永武彦「堀辰雄の作品」(『意中の文士たち』下、一九七三、人文書院、『福永武彦全集』16、一九八七、新潮社)参照。
(34) 同書、一二八頁。
(35) 岡田斗司夫　FREEex『「風立ちぬ」を語る　宮崎駿とスタジオジブリ、その軌跡と未来』(二〇一三、光文社新書)、三二〜三七頁。
(36) 加藤幹郎『映画のメロドラマ的想像力』(一九八八、フィルムアート社)、および『愛と偶然の修辞学』(一九九〇、勁草書房)参照。

# 富野由悠季『機動戦士Ζガンダム』における「ニュータイプ」表象の現在性

## 大量破壊と可能世界

山田夏樹

富野由悠季『機動戦士ガンダム』（一九七九〜八〇）、劇場版『機動戦士ガンダム』（Ⅲ部作、一九八一〜八二。以降両者は「1st」）より始まる「ガンダム」シリーズは、アニメの枠に留まらず、小説、マンガ、ゲーム、プラモデルなど様々な媒体に拡大し続けることで現在も「巨大産業」を形成している。(注1) もちろん消費財化したとも言えるが、しかし本稿では、そうした展開自体を可能にするなど、シリーズ化の契機となった富野由悠季『機動戦士Ζガンダム』（一九八五〜八六。以降「Ζ」）に注目し、そこでの「ニュータイプ」表象と、現在に至るまで受容され続けるあり方との関わりを明らかにしてきたい。

分析の前段階として確認すれば、富野由悠季（一九八一年までは喜幸）が監督をしない「ガンダム」のアニメも増加する一方、それでも数多くの作品で踏襲されているのが「ニュータイプ」の概念――その言葉が使用されなくとも、時にそれを想起させる能力が描かれる――である。「ニュータイプ」とは、「1st」の冒頭ナレーションに「人類が増えすぎた人口を宇宙に移民させるようになって、既に半世紀が過ぎていた。地球の周りの巨大な人工都市は人類の第二の故郷となり、人々はそこで子を産み、育て、そして死んでいった」とあるように、宇宙空間の人工植民地（スペースコロニー）に人類が生活する状況になった際、その環境に適応する中で生まれた能力を有する人間として描かれる。具体的には、地球とスペースコロニーの対立から、宇宙移民者の主権を唱え、実際にスペースコロニーの一つであるサイド3を独立させたジオン・ズム・ダイクンにより提唱されるが、その「宇宙の民をニュータイプのエリート」とする考えが、ダイクンの死後、権力を握ったザビ家によって「エリートであるから地球に従う必要がない、という論法にすり替えられ」た結果、ジオン公国と地球連邦の戦争が起こることにも窺えるように、優れた洞察力、直感力を拡大させたその存在は、結果的に「戦争の道具」に利用され、連邦のアムロ・レイ、ジオンのシャア・アズナブル（ダイクンの息子。本名はキャスバル・レム・ダイクン）、ララァ・スンなど「ニュータイプ」同士の戦いも展開される。一方で作品終盤の戦闘中に生まれる、アムロとララァの「わかり合えた」という感覚や、結末でのジオンの宇宙要塞ア・バア・クーからのそれぞれの脱出の描写に象徴的なように、瞬時に意思疎通をする能力が、地球の「オールドタイプ」には出来ない、融和的な「人の革新」の可能性を有するものとしても描かれていく。

単なる超能力者ではなく、政治的な環境に因り生みだされる点に革新性があり、そのため「ニュータイプ」の概念は作品を超え、同時代の受容の中で世代間闘争をも生み、結果、先行世代を排した「ニュータイプ」による「「受け手――送り手」の想像の共同体」も生みだされていった。(注2) それは、しばしば一九八〇年代の〈新人類世代〉との関わりが指摘されることや、現在に至るも〈ガンダム世代〉という表現が使われることなどにも窺える。そして「ニュータイプ」による「「受け手――送り手」の想像の共同体」の象徴ともされるのがアニメを文化として成立させるため富野由悠季自身も演説をした「アニメ新世紀宣言」（一九八一年、新宿）であるが、しかし実際には、それが劇場版を成功させる方便の側面も大きかったことも指摘されており、加えて当時から「ニュータイプ」による「人の革新」という作中のメッセージに、「革新がなければ、人は戦争を繰り返す」という富野由悠季の「ペシミスティックな痛切さ」が読み取られていたこともまた指摘されている。(注3) 確かに近年でも、キャラクターデザインを担当した安彦良和が(注4)「「エスパーになら分かりあえる」というのは「現実には分かりあえない」ということの反語的表現。だから「分かりあえたらどんなにいいだろう！」というのが1ｓｔガンダムの最大、唯一のテーマ」と身も蓋もなく述べもするように、もはや「ニュータイプ」を「人の革新」と素朴に受容する構図は消失したと思われる。しかし一方、同じ機会で「つけ加えると、このテーマは最近ますます重い意味を持ってきている。だから1ｓｔは「重い」んだ、と思う」とも述べられているように、「ニュータイプ」に象徴される、地球の人間とは一見対照的に描かれる、宇宙空間でスペースコロニー、モビルスーツ（以下ＭＳ）を活用する移民の存在は、現在に至るまで、その都度様々な読解を可能とする器として機能してきた。後のシリーズを含めてのものとなるが、本稿の文脈と関わるものとして上野俊哉(注5)の言及を挙げれば、そこでは、シオニズムの選民思想、ディアスポラの要素、加えて差別されるサバルタンの側面が指摘された上で、更に背景には戦後日本の「自己植民地化」——戦後欧米をモデルとする被植民地化の一方、アジアには抑圧的な態度を示す「日本というスーツ」が読み取られている。

つまり「ニュータイプ」及び、宇宙空間でスペースコロニー、ＭＳを活用する移民は、社会の様々な軋轢や歪み、具体的には被占領下の戦後日本のあり方を体現するものとされているのであるが、実際にそうした読解を誘致する契機となったのが「Ｚ」である。「1ｓｔ」のブーム以降、受容層で深読みされる中で数多くの裏設定が想像、創造されていったが、その一部は続編の「Ｚ」に取り入れられていく。膨大な設定で知られる「ガンダム」シリーズであるが、この事例にも示されるように、それが公式のものとして具体的に複雑化、重層化していったのは「Z」からであり、そこで地球／宇宙の対立がより顕在化し、「ニュータイプ」の描写もより詳細になっていく。

しかし本稿では、そのように一見強固なものとして描かれる地球／宇宙の構図が最終的には解体していることと、またそれに伴い、宇宙移民という被差別性を逆手に取ることで地球の破壊を試みるような極論を振りかざす一部の「ニュータイプ」が、否定される過程を検証していく。そしてそのことにより、先述のように「ニュータイプ」及び宇宙移民に被占領下の戦後日本を見出すようなあり方自体が「Z」において批判的に照射されていること、加えて以降のシリーズがそうした戦後の問題に呪縛のように囚われたものになっているのではなく、その都度〈現在〉の問題性を浮彫にするものとなっているということも明らかにしていく。

## 1 「1st」の否定？――「Z」の「ニュータイプ」表象における可能性

「1st」の七年後を描く「Z」では、地球連邦の実権を握り、地球至上主義を主張するティターンズと、宇宙移民の独立自治権を求め、更に地球汚染を止めるため全人類の宇宙移民を主張するエゥーゴの内戦に、旧ジオンの残党でザビ家の復興を試みるアクシズが絡み合い、三つ巴の勢力争いが描かれる。「Z」は「1st」を否定する作品と捉えられることも多く、そのためか同時代では多くの批判を生むこととなった。当時、本作を「史上稀な〝愚作〟」とした会川昇は(注6)「旧作のラストで呈示された、人類の限りない飛翔のエネルギーと希望の行く末、そして愛すべきキャラクター達の、描ききれなかった側面、その未来を描いてくれる、という事であってほしかった」、「自分が愛し、ファンが愛したキャラクターが、世俗にまみれ、挫折しそしてそれが現実というものだ、パート2物はこんな描き方もあるのだ、と語ることに一体どれほどの価値を見いだせるというのか」

と述べている。この評に象徴されるように、「１ｓｔ」との違いに多くの受け手が戸惑ったとされ、状況の説明不足、展開の強引さ、主人公カミーユ・ビダンの異常な言動――これが「当時の視聴者の偽らざる感想」[注7]ともされている。

具体的に見ていけば、冒頭でハイスクールの少年カミーユが、ティターンズのジェリド・メサを突然殴りつける場面に象徴的なように、「Ｚ」では唐突に人との関わりや繋がりが描かれ、同時にそれが軋轢を生むものとして描かれていく。「１ｓｔ」では、軍の異なる連邦とジオンの人間が直接接触する機会は少なく、そうした壁を超越するかのように「ニュータイプ」による感応が描かれた。例外的にシャアと妹のセイラ・マスは都合四回、偶然出会うが、「Ｚ」ではそうした偶然性自体も「ニュータイプ」の特性のように描かれていく。実際に、ジェリドを殴ったために拘束された後、ティターンズのガンダムMk-IIを強奪することで脱走しエゥーゴに参加することとなったカミーユは、そこで受けるアムロの再来の「ニュータイプ」という評価に対して「偶然が重なっただけ」と述べるが、「その偶然も人間の力があってのことだと信じたい」とエゥーゴの指導者ブレックス・フォーラに語られていく。このように「Ｚ」では、「１ｓｔ」よりも遥かに増大した精神的な感応に加え、以降もあまりにも頻繁、簡単に為される他の軍への潜入（または拘束）やそこからの脱走、加えて裏切りによる軍の越境などにも見られるように、[注8]「偶然」の重なりのような接続とそこからの離脱や拒絶が繰り返される。つまり「ニュータイプ」は接続を非常に容易なものとし、またそのために軋轢を生むものとしても描かれていく。そうしたあり方が、先述の強引さや異常さを当時の受け手に与えたと思われるが、その帰結の一つが「第47話　宇宙の渦」におけるエゥーゴのカミーユとアクシズのハマーン・カーンの戦闘中のやり取りと言え、両者は精神的に感応し合う中で一瞬「わかり合える」が、即座にハマーンは「よくもずけずけと人の中に入る！　恥を知れ、俗物！」と拒絶し、それは、「１ｓｔ」で「人類の限りない飛翔のエネルギーと希望」とされた「ニュータイプ」の「わかり合えた」という感覚を、強く否定するものとして捉えられてきた。
「1st」の否定――確かに富野由悠季自身、「ガンダム」シリーズを作り続けることを否定する発言も多く、商業的理由で続編を作らざるを得ない事情への嫌悪を示すこともあるが、しかしそれにのっとるように、また先述のカミーユとハマーンの軋轢のような描写のみに注目することにより、「Z」を単に「1st」の否定を試みる作品と捉えるのは早計である（そもそも富野由悠季は場により発言を異にすることも多く、その点にも慎重になる必要がある）。例えば宇野常寛[注9]は「Z」を、「1st」の内破を試みて結果的に挫折し、その後シリーズ化する「ガンダム」の世界を「良くも悪くも再強化してしまった」作品と捉える。具体的には「偽史的想像力とセカイ系／決断主義的想像力を共に準備した作品」とし、他の機会[注10]では、「Z」を契機に増大していく複雑な設定と、その後の受容のコミュニティ――インターネットなどのネットワーク環境の整備化との相性の良さを指摘し、更に「広大な宇宙空間で距離や時間を無視して相手の「気配」（自意識）を察知してその存在をありのままに「見る」ことができるこの「ニュータイプ」の描写は、21世紀の現在振り返るとほぼインターネット的なコミュニケーションを予見している」とする。

　確かに「Z」は時を経ることで徐々に人気を獲得し、それは二〇年の時を経て富野由悠季により劇場版『機動戦士Zガンダム』（Ⅲ部作、二〇〇五～〇六）が公開されたことに象徴的であるが、しかしそれは内破の挫折の産物なのか。先に「偽史的想像力」とあったが、確かに大塚英志[注11]のように、「ガンダム」、そして中上健次、村上春樹作品などのサーガを、失効していく〈大きな物語〉を補完する単なる「偽史」と捉えるのであれば、それは現実から逃走するものとしての虚構に過ぎないこととなる。しかし宇野常寛が、図らずも現在の視点から「Z」、またはそれ以降の作品を読解していること――論の妥当性はここではおく――、また富野由悠季自身が新たな視点で劇場版「Z」を発表していることなどにも窺えるように、「ガンダム」シリーズは常に〈現在〉から捉え返される中でその世界を拡大、更新させるものとなっているのであり、実際にそうしたシリーズ化の契機となった「Z」には、やはり二〇〇〇年代以降の〈現在〉にも射程の及ぶ問題性が描かれている。

まず「1st」の「わかり合えた」という感覚を否定したとされる、「Z」の「分かり合えない」関係性であるが、確認すれば「1st」にもそれは描かれていた。例えば劇場版には登場しないが、ジオンの「ニュータイプ」であるシャリア・ブルに対し、ジオンの総帥ギレン・ザビは「人の心を覗きすぎるのは、己の身を滅ぼすことになる」と警告し、実際にその直後に戦死する姿が描かれ、また先述のアムロ・とララァの「わかり合えた」という感覚も、やはりその後のララァの戦死を伴う両義的なものとして描かれる。そうした悲劇や軋轢を顕在化させたのが「Z」と言え、(注12) 現時点での最新作『ガンダム Gのレコンギスタ』(二〇一四〜一五) に見られる登場人物の噛み合わない会話の様相なども含め、すれ違うあり方は富野由悠季作品の大きな特徴であることもしばしば指摘される。

ただし「Z」では、単に「分かり合えない」関係、悲劇、軋轢が強調されているわけではない。まず決定的対立のように描かれる、地球至上主義のティターンズ、そしてシャア・アズナブル(偽名はクワトロ・バジーナ)らが所属し全人類の宇宙移民を主張するエゥーゴ、またザビ家の復興を試みるアクシズであるが、中盤から後半に差し掛かるに連れ、徐々にそれぞれの指導者の主義主張にそれほどの差異がないことが明らかにされていく。一見、地球至上主義のティターンズであるが、「第21話 ゼータの鼓動」では、「地球に引かれている人々を根絶やしにするために、地球連邦軍をティターンズにした」、「戦争を起こして、地球の経済を徹底的に窮地に追い込めば、地球上の人間は餓死をしていなくなる」と総帥ジャミトフ・ハイマンの言動を解説した上で、パプテマス・シロッコ——後にジャミトフを暗殺しティターンズの指導者となる——は、「私の使命は、重力に魂を引かれた人々を解放すること」と語る。しかしそれは、「エゥーゴの目的と同じ」(マウアー・ファラオ)と言われるように、やはり後にエゥーゴの指導的立場となるシャアの主張と同様のものなのであり、同時にザビ家の思想を引き継ぐハマーンのアクシズと矛盾するものでもなく、三者とも地球の人間を否定し、宇宙での「ニュータイプ」による革新を目的とする点では共通する。ただしそれでも、戦いの中で三者が一か所に集う最終話「第50話　宇宙を駆ける」の噛み合わないやり取りに象徴的なように、最後まで「わかり合える」ことはない。

このように「Z」では、主義主張が異なるために「分かり合えない」のではなく、実際には根底で共通の考えを有するものの、手段や方法の差異から結果的に異なる立場となっている「ニュータイプ」の存在を、自身の影や鏡のように突き付けられるあり方、そして場合によっては「わかり合えた」――かもしれないという可能性をそれぞれに想起させるあり方が描かれていくこととなる。

## 2「死者」との対峙――「現実世界」の変容

シャアらの手段や方法の差異について見ていけば、それは「女を道具に使う」(「第49話　生命散って」)か否かの問題である。まずシロッコについて確認するため、部下であるサラ・ザビアロフとの会話を引用したい。

「パプテマス様は、大地が欲しいのですか?」(サラ)／「どれほど木星の環境に順応していても、私とて女性の胎内から産まれた人間なのだからな」(シロッコ)／「地球の再生を願っているのですね」(サラ)／「そうだ。だからこそ、それまでの居場所が欲しい」(シロッコ)／「それがコロニーなのですか?」(サラ)／「手伝って欲しいな、サラ」(シロッコ)

(「第28話　ジュピトリス潜入」)

こうしたやり取りや、他の機会でも戦後は女性による統治が必要と説くなど、「Z」では主にシロッコを通して宇宙移民が活用するスペースコロニー、MSを人工の母胎とする視点が強調されていく。(注13) しかし実際にそこで展開されるのは、そうした人工の母胎も含め、男性性に傷つけられ続ける女性性のあり方なのであり、例えば自身は手を下さないものの、人工の母胎であるはずのスペースコロニーへの毒ガス攻撃――ティターンズのバスク・オムらによる――を黙認し、また女性による統治を語りながらも、先述のサラや、エゥーゴから寝返ったレコア・ロンドなどの女性をMSのパイロットとして利用して結果的に死に至らしめるのがシロッコなのである。その支配欲は、レコアの死の直前に為される次の会話の末尾からも窺うことができる。

「やはり人は、より良く導かれねばならん。指導する絶対者が必要だ」（シロッコ）／「この戦いが終われば、人は変わるのでしょうか?」（レコア）／「変えるのだよ。それをやるのはレコア、君かもしれない」（シロッコ）／「私は、あなたに賭けたのです」（レコア）／「わかっている」（シロッコ）

（「第49話　生命散って」）

またそうしたシロッコのあり方が、「アクシズにおいてあり得たかもしれないシャア」と指摘されることにも窺えるように、同様の姿勢をとり得る可能性を有しながらも、しかし結果的には、そのように「「女」を操り、その背後から世界を動かしていくこと、ザビ家の独裁制に乗った世直しの機会」を拒絶するのがシャアである。(注14) かつてジオンに属していたシャアは、その際にハマーンと特別な関係にあったことがほのめかされるが、しかしハマーンを利用することなく離反し、エゥーゴの指導的立場となる。つまりシャアにとって、女性を利用して権力を行使するシロッコとは「あり得たかもしれない」自身の影や鏡なのであり、また同時に、ザビ家の下で権力を行使するハマーンもまた、アクシズにおいて「あり得たかもしれない」自身の影や鏡なのである。

ただし一方でそうしたシャアも、やはり女性を傷つける存在として描かれている。「あんな辱めを受けて」(「第12話　ジャブローの風」)と、戦いの中で男性に傷つけられたと苦しむレコアは、「君の心が傷付いているのに、アーガマの男達にはそれに気付くナイーブさがなかった」(「第40話　グリプス始動」)とシロッコに諭されるように、シャアから「ぬくもり」を得られなかったためにティターズに寝返り、最期には「男達は戦いばかりで、女を道具に使うことしか思いつかない。もしくは、女を辱めることしか知らないのよ」(「第49話　生命散って」)と嘆き戦死する。また「やはり、裏切りかい？　シャア」(「第33話　アクシズからの使者」)という糾弾にも逆説的に示されるような、シャアに対する冷めることのないハマーンの愛憎は、更なる軋轢を生み、戦火を拡大することともなっていく。ハマーンはザビ家再興という目的のみならず、「女」として、最後までシャアに「共闘」を求め続けるが、その過程でアクシズをゼダン門に直撃させ、更にはアクシズを月のグラナダに落とすことも試みるのであり、つまり「ニュータイプ」の革新を主張しながらも、シロッコ同様、人工の母胎としての宇宙を傷つけることとなるのである。

このように「Z」では、「1st」の時代から戦いが続いているが故の人材不足という理由づけもなされるものの、MSのパイロットも含め多くの女性が直接戦うこととなり、同時に次の時代を担う存在のように語られるが、しかし結果的に男性のために死にゆく姿が強調されていくのであって、そこで人工の母胎としての宇宙も傷つけられていく。そうした女性をめぐる問題性は、一見シロッコの存在感が大きくなるに連れて徐々に顕在化し、並行するようにシャアをめぐるレコアやハマーンの姿も描かれていくこととなるのであるが、ただし実際には、「Z」の冒頭で先述のように「女の名前なのに…なんだ、男か」というジェリドの発言に「カミーユの姿が男の名前で何で悪いんだ！　オレは男だよ！」(「第1話　黒いガンダム」)と叫び唐突に殴りつけるカミーユの姿から始動するのであり、「Z」を貫くものとなっている。つまり冒頭では、カミーユの、男性足り得ないというコンプレックスが刻み込まれ、それは父性の力を持ち得ない存在として描かれるカミーユの父、フランクリン・ビダンに対する憎悪からも窺うことができるが、しかし「Z」ではそうしたカミーユが徐々に変容していく姿を通して、女性性を傷つけずに済んだ「かもしれない」あり方が描かれていくこととなる。

「自分が殺してしまったパイロットのことを、考えるようになっています」(カミーユ)／「お祈りしてるの?」(エマ・シーン)／「無宗教ですけどね」(カミーユ)／「死んだ人には宗教は関係ないもんね」(エマ)

(「第23話　ムーン・アタック」)

「アムロ・レイの再来」という評価の下、「男」として戦い続ける中でカミーユは上記のような認識に至り、アーガマの自室に死者を弔うための小さな祭壇を作るようになる。先述のようにシャアらの「あり得たかもしれない」関係は、シャアとハマーンのかつての蜜月や、時折「共闘」するシャアとハマーン、ハマーンとシロッコの関係にも窺えるように、「わかり合えた」「かもしれない」可能性も窺わせるのであるが、しかし同時にシャアの「ハマーン・カーン…ジオンの亡霊めっ!」(「第33話　アクシズからの使者」)という言葉に象徴されるように、もはや決して「分かり合えない」ことも示唆されていく。一方、まさにそうした「亡霊」や「死者」を、拒絶の対象や、「死んだ人には」「関係ない」(エマ)といったように単なる他者とするのではなく、徐々に向き合うことを通じて「わかり合えた」「かもしれない」と位置付けていくのがカミーユである。(注15)「Z」におけるニュータイプは、「分かり合えない」関係、悲劇、軋轢をもたらすものでもあるが、しかしカミーユとハマーンのやり取りだけでなく、増大する精神的な感応、「偶然」の重なりのような接続の体験自体が、そもそもは融和の可能性をそれぞれに想起させるものでもあり、だからこそ「1st」において、アムロとの出会いを「あなたの来るのが遅すぎたのよ」「何故？　あなたは今になって現れたの？」と語るララァの感情を反復するかのように、サラも「あたしはあなたよりも先にシロッコに出会ったのよ！」（「第31話　ハーフムーン・ラブ」「第45話　天から来るもの」。前者はカミーユ、後者はエゥーゴのカツ・コバヤシへの反応）と繰り返す。つまり、先に出会えれば「わかり合えた」「かもしれない」という感覚が描かれているわけであり、それぞれが感応する他の様々な戦いの描写も、実際には戦わずに済んだ「かもしれない」という感覚を想起させるものとなっている。

　そしてそうした側面から見た際、「Ｚ」を可能世界との関わりで捉える必要性が浮上する。二〇〇〇年代以降、可能世界を描く作品が増加していることはしばしば指摘され、[注16] また一九九五年の阪神淡路大震災、地下鉄サリン事件が可能世界への想像力を増加させ、以降の村上春樹作品において数多くの可能世界が描かれたことも指摘されている。[注17] 数多くの「死者」に対し、ニュータイプを通して、戦わず傷つけず、そして殺さずに済んだ「かもしれない」という感覚を繰り返す「Ｚ」にも可能世界に関わる想像力を見出すことができるのであり、それは可能世界に対する批判にしばしば見られる、現実／虚構という二元的な構図――言わば、先述の意味での単なる「偽史」と同様、現実から逃走するものとして自由に創造される世界――とは異なり、そうした構図自体を既に解体するものとなっている。最終話「第50話　宇宙を駆ける」では、「現実世界では、生き死ににこだわるから、ひとつの事にこだわるんだ」（カツ）という言葉にも見られるように、「死者」との通じ合い、「かもしれない」という可能性の感覚の下、「現実世界」を変容していく存在としてカミーユが描かれ、そのように感覚できず、また感応に「プレッシャー」しか感じ取れないシロッコのような存在が、結果的に排除の対象と見なされていくこととなる。

　つまり可能世界への想像力の増加は、先の阪神淡路大震災、地下鉄サリン事件や、二〇〇〇年代以降の世界内戦状態とも言われる状況からも窺えるように、大規模な破壊という事象によって呼び起されるものとしても捉えられるが、「Ｚ」における、人工の母胎としての宇宙を傷つけ続け、更に「地球に引かれている人々を根絶やしにする」、「戦争を起こして、地球の経済を徹底的に窮地に追い込めば、地球上の人間は餓死をしていなくなる」といった発言をするシロッコや、「1ｓｔ」においての地球へのコロニー落としを行ったザビ家の「亡霊」ともされるハマーンとは、まさに「1ｓｔ」から続く大量破壊の反復を試みる存在なのであり、そのため、そうした状況自体を再び作り出し、またそこで殺さずに済んだ「かもしれない」という可能性を感覚することもない両者が排除の対象となるのである。具体的には、既に見たカミーユとハマーンのやり取りにおいて、「人はわかり合えるんだ」「やめろ！　僕達はわかり合えるかもしれないだろ！」というカミーユの「かもしれない」可能性の感覚を、「恥を知れ、俗物！」と一方的に拒絶するハマーンは、遂には「わかった、お前は生きていてはいけない人間なんだ！」「暗黒の世界に戻れ、ハマーン・カーン！」と否定され、最終局面で「戦争を遊びにしている」とされるシロッコも、「ここからいなくなれ！」（「第50話　宇宙を駆ける」）と排除されることとなる。また付け加えれば、「貴様、人が死んだんだぞ、いっぱい人が死んだんだぞ！」というカミーユの叫びに「お前もその仲間に入れてやるってんだよ！」と返すティターンズのヤザン・ゲーブルも、「貴様のような奴は屑だ！生きていちゃいけない奴なんだ！」（「第49話　生命散って」）と同様に排除の対象となっている。

そして象徴的であるのは、シロッコを倒す際、先述のように徐々に「死者」と向き合っていたカミーユが「みんなにはわかるはずだ！」という叫びを契機に、エマ、ライラ・ミラ・ライラ、レコア、ロザミア・バダム、フォウ・ムラサメと、敵味方問わずこれまで戦死していった女性と感応し、更に「身体をみんなに貸す」ことで「溶け合」っていくことである。（注18）そこで実際に現れる「死者」は、まさに殺さずに済んだ「かもしれない」という可能性の感覚が具現化したものと言え、それらと感応し「力」を得ていくことで、つまり可能世界の想像力によることで、「現実世界」を変えようとするカミーユとは、シロッコらのように「現実の世界」／「死者」の世界という二元的な区分の中で「死者」を増やし続け、更にそうした状況を作り出しながら「死者」を省みない存在に対し、文字通りそうした二元的な閉じた世界を突き付け――「暗黒の世界に戻れ」、「生きていちゃいけない」、「ここからいなくなれ」――封じ込めようとしていくのである。

しかしその際、「私の命を吸って。そして勝つのよ」「あたしは見たわ。Zガンダムは人の意思を吸い込んで、自分の力にできるのよ」（エマ）、「カミーユはその力を表現してくれるマシーンに乗っている」（フォウ）「Zガンダムにね」（ロザミア）と語られるように、カミーユの搭乗するZガンダムが、可能世界の想像力という「人の意志」「身体を通して出る力」を「表現」できるMSとして描かれていることは、何を意味するのか。またそこで「オレの身体を、みんなに貸すぞ！」とあるように、そうしたZガンダムを通して、男性性に拘泥してきたカミーユが、自身の身体を女性たちに明け渡すことによりシロッコを排除していく構図とは、何を意味するのか。

## 3 極論の否定――戦後サブカルチャーの総括

シロッコ、シャア、ハマーンの三者は地球の人間を否定し、宇宙でのニュータイプによる革新を目的とする点では共通し、それは確認したように大量破壊も辞さない姿勢でもある。一方シロッコとは異なり、カミーユと一瞬「わかり合える」体験をし、また最終局面での対決後、一見戦死したシャアに対し「私と来てくれれば…」と語るなど、限定的にではあるものの「あり得たかもしれない」可能性を感覚することもあるハマーンや、同様に、ララァを失わずに済んだ「かもしれない」可能性を抱き続けるシャアは、ひとまず「Z」において排除されることはなかった。ただし、続編『機動戦士ガンダムZZ』（一九八六～八七）、劇場版『機動戦士ガンダム逆襲のシャア』（一九八八）において、それぞれ地球にコロニー落とし、小惑星落としを実行してしまうことにより（後者は未遂）、やはり結果的に排除の対象となっていく。ここで注意したいのは、このように「逆襲のシャア」にも引き継がれ、またその後の富野由悠季の「ガンダム」シリーズにも見られる、地球の汚染を防ぐために、あえて積極的に汚染し人を住めなくすること――可能世界の想像力を増大させる大量破壊――で地球を自然に返そうという極論についてであり、(注19) そしてそれが「Ｚ」において顕在化していることである。確かに「1st」でも、ジオンのギレンにより選民思想が「せっかく減った人口です。これ以上増やさずに優良な人種だけを残します。人類の永遠の存続のために地球圏を汚さぬためにです」、「地球連邦の絶対民主制が何を生み出しましたか？　官僚の増大と情実の世を生み…あとはひたすら資源を浪費する大衆を育てただけです」と地球の汚染、資源の問題が語られるが、殆どこの一箇所に過ぎず、またそれは独裁者ギレンの方便のようにも描かれており、やはり極論の顕在化は「Ｚ」からと言える。

一方で看過できないのは、荒廃した街や土地の描写などはあっても、汚染や資源の枯渇の具体的で切実な描写は「Ｚ」に至っても見られないことである。もちろん富野由悠季自身は、近年に至るまでインタビューなどでも度々地球の資源の有限性について語っている。また例えば「Ｚ」でもシャアが連邦の評議会を制圧した際、全世界中継での演説で「地球を自然の揺り籠の中に戻し、宇宙《そら》で自立しなければ、地球は水の惑星でなくなるのだ……このダカールでさえ、砂漠に呑み込まれようとしている。それほどに地球は疲れきっている」（「第37話ダカールの日」）と述べるように、砂漠化の描写自体は見られるのであるが、その後も地球での大量破壊が繰り返されながらも、「Ｚ」より四〇年近く先の世界、劇場版『機動戦士ガンダムＦ91』（一九九一）では、環境の多少の改善化とともにむしろ地球に戻る人間が増えていることも示され、そのはるか先の時代を描く『∀ガンダム』（一九九九～二〇〇〇）、劇場版『∀ガンダム』（Ⅱ部作、二〇〇二）でも、大量破壊後にやはり再生しつつある地球で暮らす人々の様子が描かれる。

このことに窺えるように、富野由悠季の「ガンダム」シリーズでは、コロニー落としなど地球での大量破壊が反復的に描かれるが、そのことは〈それでも破滅しない地球〉像を一見示しているとも言え、裏を返せばそこには、富野由悠季と同世代の宮崎駿の作品などと比べても明らかなように、汚染やエコロジーの問題自体に重点が置かれているようには読み取れない。つまりシロッコやシャアの主張をなぞるかのように地球での大量破壊を描き続け、加えてその際、汚染や資源の枯渇の切実かつ具体的な描写が伴われない点において、「ガンダム」シリーズは、サブカルチャーにおける無数の核――を想起させる大量破壊――の反復を被爆と被占領に起因する根本的な不能の反映とする村上隆の展示「リトル・ボーイ」(二〇〇五・四・八〜七・二四)や、大友克洋「AKIRA」(「週刊ヤングマガジン」一九八二・一二・二〇〜九〇・六・二五)のトラウマ的な核の反復とその後の発展的な都市再生の「循環」の描写に、資本の論理――具体的には〈破壊〉と〈再生〉に成長を依存するアメリカの軍事産業複合体との共犯関係の中で都市を再生していった戦後日本のあり方を見出すトマス・ラマール(注20)の指摘とも関わるもののようでもある。

確かに「ガンダム」シリーズが「巨大産業」として拡大し続けていることと大量破壊の反復が並行している点においては、上記の指摘と無縁とは言い切れない。しかし実際に現実の世の中において大量破壊が繰り返される中で、「ガンダム」シリーズが大量破壊を〈現在〉に至るまで反復し、そして結果的に受容され続けていること自体の意味を積極的に読み解いていくことこそがここでは重要であると思われる。つまりこれより見るように、現実の世の中と同様、避けられないものとして大量破壊が反復されるのが「ガンダム」シリーズなのであり、そうした側面にはやはり「ペシミスティックな痛切さ」が見出されるのかもしれないが、しかしそこでは、〈破壊〉を活かすことでの〈再生〉という焼け太りのような構図が描かれているわけではない。村上隆は、戦後日本のサブカルチャーにおける〈破壊〉と〈再生〉の無自覚な関係について言及しているわけであり、また先述の上野俊哉も、「ニュータイプ」に被占領下の戦後日本のあり方を見出しているわけであるが、しかし実際には、「Z」ではそうした指摘に先駆けるかのように、地球の〈再生〉のため一旦地球を〈破壊〉するという発想が、あたかもシロッコらの「正義」(「第44話　ゼダンの門」)のように具体的に提示されていった上で、結果的にZガンダムを駆るカミーユに否定されることとなっている。

そのように確認すると、被爆と被占領に起因する根本的な不能の反映として、サブカルチャーにおいて無自覚に反復され、その後の「ガンダム」シリーズでも繰り返されてきたとされる〈破壊〉と〈再生〉の構図は、実際には「Z」において既に明確に論理化されているのであり、そしてその上で、批判的に照射されていることがわかる。言い換えれば「ガンダム」シリーズは、「Z」において戦後日本のサブカルチャーの抱える問題性を浮彫にし、総括した上で、改めてその後も大量破壊を描いているのであり、そのため、それは戦後の不能の反映などではなく、あくまでも〈現在〉にも射程の及ぶ問題性を描くものとなっている。例えば「Z」は、放映後に長い期間をかけて徐々に人気作となり、二〇年後に劇場版も制作されるに至ったが、その要因に、現実の世の中自体が内戦、テロといった大量破壊の頻発する状況となっていったことがしばしば挙げられている。つまり「Z」で描かれたような出来事が身近に感じられるようになった状況、言い換えれば、サブカルチャー的想像力の産物ともされる地下鉄サリン事件や同時多発テロなどの象徴的な事件に示されるように、虚構の現実化が常態のようになって以降、「ガンダム」シリーズが追及するのは、避けられないものとしての大量破壊の現前化を描きながらも、「Z」と同様にそうしたあり方を否定し、そのような事態を繰り返さずに済んだ「かもしれない」という可能性を模索する姿勢――汚染の状況自体に重点を置くのではなく――なのであって、そこに安易な〈破壊〉と〈再生〉の構図は存在していない。

以上のように後のシリーズの性質についても整理した上で、改めて「Z」におけるシロッコ、シャアらの極論と、それを否定するカミーユの行為の意味を検討したい。注目すべきは極論の原動力に「個人的な感情を吐き出すことが、事態を突破する上で一番重要なこと」(「第5話　父と子と…」)というシャアの姿勢があることであり、それはシロッコ、ハマーンにも共通する。つまり三者は、宇宙でのニュータイプによる革新という〈私〉の理想――例えばシャアであれば、アムロのようにララァと「わかり合え」なかったという想いがその根底にあるという意味でも、理想に至るまでの過程はまさに「個人的な」ものである――を〈公〉に接続させること、具体的には地球を〈破壊〉することで事態の突破を試みているという点において同様なのであるが、注意したいのは、「こんなムチャクチャな言い分が、胸に心地よく響くのはなぜだろうか?」[注21]と述べられもするように、それがある種のカタルシスを生むものとしても機能していることである。

そしてそうした〈私〉と〈公〉の接続について考察するため、少々唐突なようであるがここで想起したいのが三島由紀夫である。佐藤秀明[注22]は、大きな反響となった三島由紀夫の自決(一九七〇年)に、「誤解を恐れずに言えば、反発や否定の反響であったとしても、それは思想に「命を懸けた」ことへの広義の共感」、「「イデオロギー」と主体とは一体であるべきだという理念がまだ生きていた」時代における〈私〉と〈公〉の接続――「理想を守るために、〝身を挺する〟こと」への共感があったとしている。こうした「共感」こそが先述のようなカタルシスの源泉と思われるが、重要であるのは、一方でそうした行為がサブカルチャー的な振舞、つまり虚構を現実化してしまうもの、つまり後のサブカルチャーの先駆のようにも捉えられていることである。例えば上野俊哉[注23]は、肉体や言説も含め自身を仮構していく晩年の三島由紀夫のあり方を虚構の人工的身体の創出と捉えた上で、更に「三島が軍事オタクやフィギュアに似ているのではなく、そうしたサブカルチャーのシーンで生きるわれわれのほうが、気づかないうちに三島と並列化され、その模倣者になっている」、「スーツやサイボーグが出てくるアニメやマンガを楽しむ者は、三島が生きた(死んだ)(略)過程と身ぶりを知らないうちにすっかり反復している」と述べる。人工的身体自体は被占領下の日本のあり方を照射するものとしても機能するわけであるが、結果的に三島由紀夫自身は、そのような戦後に耐えかねるかのように「ファナティック」に現実と虚構を自らの身体の上で直結させ」、切腹も含め、言わば「サブカル的」な振舞を現実化してしまうのであり、先述の地下鉄サリン事件をそうした行為の反復とする見方もある。(注24)

しかし「Z」で描かれるのは、そのように〈私〉と〈公〉の接続を「ファナティック」に、またはカタルシスをもたらすような「心地よ」いヒロイックなものとして行っていくこと、言い換えれば、三島由紀夫の自決を無自覚に反復するような、以降のサブカルチャーのあり方を否定し総括するものでもある。つまり宇宙移民の「ニュータイプ」であるシロッコ、シャアらによる〈私〉と〈公〉の一体化には、三島由紀夫が被占領下の日本に耐えかねるように決起し結果的に自決したことと同様、戦後日本(人)の比喩のようでもあるスペースコロニー(人工植民地)、MS(人工的身体)を使用せざるを得ない過酷な環境で生きる状況への複雑な感情が根底にあるのであり、具体的には、そうした〈私〉の感情の裏返しとして、殊更に称揚される人工の母胎での「人の革新」という主張と同時に、地球の〈再生〉のため一旦地球を〈破壊〉するという長期的展望に基づく大義――〈公〉が掲げられ、その上でそれがカミーユによって否定されていく。

見ていけば、先述の、最終話「第50話　宇宙を駆ける」でシロッコ、シャア、ハマーンの三者が偶然コロニーレーザー内の劇場跡に一か所に集うこと、また、そこでシロッコらが「役者」「芝居」と喩えられていくことは象徴的である。つまりそこでは、虚構の現実化のような〈私〉と〈公〉の接続をヒロイックに陶酔的に行うあり方自体が、劇場のスポットライトによって文字通り照射され、更にカミーユによっても「本当に排除しなければならないのは、地球の重力に魂を引かれた人間達だろう⁉　けど、そのために大勢の人間が死ぬなんて、間違ってる！」と批判されていく。戦いを繰り返す中で、殺さずに済んだ「かもしれない」という可能性の感覚を抱き続けてきたカミーユは、そうした目的のために「大勢の人間が死ぬ」ことは容認しない。確かに「地球の重力に魂を引かれた人間達」という言葉に見られるように、シロッコやシャアらの思想にある程度囚われていることは否めないが、しかし一方で「僕の二の舞だけは踏むんじゃない。重力というやつは、本当に人間の心を地の底に引き込む力があるようだ」と語るアムロに、「でも、魂を生んでくれたのも、地球ではないんですか？」（「第17話　ホンコン・シティ」）と返答しているように、カミーユは地球と宇宙を連続性の中で捉える存在でもある。そしてそうしたカミーユが搭乗し、可能世界の想像力という「人の意志」「身体を通して出る力」を「表現」できるZガンダムとは、変形後の飛行形態において単独での大気圏突入が可能なMSであり、それはメッサーラに搭乗するシロッコが「地球の引力の井戸に引き込まれるのは御免だ」（「第11話　大気圏突入」）と地球に決して近づかないこととやはり対照的に描かれる。

そこにも地球と宇宙の連続性が見て取れるが、加えて注目すべきは、「Z」においてそうした変形MSが初めて描かれることであり、それはシロッコらが唱える人工の母胎という構図を否定するものともなっていく。確認したように、宇宙空間におけるスペースコロニー、MSを人工の母胎として称揚することは、同時に地球の〈破壊〉にも接続し、更に女性性が男性性に傷つけられる展開に示されるように、スペースコロニーなども含め、結局は女性性が戦争の道具として利用され続けることにも連なっていく。つまり男性性に拘泥してきたカミーユが、最終局面で「オレの身体を、みんなに貸すぞ！」とZガンダムを通して、自身の身体を女性たちに明け渡すことによりシロッコを排除するのは、自身も含めて戦いの中で女性性を傷つけてきたことに対する贖罪を意味するだけでなく、地球／宇宙という強固な二元論を作り出して、そこで被差別であることを逆手に取ることにより極論を振りかざし、避けられる「かもしれない」大量破壊を結果的に繰り返そうとするあり方を、殺さずに済んだ「かもしれない」女性の顕在化——つまり二元論の中で結局は女性性を戦争に利用してきた構図自体の顕在化を通して否定することをも意味していくのである。加えてその際、Zガンダムが地球と宇宙の連続性を体現する飛行形態であり人型ではないことも、宇宙移民を殊更に被差別の人工的身体と捉える構図――裏返しとしての地球の破壊――を拒絶するものと言え、更にシロッコの排除後、精神を崩壊させたカミーユが「暑苦しいな、ここ。ふぅ。出られないのかな? おーい、出してくださいよ、ねぇ!」と子宮の喩ともされるコクピット(注25)から脱出を意図することも、宇宙空間を人工の母胎とするような囚われた構図、言わば、被占領下の日本を閉塞的空間とする思考に囚われ続けるあり方からの脱却が読み取れるのである。

以上のように「Z」では、シロッコやシャアなどの「ニュータイプ」によって戦後の不能の反映のような構図が顕在化された上で、それがカミーユという「ニュータイプ」により否定され総括される。また同時に、その代償のようにカミーユが精神を崩壊させるあり方(そして先述のコクピットから実際に脱出する描写も存在しない)には、戦後の呪縛だけでなく、以降の、内戦、テロといった大量破壊の頻発する現実の世の中の状況の中で、結果的に〈現在〉に至るまで、改めて大量破壊を描き続けていくことになる「ガンダム」シリーズの、そして富野由悠季の宿命を想起させるものともなっている。

(1) 「IP(キャラクターなどの知的財産)別売上高だ。昨年(引用者注――二〇一四年)から大ブームを巻き起こしている『妖怪ウォッチ』の552億円に対し、『機動戦士ガンダム』が767億円と、いまだに「ガンダム」の強さが示された」とある(五目舎「いまだ巨大市場を形成――『妖怪ウォッチ』をも圧倒する『ガンダム』のコンテンツパワー」、「ORICON STYLE」二〇一五・六・四。http://www.oricon.co.jp/news/2053769/full/。

二〇一六・三・一七参照)。
(2) 可児洋介「想像の共同体としてのニュータイプ――『機動戦士ガンダム』をめぐる同時代言説」(「学習院大学人文科学論集」二〇一〇・一〇)。
(3) 伊藤剛『マンガは変わる――〝マンガ語り〟から〝マンガ論〟へ』(二〇〇七・一二、青土社)。
(4) 安彦良和「特別編の特別インタビュー」(安彦良和『機動戦士ガンダム THE ORIGIN』(二四巻、二〇一五、二、角川書店)。
(5) 上野俊哉『紅のメタルスーツ』(一九九八・一二、紀伊國屋書店)。
(6) 会川昇「ガンダムよ、ゼータよ、そしてあらゆる夢の旅人達へ」(『機動戦士Zガンダム大事典』、一九八六・八、ラポート)。
(7) 氷川竜介、藤津亮太編著『Z BIBLE『機動戦士Zガンダム――星を継ぐ者――』完全ドキュメント』(二〇〇五・六、講談社)。
(8) ティターンズのサラ・ザビアロフによるエゥーゴのアーガマからの脱走、クワトロらのアクシズのグワダンからの脱走、カミーユのティターンズ・キリマンジャロ基地への潜入/脱走など。それ以外にも頻繁に見ることができる。
(9) 宇野常寛「母性のディストピア――ポスト戦後の想像力　第十二回　富野由悠季と母性の偽史」(「新潮」二〇〇九・一〇)。
(10) 宇野常寛『リトル・ピープルの時代』(二〇一一・七、幻冬舎)。
(11) 大塚英志『初心者のための文学』(二〇〇六・六、角川書店)。
(12) もちろん「1st」と「Z」の間に富野由悠季が監督した『伝説巨神イデオン』(一九八〇~八一)、劇場版『伝説巨神イデオン』(二部作、一九八二)、『聖戦士ダンバイン』(一九八三~八四)などにもそうした特徴は見られ、それに関してはまた別に検討が必要であろうが、ここでは「ガンダム」シリーズ、ニュータイプに絞る。
(13) また「1st」のMS以降、アニメにおけるロボットの操縦席が、主流だった頭部から腹部に移ったことを胎内回帰の暗喩と指摘するものも存在する（小原篤「ロボットアニメ低迷、「懐かし路線」へ後退（ニュース・スナップ）」「朝日新聞」一九九八・五・七）。

(14) 皆川ゆか『評伝シャア・アズナブル――《赤い彗星》の軌跡』（下巻、二〇〇六・一二、講談社）。

(15) 本稿とは文脈が異なるが、西田谷洋『ファンタジーのイデオロギー――現代日本アニメ研究』（二〇一四・五、ひつじ書房）は、ジャック・デリダの「亡霊」、具体的には、非現前的、複数的、偏在的で、不可視のあちら側からこちら側に働きかけてくる強迫観念やヘゲモニーの概念を通して劇場版「Z」におけるニュータイプのコミュニケーションを分析しており、示唆的である。

(16) 例えば安藤礼二「複製たちの廃墟――続・二〇一〇年代の小説と批評」（「文学界」二〇一〇・八）、小泉義之、小森健太朗、絓秀美、中島一夫「〇〇年代の可能世界」（「述」二〇一一・一）など。

(17) 千田洋幸「死者と可能世界――村上春樹の一九九五年／『あの花』の二〇一一年」（宇佐美毅、千田洋幸編著『村上春樹と二十一世紀』二〇一六・九、おうふう）。

(18) シロッコを庇うサラを説得するため、例外としてカツも男性であるが登場する。またジェリドも死者としてのマウアーと感応するが、カミーユとは異なり、個人的な感情に囚われる存在として描かれる。

(19) 例えばやはり富野由悠季監督による劇場版『機動戦士ガンダムF91』（一九九一）の世界においても、ほぼ同様の極論に基づき大量破壊を試みる宇宙移民のあり方が描かれている。そしてそれがどのような問題として描かれているかということについては、拙稿「富野由悠季『機動戦士ガンダムF91』における語り手のキャラクター性――マンガ『機動戦士クロスボーン・ガンダム』との差異を通して」（大橋崇行、山中智省編著『ライトノベル・フロントライン3』二〇一七・一、青弓社）において、具体的には小説版である富野由悠季『機動戦士ガンダムF91』（上下巻・一九九一・二～三、角川スニーカー文庫）を中心とすることで論じている。

(20) トマス・ラマール「トラウマから生まれて――『AKIRA』と資本主義的な破壊様式」（余田真也訳、「新現実」二〇〇七・四）。

(21) 多根清史「殺すことでしか愛せない！　カミーユが背負い込んだ悲劇の正体!?」（『僕たちの好きなガンダム

——『機動戦士Zガンダム』全エピソード徹底解析編』二〇〇三・四、宝島社)。

(22) 佐藤秀明「「私的」なものと「公的」なもの——「3・11」後から見た三島由紀夫」(「述」二〇一三・三)。

(23) 上野俊哉『荒野のおおかみ——押井守論』(二〇一五・三、青弓社)。

(24) また、本稿とは文脈が異なるが、助川幸逸郎「シャア・アズナブルは、三島由紀夫の「憂国の念」に応えたのか——共同性なき「われわれ」の共生のために」(平井達也ほか編者『グローバリゼーション再審——新しい公共性の獲得に向けて』二〇一二・九、時潮社)も、富野由悠季の「ガンダム」シリーズと三島由紀夫を関連付け論じている。

(25) 注(13)に同じ。

# 『機動戦士ガンダムUC』における主体性

西田谷洋

## 1　ニュータイプの条件

アラブの春や反安保法制デモなど、今日の新たな社会運動・蜂起を導いたのは、既存の指導者や組織ではない。そのとき新たな社会的主役が立ち上がり、民主主義や直接行動の多様なあり方を求める権利要求が進められた。そこでは、思考や生の諸条件を自主管理的かつ水平的に社会展開させる傾向があったとされる。ところで、南米のラディカルな社会運動グループでは、「集団的な実践をなす自己解放の実践として「新たな人間」の構築というチェ・ゲバラのアイディアを採用している（注1）」と指摘される。「新たな人間」とは「社会主義建設のこの時期に、われわれは新しい人間が生まれているのを目にすることができる。その姿はまだ完成していない。その過程は新しい経済形態の発展と平行して進む（注2）」と語られるように、新たな政治・経済形態に対応し変化した人間像と規定される。

ガンダム・サーガにおけるニュータイプは、経済環境に代わって宇宙環境のもとで、精神に代えて認識能力を拡大した存在として「新しい人間」を継承している。シャア・アズナブルやフル・フロンタルの「赤い彗星」の異名は直接的には搭乗機の赤色に由来するが、社会主義指導者のメタファーでもある。彗星は絶え間なくカタストロフへ転じていく過去をみながら未来に吹き飛ばされる歴史の天使である(注3)。彗星は自ら推進せず、その限りで「彗星の放つ言葉は群衆自身のそれにほかなら」ず、彗星は「群衆の言葉を聞き取り(注4)」、その言葉を群衆自体に返して群衆の主体化を促すとも考えられる。実際には、彗星の軌道は太陽と惑星によって操作されるとなれば、それは人々のみならず体制の言葉ともなる。

変革の指導者が体制の言葉を語ることは、ネオリベラリズムの政治家が変革を掲げて組織を破壊し格差を拡大させる現状が想起される。むろん、変革は変革である以上、格差解消の方向にもありうる。もしそれが不可能だとするならば、その方向への想像力が制限されているからである。制限・抑圧は言語的・物理的な交渉・争闘の中で展開し、そうした体制化する変革を人々が望む事態では何が起きているのか。

そうした事例の一つとして『機動戦士ガンダムUC』(OVA版二〇一〇・三・一二〜二〇一四・六・六、TV版『機動戦士ガンダムUC RE:0096』二〇一六・四・三〜九・一一、以下『UC』と略記)をとりあげることができる。なぜなら『UC』は、宇宙世紀〇〇九六年において、ラプラスの箱と呼ばれる、新人類が誕生した暁には政権への優先的な参加を認めるという条文を持つ、今は失われたオリジナルの宇宙世紀憲章碑文をめぐる争奪と、人々と連帯するニュータイプ/可能性をめぐる論争/戦闘がなされた物語だからである。

『UC』には、評論集として『ガンダムUC証言集』(二〇一四、角川書店)があり、堀田純司「戦いの輪廻」は国際政治の動向とガンダム・サーガを対応させ、「争いの輪廻を終わらせる」営みの継承として評価し、田中東子「反復される差異の物語」は反復の中に状況における位置に気づき、「アニメの切り開く認知地図が状況を見定める羅針盤となる」と説き、暮沢剛巳「『貴婦人と一角獣』の意味するもの」は絵画との関係を考察し、皆河有伽「七枚目のタペストリー」は「個がシステムの暴走を是正する」物語として捉え、福井晴敏「ニュータイプ考察・試論で私論」はニュータイプのネットワークには死者と生者の無意識の二種類があると指摘する。また、宇野常寛『楽器と武器だけが人を殺すことができる』（二〇一四、メディアファクトリー）は『UC』を中高年男性の説教と主人公バナージ・リンクスの反論・感動と出撃・気絶の連鎖である説教リレー、バナージ側の箱の公開によって未来の人類の救済へとつながるとする陰謀論・ロマンティシズムに対し、フロンタル側の自治権の拡大交渉に箱を利用する現実主義・プラグマティズムとして対比し、フロンタルこそがシャアの方略を継承する「可能性の獣」なのだと評し、「『機動戦士ガンダムUC』」（『文化時評アーカイブス　2014-2015』（二〇一五、朝日新聞出版））の宇野氏との対談でチョウ・イクマンは中国の圧倒的影響下での香港における現実的な政治的交渉者にフロンタルを重ねる読解を紹介する。

しかし、『証言集』の諸批評は物語の人物たちの評価の一面性にはほぼ無自覚であり、物語のイデオロギー秩序の偏向を唯一批判する宇野氏にしても、戦後民主主義を陰謀論と短絡したり、ありもしない陰謀を妄想することと存在する陰謀を区別できていないように、物語と政治的・歴史的文脈の関連づけが破綻している。

本稿では、『UC』を素材に抵抗・闘争の主体表象がいかに流通・葛藤するかを検討することを目的とする。そのため、第二節では主体の正当性をめぐる機械と人間の差異を検討し、第三節では善意と行動の責任の価値をめぐるヘゲモニー争いをとりあげ、第四節では闘争の前衛モデルを情勢を組み込むことで評価する。そこから浮かび上がるのは主人公側を是とする物語の不自然さである。第五節ではその不自然さが作り出すイデオロギーを検討する。

## 2　機械と主体化

『UC』はバナージの家族物語である。母のいないバナージは、特殊部隊エコーズの襲撃で実父カーディアス・ビストを亡くし、メガラニカに集う新たな(疑似)家族へ回収され共同体を形成する。孤児が、身近なミコット・バーチではなく、非日常的なミネバ・ラオ・ザビへ恋をし、「連れ合い」(7)(以下括弧内数字はOVA版話数)となることが示唆されるからである。バナージは今ここでは充足できず非日常によって親密圏を形成する。

孤児は周縁化された、その限りで慣習・制度にまみれない革新性・自由を持つ。しかし、孤児の理想化は周縁的なものに対する否定を伴う。こうした孤児物語の特徴として竹村和子氏は孤児が「「ドメスティックな空間」に取り込まれ、馴化/家庭化/国内化《ドメスティケイト》されていく」[注5]と指摘する。孤児が失われた出自を回復し新たな階級上昇のハッピーエンディングを迎える一方で、不可視化される周縁性は格差・差別を創り出した体制秩序である。初代地球連邦首相の末裔であるリディ・マーセナスは既存秩序の維持、フロンタルは格差の是正をめざすとすれば、抵抗勢力の武力をそぐバナージはリディと同じ立場であり、二人の対立は偽の対立なのである。

さて、主人公を初めとする中心人物の多くは感情的であり、感情こそが人間性の証であるとともに、「それでも」という言葉が反政府性への抵抗、体制への回帰をもたらす。

バナージ「(略)でも、それでも、そう思ってやったことが、みんな裏目に出てしまう。(略)」/マリーダ「(略)お前の感じ方は間違っていない。自分の中の可能性を信じて、為すべきと感じたことに力を尽くせばよい(略)何の確信もなく、ただ良かれと信じて」(6)

個人的な直感で反発することがうまくいかないバナージに対し、マリーダ・クルスは励ましている。少年の根拠がない直観が女性によって保証される。成人男性はバナージに説教しつつバナージの自主性を尊重し、バナージの判断をマリーダやミネバが支持することで、バナージは主体化する。

一方で、これを前衛の指導に対する後衛の従属からの解放という構図で捉えることもできよう。ジャック・ランシエールは繰りかえしルイ・アルチュセールを批判する。それはアルチュセールが教える人／教えられる人という前衛・知識人／大衆との知性の優劣・指導関係に基づいた思想を主張するためである。(注6)それでは話すことができる人間が限られてしまい、「支配を批判するつもりの言説が倦むことなく支配を運ぶ」ように「転覆の思想を反転させて秩序の利益となす論理」(注7)となるからである。そこで、ランシエールは、すべての人が話し、全てについて話す知力の解放を政治として説いている。一部の限られた者だけが世界の未来を語り、箱の秘密を握るあり方に対して、バナージの自分で考え箱についても語るありかたはランシエールの、人々に特定の役割・立場を固定的に配分するポリスと、バナージの「それでも」「みんな」という役割を否定した平等性というポリティックの対比のアナロジーともなろう。

この平等性／指導性の対立が生じるのは宇宙世紀の棄民政策の問題があるからである。宇宙世紀の戦争・テロはスペースノイドの権利をめぐる争闘である。ラプラスの箱、すなわち失われた宇宙世紀憲章の条文では「将来、宇宙に適応した新人類の発生が認められた場合、その者たちを優先的に政府運営に参画させる」と記されていた。ニュータイプは条文の主張に根拠を与えるかもしれない。しかし、条文の「適応」とは何か。ガンダム・サーガではニュータイプの実態は戦争兵器であり、市民生活の適応力ではない。カーディアスが言うように、ニュータイプは、「無限の可能性」、「見えない力」(1)、すなわち潜勢力であり、物理的因果を越えた生成変化を行う者とも言えよう。一方、自然発生的なニュータイプと人工的に作り出された強化人間は異なるとされる。

しかし、ニュータイプの発生因である人類の宇宙進出は人工的な操作である。これらの点で、フロンタルの言うように「純然たるニュータイプとは何」か「答えられる者はいない」(3)のである。

カーディアスの腹心ガエル・チャンは「強化人間のそれと違って、真のニュータイプの感応波は数値を超える。それが誰であれ、真のニュータイプを箱へと導く鍵」(7)がユニコーンだと言う。しかし、ラプラス・プログラムは強化人間相手に反応し、バナージも強化人間化が施されていた。とすれば、「真のニュータイプ」とは発言者にとって望ましい存在程度の意味である。

また、バナージがNT—Dシステムの発動で思わぬ破壊に出たことをマリーダは「マシーンに呑まれたんだろう。サイコミュの逆流だ。操縦しているつもりが、いつの間にか操られている。(略)でも人は違う。感じることができるから」と発言し、マリーダがスベロア・ジンネマンに尽くすことをバナージは「それは呪いだよ。そんな風に自分で自分を殺し続けるなんて」(4)と否定する。ここでは、機械と人間とが対比され、自分を殺す機械に対し人間は自分を生かすとされる。しかし、自分の意思を貫くことは誰かの意思を阻止することでもあり得るとすれば、自分を生かす／殺すというレトリックは疑わしい。

そして、機械というレトリックは、冷たさや偽物のレッテルと繋がる。ネオ・ジオングの有線ファンネルによって連邦軍MSが制御を奪われることも自分の意思を持たない機械のおぞましさを示す。それは、ミネバのフロンタル評にも伺える。

ミネバ「お前は、シャアに似せて造り上げられ、その役割を果たそうとしているだけの男。お前の言うサイド共栄圏の実現も、与えられたプログラムに過ぎないのではないのか？もとより人の未来を信じていない男に」／フロンタル「始まりはそうであったかも知れない。だが、いまの私は空ではない。ここへ踏み入り、この目で箱の正体を確かめたいと願ったのは私ではない。実は私にも分からないのです。作り物の器に注がれたこの思いが、いったい誰のものなのか」(7)

強化人間は肉体改造時の洗脳によって人格が調整される。このため、強化人間の欲求は他人のもので主体的な欲望ではないとされる。しかし、自分の価値観はそもそも他人の価値観の反復、ハイブリッドであり、同じ呼びかけでも状況が異なれば別の主体が立ち上がる。フロンタルの戸惑いは、他人の欲望だけであった自分にも自分の欲望が芽生え(「今の私は空ではない」)、一方でその欲望が自分のものではないと思われるが(「願ったのは私ではない」)、それが誰のものなのかはわからないことにあった。『UC』の結末を踏まえれば、他人の欲望を編んで織られた自分の欲望にさらにシャアの欲望が取り憑いたことになるが、それまでのフロンタルの行動からすれば箱を見定めることは自分自身の判断に基づくものとして整合性がある。

一方、ダグザ・マックールは連邦軍特殊部隊長としてフロンタルに立ち向かうことを「歯車には歯車の意地がある」といい、ユニコーンを「制御するのは多分生身の心」であり、それは「自分で自分を決められる、たった一つの部品」だとして、バナージに「お前もお前の役割を果たせ」(3)と告げる。ダグザはバナージの判断が大事といい、それは役割を果たすことでもあるという。すなわち、バナージの「自分」は枠組みによって定められ、ダグザにとって好都合な枠組みにバナージを載せようとしている。このとき、バナージは自律的な有機的機械となるだろう。

自律性とは、他との関係における自立のみではなく、「自己の主観的な構成」(注8)を指す。バナージは主観的に自律しているのであり、その強化人間批判やその思いには盲点がある。

## 3　善意と責任

とすれば、ミネバやバナージの思考が自分のものかはフロンタルと同様に問題となる。私達は他者の言葉を様々に引用し配分比率を変えることで自律した自分らしい思考を行う。その点で自律性は相互依存で結ばれた関係の様態でもある。

戦争回避のため地球に降りたミネバは喫茶店で老主人から「連邦も移民も、もとは人類を救いたいって善意から始まってる」(4)という言葉を聞く。これは後のミネバの演説にも踏襲される。

ミネバ「ラプラスの箱とは、人の善意を収めた箱でした。百年前、私たちスペースノイドは、善意とともに宇宙に送り出されたのです。良心を慰めるための欺瞞でも、結果に責任を持てない祈りであったとしても、そうせざるを得なかった人たちの心に想いを馳せてみてください。(略)棄民の誇りを免れぬ行いではありましたが、その根本は人と地球を生かしたいとする善意なのです。すべては善意から始まりました。これを善意に帰結させられるか否かは、私たちの心持ちひとつです。私たちが変われば、世界も変わります。」(7)

しかし、善意の継続を訴えることは、聞き手の善意、すなわち賛意を引き出す交渉術であるとしても、始まりが善意であることと、現在の欠点を無視し、それへの批判・反対を否定することとは異なる。また、その善意が誰にとっての善意なのか、その内実を不問にすることは、現在の秩序を肯定する。むろん、武力で法に基づかず事態を動かすことは、生活者として批判できるが、一方で革命権の実践でもある。主人は政府批判が嫌いなのである。また、ミネバの演説が優生思想に基づく権利の序列化を善意として提示することは悪しき全体主義の主張である。

また、善意によって浄化されたはずの世界は実際には金・力によって支配されている。連邦政府・大企業アナハイムとそれを操るビスト財団は資本循環の焦点である。また、連邦もジオンも関係ないというバナージも、サイド共栄圏を唱えるフロンタルも、資本の支配に抗うのではなく、資本主義の中で生きていく点で共通する。バナージが、闘争を目指すネオ・ジオン、連邦軍など既存の組織に対して個人的な実感レベルで否定し、ユニコーンという遺贈された資本に基づく卓越した個人的能力によって組織を凌駕しつつ対抗勢力を壊滅させ秩序の攪乱を行いつつ体制秩序自体を維持する点で『UC』はまさしくネオリベラリズムの物語である。

さて、フロンタルのサイド共栄圏構想に対して、ミネバは責任を語る。

ミネバ「人類を永続させていくためには、唯一無二の現実的な解答かも知れない。でもそれは、本当に未来と呼べるものか？　未来とは、今とは違う時間、より良き世界を指す言葉ではなかったか？　そこに、ジオン・ダイクンが夢見た人の進化と調和は無い。ジオンの名を受け継ぐ者として、一年戦争の惨禍を引き起こした者として、私たちには責任があるのです！　現実を現実と受け容れるだけではその責任を果たせない。」(6)

ミネバは、連邦にジオンを対抗させる未来は未来ではないとし、人の進化と調和を未来とする。なるほど、ジオン共和国を中心に置くサイド共栄圏は、複数のサイドが対等な立場で共働する制度ではない点で、連邦に代わってジオンが交替するだけの不十分な構想である。連邦の収奪体制にしろ、サイド共栄圏の経済封鎖にしろ、「比較に基づく有利を発展の不平等へと変形し、発展の不平等を支配関係に変形」(注9)することで地球圏の秩序を作るものであり、連邦もネオ・ジオンも自由主義経済に基づくコロニアリズムを目論んでいる。

しかし、サイコフレームはニュータイプの意思を物理的な力に外化できるように心的なものが現実化するとすれば、温かな心があればサイコフレームは温かな世界を作れるのだろうか。バナージはニュータイプへの覚醒が、問題の遠い解決に繋がると語っているが、実際には、ニュータイプ同士の交感は対立の激化へつながることが多く、異なる考えを持つ者同士では接続・相互理解・共感は洗脳と同義であり、接続の温かさを訴えるバナージの能力を向けられたアンジェロ・ザウパーは恐怖を感じていた。とすれば、バナージやミネバの試みはかつてのシャアのニュータイプ進化への信仰という過ちを繰り返している。(注10)

顧みれば、ミネバの演説のレトリックは言語的解釈が事態を動かすという闘争モデルである。これはエルネスト・ラクラウ、シャンタル・ムフが「結果としてアイデンティティが変更されるような諸要素の関係を打ち立てる実践」(注11)が、「社会的関係の造形および構成に寄与する現実的な力」(注12)ともなり、「境界の不安定性」の条件のもとで「浮遊する記号表現」(注13)の争奪をめぐるヘゲモニー的実践となると説くモデルに類似しよう。ミネバは箱や未来に対する記号表現の配置をずらすことで、人々の支持＝構成を調整しようとするのである。しかし、ラクラウの言語論的な政治には非記号表現的な次元で言表はイデオロギーではなく機械として機能するという批判もある。(注14)

そもそも、調和とは既に存在している格差・差別を無視せよという判断であり、進化とは平等を否定する優生思想の肯定となる。反体制指導者が体制を受け入れたことをよりよい未来とし、弱者が我慢すること、秩序への回帰が責任とされる。そうした忍従を可能にするのが優等種への進化への可能性ではないだろうか。進化していない大多数の人々の存在は軽視される。故に、ミネバのふるまいは非調和的なふるまいでもある。ミネバとバナージの発想は、現在／自説の制度的な問題には盲目となる点でその想像力には偏りがある。

## 4 情勢の中で

ニュータイプは他者との接続も特徴としていた。他者との連帯と指導性とはいかなる関係にあるのだろうか。たとえば、フロンタルは自らを「宇宙に棄てられた者たちの想い、ジオンの理想を継ぐ者の宿願を受け止める器」(2)と規定している。ここでは、人々の思いはフロンタルに無媒介に接続するかのようである。一方、全ての意思の代弁の点では「みんなのために」というバナージも同じである。

フロンタルは代弁の困難を「己を空にし、狂気のさらに向こうへ立ち入」ることとして自覚し、バナージは「おれが知ってるみんなの思いが重なりあったような、あんな可能性」として不可能性には目を向けない。一方で、「みんな」とは、「すべての差異を横断するかたちでひとつの包摂空間」、「「誰でも」が参加できるひとつの主体化空間を開[注15]」くものとも言えよう。しかし、全ての人が全ての問題に介入することは、役割が定められていたフォーディズム時代の労働に対し、個々の判断でフレキシブルに介入することで効率的に利益をあげていくポストフォーディズム時代の労働に対応する。そして、利益の受け手たる資本家への批判は少なく、バナージも連邦体制を問うわけではない。ランシエールの平等の方法は資本にとって好都合であるとともに、バナージの解放論は事物をそのままの秩序に放っておくことである。仮に話せた、行動できたとして、そうした言動の適切性は誰が判断するのか。

フロンタル「君の言うみんなとは何だ。一人の人間が全ての意志の代弁者になることはできない。器にでもならない限り。だが器になれるのは、己を空にし、狂気のさらに向こうへ立ち入った者だけだ。(略)父の思いを託され、訓練を受けさせられた君は、一種の強化人間だ。その力を示してしまった以上、もう君はみんなの中には帰れない。いつか私と同じ絶望に突き当たることになる!」(6)

箱の利用も体制変革のためにというフロンタルに対してバナージは「みんな」の同質性を前提としているが、フロンタルはバナージが強化人間だと指摘する。そもそも、バナージのいう「みんな」は均質な人々ではなく、富裕層・権力組織によって階層化され、資本は経済・政治・メディア・軍の装置をもち住民を支配している。こうした格差・抑圧の解消への運動を敵視して「みんな」の名のもとに連帯感を確保する思想は全体主義である。グローバル資本主義は合意や友愛の空間ではなく戦争の空間であり、資本の戦争は社会民主主義の不可能性、改良主義の不可能性、進歩の不可能性で定義されるように、「みんな」でわかちあうことを不可能にする。バナージは体制と人々をめぐる力学を無視するため「みんな」という発言が可能なのである。

また、フロンタルの「絶望」は、バナージの言う意思も機能しない事態、すなわち人類の革新に繋がる反連邦運動が結局は停滞し袋小路に至る事に対して単なる疲労ではなく可能性の消尽として捉えているためだろうか。一方で、にもかかわらず、闘争の「可能性」を模索することは「期待や希望に立脚しない政治」、「プラグマティックな政治[注16]」の模索でもあり得る。

フロンタルは「器は、考えることはしません。注がれた人の総意に従って行動するだけです。全人類を生かし続けるために」(6)と言い、それをバナージは「なんだか、他人事みたいだ。自分たちの今後を語っているのに、あなたの言葉には他人事みたいな冷たさを感じる」(6)と評する。

器は人の総意に従うとすれば、フロンタルは自律的意思をもたないかのようだが、フロンタルの行動は人々全員の行動ではない。フロンタルのふるまいはフロンタル自身の判断に基づいている。つまり、フロンタルの考えないという発言は比喩であり、感情を露わにするバナージに対し冷静に事態を見ている姿勢の表現とも考えられる。知識人は体制に対し距離を取ることで冷静に眺めることができる。フロンタルが他人事と評されるのは指導者として冷静さを示す演出とも解釈できる。

さて、シャアがグリプス戦役時に無名のクワトロ・バジーナを名乗ったのも自分以外の人々の言葉を尊重するためであろう。しかし、第二次ネオ・ジオン戦争では再びシャアを名乗り、指導体制を確立してしまう。しかし、シャアという主体は、復讐から環境保護そして環境破壊へ、スペースノイドの独立から全人類のニュータイプへの覚醒へと次々と己の主張をずらし続けていた。フロンタルがアクシズ・ショックによっても変わらない人類に対してニュータイプの覚醒を期待せず、サイド共栄圏を目指すのもそうした変化の一貫性に組み込むことができるだろう。いわば、シャアは、情勢それ自体によって産み出される問題の下に文字通り身をおきそれに従う主体、情勢に応じて思考する主体である。[注17] そのときどきの情勢を教師として自己を生徒とするのが赤い彗星という器とすれば、情勢を考慮せず「支配的な社会秩序を攪乱させ動揺させる」「ロゴスの叛乱」という「同じ議論を繰り返」す「非時間性」[注18] にこだわるランシエールの思考には盲点がある。

ジル・ドゥルーズ、フェリックス・ガタリは「出来事に質を与え出来事を状況のなかに含まれるようにする部位＝景観のうえにさいころを一振りするような或る介入が、つまり出来事を「つくる」或る力が存在するだろう」[注19] と述べている。さいころの一振りは情勢それ自体によって産み出され課される問題の下に身を置くことでなされる。むろん、情勢に応じて反転する主張は極端にすぎ、指導する方向が正しいわけでもなく、そうした限りで指導者へのチェックとして全ての人々の話すことには意義がある。したがって、誰でもが参加できる主体化空間が必要とされる。結末間近でバナージを追い詰めるリディに対して人々がそれを止める発言をすることはその空間のメタファーであろう。しかし、それはバナージによって導かれたものであり、バナージ化された空間なのである。ゆえに、バナージも依然として指導性・前衛性を回避することはできない。

## 5　物語のプロパガンダ

さて、赤い彗星はシャアとして現れ、自分を脱身体化し、フロンタルとして再身体化する。ニュータイプが精神的ネットワークとすれば、身体放棄は様々な可能性を示している。フロンタルの「もし、シャア・アズナブルが今も生きているとしたら、それはもう、人ではなくなっている」(6)という言葉は、シャアがネットワークから憑依してくる存在であることを意味する。事実、ララァが「大佐が大佐だったときの想いは、充分に伝わったでしょうから」(7)と言い、フロンタルが「君に、託す」と言うように、シャアがフロンタルに憑依しネオジオンの可能性を模索していたのであり、変化しない事実を亡霊的に呈示することでバナージの覚悟・覚醒を引き出すことになろう。

なるほど、フロンタルは人類全体の進化を断念し、今ここでの政治的な利得の獲得を目指す。それはスペースノイドの地位向上という点では実現しなければならない目標である。戦線を後退させつつも戦い続けるフロンタルのふるまいは責任ある闘争と評することもできる。むろん、フロンタルにはジオンへのこだわりがあることが、新世界への障害ともなりえた。それは交渉によって折り合いをつかせることは不可能なのだろうか。しかし、フロンタルの営為は功利的手段に過ぎないものとしてサイアムやミネバによって、未来を作る可能性や責任を否定されてしまう。

こうした不自然な展開は、プロットを進めるサイアムやミネバの判断を正当化し、バナージを政治的に覚醒させるための装置としてフロンタルが利用されているからであり、『UC』においてシャアのイメージが不自然なかたちで占有されているからである。

そうした物語の欠陥・偏向は随所に指摘できよう。

物語最大の鍵となるラプラスの箱について、ミネバは「各国代表のサインがなされているなら、この石碑は法として機能します。ジオン残党のような、反政府勢力がこれを手にすれば、連邦を倒すまたとない武器となる」(7)という。しかし、新人類＝ニュータイプに積極的な政権関与を認める憲章が公開されなかったことは、それが秘密裏に独断専行で定められ民意を反映していないからである。このため憲章公開は政府首脳の専横と差別的な優生思想を暴露するスキャンダル以上の意味を持たず、公布・施行されていない憲章が法として機能することもない。

さらに、ラプラスの箱を指し示すラプラス・プログラムはニュータイプを殲滅するNT－Dと連動する。ラプラス・プログラムはニュータイプ、強化人間を打倒することによって作動する。このため、ユニコーンはネオ・ジオンでも連邦軍でも扱えるが、ラプラス・プログラムの作動条件から対連邦よりむしろ対ネオ・ジオンのための兵器であり、基本的にはネオ・ジオンにユニコーンを譲渡しても箱は実質的には渡したことにならない。その点で、ラプラス・プログラムをNT－Dと連動させる措置はそもそもの目的に合致しない。

ビスト財団はサイアムの決断によってネオ・ジオンへ肩入れし、一方で一族であるバナージのために公開による箱の解消を目指す。しかし、宇宙世紀の史実において、このあとも戦争・暴動・テロが続くことを想起すれば、バナージとミネバの主張は一面的に過ぎる。

さて、後の宇宙世紀の歴史においてはユニコーンは最強の戦力のはずだが登場しない。とすれば、一時的にバナージはヘゲモニーを握ったものの、その後、ミネバのニュータイプへの遠い進化の可能性にかける優生思想演説は大多数の人々には支持されず、補給不足などによってユニコーンは能力を発揮できずに撃破されたことが想定できる。いわば、『ＵＣ』は、バナージのもたらしたネオ・ジオンの壊滅と、連邦の暗部であるビスト財団の没落に対し、連邦政府とアナハイム・エレクトロニクスが残存することで、連邦の体制の安定の確立を描く物語である。在野の意識改革のみが目指される限りで、結局、『ＵＣ』では連邦という国家が唯一の主体なのである。

　数年後の時代を描く『機動戦士ガンダム閃光のハサウェイ』（一九八九～一九九〇、角川文庫）では、宇宙戦可能な戦力をもはやもたない反連邦勢力は、連邦政府に対し地上での局所的な抵抗しか可能ではない。

　また、孤児が姫君と家族を形成するという物語は、ジオン公国の残党、ザビ家の遺児としてのミネバ・ラオ・ザビではなく、偽りの仮面オードリーの名でバナージに応えようとするように、ミネバがバナージをたてる側面をもち、またバナージもミネバと呼ぶことはない。それに対し反カーディアス派のマーサ・ビスト・カーバインは復讐を行おうとする者として第一波フェミニズム（注20）のメタファーであり、『機動戦士ガンダム逆襲のシャア』（一九八八・三）でシャアを補佐したナナイ・ミゲルは自立した女性として第二波フェミニズムのメタファーであるが、それぞれ物語からは否定・排除される。ミネバは、第二波フェミニズムとポスト・フェミニズムの境界を揺れ動く人物なのであり、オードリーの名は第二波フェミニズム的な女性のあり方を否定するものである。

　福井の同名原作（二〇〇七～二〇一六、角川書店）ではバナージへの支持とフロンタルの否定を作中人物のみならず語り手も行うことで、男尊女卑・宗主国秩序の維持とともに資本格差の上に成り立った才能ある主体の活躍が語られる保守的な物語なのである。一方、映像版では語り手が後退することによって、人物の評価が相対化されうる。このとき、感情と大勢に流されて自分の想像力が意味すること、その外側に何があるのかを洞察しないことがいかなる帰結をもたらすのかをアイロニカルに示す物語が『ＵＣ』であると言えるのではないだろうか。

（1）廣瀬純、コレクティボ・シトゥアシオネス『闘争のアサンブレア』（二〇〇九、月曜社）六五〜六六頁。
（2）「キューバにおける社会主義と人間」『ゲバラ選集4』一九六九、青木書店）。
（3）平井玄『彗星的思考』（二〇一三、平凡社）二六一〜二六二頁参照。
（4）廣瀬純『暴力階級とは何か』（二〇一五、航思社）一七五頁。
（5）『文学力の挑戦』（二〇一二、研究社）一四頁。
（6）たとえば、ランシエール『無知な教師』（二〇一一、法政大学出版局）は知性の優劣という虚構が序列化してきた近代教育への異議申し立てとし無知な教師の弟子が自ら学び主体化する事例をとりあげる。
（7）『アルチュセールの教え』（二〇一三、航思社）一三頁。
（8）前掲『闘争のアサンブレア』六二頁。
（9）エチエンヌ・バリバール、サンドロ・メッザードラ、フリーダー・オットー・ヴォルフ「ブリュッセルの「一方的命令」とシリザのジレンマ」（『資本の専制、奴隷の叛逆』二〇一六、航思社）四四頁。
（10）拙著『ファンタジーのイデオロギー』（二〇一四、ひつじ書房）Ⅲ—1参照。
（11）『民主主義の革命』（二〇一二、ちくま学芸文庫）二四〇頁。
（12）『民主主義の革命』二五〇頁。
（13）『民主主義の革命』四〇一頁。後にエルネスト・ラクラウ『現代革命の新たな考察』（二〇一四、法政大学出版局）は、「社会的行為者の多様な要求のあいだの関係が非決定的であることは、確かに権利上はそれらの節合が必然的なものではないかぎりで、歴史的行為のための諸可能性の領野もまた押し拡げられ」（一二九頁）た、「様々な操作や介入の広大なアンサンブル」（二八二頁）としてヘゲモニーを捉える。
（14）ラウル・サンチェス＝セティージョ「新たな闘争サイクル」（『資本の専制、奴隷の叛逆』二〇一六、航思社）

二〇四頁参照。

(15) アマドール・フェルナンデス＝サバテル「「匿名の政治」の出現とその運命」(『資本の専制、奴隷の叛逆』)二三六頁。

(16) 前掲「「匿名の政治」の出現とその運命」二四二頁。

(17) ルイ・アルチュセール『マキャヴェリの孤独』(二〇〇一、藤原書店)は、「〈マニフェスト〉が真に政治的であるには、(略)社会空間の中に、この〈マニフェスト〉そのものによって位置づけられなければならない」(四二〇頁)と説く。

(18) 廣瀬純『蜂起とともに愛が始まる』(二〇一二、河出書房新社)二八～三二頁。

(19) 『哲学とは何か』(二〇一二、河出文庫)二五六頁。

(20) フェミニズムの第一波・第二波・第三波の分類は、田中東子『メディア文化とジェンダーの政治学』(二〇一二、世界思想社)・大嶽秀夫『フェミニストたちの政治史』(二〇一七、東京大学出版会)等、論者によって異なるが、本稿では一九四〇年代までの自由・平等等の古典的リベラリズムを女性においても実現しようとする主張を第一波フェミニズム、一九六〇年代以降の男女の直接的な支配の政治的関係・権力関係を批判する主張を第二波フェミニズムとし、ポスト・フェミニズムを先行フェミニズムの課題が達成されたと主観的に見なしたなかで女性性を称揚していく主張、第三波フェミニズムをそこから第二波フェミニズムとの連続性を改めて獲得していった動きとして位置づけ、『ＵＣ』の女性像の古さを捉えてみた。

# 戦う／働く少女たちの自由

## 宮崎駿と資本主義の新たな精神

河野真太郎

### 1　『スター・ウォーズ／フォースの覚醒』とナウシカ

二〇一五年はSF映画ファンにとっては『スター・ウォーズ／フォースの覚醒』の年だった。J・J・エイブラムズ監督による最新作は期待を裏切らない出来で、往年のファンだけではなく、旧作など歴史に属するものだと感じているに違いない子供たちも、古くて新しい『スター・ウォーズ』の世界に魅了された。

この最新作は、主人公に女性（レイ）と有色人種（フィン）をすえたことが大きなトピックであった。とりわけ、少々情けないフィンが取ろうとする手をふりほどいて雄々しく戦うレイは、新たなフェミニスト・ヒーローとして印象深かった。だが、近年のポピュラー・カルチャーの流れを考えれば、レイの人物像はなんら新しいものではない。現在のポピュラー・カルチャーを考えるにあたっては、新自由主義とのその下での労働のあり方、とりわけ女性のそれを考えなければならないと本稿では主張したいのだが、その観点からするとレイは一つの

「典型」である。

レイが典型であることは、この映画のある印象から言うことができるかもしれない。レイは冒頭で、廃品回収業者として、スター・デストロイヤーの残骸を探索している。マスクで顔を覆い、巨大な文明の残骸を探索する女性主人公……これに、『風の谷のナウシカ』の冒頭を想起したのはわたしだけだろうか。主人公ナウシカのマスクとゴーグルはレイにうり二つである（図1、2）。実際、エイブラムズは、来日時に宮崎駿へのリスペクトを語っている。（注1）レイとナウシカの類似性は外見にとどまらない。二人は圧倒的な戦闘力を持ち、また「真実の審級」にいる。戦闘力については、レイはフィン、ナウシカはアスベルという当て馬的男性キャラクターとの対照によって、戦闘力が際立つという構図になっている。そう考えてみれば、図にも映っている、ナウシカが持つ銃とレイが持つ棍棒も類似したものに見えてくる。二人は強力なファルスを所有しているのだ。後者については、ナウシカは彼女たちの世界を覆う「腐海」の真実を、後に論じるように、誰よりも早く見抜いているのである。『スター・ウォーズ』においても、レイが、そして女性一般が「真実の審級」にあることがほのめかされる。物語の中盤において、ハン・ソロがレイのことを念頭に置きつつフィンに向けた言葉、「いつも真実を理解しているのは女なんだ、いつもな」は、ナウシカ＝レイ的な戦闘美少女の、物語論的な位置づけをアイロニカルに指摘している。ハン・ソロが指摘しているのは、原作の連載が一九八二年に開始された『ナウシカ』以

［図1］　ナウシカ（『風の谷のナウシカ』）

［図2］　レイ（『スター・ウォーズ／フォースの覚醒』）

来の、女性主人公の典型である。

## 2 ポストフェミニズムと戦闘美少女の系譜

実際、レイをナウシカの系譜に置いてみたとき、彼女をフェミニスト・ヒーローとして歓迎することには相当の保留が必要であると分かるだろう。そのことは、今やルーカス・フィルム社を買収し、ジブリ作品の配給を行っているディズニー社のヒロインの系譜を見ても分かる。ディズニーの「お姫様もの」は、一九八〇年代終わりから九〇年代に転回を示し、二〇〇〇年代以降に新たなお姫様像が開花している。(注2)『白雪姫』(一九三七年)に始まり、『シンデレラ』(一九五〇年)『眠れる森の美女』(一九五九年)へと引き継がれる、「白馬の王子様」を待つ主婦予備軍としての、反フェミニズム的なお姫様像(注3)が最初の転回を示したのは、管見では『リトル・マーメイド』(一九八九年)においてである。その主人公アリエルは父ポセイドンが象徴する家父長制を桎梏としてとらえ、そこからの解放を熱望する。さらに『ムーラン』(一九九八年)においては、男装して「男まさり」の活躍をする戦闘美少女ムーランの動機は、もはや異性愛ではない。ムーランは「男と同様に闘う」ことを熱望し、実現する。

その延長線上にあるのが『アナと雪の女王』(二〇一三年)だ。この映画で、「雪の女王」エルサの妹アナは、ディズニー的な「王子様願望」に身を焦がし、そのためにだまされる。これは、旧来的なディズニー・プリンセスの意識的な否定だ。それに対するエルサは、いわばポスト第二波フェミニズム的な人物像(の戯画化)だと言えるだろう。つまり、アナのように異性愛と結婚を目的とはせず、圧倒的な力と怒り(魔法の力)を持つ、孤高の女主人公。

この「プリンセスから戦闘美少女へ」の系譜を、一九八二年に誕生したナウシカははるかに先取りしている。

では一体、このヒロインたちはどのような歴史的背景から生まれてきたのであろうか。ここではその背景を「ポストフェミニズム状況」と名づけてみたい。「ポストフェミニズム」は論者によって定義の異なる概念であるが、(注4)ここでは、ポストフェミニズムを、一九八〇年代以降に先進国でフェミニズムと女性一般がおかれた「状況」の名前としてとらえたい。シェリー・バジェオンによれば、ポストフェミニズムの底流をなす認識とは、第二波フェミニズムが追求した「平等は達成された」というものである。だが、その平等とは、「ライフスタイルや消費の選択」の自由を得たという意味での平等であり、「個人化された自己定義と自己表現」を強調する平等である。(注5)

三浦玲一は、そのようなポストフェミニズムと新自由主義をはっきりと結びつけて考えている。

ポストフェミニズムの特徴は、日本で言えば一九八六年の男女雇用均等法以降の文化だという点にある。それは、先鋭的にまた政治的に、社会制度の改革を求めた、集団的な社会・政治運動としての第二波フェミニズム、もしくは、ウーマン・リブの運動を批判・軽蔑しながら、社会的な連帯による政治活動という枠組みを捨て、個人が個別に市場化された文化に参入することで「女としての私」の目標は達成できると主張する。このようなポストフェミニズムの誕生は、同時代のリベラリズムの変容・改革とかなりはっきりとつながっている。それは……新自由主義の誕生であり、新自由主義の文化の蔓延である。(注6)

新自由主義は、先行する福祉国家、もしくは福祉資本主義の否定として、とりあえずは定義できるだろう。強力な、企業と一体化した労働組合のもとに守られた終身雇用に対して、組合を破壊し、終身雇用ではなく有期雇用を基本とする流動的な雇用へとシフトする。フォーディズム的な生産・労働体制からポストフォーディズム的なそれへ。家族制度という点では、福祉国家を支える再生産の単位としての核家族とその中での専業主婦、という家族像は崩れ、女性が流動的な雇用市場へと出て行くことが歓迎される。

その果てにあるのが例えば、フェイスブック社のＣＯＯである、シェリル・サンドバーグとその著書『リーン・イン』(注7)であろう。「ガラスの天井」を破って一流グローバル企業の重役として活躍する例外的個人としての女性像である。ここではドーン・フォスターの『リーン・アウト』による批判を取り上げることで彼女の位置づけを浮き彫りにしてみよう。フォスターは、サンドバーグが体現する女性の「解放」を、「企業《コーポレート》フェミニズム」と喝破する。それは、「国家の支給する有給育児休暇、より強力な福祉セーフティ・ネットといった女性の集団的権利を求めたり、さらには女性が労働組合に加入することを推奨したり」はしない(注8)。つまり、企業フェミニズムは、女性の解放を集団的な政治行動によってではなく、個人の努力によって達成することを目指す。したがって、「企業フェミニズムの世界においては、核家族という単位の外側に、またさらには休暇のあいだにも、市民生活、政治的生活、感情的生活の余地はない(注9)」。

企業フェミニズムを正当化する論理は、「トリクルダウン・フェミニズム」である。ひとにぎりの女性の富が正当化されるのは、その富とその地位が彼女以外の女性たちへと「したたりおちる《トリクルダウン》」と想定されるからだ。しかし、現実に、富がしたたりおちることはない。不況の影響を最も強く受けるのは女性であるし、「国会議員やＣＥＯになる女性がひとにぎりほど増えたところで、その三倍の女性が二〇年前と比べて低賃金の職業から逃れられなくなっている(注10)」。かくして新たな問題として再出現するのは、女性内部での階級格差であり、それこそがポストフェミニズム状況の中心にある。それを肯定する企業フェミニズムの物語は、「資本主義にとって都合の良い」物語なのだ(注11)。

## 3 ポストフェミニスト、ナウシカと第二の自然

宮崎駿に戻ろう。ナウシカは確かに、新自由主義的企業フェミニスト像のはしりである。(注12) それは、映画版よりも漫画版(一九八三–九五年)でより明確である。映画版でナウシカは、「腐海」が、「火の七日間」と呼ばれる最終戦争によって汚染された地球を浄化するために自然発生的に生まれてきた生態系である、という真実に気づく。しかし、漫画版にはそのさらに先の「真実」が用意されている。腐海は自然のものではなかったのだ。それは、人類が破局に向かっていることを悟った科学者たちが、地球を浄化するために人工的に作りあげたものだった。さらには、ナウシカたち人間もまた、科学者たちによって、汚染された環境に耐えられるよう改造された、「人造人間」だったという事実があきらかになる。もともとの人間たちは「墓所」と呼ばれる古代科学の集積所に収められており、地球が浄化された暁には、人造人間たちに取って代わる計画なのだ。

この事実を悟ったナウシカの決断は、人びとにはこの事実を隠しつつ、「墓所」を破壊するというものである。この決断には、新自由主義イデオロギーを準備した冷戦リベラリズムが見て取れる。ナウシカが「墓所」の計画を否定する際の台詞はこうだ。「生きることは変わることだ／王蟲も粘菌も草木も人間も変わっていくだろう／腐海も共に生きるだろう／だがお前〔「墓所」の主〕は変われない／組みこまれた予定があるだけだ」(注13)。ナウシカは、既成の制度を破壊する、いわば「造反有理」の人であるという点で、ライバルのクシャナ姫と実は変わるところがない。漫画版の最後の台詞は「生きねば」であり、これは宮崎駿の(これまでのところ)最後の長編映画作品である『風立ちぬ』のキャッチコピーでもある。この「生きねば」が意味するのは、ナウシカの上記の台詞を鑑みれば、「組み込まれた予定」に従って人びとを支配する官僚制度を破壊して脱し、予定なき変化を生きよ、ということである。するとその予定なき変化とは、人工的な官僚制度の外側の「自然」のことであろう

か。おそらくそうではない。ナウシカはあらかじめ、「自然と人工」の二項対立を脱構築しているからだ。ナウシカの感動的な台詞を引用するなら、「私達の身体が人工で作り変えられていても私達の生命は私達のものだ／生命は生命の力で生きている／その朝〈世界の浄化の日〉が来るなら私達はその朝にむかって生きよう／私達は血を吐きつつくり返しくり返しその朝をこえてとぶ鳥だ！(注14)」ということである。ナウシカたちの生命は、人工的に作りかえられている。しかし、そのような生命でさえも、自然と変わることのない、独自の生命だとナウシカは主張する。エコロジー系と誤解されがちな宮崎駿であるが、彼に一貫しているのはこのような一種の近代主義《モダニズム》である。

これは、『もののけ姫』を考えてみることでも分かる。『もののけ姫』は、表面的には神々の森が象徴する「自然」から、たたら場が象徴する「工業＝人工」への移行の物語であるように見えるかもしれないが、これは実は逆である。『もののけ姫』における神々の秩序は、自然状態ではなくむしろ、『ナウシカ』における科学者たちの秩序と同様の、「変われない／組みこまれた計画」の秩序である。それに対し、人間たちが神殺しをなしとげた後に訪れるのは、人工と自然が脱構築された、いわば「第二の自然」状態である。『もののけ姫』の結末では、一度は草木の滅んだ山々に緑が芽吹いていく。これはストレートな意味での「自然」や「生命」の礼賛などではない。それは人工物や工業でさえも自然の営みの一部とみなされるような、「第二の自然」を表象しているのだ。そして「生きろ」というキャッチコピーは、そのような第二の自然の中で生き抜くことを命令しているのだ。

さて、現代を生きる私たちにとっての、「第二の自然」とは何であろうか。それは、資本主義であり自由市場にほかならない。新自由主義者のイデオロギーとは、市場とは自然のようなものであり、それに人工的な規制を加えるのは悪である、という考え方にほかならないのだから。『ナウシカ』には冷戦リベラリズムが見て取れると述べたが、冷戦リベラリズムは、計画経済の共産主義を粗雑な形で個人の自由を抑圧する「全体主義」として表象し、返す刀で資本主義を唯一選択可能な「自由の体制」として肯定する。そのイデオロギーがベルリンの壁とソ連の崩壊によって最終勝利を成し遂げたのと、『ナウシカ』は時代をともにする。その意味では、『ナウシカ』の結末はポスト社会主義の世界の始まりを宣言しているとも言えるだろう。

ナウシカがポストフェミニズム的な「例外的女性」像のはしりであるというのは、以上のような歴史性のすべてを背景としている。ここから出発して、前節で述べたような女性内部での階級格差の問題に迫るにはいかなる道がありうるだろうか。以下ではさらに、宮崎作品における労働の表象を追っていくことで、この問題に迫っていきたい。(注15)

## 4 感情労働とやりがい搾取――『魔女の宅急便』における労働の隠蔽

二〇一四年、政府は「女性の活用」を謳った。同じ二〇一四年、角野栄子原作、一九八九年には宮崎駿監督でアニメ映画化された『魔女の宅急便』が実写映画化され、公開された。驚くべきことでもないが、その「女性の活用」、つまり男女共同参画社会のプロジェクトはこの実写版『魔女の宅急便』とタイアップをした。(この映画はあのワタミともタイアップした。)このようなタイアップが驚くべきことでないのは、『魔女の宅急便』という原作小説が、「働く女の子」をフィーチャーした作品だったからで、それが出版されたのが一九八五年、つまり男女雇用均等法が制定された年だったからである。もちろんこれは、映画版『風の谷のナウシカ』の前年である。

だが、『魔女の宅急便』には『ナウシカ』とはまた違ったポストフェミニズムが刻印されている。まずは、より広く、この作品と新自由主義との関係を確認しておきたい。これについて三浦玲一は、『魔女の宅急便』はまずなによりも郵政民営化の物語であると喝破している。(注16)そもそも「宅急便」という言葉は、ヤマト運輸が商標登録をしていた言葉であり、『魔女の宅急便』のアニメ映画化の企画が持ち上がった際に、最初に企画を立ち上げたグループ風土舎は、ヤマト運輸にスポンサーを打診した。劇中に登場する黒猫(ジジ)が同社のトレードマークと一致することから、ヤマト運輸はスポンサーになることに最終的に同意したという。(注17)

そのような事実を超えて、この作品が、新自由主義政策の「本丸」と呼ばれた郵政民営化と深い関係にあるのは、主人公の魔女見習いキキの労働の性質ゆえである。

キキの労働は、いかなる「労働」であろうか? もちろん、届け物を運ぶという意味では肉体労働ではある。しかし、キキの労働の成功・不成功はそれとは別のところにかかっている。キキの労働は一種の「感情労働」(注18)であり、また自らのアイデンティティを管理することを労働の本体とする、「アイデンティティの労働」である。

この「アイデンティティの労働」の意味を理解するには、たとえばフェイスブックを考えていただければよいだろう。フェイスブックの活動とは、アイデンティティの維持管理である。フェイスブックには、名前や性別、現在の所属だけではなく、自分が住んできた場所、出身学校、職歴などを登録することができ、その情報と、フェイスブック上の友だち関係を元に、フェイスブックは驚くほどの的確さで知り合いである可能性のあるほかの利用者を「お勧め」してくる。

わたしたちはフェイスブック上に自分のアイデンティティを再構成し、それを維持管理し、さらにほかの人たちとネットワーク化しているのである。そしてそのアイデンティティは、つねに「いいね!」と呼ばれるようなものでなければならない。(フェイスブックには「いいね!」というボタンはあるが、「よくないね!」というボタンはない。)

ここで再び、フェイスブックCOOのシェリル・サンドバーグに登場願ってもいいだろう。『リーン・イン』

を読むと、サンドバーグ自身のキャリアがいかにしてフェイスブック的に形成されてきているかが痛感される。まずは隠しもしないコネ社会。サンドバーグの「メンター」である、元アメリカ財務長官ラリー・サマーズとの関係を読んでいると、実力主義・ハイパーメリトクラシーのアメリカという思い込みは吹き飛んで、アメリカのこの業界に厳然と存在するネットワーク（もしくはコネ社会）を痛感する。

そしてなんといっても、働く女性、トップに立つ女性としてのサンドバーグの悩みは、働いてトップに立ちつつ、いかにして「いいね！」と思われるか、ということである。第三章「できる女は嫌われる」は、この問題を扱う。ジレンマは、伝統的な意味で「いいね！」な女性は出世ができないということだ。女性的に「いいね！」であろうとすると、従属的になってしまうのだから。しかし、出世するためには「いいね！」でいなければならない。ひどいジレンマだ。『リーン・イン』は基本的に、女性をめぐる制度の問題ではなく、そのような個人のジレンマをめぐるサンドバーグの苦闘を描く。そしてその答えは、序章の副題にある「内なる革命」である。つまり、女性をめぐる外側の制度の変革ではなく、内面、アイデンティティの革命である。

言いかえれば、サンドバーグの本は、アイデンティティ管理の成功譚ということになる。彼女の労働はアイデンティティの労働として表象される。フェイスブックに参加する人びとのアイデンティティ管理もまた、そのような意味での労働なのである。フェイスブックは趣味であって労働ではないと思われるだろうか。ところが、それこそが現代の、ポストフォーディズム的な労働の核心なのである。（注19）ポストフォーディズムは、余暇と労働時間を区別することを禁ずる。さらには、失業状態と雇用状態の垣根もできるだけ低くしようとする。労働者は余暇や失業状態にあっても、常に労働と雇用に向けて自己を更新し続けなければならない。余暇と労働が区別された福祉国家時代と違い、ポストフォーディズムにおいては余暇も労働であり、アイデンティティも労働資源となる。

ただし、そのような労働観それ自体が一つのイデオロギーであり世界観であるということに留意せねばならない。再び三浦に依拠するなら、つぎのように言えるのである。

アイデンティティの労働は、ポストモダンにおける（旧来の型の労働の隠蔽としての）規範的な労働の形態である。それは、先進国における新しい経済モデルとしての、クリエイティヴ経済という（ポストモダンな偽）概念から説明され、正当化されようとしている。そこに「生産」はなく、われわれ自身のなかに内在するクリエイティヴィティの実現こそが「富」を産むのである。それは、自己実現こそが富になるというユートピア願望の表明である。（注20）

アイデンティティの労働は、リチャード・フロリダの言う「クリエイティヴ経済」を支えるものだと想定される。（注21）肉体労働による生産はすでに存在せず、富は私たちの内面から、アイデンティティから生じる、という観念だ。

しかしこの引用で重要なのは括弧の中である。三浦はアイデンティティの労働が「旧来の型の労働の隠蔽」であり、クリエイティヴ経済が「ポストモダンな偽概念」だとする。先に述べたように、虚偽意識としてのイデオロギーだということである。肉体労働と生産は消滅などしていない。だが、資本主義はそれが搾取する労働を不可視化する＝隠蔽することを常とする。だとするならば、考えなければならないのは、アイデンティティの労働の観念がいかなる労働を隠蔽しているのか、ということだ。

以上の問題設定を確認した上で『魔女の宅急便』に戻ろう。キキの労働が感情労働となることについては、彼女が宅急便を始める前の段階で多くの伏線が張られている。たとえばキキが故郷の親元を離れ、修行へと旅立つ場面。魔女の母は、「大事なのは心」という忠告に加えて、「笑顔を忘れずにね」という言葉をキキに与える。この忠告は、忠告というよりは予言、またはキキを縛りつける呪いの言葉である。すなわち、物語の残りにおいて、キキには能力を磨いたり、職業を得てお金を稼いだりということよりも、「笑顔でいる」ことが成功の条件として課されるのである。笑顔が成功の秘訣という意味ではない。笑顔でいること自体が成功なのである。

事実キキは、笑顔を保ちつづけようと努力する。宅急便の仕事が軌道に乗って、注文を受けて顧客の玄関に立つとき、キキが笑顔(営業スマイル)をつくる、一種健気な仕草は印象的である。この瞬間に、キキの笑顔は文字通りに、ホックシールドの区別する感情管理から感情労働へと変換されている。

もう一つの伏線——または呪い——は、キキがパン屋のおソノに出会う場面である。出会って間もなく、おソノは「あなたが気に入った」という言葉をキキに投げる。この言葉は、こう言いかえてもいいだろうか——「あなたって、いいね!」と。これも一種の呪いである。キキは、おソノに世話になっているかぎりは、「いいね!」であることを強いられるのだ。

物語の後半において、キキは飛ぶ能力を失ってしまう。この能力喪失もまた、感情労働とアイデンティティの労働の観点からとらえられている。能力を失った時、キキは猫のジジに「素直で明るいキキはどこかに行っちゃったみたい」と言う。ここでは、魔力を失うことと、感情管理ができなくなっていることは、どちらが原因でどちらが結果というわけではなく、一体のものとしてとらえられている。キキの魔力、宅急便をするために必要な飛ぶという能力と、「素直で明るい」ことは一体なのであり、能力の喪失とはすなわち感情管理、アイデンティティ管理の失敗のことなのだ。

この一体性を確認するのが、森の中に住む画家の少女である(映画版では名前は出てこないが、ウルスラという原作での名前で呼ぶ)。悩むキキは、ウルスラの住む森の小屋に行き、語り合うことをきっかけとして立ち直っていくのだが、ウルスラははっきりと、魔法と芸術家の能力とを等号で結んでいるのだ。曰く、「魔法も絵も似ている、わたしも時々描けなくなる」と。ここでは、感情労働としての魔法が、芸術家的なクリエイションの活動へと敷衍されている。ここで想起すべきは、先に触れたリチャード・フロリダの「クリエイティヴ経済」という考え方であろう。内面からわき出るクリエイションとしての労働のイメージ。それと魔法が——そしてすでに魔法と結びつけられた「スマイル」が——結びつけられる。

そして決定打は、魔法の力の源をめぐる対話である。キキは、魔女は「血で飛ぶ」のだと説明する。ウルスラはそれを聞いて納得したように、「魔女の血、絵描きの血、パン職人の血」と列挙する。彼女は驚くべき敷衍と転倒を行っている。まず、「魔女の血」と「絵描きの血」までは結構だ。そこでは職業を保証するのは外的な「スキル」ではなく、アイデンティティである。しかし、最後の「パン職人の血」は何か？　ここでは、ひどいカテゴリー・ミステイクが起こっている。ここまで『魔女の宅急便』が規範的なものとして示してきた職業と労働は、アイデンティティの労働であり、感情労働であった。パン職人は、魔女や画家との対立においてはフォーディズム的な「モノ作り」の職業である。しかるにウルスラはさりげなく、そのような職業をアイデンティティの労働の列挙の中に忍び込ませているのだ。

皮肉なのは、劇中に登場する当の「パン職人」が、感情労働の対極にいることだ。パン職人とはおソノの夫（原作での名前は「フクオ」）であり、彼は、うなり声や「おい！」など、三つの台詞しか与えられておらず、寡黙な職人そのものといった風情である。

フォーディズム労働者の典型であるフクオをアイデンティティの労働者に無理矢理に引き入れるときに、何が起きているのか？　それは、先の引用で三浦が述べた、「旧来の型の労働の隠蔽」である。ウルスラによる列挙は、この世はそのようなアイデンティティ労働で覆われており、旧来型の労働は消滅したのだ、というヴィジョンを提示している。作品全体としては、パン職人というフォーディズム的労働者をいったんは表象しておいて、それをアイデンティティの労働の側にカウントするという、かなり巧妙な隠蔽戦略が行われているのだ。職業と労働をテーマとするかに見える『魔女の宅急便』は、その実「労働の終焉」をテーマとしていたのである。そして労働が終焉した世界観によって、キキのような労働力――彼女は確かに苦役としての労働を行っている――は「やりがい搾取」されていくのだ。

本作品のテーマを完成させるのは、最後のシークエンスである。飛ぶ能力を失ったキキは、突風で流された飛行船から友人のトンボを救出するために能力を取りもどし、救出に成功する。この時、キキはなぜ飛べるようになったのだろうか？　ここまでの議論にしたがえば、キキは一度失敗したアイデンティティ管理をふたたびできるようになったということになる。しかし、ではそれはどうしてなのか？

ここで重要なのは、劇中においてこの救出劇そのものがメディア・イヴェントとなっている点である。救出劇はテレビ中継され、登場人物たち、そして町の人びとがテレビを介してキキを応援する。この時に起きているのは、キキが芸能人、もっとはっきり言えばアイドルになっているということだ。劇中で描かれるメディア・イヴェントというのは、現実の観客と作品自体とのあいだの関係のアレゴリーである。つまり、劇中に観客とそのまなざしの対象（キキ）との関係を描きこむことで、『魔女の宅急便』の現実の観客は、テレビを観る町の人びとにみずからを投影し、それに同一化することができるようになる。

そのようなメカニズムによって、キキがスクリーンの向こうの存在であること、つまりアイドルであることが強調される。そして、アイドルといえば、日々ブログなどSNSを更新し続け、「キャラ立ち」をしようとする某アイドルグループの労働は、ポストフォーディズム的なアイデンティティの労働の戯画に近づくような労働である。（注22）キキはそのような意味でのアイドルになる。アイデンティティの労働の化身となるのだ。玄関の前で営業スマイルを作っていたキキから、さらに一歩進んで、全存在《アイデンティティ》を労働に提供するキキの完成である。クライマックスの事件をメディア・イヴェントとすることによって、労働の隠蔽は完成される。

## 5『千と千尋の神隠し』とケア労働

『千と千尋の神隠し』の主人公、千尋は以上のすべてにうんざりしている。冒頭から彼女は、自動車の後部座席で仏頂面をし、「いいね!」であれというポストフォーディズムの命令に、どこまでもうんざりしているように見える。

宮崎駿の意図はともかくとして、『千と千尋』は『魔女の宅急便』に対する批判ではないのか? だとすれば、『千と千尋』は隠蔽された旧来型の労働を表象のうちに取りもどす、一種のリアリズム的な試みなのか? そして、もし『魔女の宅急便』が先に述べたようにポストフェミニスト・テクストとして読めるなら、『千と千尋』はポストフェミニズムを批判するテクストだと言えるのか?

二つの作品の差異と同一性はいかなるものだろうか。まずは、『千と千尋』における労働はアイデンティティの労働の正反対を指向するように見える。象徴的なのは、千尋が名を奪われる場面である。それが、千尋は労働をするためにはアイデンティティを必要とはしない(労働者は取り替えがきく)というメッセージだとするならば、『千と千尋』はフォーディズム的な生産労働を規範的な労働として提示しているのか。

どうもそうではない。ここで真正面から、湯屋の労働とは何かについて考えてみよう。答えはいくつも出てきそうであるが、ここでは湯屋の労働をあえて一言で表現してみたい。それは「ケア労働」、もしくはエヴァ・フェダー・キテイの言葉を使うなら「依存労働」である。(注23)

湯屋での労働は、キテイが依存労働と呼ぶもの、そしてそれとキテイは区別する愛情労働、そしてさらには、それらのひな型である、（もちろんジェンダー化された）家事労働といった要素を重層的に含みこんでいる。キテイが区別をしている様々な労働が、区別できない形で象徴的に圧縮されていることが、『千と千尋』の湯屋の特徴である。

具体的には、湯屋は神々のための「お風呂屋さん」であり、また風呂だけではなく食事や娯楽を提供するサーヴィス業である。しかし主題や象徴だけでなく、映像のテクスチャーという水準も含めると、そこには介護をはじめとする依存労働や、さらにはセクシュアリティの関わる愛情労働の要素が見いだせる。例えば、「お腐れ様」のエピソードを見てみよう。「お腐れ様」は河の神であるが、人間による汚染でゴミとヘドロだらけになってしまっている。千尋は悪臭をはなつヘドロをものともせず、お腐れ様の体にひっかかった瓦礫を引き抜き、湯屋を危機から救う。

ここでは、作品全体で繰り返される重要なモチーフが現れている。それは「排泄」である。宮崎作品は、飛翔の感覚、打撃の感覚など、ダイナミックな運動の感覚を肉感的に表現することに長けているが、『千と千尋の神隠し』でもっとも印象的なのは、「排泄」の感覚である。

「お腐れ様」のエピソード以外に、排泄行為は重要なポイントでもう二度繰り返される。一つは、ハクが銭婆から盗んだ契約印とタタリ虫をはき出す場面、もう一つは従業員やご馳走をたらふく吸収してぶよぶよに太ったカオナシが、そのすべてを排泄する場面である。

それぞれが何を意味するのかは考えないとして、ここでは三つの排泄行為すべてを千尋が引き起こして――介助して――いることを確認しておこう。もう言うまでもないと思うが、これが、つまり排泄行為の介助が象徴するのは、文字通りの依存労働、老人介護である。

しかしそれは、一つの水準でしかない。同じ排泄行為をめぐって、湯屋の労働にはもう一つの象徴の水準があるのだ。それは、セックスワークだ。湯屋の猥雑な風景は、かつての日本の風俗業の風景であり、そうだとすると千尋はこの世界でセックスワーカーになったのだ、そしてもう一種類の排泄――つまり射精――の介助を行っているのだとも読める。

ジブリファンの一部を怒らせるであろうこの解釈はしかし、宮崎駿自身が提示しているものである。雑誌『プレミア日本版』でのインタビュー記事で、宮崎はつぎのように述べている。

僕が子供のころには、新宿にだって文字通り赤いランタンがともっているような街がありましたからね。意図的にそういうものをというより、ちょっと古くて、いつの間にかみんな忘れてしまっている盛り場を描いてるんです。……日本はすべて風俗営業みたいな社会になっているじゃないですか。いま女性たちは、売春窟が似合いそうな人がものすごく増えている国なんじゃないかと思います。(注24)

だとすれば、『千と千尋』には、介護労働という依存労働とは区別されるはずの、賃労働化された愛情労働(ごく字義的な、セックス労働)が書きこまれてもいることになる。

さらに不穏な象徴の水準があるとしたらどうだろうか。千尋は「就職」にあたって名を奪われる。女性が名を奪われる(ことの多い)制度といえば何か。もちろん、結婚である。そして結婚とは多くの場合、無償の家事労働、依存労働、愛情労働の制度である。ここで、それに対して批判的かどうかは別として導入されているのは、ダラ・コスタの言う「愛情労働」ということになるだろう。婚姻・家庭内での、性的職務も含む不払いの家事労働である。(注25) この読みの水準を加えると、湯屋の労働というのは賃労働・不払い労働をとりまぜた、依存労働、愛情労働、家事労働の混沌たる融合物といった様相を呈してくる。

さて、そのような意味で、『千と千尋の神隠し』はポストフェミニズムの世界観が隠蔽するような労働（この場合は、ジェンダー化された依存労働）の存在を指摘し検討する作品だと言えるだろうか。答えは、イエスでありなおかつノーである。そこで、この作品が最終的には取りこまれているように見える、わたしたちの労働の世界について考察しよう。

## 6　依存労働の有償化、特区、家事の外注化

『千と千尋』が無償労働と有償労働の区別を積極的に融解させていると解釈することには、保留が必要である。すでに述べてきたように、無償労働（活動）と有償労働（賃労働）との区別は、ポストフォーディズム的なワークフェア社会において、すでに実効的に「脱構築」されているからだ。すべてが有償労働化されるという意味で。しかしそれが全面化した社会、というのが、一つの「世界観」であるなら、逆に、有償労働と無償労働がそれでもなお区別されている瞬間を求めることが、課題となるだろう。

当面、『千と千尋』の、賃労働がすべて、という前提を受け入れるならば、この作品は前節で述べたような労働を有償化・賃労働化することをテーマとするとも言える。ケア労働・家事労働といった依存労働の有償化である。

そう考えると、『魔女の宅急便』と『千と千尋の神隠し』は、対立するどころか、じつはわたしたちの労働の世界、その閉域を相互補完的に表象しているということになる。（注26）図3をご覧いただきたい。これは仁平典宏による、現在の労働の再編を表す図である。端的に言えば、『魔女の宅急便』が表現するのは四象限の右側、『千

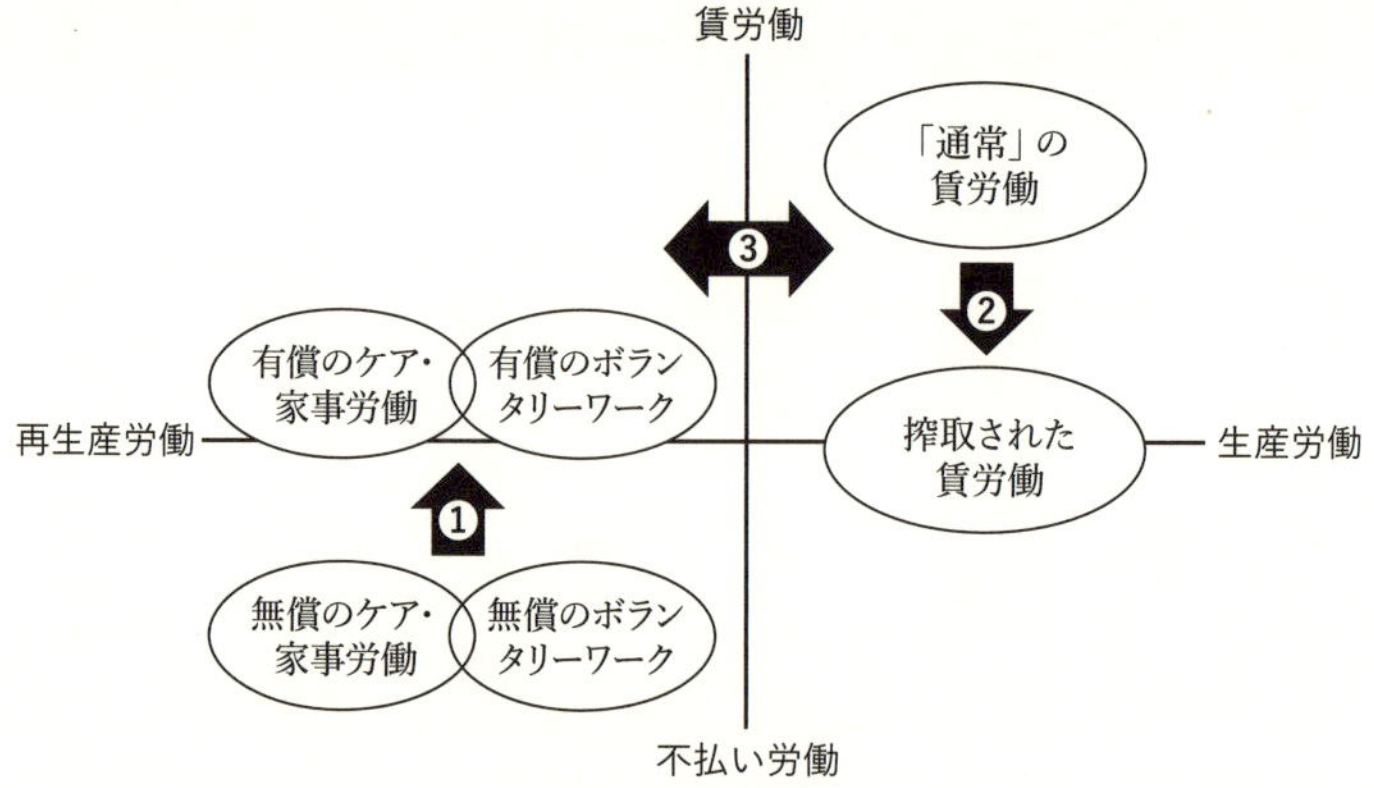


［図3］　労働の再編

と千尋』が表現するのはその左側ということになる。『魔女の宅急便』は、通常の生産労働、賃労働を、アイデンティティの労働というヴィジョンによってダンピングした。または、「やりがい搾取」化した。それとセットになって出てくるのが、図3の①の矢印で表される、ケア労働・家事労働の有償化である。

　有償化とはいっても、問題は、その労働がジェンダー化され、安く買いたたかれるということだ。例えば二〇一四年六月に日本政府が閣議決定した「日本再興戦略」に含まれる、国家戦略特区での「外国人家事支援人材」受け入れを考えてみよう。つまり、家事労働をアジアからの外国人家政婦に「外注」しようというアイデアである。この政策は、「女性の活躍」のためという名目になっている。日本人女性が働きやすくするために、ということだ。

　しかしこの政策の問題点は、そのような名目の影で、有償化されようとしている家事労働――かならずしも外国人だけではなく、家事労働を外注して「活躍」することのできない女性たちによって担われる労働――をダンピングするということだ。(注27)特区とは、見方を変えれば「労働ダンピング前哨地帯」にほかならない。この政策は、賃労働化される前からジェンダー化され、劣悪化されてきた依存労働の質を改善するどころか、全体的に押し下げることを狙いとしている。(注28)それと同時期に、国会は労働者派遣法を、派遣労働をさらに一般化・固定化する方向で改悪する審議に入っていた。まさに先の図3の①の矢印と②の矢印がセットになっている事例である。

千尋が湯屋での労働を通じて「生きる力」を得た、というようなテーマ解釈の危険性は、この特区構想の危険性と同じである。『千と千尋』の物語全体が、名前＝アイデンティティの回復というモチーフと、環境問題（ハクは、マンション建設で失われた河の神であった）に「回収」されるにいたって、この作品が依存労働のダンピングを批判的にとらえる余地はさらに失われていく。

しかし、『千と千尋』はそれらのモチーフに完全に回収しきれる作品ではない。この作品は、上記のような労働の再編をめぐる矛盾を指し示している。この作品には、千尋が行うのとは別の「依存労働」が書きこまれている。それは湯婆婆が大事にする、巨大な赤ん坊である「坊」の存在だ。恐ろしい、金の亡者である湯婆婆も、坊にはめっぽう弱い。なにくれとなく坊の世話を焼く姿は、依存者のケア労働の精髄である。

この坊との関係を文字通りに見ると、湯婆婆は「働く母親」である。そしてもし彼女が現代的で理想的な「働く母親」なのだとしたら、湯婆婆は（何度も登場願って恐縮だが）シェリル・サンドバーグだった、ということになるだろう。しかし、そうであるなら、坊の世話は「外注」されてしかるべきなのである。すくなくとも、先述の特区構想のような発想から言えば。しかし、湯婆婆は宿痾のように坊から、坊の世話からは逃げられない。

なぜだろうか。おそらくそこに、湯婆婆のかかえる「矛盾」がある。というのも、見方によっては、湯婆婆は子育てもしている経営者だ、というのではなく、むしろあの巨大な赤ん坊を育て、溺愛するために湯屋の労働が存在する、という見方もできてしまうからだ。その場合、湯婆婆は家父長制、つまり資本主義を下支えし、また資本主義によって条件づけられた再生産労働の戯画となる。坊はさしずめ、伝統的・家父長的な家族においてどこまでも甘やかされる長男といったところか。湯屋の依存労働は、究極的には坊の依存をささえるために搾取された労働なのだ。

だとすれば、湯婆婆という人物像には歴史的に異なる二つのフェーズが凝縮されていることになる。一方では、湯婆婆は現在の労働の再編、つまり依存労働の有償化と搾取を押し進めるポストフォーディズム社会、したがって新自由主義的社会のエージェントである。その一方で、坊との関係においては、湯婆婆は前時代的な、新自由主義化の流れによって——そして同時にフェミニズムからも——批判されてきたはずの、福祉資本主義を支える家父長制的な再生産労働の権化でもあるのだ。

この湯婆婆の「矛盾」がもっとも危機的なかたちであきらかになるのが、映画の大団円の場面である。最後の、千尋が銭婆のもとから湯屋に戻る場面では、坊の「自立」がさりげなく述べられている。湯屋に戻ったとき、立って歩く坊の姿に湯婆婆は驚き、そして「千を泣かしたらばあば嫌いになっちゃうからね」と坊は彼女にたてつくのである。この坊のささやかな「自立」は一体何を意味するのだろうか?

それは、主人公の千尋とも共通する「成長」のテーマなのかもしれない。しかし本稿の文脈では、坊が依存状態から脱した、という言い方の方が適切である。そして自由に連想を広げるなら、坊が依存者でなくなった後に、つぎに依存者となるのは湯婆婆かもしれないということを、この「自立」は示唆しているのではないか。つまり、ここで湯婆婆は老後に「おひとりさま」となる危機に直面している。もちろん湯婆婆がその危機を解決する方法は、もっと稼ぎ、みずからの老後の介護を外注することである。しかしどうやら問題はそういうことではない。事実、それで済む問題なのであれば、湯婆婆に坊を溺愛する理由はなくなってしまうはずだから。依存労働の有償化が解決しない問題、またはそれが隠蔽する依存労働の搾取の事実を、湯婆婆の「危機」は指し示している。

最後に強調したいのは、湯婆婆の矛盾は、危機は、わたしたち自身の矛盾であり危機である、ということだ。

人間は依存状態で生まれ落ち、やがて多かれ少なかれ依存状態へと戻っていき、そして死ぬ。依存労働が有償化されるということは、そういった生のすべてが商品化されるということであるが、すくなくとも作品の枠内では、この最後の場面において、資本家たる湯婆婆が、ほかならぬ商品化のエージェントである湯婆婆が、（もともと人間だったとしての話だが）「人間」に戻る瞬間が垣間見られる。最後の場面では千尋が湯婆婆に「おばあちゃん」と呼びかけ、湯婆婆はそれに驚く。この場面の意味はそういうことなのだ。千尋の呼びかけは、「おばあちゃん」という人間的——依存的——存在へと呼びかけることによって、湯婆婆の苦境をあきらかにすると同時に、湯婆婆を救っている。ほんのわずかではあれ、『千と千尋』で描かれる労働が、商品化されていないコミュニティ生産の労働となりうる瞬間が、そこにはあるのかもしれない。自立の物語は、つねにその自立した誰かに依存する者の、依存の物語でもありうる。そのようなサイクルこそが「社会」であるなら、作品の最初と最後に千尋がくぐるトンネルは、そのような社会へとひらいていくトンネルだったのかもしれない。

（1）「J・J・エイブラムス監督「僕は宮崎監督の大ファン」引退を惜しみ《引退生活に飽きて、ぜひ復帰してもらいたい》と『スター・トレック イントゥ・ダークネス』イベントで語る!」『ABC振興会』（二〇一六年四月一二日参照）http://abcdane.net/site/moviestv/2013/09/jj-stidcarpet-recap1st.html

（2）以下の議論については、河野真太郎「『アナと雪の女王』におけるポストフェミニズムと労働」『POSSE』二三号（二〇一四年六月）：二二一—三三頁を参照。

（3）これについてはコレット・ダウリング『全訳版 シンデレラ・コンプレックス——自立にとまどう女の告白』柳瀬尚紀訳、一九八五年、三笠書房、および若桑みどり『お姫様とジェンダー——アニメで学ぶ男と女のジェンダー学入門』二〇〇三年、ちくま新書を参照。

（4）この用語（「〝ポスト〟フェミニズム」と、「ポスト」に引用符をつけた形だが）を日本でもっとも早く導入したとおぼしき竹村和子は、「第三波フェミニズム」という言葉を使うことへの躊躇を表明しつつ、「ポストフェミニズム」における「ポスト」は、過去との切断ではなく過去への「自己参照」を含んでいるとする。つまり、後に述べる、第二波フェミニズムとの連続性を取り戻した第三波フェミニズムに近い意味でこの言葉を使っている（竹村和子『〝ポスト〟フェミニズム』二〇〇三年、二―三頁、作品社）。逆に、田中東子が「第三波フェミニズム」という言葉で意味しているものは、むしろここで論じるポストフェミニズムに近いし（田中東子『メディア文化とジェンダーの政治学――第三波フェミニズムの視点から』二〇一二年、世界思想社、一五―一七頁）、二〇〇四年に出版の『ジェンダー研究五〇のキーコンセプト』も、第三波フェミニズムを、主にアカデミックな領域から生じた文化運動――やはりどちらかといえばここで言うポストフェミニズム――としてとらえている（Jane Pilcher and Imelda Whelehan. *50 Key Concepts in Gender Studies*. London: Sage, 2004. pp.169-72）。

（5）Shelley Budgeon. "The Contradictions of Successful Femininity: Third-Wave Feminism, Postfeminism and 'New' Femininities." Rosalind Gill and Christina Scharff eds. *New Femininities: Postfeminism, Neoliberalism and Subjectivity*. New York: Palgrave Macmillan, 2011. pp.279-292. p. 281.

（6）三浦玲一「ポストフェミニズムと第三波フェミニズムの可能性――『プリキュア』、『タイタニック』、AKB48」三浦玲一／早坂静編『ジェンダーと「自由」――理論、リベラリズム、クィア』二〇一三年、彩流社、五九―七九頁。六四頁。

（7）シェリル・サンドバーグ『ＬＥＡＮ　ＩＮ（リーン・イン）――女性、仕事、リーダーへの意欲』村井章子訳、二〇一三年、日本経済新聞社。

（8）Dawn Foster, *Lean Out*, London: Repeater, 2016. p.11.

（9）Ibid., p. 16.

（10）Ibid., p. 20.

（11）Ibid., p. 21.

（12）以下の『風の谷のナウシカ』をめぐる議論についてより詳しくは河野真太郎「『かぐや姫の物語』における（ポスト）フェミニズムと第二の自然」『POSSE』二七号（二〇一五年七月）：二二一―二三五頁を参照。
（13）宮崎駿『風の谷のナウシカ』第七巻、一九九五年、徳間書店、一九八頁。
（14）前掲書、一九八頁。
（15）以下の二節については、河野真太郎「『千と千尋の神隠し』は第三波フェミニズムの夢を見たか？――アイデンティティの労働からケア労働へ」『POSSE』二五号（二〇一四年一二月）：一七二―一八八頁を大幅に修正・縮約して再録した。
（16）三浦玲一『村上春樹とポストモダン・ジャパン――グローバル化の文化と文学』二〇一四年、彩流社、八八頁。
（17）叶精二『宮崎駿全書』二〇〇六年、フィルムアート社、一三四頁。
（18）感情労働については、A・R・ホックシールド『管理される心――感情が商品になるとき』石川准・室伏亜希訳、世界思想社、二〇〇〇年を参照。ホックシールドは商品化されていない一般的な「感情管理」と、労働資源に供される「感情労働」を区別しているが、ポストフォーディズムの問題点はその区分の融解である。マイケル・ハートとアントニオ・ネグリは『〈帝国〉』（水嶋憲一ほか訳、二〇〇三年、以文社）において、〈帝国〉の体制の重要な労働の様式として「情動労働」を分析している。
（19）ポストフォーディズムについてはマイケル・ハートとアントニオ・ネグリ（前掲書）、クリスティアン・マラッツィ『現代経済の大転換――コミュニケーションが仕事になるとき』（多賀健太郎訳、二〇〇九年、青土社）、パオロ・ヴィルノ『マルチチュードの文法――現代的な生活形式を分析するために』（廣瀬純訳、二〇〇四年、月曜社）を参照。
（20）三浦玲一『村上春樹とポストモダン・ジャパン』九九頁。
（21）リチャード・フロリダ『クリエイティブ資本論――新たな経済階級の台頭』井口典夫訳、二〇〇八年、ダイヤモンド社。
（22）錦織史朗「ユニ×クリ　AKB48「チャンスの順番」」『POSSE』Vol.10（二〇一一年二月）：一〇六―一一二頁、

坂倉昇平『AKB48とブラック企業』二〇一四年、イースト・プレスを参照。

(23) エヴァ・フェダー・キテイ『愛の労働あるいは依存とケアの正義論』岡野八代、牟田和恵監訳、二〇一〇年、白澤社。

(24) 清水節「宮崎駿が『千と千尋の神隠し』を語る——眠っていた「生きる力」を天才が呼び覚ますまで」『プレミア日本版』二〇〇一年九月号：六六-七三頁、七〇頁。

(25) ジョヴァンナ・フランカ・ダラ・コスタ『愛の労働』伊田久美子訳、一九九一年、インパクト出版会。

(26) 仁平典宏、山下順子編『労働再審⑤ ケア・協働・アンペイドワーク——揺らぐ労働の輪郭』二〇一一年、大月書店、一八頁。

(27) これについては、アジア女性資料センターと移住労働者と連帯する全国ネットワークによる、「拙速な「外国人家事支援人材」受け入れに抗議し、ILO家事労働者条約の批准を求める共同声明」を参照。http://ajwrc.org/doc/seimei20140627.pdf

(28) アジアにおける外国人家政婦の、「新奴隷制」とまで呼べるような悲惨な労働環境については、アイファ・オング、特に第九章「生地図作成——メイド、新奴隷制、NGO」を参照。Aihwa Ong, *Neoliberalism as Exception: Mutations in Citizenship and Sovereignty*. Durham: Duke UP, 2006.

# ポピュラー・カルチャーと歴史認識

## 清家雪子「月に吠えらんねえ」における裂け目

岩川ありさ

### 1 クール・ジャパンと歴史への責任

二〇一〇年六月、経済産業省は、海外にむけて日本の魅力を発信するために、「クール・ジャパン室」を開設し、同年一一月には官民合同の有識者会議を開催した。伝統文化や衣食住から、アニメーション、マンガ、テレビドラマ、ゲーム、ポピュラー音楽などのコンテンツまで、「クールな日本文化」によって市場を開拓しようとする政策は、クール・ジャパン戦略推進事業と名づけられ、広く知られるようになった。二〇一二年度の「通商白書」では、「クール・ジャパン」を押し出す背景として、「アジア新興国」からの追走が進み、コスト競争が激化する中で、自動車や家電といった、これまで日本を代表してきた産業では対処できなくなってきたと指摘し、同省は今後の市場展開において、「アジア各国の富裕層や中間層」を重視することも明らかにした。(注1) こうしたクール・ジャパン政策が進む中で、大きなビジネスチャンスとなりうる、日本のポピュラー・カルチャー・

コンテンツの市場動向は、可視化され、データ分析の対象となり、二〇一三年五月には、ASIA TREND MAPとして実用化された。(注2) ASIA TREND MAPは、「アジア市場における各種コンテンツの現在の人気や半年後の人気予測(=消費トレンド)をウェブ上にタイムリーに情報提供するサイト」(注3)と定義されており、実際にページを見てみると、現在、アジア圏で共有されている、日本発のコンテンツの人気度合が可視化されている。しかし、こうした動向を見て、私たちはポピュラー・カルチャーによって世界と繋がったと考えてもよいのだろうか。

一九九五年のWindows95の発売によって、インターネットは一般の人々にまで普及し、その後、多くの国や地域で無線による常時接続が整備され、二〇一六年末には、三六億を越える人々が、世界中でモバイルブロードバンドに接続するまでになった。(注4) インターネットで繋がれた人々は、ほぼリアルタイムでポピュラー・カルチャーを享受できるようになり、マンガ、アニメ、ゲームといったコンテンツは、日本での放送、放映、販売、配信と同時にアジア圏で共有できるようになった。また、二次創作を含むファンアート、コスプレ、ファンサブ(注5)など、ファンが中心となってコンテンツを受容する文化も多数現れた。私たちは、例えば韓国や中国のBLファンと会話をし、漫画の中のホモフォビアや女性蔑視、民族差別などについて、言語的な制約はありながらもやりとりするようになった。しかし、同時代のアジアにおいて同じコンテンツを受容することは、脱歴史化、脱領域化した「アジア共同体」を成立させることと同じではない。(注6)

アニメ「おそ松さん」は、二〇一五年一〇月から二〇一六年三月までテレビ東京系列で放映され、人気を博した。(注7) マルチメディア展開が行われ、様々なグッズも発売される中で、二〇一六年七月、大正浪漫風六つ子を描いたミニタペストリーの発売が発表されたが、その直後、国内外のファンの中から、軍服を着て、サーベルを携えているキャラクターのイメージについて、第一次世界大戦と日本の植民地政策の記憶を忘却しているのではないかと批判が起こった。二〇一六年九月二八日になって、発売元のKADOKAWAは、「生産上の都合に

より、発売を中止」することを発表した。（注8）

世界中で受容されているポピュラー・カルチャーは、時に歴史から切り離されていると想像されることが多い。しかし、「おそ松さん」の大正浪漫という表象が戦争の記憶と結びついているように、歴史への応答責任は終わらない。

歴史学者のテッサ・モーリス＝スズキは、「あとから来た世代」も過去の出来事と深く結びついていることを「連累《インプリケーション》」という言葉で示す。

> わたしたちは過去の出来事に連累《インプリケーション》している。過去によって創られた制度、信念、組織のなかに生きているからである。しかし同時に、過去がわたしたちのなかに生きているからでもある。意識して、あるいは無意識のうちに、たくさんのメディアから吸収してきた歴史知識によって、誰に共感するか、現在のどの出来事に喜び、同情し、怒るのか、そうした出来事にどう対応するかが決定される。
>
> （テッサ・モーリス＝スズキ『過去は死なない』二〇一四、岩波現代文庫、三〇九頁）

いま私が共感しているのはどのような出来事なのか。また、私が何かに怒るのは、どのような歴史知識を吸収してきたからなのか。ポピュラー・カルチャーの受け手は、フィクションの受容という言葉で、歴史への応答をまぬがれることはできないし、人、モノ、情報が、絶え間なく移動する時代において、歴史を分かち持つことはたやすいことではない。しかし、私たちは、これまで積み重ねられてきたテクストと対話しながら、新しい何かを創出することができる。本稿では、清家雪子の漫画「月に吠えらんねえ」（注9）における、時間と空間の裂け目について論じる。（注10）その上で、一九九〇年代からはじまる日本版歴史修正主義への抵抗がいかにして可能なのか、ポピュラー・カルチャーと歴史認識の関わりについて考察する。

## 2 「月に吠えらんねえ」における裂け目

「月に吠えらんねえ」は、「月刊アフタヌーン」（講談社）で二〇一三年一一月号から連載がはじまり、二〇一七年五月現在、第六巻まで刊行されている漫画である。主人公の「朔くん」は、詩人、歌人、俳人の暮らす「近代□《詩歌句》街」でも随一の「変わり者」だ。「朔くん」が、師として慕い、憧れているのが、名実ともに「日本一の詩人」である「白さん」だ。そして、「朔くん」が「芸術上の二魂一体」とも思っていたのが、「犀」だ。しかし、「犀」は、いつのまにか「朔くん」と「白さん」の前から姿を消してしまい、記憶も残っていない。それぞれがはじめて登場する場面には、「「月に吠える」「青猫」「氷島」等／萩原朔太郎作品」、「「邪宗門」「思ひ出」「桐の花」等／北原白秋作品」、「「抒情小曲集」「愛の詩集」等／室生犀星作品」といった説明が付されており、近代の詩、短歌、俳句の「各作品から受けた印象をキャラクター化」し、各作家のエピソードを交えつつ、物語は展開される。

「朔くん」は、「月に吠えらんねえ」の冒頭で、『萩原朔太郎全集第五巻』から「ぴょこっ」と現れる。「朔くん」が現れた全集を、仮に、「月に吠えらんねえ」において、萩原朔太郎の詩や書簡の引

［図版 1］『月に吠えらんねえ』第一巻冒頭

用がなされている筑摩書房版として捉えるならば、その第五巻には、『絶望の逃走』(一九三五、第一書房)、『港にて』(一九四〇、創元社)をはじめとするアフォリズム集が収められていることになる。「月に吠えらんねえ」が、近代の詩、短歌、俳句の作者をモデルにしている評伝ではなく、「各作品から受けた印象をキャラクター化」しているということの意味がこの冒頭には見出せるのではないか。『絶望の逃走』の「序」で萩原朔太郎は次のように述べている。

特に大部分のトピックは、たいてい戸外の漫歩生活——街路や、森や、電車の中や、百貨店や、珈琲店や、映畫館や——で啓示された。畫家が寫生帳を持つて歩くやうに、私もまた常に手帳を懐中にして、行く先々の感想を記録して居た。そこでこの書は、一方から見て、私の日常生活の記録であり、一種の日記帳みたいなものである。ただ私の日記帳には、生活様式の個々の事實を省略して、事實の背後に暗示された普遍的な意味だけを、直覺に捉へて書いたことでちがつて居る。友人室生犀星君は、私の詩集「氷島」を評して「小説のやうなものだ」と言つたが、その同じ見方に於て、この書も或は小説のやうなものであるかも知れない。

(『萩原朔太郎全集(補訂版)第五巻』筑摩書房、一九八七年、七頁)

「月に吠えらんねえ」という漫画は、「日常生活の記録」のようでありながら、「事實の背後に暗示された普遍的な意味」を探さずにいられなくなるテクストだ。しかし、その実践は、作者の伝記的な事実によってなされるのではなく、詩歌句、随筆、書簡などに書き残された言葉を、現在時にいる読者が解釈することによって可能だということをこのテクストは教えてくれる。「月に吠えらんねえ」において行われる引用は、それまでには見えなかった、近代の詩、短歌、俳句の連関を明らかにする。その意味では、「月に吠えらんねえ」における引用は、翻案を意味する「アダプテーション」だといってもよいのではないだろうか。

リンダ・ハッチオン『アダプテーションの理論』(片渕悦久・鴨川啓信・武田雅史(訳)、二〇一二年、晃洋書房)によると、「アダプテーション」とは、「複製ではない反復」を指す言葉だ。アダプテーションを通じて生み出されるテクストは、原作を複製した二次的なテクストではなく、新しい要素が付け加えられることによって、別様の価値を生み出す。「月に吠えらんねえ」というテクストも、近代の詩、短歌、俳句との現在時における対話を通して、近代の詩、短歌、俳句の新たな捉え方を示す。しかし、「月に吠えらんねえ」の物語が進むにつれて明らかになるのは、近代の詩、短歌、俳句と戦争との関係である。一筋縄では行かない歴史的な問題を、「月に吠えらんねえ」というテクストはいかにして描いているのか。そのことを明らかにするために、本稿では、「月に吠えらんねえ」における時間と空間の裂け目に注目したい。

「近代□街」の時間と空間は歪んでいる。昭和二年(一九二七年)を生きていたはずの「朔くん」と「朔くん」を師匠と慕う「ミヨシくん」が、突然一九四五年三月一〇日の東京大空襲の日に移動したり、太陽や月の運行や季節の移り変わりも不安定だ。しかし、「月に吠えらんねえ」第二十一話「蛍狩」(二〇一六年五月に発刊された第五巻に収録)では、無茶苦茶になっていた季節や時間がもとに戻り、やってきた夏にあわせて、「蛍祭り」が開催される。その場面は、「蛍」について書かれた、近代の詩、短歌、俳句が一コマごとに配置され、引用を通じて、詩的な言語が有機的に結びつく瞬間を表現する。

たれかこいこい蛍がとびます(種田山頭火)/蛍から蛍へ風のうつりけり(正岡子規)/提灯をさし出し照す蛍沢(高浜虚子)/朧霧にほたる火沁みてながれけり(飯田蛇笏)/蛍火の瓔珞たれしみぎはかな(川端茅舎)/夕空の星とわかやぐ蛍かな(原石鼎)/瀬の音のうすくきこゆる蛍かな(久保田万太郎)/馬独り忽と戻りぬ飛ぶ

蛍（河東碧梧桐）／蛍光らない堅くなつてゐる（尾崎放哉）／とんできたかよ蛍いつぴき（種田山頭火）／なんといつてもわたしはあなたが好きな蛍（種田山頭火）／風よ高々忘れたような蛍（尾崎放哉）／ほうたるほたるなんでもないよ（種田山頭火）／かたまるや散るや蛍の川の上（夏目漱石）／うすものの二尺のたもとすべりおちて蛍ながるる夜風の青き（与謝野晶子）／はかな言いふ舞姫の手にありて蛍のひかりいよよ青しも（吉井勇）／ほのぼのとおのれ光りてながれたる蛍を殺すわが道くらし（斎藤茂吉）／すべなきか蛍をころす手のひらに光つぶれてせんすべはなし（斎藤茂吉）／アーク燈点れるかげをあるかなし蛍の飛ぶはあはれなるかな（北原白秋）／ほのぼのと青き光をはなちたり蛍は物やおもひいでけむ（前田夕暮）／

ほたる狩
川にゆかむといふ我を
山路にさそふ人にてありき（石川啄木）／

わがいのち闇のそこひに濡れ濡れて蛍のごとく匂ふかなしさ（若山牧水）

「蛍」について詠まれた、短歌、俳句が引用されたのち、佐々木信綱の作詞した「夏は来ぬ」が歌われる場面を経て、萩原朔太郎が室生犀星に宛てた「蛍狩――愛人室生犀星に」が引用される。

酔つぱらつて街をあるけ、夜おそくあるけ。

［図版２］『月に吠えらんねえ』第五巻第二十一話「蛍狩」

ああ、窓の上には憔悴した蛍が居る、汝の円筒帽を捧げ光らせ、巷路にひろごり輝くところの菫を見よ、私の酔つぱらひの兄哥よ。

しんあいなる私の兄弟よ、生れない不具の息子よ、お前のダンスの繊細なそして優美な足どり、みろ、珈琲の美女をして絶息せしむるところの汝の肉感的なそして詠嘆風な奇怪なダンスの足どり、靴の底を見たまへ、更に天井の蜂巣蠟燭を見たまへ、汝は怖るべき殺戮者だ、それ見ろ、指は血だらけだ。

つつしんで汝に浸礼聖号を捧ぐ、汝の名誉ある淫行のために。

淫行の長い沈黙から月夜を恐れる。

蛍だ、いちめんの青い蛍だ。


（「蛍狩――愛人室生犀星に」『萩原朔太郎全集（補訂版）第三巻』筑摩書房、一九八七年、四〇六―四〇七頁）

「蛍」という言葉を手がかりにして、近代の詩、短歌、俳句から編まれた構成は、時系列に沿った文学史とは別の詩的言語の繋がりを形成する。これらの詩歌句は、登場するキャラクターたちの姿によって、それらが創られた個別的な背景や意味を表現している。しかし、ここに集まった詩歌句は生まれた時代を異にしている。歌人の黒瀬珂瀾は、「現代短歌」二〇一六年一月号の「歌壇時評」の中で、「月に吠えらんねえ」第二巻における、時代の不一致について次のように指摘している。

大正年間あたりをモデルにした日常のさなか、突如、街に爆発が起こる。登場人物たちは慌てて避難するが、それが「空襲」だと知っている者と「空襲」が何かを知らない者がいる。例えば詩人のミヨシくんは空襲を知っているが、同じく詩人の朔さんは良く知らない。遠くに街が燃えるのを茫然と眺めるうち、一人が突如こう歌い上げる。

たましいひは炎となりてかの敵をうちてし止まむつひのかぎりは
かぎりなき忠の心のあらはるるたたかひの世にわれもみ民ぞ

それを聞いた石川は「モッさんやめろよそんな歌」「なにが忠の心だよ」「みっともねえ」と叫ぶ。すると、モッさんと呼ばれた禿頭の医師はこう怒鳴り返す。「あの時代を！」「生きてもいないお前らに何がわかるか！」。モッさん以外の人物たちは、気付かぬままに時代を超えていたのである。

（黒瀬珂瀾「歌壇時評—みんなの夢」『現代短歌』二〇一六年一月号、一三八頁）

違う時代を生きているはずの二人は、なぜ、同時に存在しているのだろう。「時代を超えてい」るのは確かだ。

［図版３］『月に吠えらんねえ』第二巻第六話「1945」

しかし、それを可能にしているのは、萩原朔太郎の詩作に影響を受けて誕生した「朔くん」の意識が、繰り返し時間を巻き戻すからである。「月に吠えらんねえ」第四巻（二〇一五年一〇月刊行）に収められた第十六話「裸體の森」では、「犀」と「朔くん」とともに、「白さん」門下の三羽烏の一人「拓くん」の葬儀の場面が描かれる。「孤独」で、「実在しない幻想の恋人」を詩に書き続けた「拓くん」。しかし、「拓くん」の死や、その葬儀に「白さん」は疑問を抱く。

なあ朔くん／そろそろいいだろう／何故　彼を殺したん

だい？／なんですか？／この街で　人が死ぬはずないだろ？／シキさんがいる／石川くんがいる／大将がいる／なのに何故彼が死ぬんだ？／君の詩集って何なんだ？／今はいったい何年なんだ？／そもそもこの記憶は誰の記憶なんだ？／全てが曖昧だ　（『月に吠えらんねえ』第四巻、講談社、二〇一六年。第十六話「死軀の森」）

「白さん」は、次第に「近代□街」の時間が歪んでいることに気がつきはじめる。しかし、「朔くん」の方は、この時点では、自分に何が起こっているのか、充分把握していない。問いつめられて困惑した「朔くん」は、「白さん」に「時計　持ってませんか」と尋ねる。壊れた時計、とまった時計、回帰する時間というモチーフは、萩原朔太郎の詩に繰り返し描かれてきた。「記憶の時計もぜんまいがとまつてしまつた」（「風船乗りの夢」）、「日時計の時刻はとまり」（「荒寥地方」）、「わたしのあうむ時計はこはれてしまつた」（「暦の亡魂」）、「ふるく錆びついた時計」（「仏陀」）といった言葉が示すように、萩原朔太郎の詩は、直進する時間や計量可能な時間とは異質な時間を創り出す。

［図版４］『月に吠えらんねえ』第四巻第十六話「裸體の森」

　図版5に引用したコマでは、原稿用紙に向かう「朔くん」の手元から、壊れた時計が現れて、その時計には裂け目がある。その裂け目からは焼土や「拓くん」が見える。原稿用紙も破れ、右上ではコマ自体が壊れかけており、そこからは、ゼンマイを巻きあげ、日付や時刻あわせに使う竜頭がのぞいている。萩原朔太郎の詩における重要なモチーフである時計が壊れることと、そこから生まれる別の時空間への漂泊がこのコマには凝縮している。しかし、これらの詩が生み出した「朔くん」の夢の中で漂泊

［図版５］『月に吠えらんねえ』第四巻第十八話「明るみへ」

しているのは「犀」だ。顔も思い出せなくなり、すれ違いを繰り返す二人は、いつか、同じ時間、同じ空間で出会うのか。まるで夢の中にいるかのように、荒寥地方を歩き、沿海地方を歩き、「魂を切り裂く氷島の風」を聴いているのは誰なのか。この時空間の裂け目が、私たち読者に、ぞわぞわとした感触で迫ってくるのはなぜなのか。「月に吠えらんねえ」というテクストの問いかけはやまない。

詩人の川口晴美は、二〇一七年四月一日の「東京新聞」夕刊で、「月に吠えらんねえ」をとりあげて、次のように指摘している。

時代と社会と言葉が絡みあい、自意識の目覚めと表現の間で苦悩する近代女性の姿も、戦争と戦争詩をめぐる問題も、時空間を鮮やかに飛び越え、現代を生きる私たちに恐ろしいほどのリアルさで迫ってくる。

（川口晴美「詩の月評」「東京新聞」二〇一七年四月一日夕刊）

川口は、萩原朔太郎の詩集『月に吠える』が発表されてから一〇〇年が過ぎたことに触れながら、「私たちは今どこにいるのか」という問いを投げかける。川口の問いかけは、私たちの時代にも裂け目は開きうるということを想起させる。(注11) なぜならば、私たちがいるのは、近代の詩、短歌、俳句と戦争の歴史が積み重なった現在時だからだ。しかし、その歴史の中には、紐解きたくなかった記憶も潜んでいる。一〇〇年前の世界から放たれた光は、必ずその背景となる闇を抱え持っている。しかし、ヴァルター・ベンヤミンがいうように、まるで星座が組み変わるようにして、見えている光よりも闇を見つめるようになった瞬間、私たちは、裂け目を見つけ、時代を越えるのだ。なぜ、私たちは、戦争に向けて情動を揺り動かされているのか。その問いは今も響き続けている。

### 3 「対位法的読解」と「共感共苦《コンパッション》」

最後に、私たちが現在置かれている状況について触れたい。私たちの周りには、今、歴史修正主義に基づく歴史認識が、ポピュラー・カルチャーの形を借りてあふれている。一九九〇年代になると、日本でも、「自虐史観」を批判する「日本版歴史修正主義」が台頭し、南京大虐殺の否定や「従軍慰安婦」問題への介入など勢いを強めていった。それを牽引していた、代表的な論者の一人である漫画家小林よしのりは、『新ゴーマニズム宣言SPECIAL戦争論』(一九九八、幻冬舎)の中で、日本が行った戦争は、アジアの解放をもたらしたという主張を行った。小林が漫画の中で描き出した歴史修正主義は、今も影響力を持っている。

戦争は「悪」ではない
「政策」である (小林前掲書三四頁)

旧日本軍悪玉史観というが…
では支那兵はどうだったか?
欧米兵はどうだったか?

ソ連兵はどうだったか？（小林前掲書一二六頁）

しかし　ふと見ると敗戦後の日本人も大して違わない言い方をしているではないか！
「軍部が悪かったから」と！（小林前掲書三〇三頁）

これらの主張の中で、小林は、「大東亜共栄圏」構想と密接につながる「八紘一宇」という言葉は、「戦争をする言い訳用のスローガン」ではなく、「天皇の下ですべての民族は平等」という思想だと指摘する（小林前掲書三五頁）。「大東亜共栄圏」は、アジアを植民地化していた欧米人と戦うための正当な政策であるという主張だ。小林の「大東亜共栄圏」をめぐる歴史認識は、自虐史観を払拭したいと考える人々によって共有され、日本はアジアの解放を担ったという言説へと繋がってゆく。しかし、歴史をめぐるナラティヴは、多くの人々の記憶のネットワークの中に位置づけられており、簡単に「平準化」できるものではない。ホロコースト研究の専門家ロバート・イーグルストンは、ホロコーストを否定する歴史修正主義について次のように指摘する。

ホロコースト否定論は欠陥のある歴史ではない。それはどんな種類の歴史でもまったくなく、歴史であるかのように論じることなど断じてできないのだ。
（『ポストモダニズムとホロコーストの否定』二〇〇四、岩波書店、六三頁）

イーグルストンが強調するのは、歴史をめぐる論争のようでありながら、実のところ、修正主義者たちは、自らの「世界観」のために歴史を用いているに過ぎないということだ。(注12) しかし、歴史的な経緯や唯一性を捨象して、統一的な国家像や強い経済圏を打ち立てようとする欲望は、ポピュラー・カルチャーと結びつき、現在も生み出されているし、確かに私たちはそれを享受している。しかし、歴史を単純化するようなメッセージがコンテンツに紛れ込んでいるとき、ポピュラー・カルチャーの受け手は、距離を置くか、受動的なままとどまるよりほかないのだろうか。時に、ポピュラー・カルチャーの受け手は、受動的な消費者として捉えられる。しかし、アニメもマンガもゲームも、ほかのすべてのテクストと同じように、多様な解釈に開かれている。私たちに必要なのは、歴史への想像力を手放さずに、ポピュラー・カルチャーを読み解くための方法だろう。その際、私は、歴史と接続してポピュラー・カルチャーを読むための方法として、文化理論の中で生まれた「対位法的読解」と「共感共苦」の二つをあげたい。

一つ目の「対位法的読解」はエドワード・W・サイードの著書に現れる言葉だ。(注13)『オリエンタリズム』などの著書で知られるサイードは、『文化と帝国主義』の中で、一九世紀から二〇世紀のイギリス小説において、帝国主義は必要不可欠な背景を提供してきたと指摘する。一見そうと見えないところにも帝国主義の影は指しているというのだ。

> わたしたちは、近代と前近代の欧米の文化における偉大な正典的テクストのみならず、望むらくはテクスト群全体を読み、そのような作品のなかで沈黙させられ周辺に追いやられイデオロギー的にゆがんで表象されているもの（わたしはキプリングの小説におけるインド人の登場人物を考えているが）を、明るみにだし敷衍し強調し、それに声をあたえるようつとめなければならないのだ。
>
> わたしが「対位法的読解」と呼んだものは、実践的見地からいうと、テクストを読むときに、そのテクストの作者が、たとえば、植民地の砂糖プランテーションを、イギリスでの生活様式を維持するプロセス

にとって重要であると示しているとき、そこにどのような問題がからんでくるかを理解しながら読むことである。（エドワード・W・サイード『文化と帝国主義1』大橋洋一訳、一九九八、みすず書房、一三七頁。原著一九九三）

「対位法的読解」は、テクストの中に流れ込んでいるにもかかわらず、排除されているものの声を聴きとり、明るみに出す批評実践だ。ポピュラー・カルチャーにおいても、テクストの中に帝国主義のイデオロギーを読みとることは可能であり、テクストは無色透明ではありえない。文学テクストがサイードにとってゆがみのない表象ではなかったように、私たちはあらゆるテクストからも、植民地において犠牲を強いられた人々の叫び声を読みとることはできる。

日本近代史が専門の山田朗は、『歴史修正主義の克服』の中で、初期の自由主義史観の源泉となっていた「司馬史観」を批判している。山田は、『竜馬がゆく』、『翔ぶが如く』、『坂の上の雲』などの著書で知られる司馬遼太郎の「フィクション手法」を分析し、その問題点について、次のように述べる。

重要なのは、司馬遼太郎のフィクション手法は、作品の中でどこが歴史上の人物の本当の発言（史実）で、どこが司馬の言葉（虚構）なのか、わかりにくいという表面的な問題——軽視できる問題ではないが——だけではない。この手法そのものは、「司馬史観」というものが、現代人の目ではなく、歴史上の人物の目と感性（と司馬が感じているもの）だけでその当時の歴史を見ようとする同時代史的な限界を持っていることを示している。（山田朗『歴史修正主義の克服』二〇〇一、高文研、五〇—五一頁）

当時の人々になりきって歴史を叙述する司馬の小説は、確かに、生き生きとした登場人物たちを生み出す。

しかし、その一方で、現在から過去を省みる視座が得られず、当時の政策の追認が行われてしまうという。「司馬史観」によって書かれたテクストは、「膨張主義的な国家戦略」を無批判に追認し、植民地主義の侵略性を覆い隠す。山田は、司馬の「フィクション方法」の特徴として、「歴史上の人物」との同一化をあげる。しかし、ホロコースト否定論をめぐる議論において強調されるように、本来、他者への同一化は不可能であり、誰も他者に成りかわって歴史を生きることはできない。[注14] それならば、他者を領有しない形で歴史と向かいあうにはどうしたらよいのだろうか。

「情念」や「受難」を原義とする「共感共苦」は、他者の痛みを自らも鈍痛をもって受けとめることを指す言葉として理解されている。[注15] つまり、「あなたは苦しい。だから私も苦しい[注16]」という原理である。ポピュラー・カルチャーと歴史認識をめぐる議論において、私たちに求められるのは、「共感共苦」という視座なのではないだろうか。自分の欲望を肯定するために他者を踏みにじるならば、私は私の欲望を肯定しないという原理。私たちがポピュラー・カルチャーを本当の意味で受容し、歴史と向かいあうことができるのはそんな瞬間なのかもしれない。そして、その時、私たちははっきりとこういえる。私たちは、受動的な享受者ではなく、受けとったテクストを解釈し、新たな文化を創り出し、「いま」を変容させる共同体であると。

---

（1）　アジア各国の富裕層や中間層は、「エンターティンメント」「おしゃれ」「やすらぎ」「健康」「豊かな住空間」「感動のある生活」などを価値と考え始めており、我が国のファッション、コンテンツ、デザイン、伝統工芸品など〝クール・ジャパン〟への評価が高まっている。こうした中で、〝クール・ジャパン〟の魅力を産業化し、世界、特に、アジアへ売り込み、アジアから観光客を呼び込むことで、我が国は、新たな成長エンジンを獲得

し、雇用を創出する大きなチャンスを持っている。（経済産業省「通商白書二〇一二」四二二頁）。

（2）東京大学工学部ウェブ工学研究室が開発した予測アルゴリズムを用い、「消費者トレンド指標（人気、潜在需要）」を分析している。松尾豊「ソーシャルメディアからの社会予想―ネットに映る実社会とは？」に事業の詳細が掲載されている。https://www.nii.ac.jp/userdata/shimin/documents/H25/20140226_8thlec.pdf　二〇一六年九月二五日閲覧。

（3）ASAIA TREND MAP「サイトについて」に詳細が掲載されている。http://asiatrendmap.jp/ja/wp#info　二〇一六年九月二五日閲覧。

（4）国連の専門機関の一つである国際電気通信連合（International Telecommunication Union：ITU）の発表による。http://www.itu.int/en/mediacentre/Pages/2016-PR30.aspx　二〇一六年一二月四日閲覧。

（5）コンテンツを享受するために、言語を異にするファンがアニメーションなどに字幕をつけることを指して、「ファンサブ（fan-subtitled）」という。著作権に反することが多く、社会問題にもなっている。

（6）白石さやは、ベネディクト・アンダーソン（Benedict Anderson）の『定本 想像の共同体―ナショナリズムの起源と流行』（白石隆・白石さや訳、二〇〇七、書籍工房早山。原著一九八三）における国家概念を批判的に検討しながら、「大衆文化の相互交流に基づく「穏やかな文化共同体」構想」（白石さや『グローバル化した日本のマンガとアニメ』二〇一三、学術出版会、一七九頁）を提案する。その中で、白石は、「二〇世紀的な運命共同体」ではない、文化を基にして結びつく可能性を提起している。

（7）ブルーレイ、DVDの売り上げは平均して七万枚を越えている。歴代アニメの売り上げの中でも上位に位置し、「涼宮ハルヒの憂鬱」などと並ぶ（アニメDVD・BD売り上げ一覧表まとめWikihttps://www38.atwiki.jp/uri-archive/pages/75.html　二〇一六年九月二五日閲覧）。また、第三八回アニメージュ・アニメグランプリで、作品部門、男性キャラクター部門、アニメソング部門でグランプリに選ばれた。

（8）KADOKAWAからの「発売中止のお知らせ」は、http://bc.mediafactory.jp/files/do00084/1475034449.pdfを参照。

（9）二〇一三年から現在も「月刊アフタヌーン」にて連載中。

(10) 本稿では、「朔くん」が「ミヨシくん」に、「社会が最上と認めるものが芸術の価値／日本近代詩の頂点は／あの無残な／響きも実験精神も何もない／雰囲気に追い立てられ無理に生み出された出来損ないの／戦争の詩なんだよ」(第五巻第二十六話「純正詩論」)と語る場面について言及することができなかった。また、「詩の表現史における声とエクリチュールとの相克を辿り直」した著作である、坪井秀人『声の祝祭―日本近代詩と戦争』(名古屋大学出版会、一九九七年)について言及することができなかった。坪井が同書の中で、次のように述べている箇所をはじめ、表現史における戦争詩の捉え方や口語自由詩をめぐる問題など、「月に吠えらんねえ」を解釈する上で重要な示唆を与えてくれたことをここに書きとめておきたい。

愛読された万葉集に類比された共同性イメージの中で、市場的価値しか認知されてこなかった文学はそれらの組織を介して国家と睦まじく手を取り合うことになる。『愛国百人一首』及びその解釈書、あるいは『国民座右銘』といった国民的な画一テクストと画一解釈の強制、そして『辻詩集』等のアンソロジーの刊行――これらはまさに勅撰集の時代と同じく、国家的事業の一環として行われた。〈解釈〉の一元化が国家規模で図られたという点では未曾有の時代である。(坪井前掲書、一六八頁)

(11) 川口は「詩の月評」を次のように結んでいる。

「わたし」というたったひとりの存在として世界に触れた瞬間が、言葉で刻まれる。そこから始めるしかないのだ。今から百年後、たとえ詩の形が変わり、数多の作品が忘れられたとしても、きっと何度でも、詩は始まる。(川口晴美「詩の月評」「東京新聞」二〇一七年四月一日夕刊)

(12) イーグルストンは、「ホロコースト否定論は、歴史学というジャンルの一部ではなく、別のジャンル、すなわち政治もしくは「嫌がらせの発言」というジャンルの一部なのだ」(『ポストモダニズムとホロコーストの否定』二〇〇四、岩波書店、五四頁)と述べる。

(13) 対位法的という概念は、『晩年のスタイル』(大橋洋一訳、二〇〇七、岩波書店。原著二〇〇六)、『人文学と批評の使命　デモクラシーのために』(村山敏勝、三宅敦子訳、二〇〇六、岩波書店。原著二〇〇四)などのサイードの著作の中でも、重要である。

(14) ロバート・イーグルストンは、『ホロコーストとポストモダン―歴史・文学・哲学はどう応答したか』(田尻芳樹、太田晋訳、二〇一三、みすず書房。原著二〇〇四)の中で、ホロコーストは、「新たな文学、すなわち証言の文学」を創出したという、エリ・ヴィーゼルの言葉を紹介する。

ホロコーストの証言は、固有の権利をもって自立したテクストおよびその新たな読み方の双方を含む新たなジャンルとして、新たな文脈において理解する必要がある。(イーグルストン前掲書、五一頁)

(15) ジャン＝F・フォルジュ『21世紀の子どもたちに、アウシュビッツをいかに教えるか?』(高橋武智訳、二〇〇〇、作品社、二二頁)。また、下河辺美知子は、『歴史とトラウマ 記憶と忘却のメカニズム』(二〇〇〇、作品社)の中で、この言葉を手がかりにして、「他者の壮絶な体験」と向かいあう回路を切り開く可能性について述べている。下河辺の論考を踏まえて、岡真理も、『彼女の「正しい」名前は何か』(二〇〇〇、青土社)の中でこの言葉について触れている。

(16) 下河辺美知子『歴史とトラウマ 記憶と忘却のメカニズム』(二〇〇〇、作品社、五二頁)。

# II 身体／ジェンダーとまなざし

# 仮想世界の中の身体

## 川原礫『ソードアート・オンライン』アインクラッド編から考える

広瀬正浩

### 1　考察の前に

私は二〇一一年度から五年間、非常勤講師として愛知教育大学の「国文学講義」という授業を担当していた。そのうちの三期にわたり、川原礫の小説『ソードアート・オンライン』を教材として取り上げた（図1）。これは二〇〇九年より電撃文庫から出ている人気シリーズで、「ライトノベル」の一つとして数えられている。二〇一二年にはアニメ化もされた。

大学の授業の教材をライトノベルと呼ばれる小説群から選ぶことに、私は特に強いこだわりを持っていなかった。授業名に「国文学」とあるが、日本語で書かれているかもしくは日本で流通した作品であればとりあえず問題ないだろうと考えていた。（注1）たとえ娯楽的とされる作品であっても、着眼の仕方次第で、娯楽という言葉では回収しきれない様々な議論の種をそこから拾い上げることができる。そのことを、学生たちに感じてほしかった。『ソードアート・オンライン』の表紙や挿絵はアニメ絵であったが、授業を行う上でそれらが問題になるとは感じていなかった。「国文学」という言葉自体に歴史性があることは十分に承知しているが、それを教えるのが私である必要はない。

しかしその後、私には予想外の反応が起こった。二〇一四年と二〇一五年のそれぞれの春、大学の教科書販売のコーナーで教科書として売られていた『ソードアート・オンライン』の表紙を撮った写真がTwitterに投稿され、そのツイートが千単位でリツイートされた。また、授業内容を説明したシラバスのウェブページも注目され、まとめサイトなどで取り上げられた。ライトノベルが授業で扱われるという事実が、「ネタ」として受容されたのだ。「私もそんな授業を受けてみたい」という好意的なツイートが多数あった。「自分が親なら、ラノべの授業のために学費を払いたくない」といった否定的なツイートも多数あった。そんな中私は、ウェブ雑誌の記者からインタビューを受け、この件に関する私感を述べる機会を得ることとなった。[注2] どんな形であれ注目されたこと自体は、私にとって嬉しくないことではなかった。だが、別にネット上でのウケを狙っていたわけではないので（授業でのウケは少し狙った）、この一連の騒ぎそのものが不思議でならなかった。ライトノベルが授業で扱われることは、そんなにも珍しいことなのか。ライトノベルとそうでないものとの間に、そんなに大きな違いがあるのだろうか。

本稿は、『ソードアート・オンライン』を教材にした私の授業の内容の一部に基づいている。授業では第一巻（二〇〇九）を中心とする「アインクラッド編」のみを対象としたので、この稿でもアインクラッド編に絞り、そこから幾つかの議論の種を拾ってい

［図１］『ソードアート・オンライン』第１巻表紙

く。

## 2 『ソードアート・オンライン』アインクラッド編の問題の所在

『ソードアート・オンライン』は、オンラインゲームのプレイヤーたちの物語を中心に構成された小説である。アインクラッド編でプレイされるのは、「ソードアート・オンライン」という名のＶＲＭＭＯＲＰＧ（仮想大規模オンラインロールプレイングゲーム）だ。これは「ナーヴギア」という機器を利用したゲームで、「二〇二二年一一月六日」に正式サービスを開始したものである。

ナーヴギアとは「頭から顔までをすっぽりと覆う、流線型のヘッドギア」（第一巻、二二頁）で、プレイヤーがこれを被ると、脳とギアとが直接接続されることになる。それによりプレイヤーは、「己の目や耳ではなく、脳の視覚野や聴覚野にダイレクトに与えられる情報」（二二頁）を見聞きできる。そればかりか、ナーヴギアは五感の全てにアクセスできるため、プレイヤーは全身の全感覚を通じて全てがデジタルデータで構築されたゲームの世界に没入することができる。

「ソードアート・オンライン」の舞台は、アインクラッドという名の全百層からなる巨大な城である。城とは言っても、内部には都市や街や村、森や草原や湖などが存在している。プレイヤーたちはアバター（プレイヤーに代わってゲームの世界の中を行動する仮想的身体）を作って武器を携え、モンスターを倒しながら城の頂上を目指すことになる。ただ、必ず城の頂上を目指さなければならないわけではなく、広大なフィールドで日常生活を送ることも楽しみの一つとされた。

しかしこのゲームには、ゲームデザイナー・茅場晶彦の意図により、プレイヤーには事前に知らされていない仕様があった。プレイヤーは一度ログインすると、二度とログアウトできないのだ。その結果、約一万人のプレイヤーがゲームの世界に閉じ込められてしまった。また、ゲームの世界でのプレイヤーの生命を数量化したヒットポイントがゼロになるとアバターは永久に消滅し、そのとき現実世界のプレイヤーの脳はナーヴギアによって破壊されるのである(外部の人間によってゲームが強制終了される場合も、プレイヤーの脳は破壊される)。さらに、プレイヤーによって任意に設定できたアバターの容貌が、現実世界のプレイヤーの生身の容貌と同じものにさせられてしまう。

彼らがゲームの世界からログアウトするためには、誰かが城の第百層にいる最終ボスを倒すまで生き残っていなければならない。そんな中、キリトこと桐ヶ谷和人は、アスナをはじめとする様々なプレイヤーと交わりながら敵と戦い、ゲームの世界からの脱出を図ろうとする――これが『ソードアート・オンライン』アインクラッド編の物語の中心となる。

仮想世界からの脱出が極めて困難なキリトたちは、デジタル情報で構築されたその世界の中で、どのような身体性を獲得していくのだろうか。その身体性の獲得は、どのようなシステムによって果たされていくのか。そしてその獲得された身体を通じて、どのような思考が形成されるようになるのだろうか。また、それらの身体性をめぐる営為は、今現実の世界で生きている私たちのそれとどのように異なるものなのだろうか、あるいは異ならないものなのだろうか。『ソードアート・オンライン』に描かれている登場人物たちの経験はかなり極端なものかもしれないが、そのような極端に見える経験を介して浮かび上がる私たちの今の立ち位置というものについて考えてみたい。

## 3 オンラインゲームにおける「現実」

一般に、オンラインゲーム(ネットゲーム、ネトゲ)とは、プレイヤーがコンピューターネットワークに接続して行うゲームのことをいう。プレイヤーは他のプレイヤーとの友好的な、あるいは敵対的な交流を図りながら、設定されたルールの下で目的の達成を試みることになる。

プレイヤーはＩＤやアカウントを登録し、場合に応じてアバターを構成して、ゲーム世界内で活動する。アバターは必ずしも現実世界のプレイヤーの生身の特徴を反映させたものである必要はないので、プレイヤーは現実離れした(生身と乖離した)そのアバターを通して、現実世界とは異なる経験を実現させることができる。仮想世界での特別な経験は、現実世界では決して味わえないような快楽をプレイヤーにもたらす。その快楽を求めようとして、プレイヤーはますます仮想世界の中に没入していくことになる。

しかしこの没入は、今日様々なレベルで問題視されている。現実世界において一般的とされる生活を営むことが困難なプレイヤーがいるようなのだ。(注3)また、オンラインゲームへの没入によって得られる快楽の代償として脳の報酬系が壊れるということで、「ゲーム依存やインターネット・ゲーム依存の人の脳で起きていることは、覚醒剤や麻薬中毒の人の脳で起きていることと、基本的には同じ」(注4)という指摘もある。仮想世界への依存によって現実世界への適応能力が著しく低下することが危ぶまれているのである。このような文脈で「現実世界」が話題となるとき、その現実はいわゆるゲームの世界の外側に置かれている。そのためこうした理解においては、ゲームの世界への没入は何よりも〝現実逃避的〟な行為と見なされることになる。

では『ソードアート・オンライン』のキリトたちの場合はどうか。少なくとも彼らはゲームの世界から出たくても出られないので、右記の例と同列には扱えないが、そんな彼らにとって現実はどのように認識されるのか。

キリトが「俺」として語る物語の冒頭、ゲームの世界に閉じ込められてから二年後のキリトは、敵との戦いを通じて世界の二重性を意識する存在として語られる。

敵の剣が再度の攻撃モーションに入るより早く、俺は大きくバックダッシュし、距離を取った。／「はっ…………」／無理やり大きく空気を吐き、気息を整える。この世界の《体》は酸素を必要としないが、向こう、つまり現実世界に横たわる俺の生身は今激しく呼吸を繰り返しているはずだ。投げ出された手はじっとりと冷や汗をかき、心拍も天井知らずに加速しているだろう。（一二頁）

ここでのキリトは、自らの身体の二重性に対する意識を契機として、その身体が帰属する世界の二重性を意識している。興味深いのは、元々自分が生身で存在している現実世界のほうを「向こう」と呼んでいる点だ。それほどキリトは、仮想世界に没入している。このときキリトは、「本物の命も持っていない、何度殺されようと、システムによって無限に再生成されるデジタルデータの塊」（一三頁）でしかないモンスターと対峙していたはずだった。しかしその敵の身体を動かすＡＩプログラムが「俺の戦い方を観察し、学習して、対応力を刻一刻向上させている」（一三頁）ことを把握したキリトは、相手もまた「世界に唯一無二の存在として」「生きている」（一三頁）と感じ、次のように悟るのである。

現実だ。この世界の全ては現実。仮想の偽物などひとつもない。（一三頁）

キリトは仮想世界の中の敵との身体を賭した戦闘において、敵が時間経過とともに成長していることや敵の各個体が固有性を持っていることを実感し、彼自身が参照し得る現実との同質性を「この世界」に認めている。敵の身体は「デジタルデータの塊」であるという理解が、敵を「生きている」と見なすキリトのその認識を妨げることはない。仮想世界であるにもかかわらず、そこに「仮想の偽物」を認めず、「この世界の全ては現実」だとキリトは言い切る。彼は別に、現実と虚構とを混同しているわけではない。現実とは所与のものとして存在する何かではなく、自らの経験を通じて実感されるものなのだ。そしてキリトは「現実」と呼べるものの領域を拡張した。それは現実認識の更新と言ってもよい。この認識の更新は、ゲームデザイナーの茅場晶彦によって促されたものでもあった。茅場が仮想世界のアバターの死は現実世界の生身の死でもあると言明し、「ソードアート・オンライン」のシステムの設計を通じて各プレイヤーが任意に設定したアバターの容貌が現実のプレイヤーのそれと一致させたことによって、仮想世界を「現実」と見なさざるを得ないような環境が整えられたのだった。このことにキリトは自覚的であった。「あいつはさっきそう言った。これは現実だと。このポリゴンのアバターと……数値化されたヒットポイントは、両方本物の体であり、命なんだと。それを強制的に認識させるために、茅場は俺たちの現実そのままの顔と体を再現したんだ……」(五九頁)。こうしてキリトは自分の今いる「この世界」の本質を理解し、それを「現実」として理解し、そのような理解の妥当性を確かめるようにしてゲームの世界を生きていく。先のモンスターとの戦闘も、自分の理解の妥当性の確認作業の一つであった。

このとき注意したいのは、先述したように、キリトの現実認識の更新が、自らの身体性への自覚を契機に行われているということだ。先述の時点では、キリトは世界が二重であることを捉える前提として、自らの身体の二重性を意識していた。では、「この世界」を「現実」だと規定する基準となる身体性とはどのようなものなのか。またそのような身体性は、「この世界」での生の過程でどのように形成されるのか。

## 4　アバターを生身と捉える想像力

キリトはモンスターの身体を「デジタルデータの塊」であると捉えたが、それは自身の身体＝アバターに対する認識でもある。キリトはゲーム内での自身の身体を、非物質的な、現実世界の生身とは区別されるものとして捉えている。そのような区別は、キリトにとって決して概念的なものではなく、前節の引用場面にもあったように、「この世界」を生きる実践を通じて意識されるものであった。しかしその一方で、アバターと生身との区別がキリトの意識から後景化していく契機も、「この世界」にはある。

「ソードアート・オンライン」のプレイヤーたちはゲームの世界の中で武器や食料品から日用品まで、様々なアイテムを所有しているが、彼らはそれらを実体のある物質として所有してはいない。それらアイテムは、物質への置換が任意に行える文字情報として所有されているのである。個々のアイテムは「アイテムウインドウ」に表示されており、プレイヤーがそこから目的のアイテム名を選択すると、そのアイテムが「オブジェクトとして実体化」（一〇一頁）できるのだ。物質そのものを対象としない所有の形態自体は、私たちにとっても珍しいものではない。(注5) 例えば私たちは、物質として金銭を所持していなくても、クレジットカードやプリペイドカードを使用することで情報化された金銭を所有し取り扱うことが可能である。ただ、物質的・実体的なものとそうでないものとの間の区別が、非物質的なデジタルデータによって構成されている世界の中でも生じることで、相対的に、「デジタルデータの塊」でしかないアバターを物質的・実体的なものとして捉える契機が用意されることになる。それはプレイヤーに、アバターが生身と区別し難いものだと想像させる契機でもある。

そのような想像の上に、性的欲望が構成される点も興味深い。『ソードアート・オンライン』の中に、キリトがアスナという親しくなった女性プレイヤーのアバターの素肌に見とれる場面が何カ所かある。

俺たちの肉体は3Dオブジェクトのデータにすぎないと言っても、二年も過ごしてしまうとそんな認識は薄れかけて、今もアスナの惜しげも無く剥き出しにされた手足に自然と目が行ってしまう。(一〇一頁)

美しいなどというものではない。青い光の粒をまとった艶やかでなめらかな肌、最上の絹糸を束ねたような髪、思いがけず量感のある二つのふくらみは、逆説的だがどんな描画エンジンでも再現不可能と思わせる完璧な曲線を描き、(中略)。/単なる3Dオブジェクトなどでは決してない。(二四〇頁)

「ソードアート・オンライン」というゲームを駆動するシステムは、人間の生身の質感を再現するだけの機能を有しており、「この世界」を「現実」だと規定するプレイヤーの想像力をアシストする。キリトはアスナのアバターを凝視しながら、それが本当は3Dオブジェクトであると客観的に理解しつつも、そのような客観性を否認したい欲望を抑えることができない。アバターを前にしつつ、キリトはそこから「仮想の偽物」であるものを排除している。事実の客観性というものがキリトの現実認識の十全な根拠にはなり得ないのだ。

性的好奇心を潜在化させたキリトの視線に対して、アスナは自覚的であった。部屋でキリトと二人きりになったアスナが、キリトに見られていることを意識しながら下着姿になり、「こ、こっち……見ないで……」(二四〇頁)と呟く場面がある。アスナのこの呟きは結果的にキリトの視線を誘導するのだが、呟きの前提にあるのは自らのアバターに関する羞恥心だ。もしアスナが自らのアバターを「単なる3Dオブジェクト」だと割り切っているならば、性的なイメージを喚起するアバターと自身とを切り離して考えることもでき、羞恥心も形成されなかったかもしれない。しかし「見ないで」というキリトに対するアスナの命令は、アスナのアバターとアスナ自身とを接続し、アバターと生身とを同定する。そしてこの命令によって逆説的に構成されるキリトの性的欲望は、アスナによる二つの身体の接続を追認し、アバターを「仮想の偽物」と規定し得ない「現実」を存在させるのである。「この世界」を「現実」だと捉えることは、「この世界」を経験する身体を、自分にとって馴染みの現実における身体、つまり生身と等価なものと見なす認識が支えていたのだった。

ただ、そのように生身と等価なものとして実感されるアバターの身体が所詮は「デジタルデータの塊」に過ぎないことを、プレイヤーたちが改めて思い知らされることもある。その端的な契機が、他のプレイヤーの死だ。たとえば現実の世界において生身の人間が死を迎えたならば、その者は〝死体〟となり、後に残された者はその死体を目の当たりにすることで自らの死生観を構築することができる。しかし「ソードアート・オンライン」の場合、死は、生者の身体が死体へと変わることで経験されるものではなく、「HPがゼロになり、体を構成するポリゴンが消滅するその現象」(七四頁)、「無数のきらめく破片となって飛散するその瞬間」(二二四頁)としてあった。そしてそれは、「あまりにも俺たちが慣れ親しんだ、いわゆる《ゲームオーバー》に近似しすぎていた」(七四頁)。キリトたちは、アバターを生身と同等だと実感するような「現実」を生きつつも、その「現実」の中で、自分たちの身体が結局のところ「ゲーム」上の身体でもあることに気付かされるのである。同時に、「ゲーム」上の身体であることを理解しながらも、ほとんど生身と同じでもあるのだという理解も強いられるのである。つまり彼らは、アバターを生身と同等に捉えることの可能性と不可能性との間で宙づりになっているのである。アバターの両義性を引き受けさせられているのだ。

仮想世界である「この世界」を「仮想の偽物などひとつもない」ものだと捉え、そこで生きる自己の身体を生身と同等だと捉えるキリトたちプレイヤーは、仮想世界の中で確かに「現実」を獲得した。その「現実」の獲得は、「この世界」を成り立たせているシステムの要請によるものでもあった。しかし同時に、その「現実」の獲得を支える生身の実感は当のシステムによって揺さぶられ、「現実」において自らの生を構築しようとするプレイヤーのその生を、プレイヤー自身が恣意的に扱うことはできないのだ。その意味で、「この世界」＝「現実」におけるプレイヤーの生は、プレイヤーのものではない。

既述のように、『ソードアート・オンライン』アインクラッド編において仮想世界に没入するキリトたちプレイヤーは、ナーヴギアという装置を利用してその没入を可能にしていた。このゲームハードの特性が、プレイヤーの没入にどう作用しているのだろうか。このゲームハードが、プレイヤーの生をどのように管理するのだろうか。最後にこの問題について触れておきたい。

## 5 システムへの隷属

ナーヴギアは、少なくとも『ソードアート・オンライン』が登場した二〇一〇年前後においては、架空の装置であった。しかし「VR元年」などとも呼ばれる二〇一六年以降、IBMのクラウドSoftLayerとOculus Rift DK2を利用したプロジェクト『ソードアート・オンライン ザ・ビギニング』のアルファテストが行われたり（二〇一六年三月）、SonyもPlay Station VRの発売を公式に発表するなど（二〇一六年三月）（図2）、ナーヴギアのようなゲームハードが汎用機として実用化されることは現実的なこととなった（本書の刊行時には、Play Station VRは既に発売されている）。VR技術によって実現されることになるゲームプレイヤーの経験は、従来において一般的であった、平面的なスクリーンを見て専用コントローラーを手にしてプレイするタイプのコンピューターゲームにおけるプレイヤーの没入と、一体どのように異なるのか。

一般的なコンピューターゲームにおいてスクリーンというのは、現実世界の生身のプレイヤーにとってはオブジェクトとして存在している。コントローラー（それもまたオブジェクトである）を操作することでそのスクリーンに映し出される視覚的な記号を任意に動かすことが可能だが、基本的にはその記号は、仮にヒトの形を模倣したものであったとしても、プレイヤー本人ではない。物質的な水準の差異の問題もあるし、それだけでもない。プレイヤーが操作する画面上の身体は、プレイヤー自身の生身とは不均衡な関係にある。コントローラーのボタンを指で押すという生身の動作に対し、画面上の身体は走ったり跳んだりと、指の動き以上の運動を行うからだ。しかも、両者の身体の動作の間には、必然的な結びつきは存在しない（ゲームソフトが変われば、その結びつき方も異なってくる）。そのためプレイヤーは、まずその二つの身体の動作の結びつき＝記号体系を、プレイを通じて学習していく必要がある。そして、その記号体系をプレイヤーが内面化できたとき、「コントローラ操作にともなう「媒介意識の後退」によってもたらされる直接性・無媒介性の感覚」[注6]が、プレイヤーの中に形成されることになるのだ。ゲームの世界の中の身体とプレイヤー自身の身体とが等価な関係にあるように、プレイヤー本人に感じられるようになるのである。

［図2］ プレイステーション®オフィシャルホームページ　http://www.jp.playstation.com/psvr（最終確認日：2016.3.26）

そのような実感が形成されると、当然スクリーンに対する接し方の質も変わってくる。美学研究者の吉田寛は、一九九〇年代のシェリー・タークルの議論[注7]を参照しながら、平面的なスクリーンによるコンピューターゲームのプレイについて、「テレビゲームのユーザーにとってはスクリーン上の情報が「世界」のすべてであり、ソフトウェア・カートリッジの着脱などの最低限のハードウェア的操作を例外とすれば、「背後」にある機械やプログラムは完全に不可視なものとなっている[注8]」と述べている。「スクリーン上の情報が「世界」のすべて」だと意識し、「背後」を意識することがなくなってしまえば、プレイヤーはそのゲームに対して超越的な視点を喪失してしまったことを意味する。その「世界」に対する超越性を失うということは、取りも直さず、その「世界」に没入しているということを意味する。

つまり、プレイヤーにとってオブジェクトとして存在しているスクリーンとコントローラーを前提とした、従来の一般的なコンピューターゲームにおいては、プレイヤー自身とゲームの世界とを媒介するそれらオブジェクトを透明なものとしていく過程——媒介意識を後退させていく過程——を経ることで、プレイヤーはゲームの世界に没入していくのだ。では、そうした過程を最初から割愛しているようなゲーム「ソードアート・オンライン」においては、プレイヤーの没入はどのように成立するのだろう。

「ソードアート・オンライン」をプレイするために用いられるナーヴギアには、スクリーンは存在しない。そのため、プレイヤーはゲームの中の代理の身体を客観視することがない。また、ナーヴギアにはコントローラーも存在しない。脳とギアとが直接接続しているため、走ることを念じれば、ゲームの中の身体もまたその世界で走る動作を行う。指でボタンを押すという動作は必要ないのだ。コントローラーという二つの身体を媒介するものがないため、ゲームの中の身体の動作は、現実の世界の身体の動作とほとんど同じものとなる。こうしたナーヴギアの機能がゲームの世界への没入感を規定するのだと、キリトたちは考えていた。ナーヴギアの開発メーカーは「《完全《フル》ダイブ》」(二三頁)を謳っていたし、キリトらもその表現を承認していた。「ゲームの中に飛び込む。／その体験のインパクトは、俺を含む多くのゲーマーを魅了した。もう二度とタッチペンだのモーションセンサー程度のインタフェースには戻れないと確信してしまうほどに」(二四頁)。

しかし、「ソードアート・オンライン」のプレイヤーたちはゲーム世界への深い没入を経験しながらも、その世界の「背後」を意識しないわけではなかった。彼らは常に自分たちが属している「この世界」がどのようなシステムによって成立しているかについて意識的であった。そしてそのシステムへの意識があまりに過剰であるために、彼らはシステムに従属、いや隷属する感覚というものを身につけてしまう。

第一巻の序盤、キリトがクラインというプレイヤーに指導するという形で、「この世界」における戦闘時の身体所作が語られる。ここでは、敵を倒すためにはただ闇雲に剣を振り回すのではなく、システムに検知されるように身体所作を構成せねばならない。「ちゃんとモーションを起こしてソードスキルを発動させれば、あとはシステムが技を命中させてくれる」(一九頁)のだ。キリトは様々な相手と戦う際に、自らの身体所作とシステムとの関係を意識している。「この世界」においてキリトの戦闘能力は非常に高いのだが、それはキリトが戦闘時の身体所作とシステムとの関係を十分に理解しているためである。キリトは、システムに従属する身体の構成を合理化しているのだ。システムへの従属の合理化は、ともすればそのシステムを透明化し、システムに従属しているという態度そのものを自然なものと捉える想像力を構成しがちだが、キリトは決してシステムを透明化することはない。「この世界」の「背後」=システムを明確に意識した上で、合理的にシステムに従属するのだ。しかもキリトは、このシステムに対して絶対的な価値を認めていた。第一巻の最後で、キリトがヒースクリフ=茅場晶彦というシステム管理者と戦う場面がある。キリトはシステムに抵抗するため(システムに従属している限り、システム管理者には勝てない)、「システムのアシストは得られない」(三一八頁)ことを承知で、「システム上に設定された連続技を一切使わず、左右の剣を己の戦闘本能が命ずるままに振り続けた」(三一八頁)が、絶命の間際にキリトが視界に捉えた「You are dead」というシステムによる表示をキリトは「神の宣告」(三二七頁)であると受けとめている。また、体の感覚がなくなっていく中で絶叫するキリトは、そのときの自分の態度を、「俺は絶叫した。絶叫しながら抵抗した。システムに。絶対神に」(三二八頁)というものであったと語り手に語らせている。「この世界」を成立させるシステムを「神」という言葉で捉えようとするキリトの認識のうちに、自らが従属するシステムに対する彼の評価を見ることができよう。

第二巻(第一巻同様にアインクラッド編である)に登場するシリカもまた、システムに従属・隷属する者の一人だ。

キリトに連れられ花壇の前に来たシリカは、「細かい筋の走った五枚の花弁から、白いおしべ、薄緑の茎に至るまで、驚くほどの精細さで造り込まれていた」(第二巻、五四頁)花に顔を近づけるのだが、この動作がシリカにとってきわめてイレギュラーなものであったことが、次のような仕方で語られている。

もちろん、この花壇に咲く全ての花を含む、全アインクラッドの植物や建築物が常時これだけの精緻なオブジェクトとして存在しているわけではない。そんなことをすれば、いかにSAOメインフレームが高性能であろうともたちまちシステムリソースを使い果たしてしまう。

それを回避しつつプレイヤーに現実世界並みのリアルな環境を提供するために、SAOでは《ディティール・フォーカシング・システム》という仕組みが採用されている。プレイヤーがあるオブジェクトに興味を示し、視線を凝らした瞬間、その対象物にのみリアルなディティールを与えるのだ。

そのシステムの話を聞いて以来、シリカは次々と色々なものに興味を向ける行為はシステムに無用な負荷をかけているような強迫観念にとらわれて気が引けていたのだが、今だけは気持ちを抑えることができず次々と花壇を移動しては花を愛で続けた。(同巻、五五頁)

ここで注目したいのは、シリカの強迫観念だ。シリカはシステムに負荷をかけないよう配慮するあまり、「色々なものに興味を向ける」自分の感受性を抑制していた。彼女は「この世界」に深く没入しつつも、自身と「背後」との関係性を捉える超越的な視点を喪失することはなく、「背後」に対する過剰な意識の上に、自己の欲望を抑制する感性を成立させていたのだった。

前節の最後で、キリトたちプレイヤーが自らの身体(アバター)に対して両義的な感覚を抱かされていることについて確認したが、ゲームの世界に没入する彼らの経験を成立させるシステムに対しても、両義的な感覚を抱かされているのである。その感覚は、平面的なスクリーンに映し出される視覚的な情報に反応することを楽しむ従来の一般的なコンピューターゲームを通じて獲得される感覚とは異なっている。仮想世界への全感覚的な完全なる没入を可能にすると喧伝された装置やシステムによって実現されるその没入の経験は、「背後」＝システムを意識しないものであるどころか、システムの存在をはっきりと捉えた上でそれへの隷属を自らに課すことを条件にして成り立つものであったのだ。

しかしながら、システムへの隷属という態度の問題は、ゲームの世界に没入する者についてだけの問題であろうか。おそらくそうではない。どのような次元の領域に生を構成しようとする者にとっても、これは当事者の問題としてある。

評論家の東浩紀は二〇一一年以前の議論の中で、「一般意志2・0」というものを提唱している。[注9]これはルソーの『社会契約論』における「自由意志」を読み替えたもので、ネットワークに接続した人々の「無意識の欲望」を効果的に拾い出して形にするための情報技術の整備によって、「とくに政治参加の意識をもたなくても、日々の生活の記録がそのまま集約され政策に活かされる透明な統治[注10]」を行うことの可能性を指し示すキーワードであった。また、それより以前に、情報社会論学者の濱野智史は、「「アーキテクチャ＝環境管理型権力」が持つ「いちいち価値観やルールを内面化する必要がない」「人を無意識のうちに操作できる」といった特徴を、より肯定的に捉えて、むしろ積極的に活用していくこともできるのではないか[注11]」といった意見を述べていた。これらは、仮想世界の中の政治を話題にしたものではない。いわゆる現実世界を生きる私たちの政治を対象にしたものだ。私たちがシステムに従属あるいは隷属することで、しかもそれが無自覚的なものであることによって、私たちの思想や感情、そして身体を管理しようとする社会の想像力が、あるいはその管理を是とする想像力が、それなりの説得力を持って現実的に構成されていたのだ。

このような議論を視野に入れて、改めてゲームの世界への没入の問題を考えるとき、軽率にその現実逃避的な側面にばかり注目しても意味がないだろうということに、私たちは気づくことになる。

## 6　私たちの課題

自分の経験する世界のどれか一つだけが「現実」だとは捉えない態度、自らの経験を通じて「現実」というものを幾つも感じることを矛盾だとは捉えない態度――『ソードアート・オンライン』のキリトの態度は実は、私たちにとってそれほど特異なものではない。私たちは、物質的な接触が可能な領域においてもあるいはネット上においても、様々な人間関係を形成し、その関係の質に応じて様々な「私」を構成している。私たちは「私」を複数化しているのだ。(注12)そんな中、状況に応じて仮構したに過ぎないはずの「私」に、確かな手応えを感じることがある。仮構した「私」を通じて、主体的な判断に基づく言動が成立し、その言動の成果が他者によって承認されるものとして自身に帰属することが実感できるとき、私たちは自分がその「私」としてこの世界に確かにいるという現実感を得られるようになる。仮構した「私」の経験の全てに「仮想の偽物などひとつもない」と感じるのである。逆に、現実世界にあっても、主体的な判断に基づく言動が困難だったり、自分の言動の成果が自身に帰属することがなかったりするときには、自分のいる現実世界を「現実」だと認められないこともある。複数化した「私」のいずれかによって営まれる生が「現実」を形づくる、そのような状況を生きる私たちの経験が、『ソードアート・オンライン』のキリトの「現実」認識の物語を〝私たちの物語〟として再構成するのである。その上で、そのように私たちに見いだされ生きられる「現実」が、システムによって与えられたものとして『ソードアート・オンライン』の中で語られていたことについても、〝私たちの問題〟として考えてもよいのではないか。

本稿第四節で死の問題について扱ったが、これに関連して「PK行為」にも言及しておこう。PKとはプレイヤー殺人《キル》のことで、言うまでもなく「ソードアート・オンライン」においては、現実世界の生身のプレイヤーに対する殺害行為を意味する。『ソードアート・オンライン』第一巻には、クラディールという殺人者が登場する。クラディールは過去にキリトから屈辱を受けており、その報復としてキリトを殺害しようとした。このPK行為についてキリトは、「自己の欲望だけがとめどなく肥大」(第一巻、二三五頁)化した結果だと考えていた。しかし、その点だけでクラディールの行為を理解するというのは不十分だろう。快楽の追求のためにクラディールが殺人を行ったとしても、彼は殺した後の死体を見ることがないため、死体を見た上での自身の行為の回顧はない。死体そのものが彼に満足感をもたらすことはないのだ。もちろん、死体を見ることで自分の行為の取り返しのつかなさを反省することもない。その意味で、(死体を見ることが可能な)現実の世界で〝快楽殺人〟を問題視する際に基準とされる倫理とは異なる倫理によって、クラディールの行為を問題にしなければならない。ではそのような倫理を、今の私たちがどれだけ具体的にイメージできるのだろうか。倫理とは、いろいろな人間関係が錯綜した社会において規範として構成されたものであるとするならば、身体性の多様化による「現実」社会の多様化に応じて、そこで構成されるべき倫理のありようも問われなければならないはずだ。これらは全て、私たち読者の課題である。VR技術が日に日に進歩する現在だからこそ、この課題への取り組みは重要ではないか。

「ライトノベル」には、ライトノベルに相応しい読み方というものがあるのかもしれない。ハーレム的な人間関係や、「ラッキースケベ」のようなハプニング、異世界における異類とのバトルなど、現実には起こりえないような出来事を、娯楽として、あくまでも「非現実的なもの」として割り切って楽しむという、それこそ現実逃避的な読み方というのが、ライトノベルにとって最適な読書態度なのかもしれない。しかし、私たちが現実逃避などできないことは、「ライトノベル」と位置づけられている当の物語が教えてくれているではないか。「現実」は複数存在する、生身は遍在する——この当たり前の事実に気づき直す契機を、『ソードアート・オンライン』が用意してくれる。そのことに、まずは気づくのである。

(1) 佐々木敦は『ニッポンの文学』(二〇一六、講談社)で、「文学」をその上位カテゴリーである「小説」の中の限定された一部だとする今日の「文学」観を挙げながら、「「文学」も一種の「ジャンル小説」だと考える」(三一頁)という立場をとっている。私の立場はむしろ逆で、「文学」だとは見なされていないらしい「ライトノベル」を「国文学」の授業で扱うことで、アカデミックな議論の埒外に認めることで問わずに済ませてきた問題を考えようとしたと言える。

(2) ダ・ヴィンチニュース「ライトノベルが教科書の授業って? その意図を大学講師に聞いてみた——『ソードアート・オンライン』は、教材として理想的」」(2015.5.11、文=愛咲優詩) http://ddnavi.com/news/238540/a/ (最終確認日:二〇一六・一一・二九)

(3) 芦崎治は『ネトゲ廃人』(二〇〇九、リーダーズノート)で、「リアル(現実)の生活を犠牲にしてまで、ゲームの仮想世界に埋没する彼ら「ネトゲ廃人」たち」(一四頁)を活写した。

(4) 岡田尊司『インターネット・ゲーム依存症 ネトゲからスマホまで』(二〇一四、文藝春秋)、四〇頁。

(5) 電子書籍やデジタル音楽などの普及により、物質性を超越した文化受容が今日成立しているが、ジャーナリストの津田大介はそのような状況を踏まえ、デジタル時代における「所有感」は「検索」可能性によって担保されると見ている。津田大介「電子書籍で著者と出版社の関係はどう変わるか」(岡本真・仲俣暁生編著『ブックビジネス2・0　ウェブ時代の新しい本の生態系』二〇一〇、実業之日本社)参照。

(6)松本健太郎「スポーツゲームの組成　それは現実の何を模倣して成立するのか」(日本記号学会編『ゲーム化する世界　コンピュータゲームの記号論』二〇一三、新曜社)、八四頁。

(7)シェリー・タークルは『接続された心　インターネット時代のアイデンティティ』(日暮雅道訳、一九九八、早川書房)で、コンピューターを扱う人々の想像力について議論している。タークルはアップルコンピュータのマッキントッシュが、「ユーザーが表面的なビジュアル表示のレベルにとどまることを奨励し、内部にあるメカニズムのことを感じさせない」(四三頁)点を評価した。スクリーンの表面に映し出されたものこそが全てであるとユーザーに感じさせるところがマックの特徴であると捉えていた。

(8)吉田寛「ビデオゲームの記号論的分析　〈スクリーンの二重化〉をめぐって」(前出『ゲーム化する世界』)、五五頁。なお吉田は同論文で、タークルの議論を批判的に継承したスラヴォイ・ジジェクと東浩紀の議論も紹介している。

(9)東浩紀『一般意志2・0　ルソー、フロイト、グーグル』(二〇一一、講談社)。

(10)東前掲書、一一九頁。

(11)濱野智史『アーキテクチャの生態系　情報環境はいかに設計されてきたか』(二〇〇八、NTT出版)、二一頁。

(12)様々な人間関係に応じて「私」が複数化される状況を、平野啓一郎は「分人主義」という言葉で説明している。平野啓一郎『私とは何か　「個人」から「分人」へ』(二〇一二、講談社)。

# 『リンダリンダリンダ』論

## 原作映画と小説化《ノベライズ》作品の幸福のために

水川敬章

### 1　居場所がない原作映画、肩身が狭い小説化《ノベライズ》

私が属する日本近現代文学研究という学問領域において、原作映画という言葉は、ほとんど目にすることはない。ノベライズは見かけるが、原作映画という表現をわざわざ持ち出す人は珍しいのではないか。何しろ、文学を研究するわけであるから、小説や伝記やエッセイなどが映画に先立っているということなのであろう。自分を中心に物事を考えるのは、分析者の性《さが》のなせる業か。どうも日本近現代文学研究には、原作映画という表現の居場所がない（かの）ようである。

ことばを第一のメディウムとする小説において映画を再表現するのが困難を極めることは、容易に想像できる。たとえば、耳学問程度でジェラール・ジュネットなどの物語論《ナラトロジー》などに接しただけでもすぐにわかることだが、物質や人間の動きや音声などをことばによって、完全に再現するのは無理なことである。それは、ことば

をことばで写すことの再現度合いに敵うべくもない。このような当然至極の困難の只中で、小説化《ノベライズ》という営為が表現的な達成を果たした作品は数多くない。こう断言すれば、私個人の趣向に拠りすぎたエビデンスを欠いた物言いは怪しからん、とすぐさま批判が飛んでくるはずだ。しかし、この私の主観的な物言いは、少なくとも日本近現代文学の研究者共同体の中では、眉を顰められるようなものではないはずだ。もし私の認識＝感覚が間違っているならば、もっと小説化のことが議論されてもよいはずだが、現状はそうとは言い難い。映画の文学に対する影響、コラボレーション、メディアミックスなどの観点からのアプローチを獲得してなお、やはり小説を原作とした映像化作品の分析というスタンスの方が強い傾向（＝常識的な方法設定）にある。原作映画からすれば、こちらは居場所があるものの肩身が狭いとでも言えばよかろうか。

このように振り返るとき、どうやらこの状況の背景には、どこかで小説化作品を原作小説よりも下位に位置付けるような価値観が潜んでいるのではという邪推が働く（これは、正典批判の議論を経験した者の脊髄反射みたいなものである）。この邪推が正しいか否かの判断は保留するとして、肩身の狭い小説化作品が、原作小説と呼ばれる小説や、原作映画に比肩して劣ることのない一つの表現として成立し得ている場合もある。原作小説の芸術性の輝きが真実であるように、こちらも歴とした事実である。

その具体的作品の一つとして挙げることができるのが、映画『リンダリンダリンダ』の小説化作品である。

## 2 『リンダリンダリンダ』紹介と議論の目論見

二〇〇五年に公開された『リンダリンダリンダ』は、山下敦弘が監督を、向井康介、宮下和雅子、山下が脚本を担当した日本映画である。ペ・ドゥナが主演し、前田亜季、香椎由宇、関根史織、三村恭代らが脇を固めた。

軽音部を舞台とした女子高生の青春音楽映画というのが、最も端的な説明になろう。

題名から明らかなとおり、女子高生がブルーハーツを演奏し歌うが、はっぴいえんど等の音楽も登場し、ポスト渋谷系にも若干の目配せがあり、気の利いたサブカルチャーの意匠が小気味よい。ペ・ドゥナが演じるソンの歌唱は、山下監督のもう一つの音楽映画である『御園ユニバース』(二〇一五年公開)で、和田アキ子の「古い日記」を歌い上げる渋谷すばるの歌唱に比べて、味わいはあるが実に素人臭く可愛さが際立つ。演奏も然りで、『御園ユニバース』での赤犬の手練れが演奏する完成された音世界に比べて、こちらも素人ガールズ・バンドの未熟さが逆に味わいとなっている。

一方、小説化作品は、脚本を担当した向井康介が脚本を基にして書き下ろしたものである。映画と同じく二〇〇五年に竹書房より上梓された。この点で、完全なメディアミックスとしてこの小説化を捉えることができる。

本稿では、この小説化作品『リンダリンダリンダ』の表現の豊かさについて分析を試みることを第一の目的に据える。だが、それだけではなく、同時に原作映画『リンダリンダリンダ』の表現が小説とどのような関係を取り結んでいるのか、こちらも併せて思考する。こう記せば、アダプテーションなどの引用に関わる理論の参照・援用を想起する向きもあろうが、本稿は、このような理論的問題に頓着しない。関心があるのは、小説と映画のふたつの異なる表現媒体が織りなす『リンダリンダリンダ』という作品=現象の豊かさを如何につかまえるのかという点である。

結論を先取りしてしまえば、小説『リンダリンダリンダ』は、実に映画的である。それは、向井と山下という盟友が『リンダリンダリンダ』という作品を介して、分ちがたく結びつくその瞬間を我々に提示していることと同じである。映画と脚本という映画に集束する有機的な関係性だけではなく、映画の外延にある小説化という営為と、映画が取り結ぶ関係。この地点において、山下＝向井の表現の往還関係に触れることができる。ただし、本稿での議論の軸は、どちらかと言えば小説化作品の方にある。ここでは、映画に比べて日の目を見ているとは言い難い小説『リンダリンダリンダ』に書き込まれた表現の可能性の一部をたどりながら、『リンダリンダリンダ』という映画と小説の豊穣さに接近したい。そして、小説化作品の表現の達成、あるいはその幸福な関係性について議論することを試みる。

## 3　小説『リンダリンダリンダ』の構成

小説化作品と原作映画の関係性を捉えるに際し、まずはその相違点を点検することから始めたい。無論、その全を記述するには紙幅が足りない故に、ここでは的を絞りたい。

まず、最初に確認しておきたいのは、所謂ストーリーとプロットである。原作映画は、原則として出来事が時系列通りに展開するように描かれているが、それに対し、小説は若干の操作が加えられている。この点を端的に示すために、小説の章立てを示そう。

「プロローグ」
「第一章　ひいらぎ祭〈前日〉」
「第二章　ひいらぎ祭〈初日〉」
「第三章　ひいらぎ祭〈中日〉」
「第四章　ひいらぎ祭〈最終日〉」

「エピローグ」

以上が小説『リンダリンダリンダ』の章立てとなる。「プロローグ」の場面は、映画冒頭のシークエンスと対応している。それ以降の章の内容においては、若干の異なりはあるものの、文化祭の前日と文化祭の三日間の出来事の大きな流れは原作映画と大まかに一致しており、再現性は高いと言い切って問題なかろう。脚本を担当したのが向井であることを考慮すれば、大まかに捉えたときのストーリーや物語世界の設定が異ならないのは、必然と述べることもできる。

しかしながら、「エピローグ」は、原作映画では描かれることのない小説独自の物語が描かれている。この章は、文化祭を撮影した石川友康を通じての回想場面として構成されている。卒業式目前に控えて、友康が撮影した映像を編集しながら「ひいらぎ祭」とソンたちのバンド、ザ・パーランマウム、卒業までの同級生たちの日常を回想しているのである。したがって、「プロローグ」から「第四章」までと「エピローグ」の間には、時間的経過の隔たりがあることが理解される。このようなストーリーとプロットに関わる物語の構成に一つめの差異を認めることができる。

ここから、二つめの相違点が明らかになる。それは、この「エピローグ」において内的焦点化がなされる友康が、小説『リンダリンダリンダ』において原作映画以上の意味を持たされて描かれていることに求められる。「エピローグ」での回想において友康が中心化されることは、先に述べたが、翻ってみるに「プロローグ」においてもまた友康は映画には無い特別な位置が与えられている。

原作映画において友康は、あくまで端役のひとりに過ぎない。およそ、原作映画の筋に何らかの影響を持ちうるように表現されていない。友康たち男子高校生の物語は映画の中で詳しく映し出されることはなく、音楽のアルバムの中で聞き流されてしまうインタルードのようにさりげなく配置されているに過ぎない。原作映画だけを純粋に観る——しかも、多くの一般観客のように一度か二度見る限りにおいて、友康の存在はほとんど意識されてないと断言してもよい。原作映画『リンダリンダリンダ』は、言うまでもなく、ソンたち女子高校生の物語である。彼女たちの瑞々しい青春物語の行く末に目を奪われ、浮遊感を纏った絶妙のグルーヴによって歌い上げる今村萠の「風来坊」に聴覚を奪われ、そして、ザ・パーランマウムのステージに心奪われ、映画館や自宅の椅子に座ったまま熱狂してしまうのが、一般の観客（文学研究でいうところの「一般読者《レクトゥール》」）ではなかったか。したがって、彼女たちの誘惑に耐えて冷静に対峙する分析者＝「精読者《リズール》」という主体になることができなければ、友康の存在や意味を捉えて吟味することは難しい。原作映画において、それほど彼の存在は希薄なのである。しかし、一転して小説化においては、友康は重要な意味を与えられて描き直されているのである。

まとめておこう。この節で述べたことは、要するに「プロローグ」と「エピローグ」に小説化と原作映画の表現の往還を見定める鍵が潜んでいるということだ。そして、それは言い換えるならば、友康という存在をめぐる表現に集束する問題であると述べられる。この二つの章は、その章のタイトルが仄めかすとおり、添え物的な位置付けにある。しかし、その添え物的な、しかも圧倒的に短いこれら二つの章は、それに反して閑却できない大きな表現上の特質を持っている。それでは、「プロローグ」と「エピローグ」が如何なる表現となっているのか。我々は、今しばらく詳細に検討しなければならない。

## 4　小説『リンダリンダリンダ』の「プロローグ」

「プロローグ」と対応関係にある原作映画の冒頭部分は、「ボクたちが子どもじゃなくなるとき、それが大人への転身だなんて誰にも言わせない。」という台詞を喝破する佐藤明菜の映像から始まる。それは、「ひいらぎ祭」を題材とした映画を撮ろうとする監督友康と撮影担当の飯島浩平のカメラが撮影した映像そのものである。それは、物語世界の状況から判断すれば、現在撮影中のファインダーの画像だと判断される。その後しばらく、頼りない友康と、思いの外しっかりとした浩平の撮影に対する遣り取りが描かれる。そして、再度、「二〇〇四年、芝校ひいらぎ祭」という台詞の部分だけ撮影され直され、友康の「カット」という声でオープニングロールへと続く。

ここでは、如何にも映画を初めて撮影するという風情のさえない男子高校生の遣り取りが映し出される。山下監督の真骨頂というべき映像である（友康の設定には山下監督の作意があるが、それについては敢えてここでの言及は避ける）。しかしながら、先に述べたとおりで、この冒頭の場面は、本映画の物語＝ザ・パーランマウムの物語に対して、重要な位置を占めているわけではない。

ところが、この映像は、実のところ重要な意味を持っていると考えられる。(注1) 彼らが捉えた明菜の映像について、先に、ファインダーの映像だと解釈した。だとすれば、この冒頭の映像は、まさに映画撮影を撮影した映像ということになる。少女たちが躍動する映画『リンダリンダリンダ』の幕開けにも関わらず、映画撮影に魅了された男子高校生のむせ返るような映画撮影への初期衝動が、画素の荒いプリミティブな映像として観客に差し出されているのである。友康たちのビデオカメラのファインダーに映った粗い画質の明菜のイメージは、一方で——過言を恐れずに言えば、プリミティブなフィルム映画さながらの映像のようでもある。無論、映画を熟知した観客がそのように捉えることは無いだろう。しかし、そうではない観客の中には、八ミリフィルムや一六ミリフィルムのようなざらりとした質感のプリミティブな映画の断片と混同する者たちもいるのではなかろうか。その意味において、友康に関わる映像は素人の映画（もどき）のイメージを発し続けている。

原作映画において、友康たちの映画が完成していないことに鑑みれば、この粗い明菜のイメージは彼らの映画撮影の痕跡、つまり、映画未満の映画、あるいは未完の映画の断片であることは間違いない。いうなれば、原作映画の冒頭は、映画撮影を志す若者のもどかしいイメージで溢れかえっているのである。

したがって、原作映画『リンダリンダ』は、音楽をめぐる少女たちの物語の手前で、男子たちの映画撮影の欲望の物語を紡いでいたことになる。だが、それは、瑞々しく輝く少女たちの物語の前で忘れ去られてしまう運命にあった。これは、太宰治『人間失格』に準えることができる現象である。読者は、『人間失格』の冒頭に配された「はしがき」の物語（「あとがき」も同様）を忘却し、大庭葉蔵の「手記」が『人間失格』という小説の全体であるかのように語ってしまうことがしばしばある。この読者に忘れ去れる「はしがき」（「あとがき」）のように、友康の物語は希薄になってしまうのである。

誤解を恐れずに言えば、原作映画はザ・パーランマウムの物語の背後に、実は、映画撮影の物語――映画のための映画であること――が潜在しているのである。しかしながら、これまで何度も繰り返したように、それはあくまで我々観客の前に現れることの無い物語（お好みならば virtual / actual という理論用語を宛がってもよい）なのである。

とは言え、原作映画に潜む友康の物語は、永遠に潜み続けるわけではない。それが一気に顕現するのが、小説化された『リンダリンダ』の「プロローグ」においてである。

これまで参照してきた映画の冒頭場面は、小説化作品の「プロローグ」においては別の観点から描き出されている。先に述べたとおり、原作映画において内面が詳述されず、関係性も明らかにされない友康たちであるが、小説では、彼らの内面や関係性が詳述される。明菜を友康と浩平が撮影するという設定は引き継がれながらも、友康は、「プロローグ」においてザ・パーランマウムのメンバー同様に重みを持って描き出されている。

冗長になるが、そのことを確認するために以下に引いてみよう。

芝崎高校3年5組、視聴覚研究部の部員でもある石川友康は、同じく部員で撮影担当の飯島浩平を振り返った。浩平は映像をチェックしながら頷《うなず》いてみせる。（中略）思い起こせば、夏休みを利用して某宅配便のアルバイトに就いた友康と浩平は、その稼いだバイト代で念願のデジタルビデオカメラ『DVX100A』を手に入れた。それまで映画を見ることが主な活動だった視聴覚研究部に、晴れて映画製作の道が開けたのだ。溜《た》めに溜めた創作意欲を吐き出すべく、ふたりは即座に制作に乗り出した。格好の素材は目前にあった。毎年9月に行われる芝崎高校文化祭、通称ひいらぎ祭だ。／「文化祭でなんかいろいろ撮って、編集したらなんか青春群像モノみたいになんないかな？」／「いいねぇ……それ、オレ書いていいかな」／夏休み最後の夜に勢い込んだ友康は、目を血走らせながら午前4時までかけて一心不乱に書き上げた。それは、脚本というよりも一編の詩のようなものだった。（一〇頁）

浩平が静かながらも明菜との交流に懸けているように、友康は映画製作に高校生活の最後を懸けていた。彼の目的は映画監督になること。志望校は今のところ日本大学芸術学部の映画学科。（中略）そしてこの作品がもし上手く作れたら、〝ぴあフィルムフェスティバル〟に応募してみようと秘かに考えている。今日から四日間、学校中で起きたこと、撮れるものをみんな撮ってやろうという意気込みだ。／「よし、じゃ行くよ」／友康はふたりに声をかける。／「はい、よーい、スタート！」／ひいらぎ祭の幕開けである。（一二～一三頁）

改めて分析するまでもなく、実に明瞭に友康の映画へのパッションが描かれている。原作映画の中で描かれる友康たちは、ともすれば、同じく山下監督作品の『中学生日記』と通底するような男子中高生の幼稚な熱気を纏っているが、小説の中の友康は映画への一途な思いを湛えて、初監督作品を撮ろうとしている存在として捉え返されている。自主制作系映画監督の登竜門として有名な「ぴあフィルムフェスティバル」、映画作家になるための具体的な進路への想い、更には、二〇〇二年にパナソニックから発売され映像制作に携わる人々の間で話題となったビデオカメラ「DVX100」、その改良型「DVX100A」（二〇〇三年発売）の入手などのディテールが描き込まれ、映画青年としての輪郭が具体的かつ明確に表現されている。特に、「DVX100A」は、DV規格のビデオカメラで、世界初の二四コマ／秒の撮影ができる、いわゆるシネライクな映像制作を可能とした機種「DVX100」の改良型として発売された。（注2）原作映画のビデオカメラがこの機種か否かは、私の目では判断しかねるが、わざわざこの機種名を登場させることで、映画青年としての友康という性格付けが、小説においては一層高まるのである。少なくとも、映画製作というコンテクストという視座からはこのように理解できることは間違いない。

　さらに、「夏休み最後の夜に勢い込ん」で、「目を血走らせながら午前4時までかけて一心不乱に」、「脚本というよりも一編の詩のようなもの」を書き上げ、「撮れるものをみんな撮ってやろうという」という友康のパッション（一〇〜一二頁）は、『リンダリンダリンダ』の少女たちの物語の傍らで、ザ・パーランマウム同様に稚拙な創作をめぐる彼らの物語が進行していることを顕在化させている。それは、原作映画において、一度たりとも可視化され言語や音声によって指示されることのなかったもの＝映画に潜み続けていた物語が、映画とは別様の『リンダリンダリンダ』の表れの中で一気に浮上することを意味している。

　そして、これまでの分析に関わって、もう一点注目しなければならない表現の差異がある。それは、「プロローグ」の閉じられ方である。引用のとおり友康の「スタート！」のかけ声によって、「プロローグ」は締めくくられる。一方、原作映画では、友康の「カット」という叫びににた声で、オープニングロールへと転じる。周知のことであろうが、「スタート」と「カット」の意味するところを単純に述べれば、前者が撮影の始まりを示唆し、後者がシーンの撮影が終了したことを意味する。これにしたがって差異を解釈すれば、原作映画は、友康たちの撮影シーンが一度区切られることを強調していることになり、その一方で、小説化作品では、友康たちの映画製作が始まる瞬間が強調されていると読解できる。

これは、友康の物語にとって極めて重要な批評的ポイントとなっている。原作映画冒頭についての先の説明は、次のように述べ直すこともできる。つまり、友康たちの物語は、「カット」という言葉により中断され、全く別の物語であるザ・パーランマウムの映像に取って代わられるのだ、と。言うなれば、前座（脇役）の出番の幕引きを友康自身が行うことで、映画製作の物語（脇役）からバンドの物語（主役）へと転換してみせるのである。しかし、小説化作品は、原作映画の冒頭に刻印された物語の交代劇という表象を見事に編み直している。「スタート」という言葉によって原作映画の冒頭部分の終幕を描き直すことで、友康たちの物語＝映画製作の物語が、少女たちのバンドの物語の傍らで中断されることなどなく続いていることを高らかに表現しているのである。

原作映画の冒頭で「カット」という言葉によって切断される友康の映画製作の初期衝動に対して、それが、物語の終わりまで持続すること。これは、バンド結成からライブへというバンドの物語に対して、それを含めた「ひいらぎ祭」を撮影して作品化しようとする映画製作の物語が、『リンダリンダリンダ』の最上位に位置付けられる可能性も持つことを示唆する。これは、先に引き合いに出した太宰『人間失格』の最上位で展開する出来事の内実が、ある男による葉蔵の「手記」の通読であるという事実と似ている。この観点をもって、小説『リンダリンダリンダ』を要約するとき、我々はザ・パーランマウムのミニマル・ストーリーを把握するだけでは、片手落ちになることに気付くはずである。小説における友康は、ザ・パーランマウムの物語を眼差し、語り、撮影するというメタ的な位置――ザ・パーランマウムの物語を語る語り手に最も近い次元――に存在していると言える。だからこそ、小説版作品の物語の要約において、友康の存在を閑却することはできないのである。

このように小説化におけるささやかな改変について確認すれば、小説『リンダリンダリンダ』が、原作映画の中に密やかに息づく映画性を強調する表現になっていることがよくわかる。小説化作品は、原作映画冒頭で表象された映画製作の初期衝動、つまり友康の物語を、これまで議論してきた表現によって顕在化させているのである。

## 5　小説『リンダリンダリンダ』の「エピローグ」

次いで、「エピローグ」の検討に移ろう。改めて「エピローグ」の概略を示しておく。大学受験を終え卒業を控えた友康が「ひいらぎ祭」以降の出来事を振り返りながら、自分たちが撮影した映像を編集する様が描き出される。また、ザ・パーランマウムと友康とのささやかな交流譚も挿入されている。

エピローグがプロローグと対関係を結ぶのは形式上の当たり前のことである。本小説の場合、それは見事と言うべき鮮やかな対応関係を成している。この対応関係の内実をまとめれば、「プロローグ」同様「エピローグ」においても、原作映画において描かれなかったこと、あるいはザ・パーランマウムの物語の背後に追いやられて不可視となった物語が、明確に描き出されていると述べることができる。

これまで議論してきたことをここに接げば、この不可視のものの正体が、友康たちの物語であることは言うまでもない。「プロローグ」において饒舌であった、友康たち男子の物語の後日譚が、小説では「エピローグ」として書き込まれているわけである。原作映画の場合、その冒頭に配された友康たちのささやかな物語――映画製作の初期衝動――のイメージは、映画において回収されることはない。それは、映画内に挿入される友康たちのカメラが捉える文化祭の映像（そこには、笑えるほどさえない友康も映り込んでいる）が、静かな痕跡となって仄めかされているに過ぎない。しかし、小説では、「エピローグ」という一つの章となって、友康の物語の続きが、具体的な内容をもった物語として描き出されている。

「エピローグ」の物語内容の肝要を至極簡単に要約するならば、それは、友康の映画製作の終着点の物語だと説明することができる。「プロローグ」が、友康の映画製作のスタートの物語であるのだから、「プロローグ」においてその終わりを明確に刻み込んでいるが故に、両者は実に端正な対応関係を持っている。しかしながら、この対応関係の中で、「エピローグ」は、友康の物語の始まりに対する終わりを単純に描こうとしているわけではない。小説（全体の物語）を終息させるという「エピローグ」の形式上の役割を担うかのように、友康が『リンダリンダリンダ』という物語の全てを集束させようとする存在であることが、描き出されているのである。このことは、『リンダリンダリンダ』の小説化という表現の見どころの一つとなっている。本節では、この点を議論したい。

はじめに確認しておきたいのは、「エピローグ」の叙述の仕掛である。本小説は、所謂焦点化ゼロの叙述によって成立しており、「プロローグ」は客観的で説明的な叙述を中心として描き出される。それに対し、「エピローグ」は、友康の内面に焦点化され、次の引用のように、友康の独白と述べても過言ではない表現がドミナントである。

山田は東京のある女子大に進学が決まったそうだ。立花恵は京都の大学、白河望は地元の市内にある福祉系の専門学校だと言っていた。留学生は先月韓国に帰った。見送りには立花恵が行ったという。山田と白河はそれぞれ自動車学校や家のことで忙しくて無理だったそうだ。友康からしてみれば無理にでも見送

りに行ってあげたらと思うが、また一方で、そういうものかもしれないなと不思議に納得もできた。(二五三頁)

この叙述の特徴から理解されるのは、「プロローグ」が友康自体を語り手が観察対象のように表現するのに対し、「エピローグ」では、友康の出来事に対する認識や感情をダイレクトに読者に読み取らせる叙述となっていることである。故に、「エピローグ」は、友康がザ・パーランマウムの物語＝出来事を自らの認識の対象として語るかのように読解できる。

この特徴から、「エピローグ」の叙述は、結果的に次のような効果を生み出す。つまり、物語の核にあるザ・パーランマウムの物語を語る語り手と友康とが一体化したかのように読者に読解される余地を生み出すのである。本小説の語り手はザ・パーランマウムの物語を主たる対象とするわけであり、そして、それが『リンダリンダ』の物語の成立要件でもある。このことを踏まえれば、語り手と友康が等位に読めるのは必然である。したがって、「エピローグ」の語りの編成において、友康は『リンダリンダリンダ』の物語の枠＝メタ的な位置に属するように表象されることになる。これが叙述の仕掛の要点である。

次いで検討したいのは、「エピローグ」の内容である。右に分析した「エピローグ」の叙述によって描き出されるのは、繰り返し述べているように友康の認識、もっと平易に言えばコメンタリーである。物語世界で展開する出来事の傍観者となった登場人物が、自らの回想やコメンタリーによって物語を終幕へと導くというパターンは、枚挙にいとまがない。そして、この「エピローグ」もまた、その一つとして理解することもできる。しかし、本稿のテーマである原作映画とその小説化という見立てからすれば、そのような大鉈を振るうカテゴライズには意味がない。注目すべきは、友康が何を考え、何を行ったのか、という具体的な内容である。

「エピローグ」での友康は、大別して二つの感情／思考／意思によって表現されている。一つは、若さと映像制作の稚拙さに対する恥ずかしさと内省。もう一つが、この恥ずかしさを乗り越えて自らの映画を完成させようとする意思と、その映画への期待である。

「エピローグ」に描かれた具体的な映像編集に関わる部分は、三カ所である。一つめは、「エピローグ」冒頭、佐藤明菜を捉えた映像である。この映像に対して友康は、ある種の否定的見解を示す。

ぼくたちはこれで終わらない……夏の終わり、この自室でこもって書いた自分の言葉だ。ぼくたちはこれで終わらない？なんでこんなこと書いたんだろう。語らせたんだろう。深夜の気分のせいだ。陳腐な言葉。傲慢《ごうまん》な言葉。威力を持たない言葉。我ながら恥ずかしい。／恥ずかしいと言えば、この撮影した映像そのものだってそうだ。文化祭の終わった翌日、失恋で落ち込む浩平とビデオを見返して、そのあまりの稚拙さに愕然《がくぜん》としたんだよな。理想と現実。想像を画面に実現させることの困難。こんなはずじゃなかった。もっと何かこう、きらきらしたものが映っているはずだった。これじゃただの、文化祭でカメラ回して遊んでたふたりってだけじゃないか。（二五二頁）

しかし、打って変わってその後に展開されるザ・パーランマウムの映像編集に対しては、映画完成のパッションが沸き上がる。

それでも友康がこうしてまた映像をひっぱりだし、どんなにつまらなくてもいいからとにかくまず編集してみようと思ったのは、大学受験の終わった開放感ももちろんあったけれど、何よりあのひいらぎ祭で信じたいものがひとつだけあったからだ。／友康は短くなったタバコを空いた缶コーヒーに捨てると、マウスを操って映像を早送りさせた。そして体育館が映ったところで止め、再生する。はめていたヘッドホンから大音量の『終わらない歌』が聴こえてきた。（二五二〜二五三頁）

ビデオに撮ったライブを編集していることを話したら、「うそ。今度ウチらにも見せてよ。ソンちゃんにも送ろう」と山田は本当に嬉《うれ》しそうな顔をしてくれた。もしかしたら4人がこの作品の一番最初の観客になってくれるかもしれない。／ともかく作品はほぼ完成に近づいた。来週の卒業式には山田たちに渡せるだろう。／自信はない。人に見せたときのことを考えると、それだけで顔から火の出るようだ。でも、と友康は思う。でも、ライブの4人を見てくれれば。（二五四頁）

このふたつの引用は実際のところ連続はしていない。一つめの引用が終わった後に、ひいらぎ祭以降のザ・パーランマウムの面々の様子が描かれ、次いで山田響子にビデオを編集していることを伝えたというエピソードの後に、二つ目の引用が配されている。しかしながら、これらを併置してみると、友康の映像編集＝映画制作が、ザ・パーランマウムと共にあることが明瞭に表現されていることが理解される。「プロローグ」での佐藤明菜の台詞と呼応する、「エピローグ」での明菜の台詞。これは、友康によってディレクションされた映像そのものである。友康はこれを「陳腐な言葉」と切り捨て、ザ・パーランマウムの演奏の記録映像だけを、ビデオ映像から映画へと生成させようとするのである。

このことが更に力強く表現されるのが、友康がかかる映画のタイトルを名付ける場面である。

あとは、タイトルだ。友康はいろいろ考えた候補の中からどれにしようか昨日から悩んでいた。けれど、今また彼女たちの歌声を聴いていて、決めた。／画面の中の4人をちょっとだけ見る。それから友康はキーボードでかちゃかちゃ、やっぱりこれだと思いながら、／『リンダリンダリンダ』／と打った。（二五四頁）

「ひいらぎ祭」を題材にするはずの映画が、彼女たちの映画『リンダリンダリンダ』になってしてしまうこと。ここに至って、友康の映画製作の物語（「プロローグ」）は、この物語の中心に位置するザ・パーランマウムの物語を一身に引き受けることになる。無論、それは、友康が属する物語世界に与えられたタイトルと同じ『リンダリンダリンダ』というタイトルを、彼女たちの映画に名付けるという行為に係る。小説と同じタイトルを虚構世界内で、映像作品に名付けるというメタフィクション的な意匠をもって表象された友康の営為は、先に分析した叙述の仕掛と響き合って、友康自身を『リンダリンダリンダ』の物語の枠＝メタ的な位置へと決定的に引き上げてしまうのである。

このように「エピローグ」の表現を議論して明らかになるのは、「プロローグ」から展開する『リンダリンダリンダ』の物語全体が集束することのモメントそのものが「エピローグ」に書き込まれているということである。そして、逆に『リンダリンダリンダ』という物語をまとめ上げていく存在として友康が表象されることで、原作映画において潜在していた友康の物語が、ザ・パーランマウムの物語と拮抗するような価値観をもって再表現されていることが理解されるのである。「プロローグ」において、少女たちの瑞々しい物語の傍らに存在し続けている友康の物語は、「エピローグ」において存在し続けるどころか、ある意味で主役の交代劇とも述べられるような、転換をみせているのである。

## 6 「プロローグ」と「エピローグ」、原作映画と小説化作品、その響き合い

「プロローグ」と「エピローグ」の検討を経たことで、漸く小説化作品『リンダリンダリンダ』の原作映画に対する表現の批評性の一端が仄見えてきた。「エピローグ」において、「ひいらぎ祭」を映画として表現するつもりが、それがザ・パーランマウムの映画製作へと変化したこと。このことは、これまであえて言及しなかった「プロローグ」のある表現と交響する。先に引いた部分と重複するが、それを次に引こう。

浩平が静かながらも明菜との交流に懸けているように、友康は映画製作に高校生活の最後を懸けていた。彼の目的は映画監督になること。志望校は今のところ日本大学芸術学部の映画学科。そこがダメなら大阪芸術大学の映像学科。そしてこの作品がもし上手く作れたら、〝ぴあフィルムフェスティバル〟に応募してみようと秘かに考えている。(一二頁)

既に確認したことではあるが、友康の将来の夢とパッションが、青々とした言葉で、書き付けられている。そして、近年の映画青年が目指しそうなキャリアだともいえる。だが、それは、高校時代から映画撮影を行い、実際に「大阪芸術大学の映像学科」に進学している山下敦弘監督のプロフィールを容易に連想させる情報にもなっているのである。

この「プロローグ」の情報を、「エピローグ」の『リンダリンダリンダ』の命名行為につなげるとき、否が応でも、一般読者《レクトゥール》は友康に山下監督を見いだしてしまう。この人物造形は、伏線としてはシンプルではあるが、

先に分析した「エピローグ」の表現と十分に絡まり合うものとなっている。実は、山下監督は、自身が映画の友康のモデルであることを述べている（『リンダリンダリンダ』パートナーズ監修『リンダ リンダ リンダ オフィシャルブック』二〇〇五、太田出版、七〇頁など）。また、それを察知する映画評もある。（注3）だが、問題は、たとえ監督の作意に気付かずとも、小説がある意味を展開してしまう点にある。

ここから、小説化において『リンダリンダリンダ』の物語世界に加えられた強調されたものの一つが、山下監督のイメージだったことが理解される。しかし、これは、一般的なカメオ出演のようなギミックではすまない、それ以上の意義を持つ仕掛になっている。

これまで議論してきたことを端的にまとめれば、「プロローグ」においては、原作映画で沈静している友康の物語――映画的なるもののイメージにまつわる物語――が顕在化しており、一方、「エピローグ」においては、その友康の物語がザ・パーランマウムの物語に拮抗するように描かれていることが明らかになったと述べられる。すなわち、小説化において達成されたものの一つは、原作映画に潜む映画的なるもののイメージを、小説において顕在化したイメージとして表現したことである。ここに山下監督のイメージが監督の意図どおりに掛け合わせられるが、それによって爆発的に増殖するのは、言うまでもなく映画的なるもののイメージである。

原作映画『リンダリンダリンダ』の制作をまとめ上げる責任主体、文学で言うところの作者である山下監督を友康に二重写し《スーパーインポーズ》する仕掛によってもたらされるのは、友康の営為――ザ・パーランマウムの映像を撮影・編集して映画に仕上げ、さらに『リンダリンダリンダ』と名付けること――に、原作映画の制作過程のイメージを呼び込むことである。ここにおいて、「エピローグ」のメタフィクション的な仕掛は完成する。語りの編成と『リンダリンダリンダ』の名付けというテクスト上の要素だけではなく、小説世界と現実世界（原作映画の制作過程）が混同されるようなイメージが絡み合う中で、友康は『リンダリンダリンダ』の物語が紡ぎ出されるその源泉（語り手と同等の位置)、あるいは物語の枠として読み起こされるのである。つまり、友康という存在は、小説『リンダリンダリンダ』の虚構世界内において、小説を映画という原作に繋ぎ止めようとする役割として機能するのである。

以上のように述べられるのであれば、原作映画に対して小説化作品は、極めて誠実で幸福な関係を取り結ぶことに成功しているのだと断言できる。なぜなら、向井が作り上げた小説は、山下が監督した映画の小説化作品であることを強烈に描き出しているからである。小説『リンダリンダリンダ』が、我々に送り届けてくれるのは、映画を小説化することが、その物語をことばというメディウムにおいて再表現するだけではなく、映画という表現媒体《メディア》の痕跡を如何にして表現するのかという大きな課題を含み持っていることである。

この課題は、商業的な表現文化という立場から捉えるならば、映画の小説化《メディア横断》という営為全般の問題として普遍化(理論化)できるかもしれない。しかし、『リンダリンダリンダ』の小説化は、純粋に映画監督 山下―脚本家向井という映画製作上の共同＝協働関係の延長線上にある表現行為であるが故に、ここでは『リンダリンダリンダ』に固有の課題として捉えなければならない。山下監督作品に親しみのある者ならば周知のことだが、山下―向井は盟友的な関係にある。この関係性に小説化の課題をつなげば、そこに浮かび上がるのは、原作映画を尊重《リスペクト》する映画人(脚本家)としての向井の筆致である。それは、映画を小説に生まれ変わらせるのではなく、映画がその原点であることを必ず表現することへの真摯な態度の現れである。本稿で議論してきた、映画という表現媒体が様々なかたちで小説に描き込まれているという事実は、脚本を単純に小説化するということではなく、原作が映画であるということをどのように小説内に保ち続けるのかという、およそ不可能と考えられる表現行為が実現したことの証なのである。

「プロローグ」、「エピローグ」、そして友康をめぐって議論してきたことが逢着する先は、『リンダリンダリンダ』の原作映画と小説化作品が、映画的なるもののイメージをめぐって響き合いながら存在していること、そして、それは山下と向井というふたりの映画製作者の幸福な関係性の（表現上の）在処である。

これに気付けば、小説『リンダリンダリンダ』を読む我々は、必ずまた原作映画へ向かうだろう。そして、原作映画を見終わった後に、再び小説化作品にリターンするはずだ。そのとき、小説に先立つ映画と映画に後れて生まれた小説との間に生じる類い希な幸福を、我々は間違いなく分有している。『リンダリンダリンダ』は、表現文化の喜びを携えて、我々を歓待し続けているのである。

---

（1）轟多起夫は「「OKでもNGでもない」流れゆく時間を愛おしもうとする姿勢」をここに見出し、それを映画の「主調音」と述べている（「［監督］インタビュー山下敦弘 バンド映画ではなく学園ものとしてエンディングを迎えたい」『キネマ旬報』二〇〇五・一二下旬、六二頁）。

（2）DVX100に関する記事は数多くあるが、DVX100Aに関わるならば、たとえば、「ユーザーの声重視で大きな深化を遂げたパナソニックAG-DVX100A」（『ビデオSALON』二〇〇三・一二）などの記事を参照。

（3）前掲、「［監督］インタビュー山下敦弘 バンド映画ではなく学園ものとしてエンディングを迎えたい」『キネマ旬報』など。

付記　本稿は、日本近代文学会東海支部 第五二回研究会 二〇一四年度シンポジウム『文学が生まれるところ・映画が生まれるところ』（於愛知淑徳大学長久手キャンパス　二〇一五年三月二一日）における報告「小説と映画とロックンロールと」の一部を改めたものである。会場内において山下敦弘氏から示唆を賜った。また、ビデオカメラについて映像作家・映画研究者の酒井健宏氏からご助言を賜った。お二人に記して感謝申し上げる。

また、向井康介著、向井、宮下和雅子、山下敦弘脚本『リンダリンダリンダ』（二〇〇五、竹書房）からの引用は、本文中に頁数を記した。引用中の改行は／によって示した。なお、原作映画はＤＶＤ版『リンダリンダリンダ』（二〇〇六、バップ）に所収のものを参照した。

# 『おおかみこどもの雨と雪』論

## 『二十四の瞳』『八日目の蝉』とのテクスト連関

近藤周吾

### 1 はじめに

地―図を反転させると、大きく広がるロケーション映像の、神がかった美しさに思わず息を呑んでしまう。たとえば、そのような舞台探訪を誘発してしまう映画が三本あるとして、揃いもそろってラストシーンに「遺影」のような写真を嵌め込んでくるのは、偶然の仕業なのだろうか。

一枚のタブローにその映画のすべてを盛り込むことなどできるわけがない。にもかかわらず、レイト・ヒットが加わると――つまり一度はこみあげる「感情」に瞬間的なためをつくってこらえるが、それゆえに主人公＝観客の「感情」の堤防は決壊してしまい、そこから迸り、溢れ、流れ出す「感情」の取り扱いにてまどっていると――いつのまにやら美しい「自然」と「母性」とが括り上げられ、気がついたころには、観客は母なる「子宮」に包まれてしまっている。このような幻術は、たまたま起きているにすぎないのか。

物語は、物語が批評する。ここでは、いわば物語をして物語を物語らしめんとする試みとして、不思議と言及が避けられてきた三本の映画間の連関、すなわち『二十四の瞳』『八日目の蟬』『おおかみこどもの雨と雪』というトリプティーク（三幅対）を素材としながら、各々の孕むイメージや文脈が相互に反射し合うさまを観察してみようともくろむ。ジョルジュ・サドゥールをして「今迄ヴェニスで上映された日本映画をはるかに圧し、高度の品性の総合をなしている」（『映画芸術』一九五六・二）と刮目せしめ、米ゴールデングローブ賞外国語映画賞ほか受賞の『二十四の瞳』。日本アカデミー賞十冠の『八日目の蟬』。日本アカデミー賞最優秀アニメーション作品賞ほか多数受賞の『おおかみこどもの雨と雪』。いずれも人気を博し、興収をあげて、輝かしい受賞歴を誇る〈他者（として）の子供を育てる物語〉だ。これらを一つの場に呼び寄せて、他人の空似というにはあまりにも酷似し過ぎてはいないか、と懐疑すること。そして、酷似し過ぎてはいるのだけれども、それでいて他方においては、微かに、だが時に決定的ともいえるような差異を透かし見ようとする試み。時代の違い、ロケ地の異同、白黒／カラー、実写／アニメの別は否めないが、三者間に揺蕩う差異と反復のゆらぎに目を凝らすこと。ここでのねらいは、ひとまずここまでに限る。

さて、論をはじめるに際して、ごく基本的な情報を整理・確認していこう。

①一九五四年　木下恵介監督・高峰秀子主演の映画『二十四の瞳』公開
原作は壺井栄。初出は『ニューエイジ』（一九五二・二〜一一）、初刊は『二十四の瞳』（一九五二・一二、光文社）
②二〇一一年　成島出監督・井上真央、永作博美主演の映画『八日目の蟬』公開
原作は角田光代。初出は『読売新聞』夕刊（二〇〇五・一一・二一〜〇六・七・二四）、初刊は『八日目の蟬』（二〇〇七・三、中央公論新社）

③二〇一二年　細田守監督の映画『おおかみこどもの雨と雪』公開
原作は細田守。初出・初刊は『おおかみこどもの雨と雪』(二〇一二・六、角川書店)

それぞれ概要を述べる。①壺井栄『二十四の瞳』の初出は、キリスト教系の家庭雑誌の連載であったが、映画の原作は単行本に拠る。初出と単行本の間には異同が多く、「反戦思想を生徒に吹きこんだという稲川という教師」や「軍国主義化していく世の中のうつりかわり」は初出にない。単行本化で「反戦」の要素が強くなり、映画にもそれが反映されている。映画は原作同様、若い女教師と十二人の教え子たちとの出会いのかけがえのなさを描く。貧困や戦争によって、大切な教え子たちが離散や戦死を余儀なくされる。同窓会を開いても、十二人の純真な「二十四の瞳」が一堂に会することはもはや永遠に不可能であることを痛感させられるばかりだ。ただ一枚の集合写真だけがかろうじて往時を甦らせてくれる――「国民映画」「反戦映画」として名高い一本といえよう。②映画『八日目の蟬』は、広告の惹句「優しかったお母さんは、私を誘拐した人でした。」に凝縮されるごとく、愛人の子を誘拐して育てる括弧つきの「母」の逃避行の物語であり、父の愛人に誘拐されて育てられた括弧つきの「娘」の物語である。この「母」が愛人の子を妊ったとき、堕ろせと言われ堕胎するが、愛人は妻との間に子をもうけていて、その妻に「がらんどう」呼ばわりされる。これに根に持っていることがモチーフとなっている。時を経て、育ての「母」と生みの「母」の間で葛藤しながら育った「娘」も同じように妻ある愛人の子を妊り、生みの母に堕ろせと言われるにもかかわらず、かつての育ての「母」との時間を振り返りながら生む決心を強めていく――。同情の余地なき犯罪であるのに、不思議と観客は育ての「母」に共感させられる。血のつながりがなければ親子は成立しないのか、というテーマを考えさせてくれる一本といえよう。③「私が好きになった人は、〝おおかみおとこ〟でした。」というコピーにより宣伝された映画『おおかみこどもの雨と雪』は、おおかみおとことの間に生まれた二人の「おおかみこども」を育てる未亡人の物語である。ファンタジー要素により、人間と狼という二つの顔を持つ子どもを育てるところから育児の大変さが抽出され、都会から田舎へと移住することで新規就農者ならではの困難とやりがいが浮上させられて、大人が観ても楽しめるリアルさも備わった、良質なアニメ映画である。最後は、子どもたちの自立がテーマとなっていよう。

以上、駆け足で筋を追ったが、これだけでは三者の酷似を把捉するのは難しい。ただ、苦労して育てたにもかかわらず、「満たされない」「割り切れない」「もどかしい」などの気持ちを呼び起こすものをさしあたり「母性」と名づけておけば、三者は紛れもなく「母性」に照準した映画であるということはできる。

## 2 スーパー母もの

まず手始めに、『二十四の瞳』と『八日目の蟬』をつなぎ、次いで『八日目の蟬』と『おおかみこどもの雨と雪』をつないでみよう。ポイントは「時間」である。

壺井栄『二十四の瞳』の大幅な改稿についてはすでに述べた。従来は「抵抗」や「反戦」に注目が集まり過ぎるきらいがあったが、改稿にまず見るべきは語りである。冒頭の語りにおける時間操作の手つきを見ることなしに、このテクスト特有の抵抗性や反戦性を構造として分析することは不可能である。

十年をひとむかしというならば、この物語の発端はいまからふたむかし半もまえのことになる。世の中のできごとはといえば、選挙の規則があらたまって、普通選挙法というのが生まれ、二月にその第一回の選挙がおこなわれた、二か月後のことになる。昭和三年四月四日、農山漁村の名がぜんぶあてはまるような、瀬戸内海べりの一寒村へ、わかい女の先生が赴任してきた。
（「一、小石先生」）

初出では「農山漁村の名が全部あてはまるような、瀬戸内海べりの一寒村へ、若い女の先生がやってきました。昭和二年四月四日のことです。」という書き出しとなっており、語りにおける時間操作の有無が違いとなっている。物語内部の時間を注視すれば、一九二八年四月四日を「発端」とし、物語の現在である「いま」は、そこから「ふたむかし半」の後なので二十五年後、すなわち一九五三年という計算になる。ところが、物語内部の時間では「いま」は一九四六年四月にならないと平仄が合わない。この矛盾は、単行本が刊行された一九五二年という年を念頭に置きさえすれば容易に解ける。つまり、「いま」というのは同時代の読者が『二十四の瞳』を読む時点に設定されている。原作の語りは、虚構外の「時代」という外部を取り込み、読者を想定したメタレベルに立脚しているのだ。換言すれば、一九五〇年代半ばの時点から、一九三〇年代から四〇年代という二つのディケイド（「ふたむかし」）を再解釈することを当時の読者に要請している。

角田光代『八日目の蟬』も、二〇一〇年という時間を意識する。物語内部の時間は「一九八五年二月三日」から開始され、二〇〇六年の春の少し前という時間で閉じられる。執筆時の現在と物語の最終時間は合致するが、一九八五年から二〇〇五年という二つのディケイドを捉えようとする点は、一九三〇-四〇年代を捉えようとする『二十四の瞳』と酷似する。大塚英志が「「現在」は「戦時下」にある。」と切り出したのが、二〇〇一年の『サブカルチャー反戦論』（角川書店）であったことを想起しておけば、いっそう興味深い照応といえるだろう。

もう一つ、『八日目の蟬』のラストの「ほんと、このまま春になればいいのにね」「そりゃー都合がよすぎらぁ、明日はまた冷えるらしいよ」「でも一カ月もすれば、春だわね」といった希和子と掃除婦の会話を取り上げる。

夏目漱石『門』の「本当に有難いわね。漸くの事春になつて」「うん、然し又ぢき冬になるよ」という、御米と宗助のラストの対話を想起できる。「がらんどう」というテーマは、不妊をテーマとしつつ逃避行の物語でもある『門』と響き合うからだ。ただ、『門』を流れる時間は、秋日和から春までである。春より少し前に始めておいて、春より少し前の時点で終えるという微かなズレを含ませながらも、やはり春を起点にし、春を終点にする季節の円環というものによって二つのエンド（両端）を結び付ける構想は、『二十四の瞳』と酷似している。しかも、最後の一段落はカトリック小説ばりの「恩寵」が暗示されており、『二十四の瞳』がキリスト教系の雑誌に連載されていた事実すら知ってでもいるかのようである。確証はないものの、原作者や脚本家は小豆島を取材する過程で、壺井栄を徹底的に研究した可能性がある。

ところで『二十四の瞳』が専ら女教師を視点人物とするのに対し、『八日目の蟬』の原作では前半と後半で視点人物が、血のつながりのない括弧つきの「母」から「娘」へと移動するという差異がある。この視点および構成は、『おおかみこどもの雨と雪』（以下、『おおかみこども』）と対照するとその酷似が浮き彫りになる。『おおかみこども』は、血のつながりのある「母」と「娘」の物語である。巨視的にみれば語り手はあくまでも「娘」の側に置かれるはずなのに、微視的には「母」の視点が混在する。「母」と「娘」が重なるのは、『八日目の蟬』にも当てはまる問題だが、おそらく原作と脚本に原因がある。原作では、前半の視点人物が「母」、後半のそれは「娘」というふうに構成される。それを映画の脚本家――二作とも奥寺佐渡子――が全体の視点人物を「娘」中心に再構成したことが原因だ。『おおかみこども』は、子どもの誕生から小学校を卒業するあたりまでを描いているため、一三年ほどの時間の経過しかないが、それでもかなりの長尺である。その長尺を処理するために、複数の視点が混在してしまうところが二作の共通点だ。

『おおかみこども』の場合、前半（絵コンテでいうAパート）が恋愛物語であり、後半（B〜Dパート）がいわゆる成長物語《ビルドゥングスロマン》というふうに二種の物語類型が棲み分けを行う。前半の「男女」、後半の「親子」の物語を両立させるのが「娘」の視点だ。「娘」の視点が入れば、「母」も浮上する。そうすれば、前半が「男女」ではなく「両親」の物語ということになり、前史となる。『八日目の蟬』も、原作はプロローグである「0」を別にすれば、前半の「1」章が「母」、後半の「2」章が「娘」の物語に分割されている。ただし、映画では冒頭に裁判シーンを持って来る。いわば先説法によって全体のあらましを観客に伝えてから、過去と現在を交互に提示していく。その結果、原作では全体的に「母」の視点が強いのに対し、映画では「娘」が視点人物になる。奥寺佐渡子は語る。「映画化するにあたって、どう再構成すればその希望を感じてもらえるのだろう？（中略）希和子ではなく、恵理菜を主人公にしたのもそのためでした。もがき苦しみながら、八日目のさらにその先を生きようとする恵理菜の姿を見たかったのです。」（「脚本家の心をよく判っている監督との仕事」『シナリオ』二〇一一・五）脚本家の自注にもかかわらず、「娘」の視点が入ることにより「母」が浮上せざるをえないという逆説に着目したい。「八日目のさらにその先を生きようとする恵理菜の姿を見たかった」という脚本家の視点自体が、そのまま「母」の視点でもあるからだ。観客もまた、この「母」の視点に立たされる。

　宇田川幸洋は、『読売新聞』夕刊（二〇一一・四・二二）の「罪人であり愛情深き母でもある女になりきった永作の演技。」（恩田泰子）、『朝日新聞』夕刊（二〇一一・四・二二）の「女性と母性についての物語」（稲垣都々世）、『日本経済新聞』夕刊（二〇一一・五・六）の「永作の母性」と「母性の純粋形」（古賀重樹）、『マンスリーみつびし』（二〇一一・五）の「いわゆる母ものの主題」（川本三郎）を列挙した上で、母もののナラティヴを四類型化した水口紀勢子を参照し、[注1]松竹から配給されたことも含めて、『八日目の蟬』を「スーパー母もの」と名づけた。母ものに限らず、多くの日本映画にあって母の愛は至上のものであり、神話だったとした上で、原作者のアイデアのすごさは「母でない者にあふれるほどの母の愛を生じさせ、実の母から母の愛をうばってしまったことだ。母であることを対象化し、つまり母である人と母であることを切りはなして見つめ、神話をこわした。」（「宇田川幸洋の映評ジョッキー　映画とコトバの間にはふかくて暗い河がある?」『キネマ旬報』二〇一一・六、下旬号）と評価する。

　母でない者に母の愛を生じさせ、実の母から母の愛を奪う。この点では『二十四の瞳』も負けてはいない。『八日目の蟬』にはない「過剰さ」が看取される。予科練を志願したいと言う大石の長男・大吉に「靖国の母がそんなに偉いの、お母さんお前や並木の母で結構じゃ、なァ大吉、お母さんはやっぱり大吉をただの人間になって貰いたいと思うな、命を大切にする普通の人間にな」という大石は、「そんなこと云うお母さん、よそには一人もおらん」という大吉の言葉によって明らかにされるように、戦時の母親像を超越した伝説的に新しい女性像を示している。教え子たちの実母たちでさえ「そんなこと云うお母さん」ではないのだから。大吉の母としては無論のこと、教え子に対しては実母以上の母性を立ち上げる。ところが、「口で云わないだけじゃ、みんな心じゃ、そう思っとる」と返してしまうところに問題が潜む。というのも、一個の母親ではなく、母親の集合を代表するからである。母親一般の本音を代弁してしまうところに『二十四の瞳』の「過剰」がある。『二十四の瞳』は、母でない者に母の愛を生じさせ、実の母から母の愛を奪うどころか、実の母にも母の愛を再充填するのである。江藤文夫が「これまでのどの映画も探り出していなかった、戦時中の母親たちの心の奥底の言葉であつた。それは戦後の観念からあみ出した言葉でないために、当時の現実に密着したひびきをもち、当時の母親たちが口に出して云えなかつたことを表現したところに、大きな意味がある。」（「日本の発見――一九五四年」『映画芸術』一九五七・三）と評する気持ちも理解できなくはないが、今日このような見方を手放しで肯うことはできない。「靖国の母」を美化したのと同じく、「お前や並木の母」を美化するからである。口で云う／云わないの差異は小さくない。もし手放しで肯うならば、好戦的だった母親すべてが免罪されるはずだ。最近の研究によれば、まさに「戦後の観念からあみ出した言葉」であることが炙り出されてしまう。具体的には①母ものとの響き合い、②娘たちが母の歴史を綴る動き、③日本教職員組合婦人部等の平和語り、④脱「靖国の母」が国家賠償の負担を軽減する側面もあったこと、により炙り出される。

①一九五〇年前後は、「母もの」映画の全盛期であった。一九四八年の三益愛子主演『山猫令嬢』(大映京都)を皮切りに、夥しい数の母ものが撮られた。(注2)その流れの中に、成瀬巳喜男監督・田中絹代主演の傑作『おかあさん』(一九五二、新東宝)が生まれた。『二十四の瞳』もまた例外ではない。そしてこの延長線上に、ジェームズ・ディーンの『エデンの東』(一九五五)を意識した小津安二郎監督・山田五十鈴主演の名作『東京暮色』(一九五七、松竹)が誕生したのである。②「母の歴史」に関しても、石母田正「母についての手紙」(『歴史と民族の発見』一九五二・三、東京大学出版会)に端を発し、木下順二・鶴見和子編『母の歴史』(一九五四、河出書房)が触媒となって、夥しい量の「母の歴史」が書かれるようになった。(注3)③日教組婦人部や日本母親大会の平和語りについては、『扉をひらくもの』(一九五三、日本教職員組合婦人部)、山川菊栄・丸岡秀子共編著『母と女教師と』(一九五三、和光社)、日本母親大会一〇年史編纂委員会編『母親運動一〇年のあゆみ』(一九六六、日本母親大会連絡会)等によって、具体的な様相がうかがえる。(注4)これに関して私見を挿むと、『二十四の瞳』初出連載の掲載誌『ニューエイジ』(一九五二・一〇)に載った玉城肇「人間としての女性」の「女性が人間として確立するためには、日本人たちが直面している最大の問題である「平和」の問題と、真剣になつて取り組むことから始めなければならない。」も同型に分類される。これに触発され、『二十四の瞳』が改稿されたと考えることもできそうだ。④脱「靖国の母」が国家賠償を免責する問題については、一ノ瀬俊也の戦時期を対象とした掘り起こしが参考になる。戦死者遺族が国家からの生活援護を一種の権利のように思われれば国家の負担が止めどなく拡大するため、「靖国の母」「靖国の子」という称呼が「ほまれの妻」「ほまれの子」と言い換えられる事態が一九四一年一二月の時点で明らかになっている。

「学校の持ってきた木札を断ることもできず取り付けられた母や妻たちは、あるべき「誉の家の母や妻」として慎ましく生きることを「ニツコリ笑」ってみせることにより強制されていたのだ。」(『故郷はなぜ兵士を殺したか』二〇一〇、角川学芸出版)

そういえば、ここで木下恵介監督の戦意高揚国策映画『陸軍』におけるラストシーン、出征兵士の行軍の中に息子を見つけ出すや、その一点に視線の先をしかと定め、いつまでも一途に息子の姿一点だけを追い続ける母の姿と、彼女と彼女の視野だけを執拗に追い続けるキャメラが思い出される。田中絹代の表情は、涙を流しながらも息子の笑顔を模する笑顔で、引きつった自失の表情も混じって胸迫る。同じ木下の『二十四の瞳』における、泣いてばかりの高峰秀子も、『陸軍』の田中絹代の延長線上に位置する。ある意味、間違いなく国家や戦争に抵抗している。そのことを論うつもりは毛頭ない。が、それでも受け身に過ぎ、靖国の母を否定することが国家の賠償責任を免責することにつながるというレベルに応答するだけの批判的強度もない。これは、おそらく日教組婦人部の平和語りについても該当する。それらは文化的承認だけが与えられても実質的な力は与えられず無力のままだという、ナンシー・フレイザーの図式が当てはまってしまうのである。

ともあれ、竹内栄美子が『中野重治と戦後文化運動　デモクラシーのために』(二〇一五、論創社)で総括するように、「娘が語る母、母自身が語る平和と、語る主体はそれぞれ異なるものの、一九五〇年代は女性の語る機会が圧倒的に増えた時代でもあった」ことは間違いない。したがって、今日ではこのような同時代の文脈を見ながら『二十四の瞳』他を分析する必要がある。赤上裕幸は「キネマ旬報ベスト・テン」の審査員のメンバーがほとんど変わらないにもかかわらず、一九四二年の一位が国策映画『ハワイ・マレー沖海戦』であり、一九四六年の一位が民主主義映画『大曾根家の朝』、一九五四年の一位が反戦映画『二十四の瞳』であることなどを傍証として、「戦時総力戦体制」と「戦後総力戦体制」の連続性を示唆している。(「映画の「戦後総力戦体

制」」（『京都大学生涯教育学・図書館情報学研究』二〇〇七・三）

以上くどくどしく「戦時中の母親たちの心の奥底の言葉であつた」という言説に対する批判を述べてきた。大切なことは、映画『二十四の瞳』がいかにして「心の奥底の言葉」と思わせてしまう〈母性〉を構築し、増幅していったかということである。「国をあげて軍備々々で騒いでいる最中に、あんた兵隊になっちゃつまらんって云ったそうじゃないか」と叱りつける校長に対して、「いいえ、私はただ、教え子の命を惜しんだだけです」と切り返す大石の顔のアップは、印象に残る。網元の子の正が下士官になると言い、米屋の子の竹一が将校になるというとき、「先生、軍人好かんの？」と聞かれ、「ううん、好かんことないけど、漁師や米屋のほうが好き」と答え、「先生、弱虫なんじゃ」と挑発されても、「そう、先生弱虫」と受け入れる。弱さの中に光る芯の強さも、観る者の胸を打つ。だが、そうだとしても「口で云わないだけじゃ、みんな心じゃ、そう思っとる」と、すべての母親を代表しつつ、内面を忖度し、ジェンダーを分割して、女性の戦争責任を回避することはやはり行き過ぎだと評さなければならない。戦時を反省し、戦後の再軍備に反対しつつ平和を希求するという時代背景を吸収し、もう一方には実子に対する母親の愛情を見せつつ、教え子に対する教師の愛情を重ねて見せることによって、『二十四の瞳』の母性は増幅する。

冒頭の語りが「ふたむかし半」と設定し、読者の視点を内在化させておいた効果は、すでに明らかであろう。『二十四の瞳』は戦後、普遍的な文学として読まれ過ぎてきた。テクストに即していえば、あくまで一九五〇年代半ばに読まれ、観られることが想定された小説＝映画なのである。つまり、一九三〇‐四〇年代を歴史的に忠実に再現した小説＝映画ではなく、もし一九三〇‐四〇年代がこのようであったらよかったのにという一九五〇年代の願望を投影した小説＝映画であったのだ。一九五〇年代の現在時において、再軍備はいけないという母親や女教師の行動を促す平和プロパガンダとしての側面を持つ一方で、一九三〇‐四〇年代や一人の新米に過ぎない女教師を「母」として過剰に美化し過ぎてしまう側面を持つ小説＝映画でもあった。その意味で一九三〇―五〇年代を射程に収めなければ理解できない残余が出てしまう、過剰な小説＝映画だったといえる。

一九八七年にリメイクされた朝間義隆監督・田中裕子主演の映画『二十四の瞳』の不振は、反戦という主題の希薄化が原因とされるが、村瀬敬子「「二十四の瞳」と越境する〈銃後の記憶〉――小説・映画・テーマパークの表象をめぐって」が分析するように「女性の社会進出が強調され、推進されつつあった当時の時代状況にも適合しにくかった」（高井昌吏編『「反戦」と「好戦」のポピュラー・カルチャー メディア／ジェンダー／ツーリズム』二〇一一、人文書院）という意見に賛成する。一九八三年にディスカバージャパンの流行が終焉したことも想起されたい。一九八〇年代は、一九五〇年代とは時代背景が異なるのだ。もはや現代において母もののリメイクは利かない。「スーパー母もの」、すなわち『八日目の蟬』のような大胆な換骨奪胎、時代状況の総交換が求められる。おそらく『八日目の蟬』がすぐれているのは、男性／女性という性差で二等分にするだけでなく、同じ女性であっても、素麺の箸分けのように複雑に相が分化されていくところであろう。

## 3　アニメの「笑顔」の向こう側

ひょっとするとアニメ映画の「母もの」／「スーパー母もの」である可能性もある『おおかみこども』を観ていて、気になるところがある。母親である花の顔だ。

父親、娘の雪、息子の雨は、狼の血を引き、人間と狼の顔を自在に往還する。雪と雨は「こども」だから、成長の中での変化も加わる。このような動物的表情に対し、母親の花は植物的表情という比喩が似つかわしい。いわば定点として、表情の変化が抑えられているのだ。無表情ということではない。作画技術の高さや演出の工夫により、アニメとは思えない表情の豊かさはうかがえる。が、花の亡父の「いつでも笑顔でいるように」という遺言＝縛りによって、花は常に笑っているという設定が与えられ、表情に変化を持たせることが難しいという制約に直面する。回避する手段はあるはずなのに、なぜ絶えず笑っている女性を表象しようとするのか。かつて銃後の母に笑顔が強迫されていたことは先に触れておいたし、『二十四の瞳』の大石が「なきみそ先生」という仇名を付けられ、その涙に当時の脱政治化された女教師の語りと通底することもすでに見た通りだが、『おおかみこども』の母親・花の「笑顔」は、『二十四の瞳』の女教師の「涙」のアンチテーゼなのだろうか。

泉信行は、細田監督が母子三人が主人公の物語と言いながら、母親の描写だけに注目した観客の反応について「詰め込みすぎたドラマに比べて視点の描き方が不足していた結果そうなったとも言える」と分析するが(「関係性と秘密の作家　人に寄り添うファンタジー」『ユリイカ』臨時増刊号、二〇一五・九)、厳密には視点の描き方の不足という以上に、三人の主人公が顔＝表情のレベルからしてすでにフラットな関係性が築けていないという設定自体が根本的な原因だろう。最も表情に乏しいがゆえの安定感が母親・花の表情にあるという逆説的な事態。半ば動物である子どもたちの表情の変化は、画として楽しくとも、観客の目を安定させる作用にはならない。娘の視点を導入したことに加えて、いつも笑顔でいるという約束事が重要であり、それにもよって「母」への求心力が相対的にも上がっていく。図像的には「笑顔」であっても、花に限っては顔の深層に別の濃やかな心理が潜んでいる可能性があるのだ。母親・花の空白の心理を読み取ろうとする観客は、いつのまにか花に視点を集中させる。「不確定箇所」(ローマン・ヴィトルト・インガルデン)や「空所」(ヴォルフガング・イーザー)に似た問題が発生するわけだ。能面の効果に喩えてもよいのだが、アニメの顔が実写に比べて抽象度が高いことを逆手にとった、極めて高度な戦略が展開されている。

もしそうであるなら、『おおかみこども』における母親の笑顔は、『二十四の瞳』における女教師の涙と対立するというよりは、裏返しと見た方が適当である。笑っているが、その裏には涙が散りばめられている。本来なら涙しているところ、涙しそうなところも、笑顔の仮面によって覆い隠されているのだ。

一つだけ具体的に分析してみよう。枯れたトマトを前に、愕然とする花と雪。不安そうに母の顔を見る雪に対して、余裕なく表情がこわばる花は「だめね、おかあさん、もっと勉強しなきゃ。」とむりやり笑顔になる。まだ不安そうな雪の表情を見て、「また手伝ってくれる?」と雪の頬に手を伸ばしながら、花は笑顔をつくる。ここでのカットバックは会話だけでなく、表情によるコミュニケーションの成立を物語る。同時に、花の笑顔の深層を読み取るプロセスも明らかになる。子どもの表情を母親が期待する方向へ導くために、花の笑顔はある。しかし、花自体の心理は、花のつくり笑顔によってではなく、子どもの不安そうな表情から読み取る必要がある。一人のキャラクターの表情からだけで意味を決定できる単純な映画ではすでにない。このタイミングで不機嫌そうな韮崎が登場する。「ご挨拶に伺おうと思っているうちに〜」「……」「食べものを作るのって難しいですね。」「……」無難な話題を提供しつつ笑顔をふりまきながら、つまり社会言語学でいう初対面会話ストラテジーを駆使して親密化を図ろうとする花に対し、韮崎は答えない。表情も崩さず、無言。「でもここはいい所ですねー。自然がいっぱいでー」と言われて始めて、韮崎は「何が自然だ。今日植えて明日育つわけないだろ。」と返し、笑顔が消える花のカットを待って、「それじゃあ何回やっても同じだぞ。」と畳みかける。新規就農者と地域の古老の会話のポイントは笑顔対無言である。花の笑顔が都会で身につけたハビトゥスであるなら、韮崎の不機嫌は自然の厳しさをわずかに代理=表象している。『おおかみこども』は、このような表情の機微を瞬間的に読み取り続けていくことを観客に強いるアニメである。

酷似したシークエンスは『二十四の瞳』にもある。台風一過の浜辺を歩く場面。大石先生と子どもたちが笑っていると、流木を集めて家屋の修理をする母親から「人の不幸がおもしろいのかい」と嫌味を言われ、大石先生を演じる高峰秀子が子どもたちを見ながらユーモア混じりに「小石先生、失敗の巻」と告げる場面だ。子どもと通じ合うためのヒロインの笑顔が、かえって地域に溶け込む障害になっているところが酷似している。

ところで、『二十四の瞳』のヒロインも、『おおかみこども』のそれも、白いシャツを着た高学歴の女性であるという共通点がある。女学校の師範科を出た正教員の大石は、白いシャツ=洋服を身にまとい、自転車で颯爽と通勤し、児童を驚かす。花もまた、中退してはいるものの、大学(画のモデルは、一橋大学)に通っていた過去を持ち、読書によって育児から農業まで学習してしまえる聡明な女性である。土居伸彰は、細田が『時をかける少女』の真琴を「アホの子」と呼んだことを敷衍して、「細田作品の中心的人物たちのほとんどはその「アホの子」たちの系譜に並べられる」といい、「「おとぎ話のように一瞬」の一三年間を生きる。そんな特異な時間感覚を持つ現実を生きた彼女もまた、「アホの子」である。」と認定した。「アホの子」の定義は、「世間の常識を理解せず、むしろそんな常識があるということさえも知らないかのよう」であることと、常識人には「侵入不可能な領域へと平気で足を踏み入れ、常識を攪拌できる」こと、「自らの世界を作り上げ、そこに人々を巻き込」むことである。「アホの子」は、「誰からも習わず、道も示されずだからこそ、前人未踏の地に足を踏み入れることができる」「天才」でもあるという。(「世界は今ここにある　細田守のアニメーションが描く「近さ」」『ユリイカ』臨時増刊号、二〇一五・九)これに対し、上田麻由子は、ある種の変節を読み取る。

『どれみ』第四〇話と『ナージャ』第二六話において、細田守は「バカな女の子」を使って過渡期にある少女にまつわる、将来への葛藤や大人になることへの痛みを描いてきた。その試みは『時をかける少女』の真琴のなかに結実したものの、以降、細田の作品から「バカな少女」は影をひそめてしまう。代わりに登場した白ワンピースに象徴される「美少女の優等生」たちは、時に本という教養で武装し、その内面は簡単には窺い知ることができない。

（「白ワンピース前史　細田守作品における少女の「向こう側」」同前）

こう結論づけた上で、『おおかみこども』で白ワンピースの女性に育てられ、あっという間に「バカな女の子」時代を卒業せざるをえなかった雪が、台風が迫る教室で草平に自身の中のオオカミと獣くさい欲望を承認されることで、鬱屈から解放され、心から笑えるところに、辛うじてかつての細田作品に息づいていた自由で情熱に溢れた生を垣間見る。未踏の地に到達する点では大きく変わらないが、文化的に馴致され、笑顔に自由がなくなった点において、細田作品は息苦しく変節している。

それは『二十四の瞳』冒頭に見られる大石先生の、白シャツに自転車という颯爽とした登場が、歴史の動きに合わせて、減退していく過程にも酷似する。戦時下の母が笑顔を強迫された一般通念に反して、泣いてばかりいる大石先生は、同時代において画期的〈母性〉として受け入れられた。現実の戦時下には不可能だった理想像を、表象上で実現したからである。その反対に、泣くことを自らに禁じている花は――かつての男子が泣いてはいけなかったこと、今日のファストフード店のアルバイトが笑顔を強制される状況と比べるより――もはやかつての大石先生のように泣いてばかりいることすら許されない、つまり、より現実的な「戦時下」に近づいてきつつあることを物語っていると捉えてみよう。要するに、子どもを育てにくい窮屈な社会になったということだ。虚構ならざる現実世界では、人間に飼い慣らされた自然はあっても、野生の自然はもはや存在しないし、オオカミもとうに絶滅してしまっている。昭和のような子育ての環境、そして自然＝子どもを失い、取り残され、母親というアイデンティティを喪失した状況だけがリアルである。もはやアニメの表情には還元できない外部の顔は、オープンエンドのかたちで観る者に手渡される。

画面上の花の表情は、息子の不在から来る悲しみの涙、息子が再びオオカミの姿で現れたことによる笑顔、娘の中学校の入学式の「写真」に写る笑顔、夫の遺影を見ての笑顔、オオカミの遠吠えを聞いての微笑と展開されるが、すべてがタブロー化され、自然に同化されたかに見えるラストのその先、つまり母としての役割がすべて終わった、その次の表情＝涙を流す一コマが画面上に映し出される瞬間はついに訪れない。

『八日目の蟬』は「母」と「娘」の言語を介さない表情によるコミュニケーションが魅力的だ。『おおかみこども』も、アニメ映画でありながらそれを実現する。これは革命的といってよいが、どこまでも情念的な『八日目の蟬』と、情念を抑えて控えめな『おおかみこども』の間に、不思議と情念の水位の差を感じないのは、逆説的に「涙」を表象しているからだろう。「涙」を抑えながらも「涙」を想像させる。その仕掛けに『おおかみこども』の特徴がある。

## 4　母からのみ生まれた者たち

三本の映画の評価に必ずといってよいほどに「母性」というキーワードが頻出する。「母性」とは何か。その内実を検討する。

> 神話は一夫一婦制の成立を重視し、この文化的行為の樹立者としてケクロプスの名に栄光を与えている。（中略）むしろこれらは、人類の歴史に欠かせない民族生活の重大な転換点の記憶の多種多様な形なのである。子供たちが「父親を持たない者たち《アパトレス》」、同じ意味で「多くの父を持つ者たち《ポリュパトレス》」、「播かれた種から生まれた者たち《スプリイ＝スパルトイ》」、さらにまた同じ意味で「母からのみ生まれた者たち《ウニラテラレス》」と呼ばれ、これに対して、生みの父自身が「誰でもない者《ウディス》」、「種を播く者《セルトル＝セモ》」と呼ばれたことに示されるように、母のみを

知り、父をまったく知らないという母性の完全な排他性は、母による父の支配と同様に歴史的事実である。
（ヨハン・ヤコプ・バハオーフェン、吉原達也訳『母権制序説』二〇〇二、筑摩書房）

約言すれば、一夫一婦制成立の前史には「母のみを知」るという父性に重きを置かない母性という問題が含まれるということだ。一夫一婦制とは、父性を排除した母性というものを隠蔽し、消去することによって成立するものであり、反対に一夫一婦制が危機に瀕すると、いつの時代でも父性は排除され、母性が露呈する。江藤淳『成熟と喪失――〝母〟の崩壊』（一九六七、河出書房新社）や土居武郎『「甘え」の構造』（一九七一、弘文堂）が出る一九六〇年代から七〇年代に、かかる母性の露呈がひとまず意識化された。ただし、この時代に前景化したのは、あくまで男性側の視点から出てきたものである。書き手・作中人物・論じ手、いずれも男性側から構築されていた。したがって、十分に前史的「多種多様な形」が了解されていたかといわれると疑問も多い。その点、『二十四の瞳』『八日目の蟬』『おおかみこども』は、女性側の視点が優勢である。とりわけ『八日目の蟬』の「がらんどう」は、いかにもフロイト的な、ファルス（男根）の欠如という読解を誘っているかのようだ。斎藤環は、「女のがらんどう」から、「失われた子どもの位置」として、「不妊となった希和子にとっては、子どもの未来。」「子を愛せない恵津子にとっては、子どもの過去。」「子ども時代を奪われた恵里菜にとっては、過去の子ども（すなわち、自分自身）。」「男性を愛せない千草にとっては、未来の子ども。」という四つの構造分類を読み取る。（「母と女とがらんどう」『ユリイカ』二〇一一・五）三浦哲哉は別の観点から「処女懐胎」（ロベール・ブレッソン）を想起し、映画というメディア自体の空虚さそれゆえに、モンタージュの結果としてイメージ同士の秘密の連関が顕在化し、外部の価値を孕むものと捉えている。（「「がらんどう」と処女懐胎」『ユリイカ』二〇一一・五）

これらの原理的な捉え方に対して、阿部嘉昭は「「世界を見ること」を伝えてゆく母性――成島出監督『八日目の蟬』」において、劇団ひとり、田中哲司、平田満、田中珉といった男優陣の演技の薄さを指摘する。『セカチュー』の写真店主と似た役割を演ずることになる田中珉は、幽霊のように希薄で、老いにより緩慢であることで薄い（彼だけが「薄さの演技」の精髄に肉薄している）。」と。（『日本映画オルタナティヴ』二〇一二、彩流社）
屋上屋を架すが、他の要素を極限まで削ぎ落として薄くしていきつつ、彼の沈黙に漸近するたっぷりとした間を置いたあげくの「顔あげて」という声だけが悪目立ちすぎることなく響くことが、この映画終盤の扇の要であり、それがある程度の時間の経過を挿んで私たちの印象から消えかかりそうになった時機を逃さず、改めて母娘の主観によって切り返され再現された瞬間に、徐々に浮かび上がってくる写真の像、それから暗室の背景の赤色が子宮を表すことと、来たるべき溶暗の対比的な照明効果とが三位一体となって、観客をレイト・ヒット、すなわち慄然させる。

以上を総合すると、『八日目の蟬』の「がらんどう」とは、男性を排除した母性、すなわち一夫一婦制の向こう側に彷徨う「父親を持たない者たち《アパトレス》」＝「母からのみ生まれた者たち《ウニラテラレス》」の象徴である。二十年という短くはない人生の時間をかけた過去と未来という両端の中間に、さまざまな女性たちとの出会いを置いて、みずからの身のうちの「がらんどう」に〈外部〉を孕む。ここでいう〈外部〉は、男性、社会、時代、運命、血のつながりのない子、何でもよい。

そういえば、『二十四の瞳』の原作者には『母のない子と子のない母と』（一九五一、光文社）という傑作があった。『海辺の村の子供たち』（一九四八、雁書房）を改題・改稿したものである。「子供の世界の物語であったものが、子供の世界ともう一つ大人の世界がプラスされて、言ってみれば中心が二つある楕円の世界に変化している」（鷺只雄「壺井栄——その生涯と『母のない子と子のない母と』をめぐって」、壺井栄『母のない子と子のない母と』二〇〇四、小学館）という改稿過程と、標題の暗示するところが、不思議と『八日目の蟬』との暗合を感じさせる。いや、『二十四の瞳』も、実質的には「母のない子」と「子のない母」ばかりの群像劇だ。父は介在することのない、きわめて希薄な存在である。その意味で、山本喜久男の「木下は母性・女性こそ人間の実在であり、男は現象でしかないと『陸軍』以後語り続けていたのだ。」（「『二十四の瞳』のテクスト連関――ジャン・ルノワールから歌尽くし人揃えまで」『比較文学年誌』二〇〇七・三）は、的を射た至評である。

『二十四の瞳』におけるジェンダー編制は、「男先生」／「女先生」の二項対立によって象徴的に表象される。木下忠司の巧みなつなぎによる映画全体を覆う唱歌が観客の感涙に効果があることは評家の口を揃えるところだが、先の二項対立はこの唱歌の問題とも関わる。「女先生」の唱歌と「男先生」の唱歌。児童に歌わせる唱歌の差異がそのまま世代・信条・ジェンダーの差異につながっている。しかも、笠智衆が演じる「男先生」は、滑稽で、演技の薄さが際立っている。国威高揚の唱歌「千引の岩」を歌わせる彼には、「女先生」の音楽リテラシーが欠けている。オルガンが弾けず練習を余儀なくされ、音階も「ドレミ」でなく古風な口授法と数による「ヒフミ」である。子どもたちに笑われ、「男先生の唱歌、ほんすかん、やっぱり小石先生の歌のほうがすきじゃ」と嫌われる始末だ。この出来事がきっかけとなり、無謀にも子どもたちは遠くに住む「女先生」の家へ歩いて出かける、あの感動的な場面へと結ばれる。ただ、「男先生」が「女先生」と子どもたちが歌う「七つの子」などの唱歌を「あほらしもない」「盆踊りみたいなやわらかい」歌と批判したことは止目に価する。御園生涼子は、吉本隆明の「日本のナショナリズム」（『現代日本思想大系第4巻　ナショナリズム』一九六四、筑摩書房）における明治期と大正期の唱歌の比較を援用し、「童謡の歌詞に描かれた「幼年期」あるいは「母なるふるさと」のイメージは、都市に生活する知識階級の道徳観を反映して、奇妙に実体性を欠き、無国籍風である。それは現実の農村の姿からはかけ離れた、メディアに媒介された抽象的な「郷土」のイメージに他ならず、規格化された「濁りの無い」歌声という形象と結びつく。」（「幼年期の呼び声――木下惠介『二十四の瞳』における音楽・母性・ナショナリズム」、杉野健太郎編著『映画とネイション』二〇一〇、ミネルヴァ書房）という。

そもそも「盆踊り」は、都市が欲望する抽象的な「郷土」である。土着の祭りを持たない都市の人々が自ら参加できる踊りを考案したのである。それは新民謡に対応する。古民謡が保護される対象であるのに対し、新民謡は多くの民衆の参加を促し、どこまでも流布し拡大していく〈メディア〉であった。一九二〇年代から三〇年代、基本的にはこの新民謡／歌謡／童謡が同じ原理で作られていく。(注5) 同時に、この原理が軍歌の流布や戦後の流行歌謡にも応用された歴史を隠蔽してはいけない。父性の脱臼は「母性」を露呈させる。しかし、「母性」はある意味、メディアそのものとなることがある。批判の対象から外すことはできない。

## 5　おわりに

すでに言わずとも明らかだろう。『おおかみこども』においても父性の影は希薄であり「母性」が前景化される。花にはそもそも両親がいない。さらにご都合主義的なことに、花の夫＝こどもの父もすぐ亡くなる。舞台はアグリ・ツーリズムよろしく首都圏から富山県東部の立山連峰を彷彿とさせる田舎へと転じていく。そこで登場する韮崎は、田中珉の演技の「薄さ」に比すべくもない。全体に関わらないという意味で、単に薄い。シングルマザーの子育てに欠如する父性を補うのは、読書、学校、地域の善意、自然だが、これらも自然を除けば心細い。この構図は、『八日目の蝉』のエンジェルホームや小豆島でも見られるもので、父性の代わりに女性同士の相互扶助が浮上する。

ところが、河野真太郎によれば、『おおかみこども』における田舎は、次のように位置づけられるという。

『おおかみこども』における田舎という「場」は、福祉を提供する国家や、教育を提供する大学制度の否定の場なのである。その意味で、田舎の共同体を表象することは、逆説的にも新自由主義的な現在の追認になっているのだ。そして重要なのは、貧困の反復が文化的なアイデンティティ選択によって覆い隠される際の背景となるのが、そのような田舎だということだ。／先に述べたように、狼として山に入り、母から独立しようという「雨」の決断は、おおかみという比喩形象を取り去ってみれば、一〇歳という年齢で労働過程に参入する決断なのであり、彼は父と同じような貧困と階級の問題を、アイデンティティの選択という衣でつつんで覆い隠す。（中略）「雪」のカミングアウトは、草平が、彼の母が再婚して妊娠をし、自分は「いらない子供」になったと告白した後に、そのような告白を聞いたがゆえに行われる。つまり、「雪」がカミングアウトできたのは、草平が雪と同じような「無縁社会」に放り出された存在であることの確認を経たからなのだ。（「無縁な者たちの共同体──『おおかみこどもの雨と雪』と貧困の隠蔽」『POSSE』二〇一四・九）

標題の順序が「雪と雨」ではなく「雨と雪」であるとし、「娘である雪への心配が少ない」（日置俊次「細田守『おおかみこどもの雨と雪』論」『青山スタンダード論集』二〇一四・一）とする意見に対する一つの回答としては、雪もまた草平同様、「いらない子供」であることを選んだから、なのかもしれない。『おおおかみこども』は、家族や女性、地方や自然を表象する際、過度にポリクティカル・コレクトネスが発動される、ある種の優等生的な物語であるが、これまでの映画的記憶、すなわち画面上は平穏に見せつつもその奥に不穏な家族表象を潜めてきた日本映画史の記憶を甦らせる。『八日目の蟬』の「がらんどう」も、『二十四の瞳』の無力な主体も最終的にはここでつながる。

写真を心の目で見る盲目の教え子の隣で、一瞬の無表情の後、やはり涙を零してしまう高峰秀子、別れの場面で「娘」から見られる間は努めて笑おうとするのに一瞬ためて涙が溢れ出してしまう永作博美、涙を流しながら一呼吸おき笑顔に向かう井上真央、そして「雨」に対しては涙を見せそうになるのに「雪」に対してはいつもひきつった笑顔でいる「花」——これらの「顔」に漸近し肉薄する「顔貌性」は、しかし、笑顔と涙が反転する可能性を制御できないゆえか、「顔貌性」＝「がらんどう」のままである。(注6) 換言すれば、一九三〇年代から今日まで、アイデンティティの希求や文化的な承認だけでは女性はやはり無力だということ、より正確には、無力だということの確認が反復＝再演されるということである。紙幅の都合で論じられないが、他にも酷似を挙げれば、きりはない。自転車、小豆島、傾斜面、小学中退、円環／分岐、輪郭……。ただ、重要なことは、「がらんどう」にリセットされても、依然として残存するものは何かと問い続けることである。一つ確かなことは、女性＝映画＝文学は「無力」化されるが、「無」ではないということだ。

---

(1) 水口紀勢子『映画の母性　三益愛子を巡る母親像の日米比較』(二〇〇五、彩流社)は、母もののナラティヴを「①複数の母(実母・養母・義母)が子への愛を競う。」「②子を守るために母が誤ってまたは故意に罪を犯す。」「③母が子の罪をかぶる、子に見捨てられる。」「④母性欠如または失格母親が母性に目覚める。」という四つの類型により整理している。

(2) 当時の母ものには次のようなものがある。一九四八年の『母』(大映東京)、一九四九年の『母紅梅』『母三人』『母燈台』(大映東京)『母恋星』(大映京都)『母を呼ぶ鳥』(松竹京都)、一九五〇年の『母椿』(大映東京)『母の調べ』(松竹京都)、一九五一年の『母月夜』『母千鳥』(大映東京)『母人形』(大映京都)『母恋草』『母待草』(松竹大船)、一九五二年の『瞼の母』(大映京都)『母山彦』『母子鶴』(大映東京)『巣鴨の母』(大映京都)『母の願い』『母の山脈』(松竹大船)、一九五三年の『母の瞳』『母波』『母の湖』(大映東京)『母を慕いて』(松竹京都)、一九五四年の『四人の母』『母時鳥』『母千草』(大映東京)、一九五五年の『母笛子笛』(大映東京)『母の曲』『母ふたり』(新東宝)、一九五六年の『母を求める子ら』(大映東京)『母子像』(東映)『お母さんの黒板』(松竹大船)

(3) 佐藤泉『戦後批評のメタヒストリー』(二〇〇五、岩波書店)は、「抵抗の体験を分有しながらインターナショナルな主体へと私たちを招待する」と分析している。

(4) 中谷いずみ『その「民衆」とは誰なのか　ジェンダー・階級・アイデンティティ』(二〇一三、青弓社)は、「涙ながらに過去の苦しみと未来への決意を語るというスタイルが、女性が声を上げる際の型の一つとして定着していった」と分析し、「『二十四の瞳』にきわめて近い型を有する女性教師たち」の「子どもへの〈愛〉にあふれた〈無力〉な存在として自らを表象するその語りは、女性への過度な期待と劣位性へのまなざしが交錯するなかで、望まれる女性教師像を創出するものであり、また同時に、女性「独自」の仕方で「平和」という政治問題へのアプローチを可能にしてくれるもの」であったと分析している。

(5) 拙稿「源氏鶏太の評伝的研究――初期と晩年に見られるペーソスを交えたユーモアについての覚え書き」(『群峰』二〇一六・三)が、源氏鶏太の「たばこ娘」という戦後の小説が戦前の新民謡や歌謡のユーモアをペーソスに変換していくプロセスを分析している。

(6) 拙稿「『納棺夫日記』と『おくりびと』の〈間〉」(『富山高等専門学校紀要』二〇一五・三)が、青木新門『納棺夫日記』を原作としてクレジットしなかった滝田洋二郎監督『おくりびと』の問題を「顔」(エマニュエル・レヴィナス)と「顔貌性」(ジル・ドゥルーズ)の違いとして把握している。ただし、「顔」はまさに死につつある瞬間にしか現れず、映画で撮り、再-現前することは原理的にできない。

# 男装少女のポリティクス

## 一九七〇年代から八〇年代にかけての〈少女を愛する少女〉表象の転換

倉田容子

男同士の絆が様々な角度から理論的に探究されてきたのに対し、女同士の絆、とくに少女同士の絆は今なお、多かれ少なかれ神秘のベールを纏っている。本稿では、主に一九七〇年代から八〇年代にかけての『小説ジュニア』とその後続誌『Cobalt』、そしてそれらの雑誌と連動した集英社文庫コバルトシリーズ（現・コバルト文庫。以下、コバルト文庫と表記する）を取り上げ、〈少女を愛する少女〉表象の変遷について検討する。ここでは〈少女を愛する少女〉という言葉を、ホモソーシャリティ／ホモセクシュアリティの区別なく、年少の女性同士の親密さを示すものとして用いる。それは、女性間においてはホモソーシャリティとホモセクシュアリティの連続性が強い傾向があることを強調するためではなく、むしろその差異と断絶について考察するためである。

近現代文学における〈少女を愛する少女〉表象は、男性間のホモソーシャリティ／ホモセクシュアリティに関する諸問題を中心的課題としてきたクィア理論と、異性愛女性に関する諸問題を中心的課題としてきたフェミニズム批評とが交錯する問題領域として存在している。それはある時期には異性愛制度の側から積極的に推奨され、またある時期には家父長制度に対する抵抗の方途としてフェミニズムの側から肯定的に意味づけられてきた。

小平麻衣子『女が女を演じる――文学・欲望・消費』(二〇〇八、新曜社)によれば明治末から大正期にかけて刊行された投稿雑誌『女子文壇』(一九〇五年創刊)において、女性間の同性愛的な感情は〈女性らしさ〉の涵養と矛盾しないものとして選者によって推奨されていたという。さらに小平は、『女子文壇』と百貨店のPR誌に掲載された女性作家たちの物語との連続性を明らかにし、そこに「女性が、欲望する女性をそれに〈なる〉ことを通じて手に入れる」(一二一頁)という資本主義社会のエロスの構造を見る。久米依子『「少女小説」の生成――ジェンダー・ポリティクスの世紀』(二〇一三、青弓社)は、こうして形成された相似型の少女の友愛物語は「少女の官能的魅力を際立たせながら、男性に好まれる女性の美と、カップル間の親密な交情を学ばせる、まさに異性愛のレッスンとなる物語だった」(一八七頁)と指摘する。

このことを踏まえれば、異性愛表象が少年少女に解禁され、そこに消費の新たな動機づけがなされた戦後の少女雑誌において友愛小説が後退したことも頷ける。後述するように、『小説ジュニア』においても一九六六年八月の創刊から七〇年代前半までは同性愛どころか少女同士の友情を主題とした物語もほとんどなく、異性愛が話題の中心を占めている。

〈少女を愛する少女〉の物語が再び少女向けの小説において主流となるのは、八〇年代以降である。これまで戦後の〈少女を愛する少女〉表象としては、氷室冴子が「さようならアルルカン」(『小説ジュニア』一九七七・九、第九回『小説ジュニア』青春小説新人賞佳作受賞)によってデビューして以降か、今野緒雪『マリア様がみてる』(コバルト文庫、一九九七〜)のヒットを契機とする「百合」ブーム以降が研究対象として取り上げられてきた。本稿の議論と直截的に関わるのは前者である。菅聡子「私たちの居場所――氷室冴子論」(菅聡子編『〈少女小説〉ワンダーランド

――明治から平成まで』二〇〇八、明治書院）は、とくに八〇年代の氷室が「若い女性の商品化や少女の客体化」（七五頁）が進行する時代状況において、「吉屋信子の物語世界を憧れとしながら、現代の少女たちの生活のなかでそれをパロディ化」（八〇頁）し、外界から隔絶された「女の子が女の子でいることそれ自体が祝福される世界が存在しうる場所」（七五頁）を創出したことをフェミニズム批評の視座から高く評価している。嵯峨景子「吉屋信子から氷室冴子へ――少女小説と「誇り」の系譜」（『ユリイカ』二〇一四・一二）もまた、吉屋から氷室へ至る少女小説の系譜は「読者である少女自身に、私が私であることの誇りを認識させてくれる機能」（五九頁）を持つと指摘する。

氷室作品の女性表現としての意義についての極めて妥当な評価だが、ここで一つの疑問が浮上する。「パロディ」というポストモダニズムの手法は「表象された主体についての既成の概念を強調しかつそれを転覆させる」（リンダ・ハッチオン著／辻麻子訳『パロディの理論』一九九三、原著一九八五、未来社、六一頁）という「共犯的・批判的立場」を特徴とする。とすれば、吉屋作品を「パロディ化」した氷室作品もまた、少女を取り巻く八〇年代の状況に対する批判となる一方で、何らかの「既成の概念」と「共犯的」関係にあったのではないか。

改めて確認すると、明治大正期の少女の友愛物語は異性愛の排除を特徴としており、それゆえ少女たちの関係性は、やがて強制的異性愛に寄与する代替的かつ一時的な欲望であった可能性はあるにせよ、ホモセクシュアリティの気配を濃厚に纏っていた。対して八〇年代の氷室作品は、異性愛を排除していない。むしろそこには、「「しーの」の恋を応援することは、彼女の友人たちにとっては友情の発露」（菅前掲書、八二頁）になるという新たな「友情」の形、すなわち男性の存在を介在させることで異性愛者としての主体を立ち上げつつ、同時に自分たちの絆を強化するという、少女間のホモソーシャリティの構造が見られる。

本稿で問い直したいのは、このホモソーシャリティへの再編において、少女同士の絆の何が変わったのかということだ。無論、女性間のホモソーシャリティは、男性間のそれとは文化的・歴史的な意味も役割も異なっている。だが少女同士の関係性においても、新たな時代の到来によって棄却された感情や欲望は確かに存在したと思われる。というのも、氷室にはじまる少女小説ブーム到来以前、大人の書き手のまなざしを介した「性」をめぐる記事が氾濫していたと目される七〇年代から八〇年代初頭の『小説ジュニア』には、それらの記事に紛れるようにして、同性愛的な感情・欲望を持つ少女たちの姿が、しばしばレズビアン・シンボルとしての男装表象を伴いながら読者投稿欄や小説に登場していたからだ。それらの少女たちは『Cobalt』の時代に入って影を潜める。そのことの意味を問いなおすため、まずは氷室登場の前史を紐解いていきたい。

## 1 読者投稿欄における「同性愛」をめぐる語り

今回調査対象としたのは、一九六八年春号(創刊号)から八二年六月号(終刊)までの『小説ジュニア』と、八二年夏号(創刊号)から八九年一二月号までの『Cobalt』、そしてそれらの雑誌上で言及のあったコバルト文庫である。ここから、友愛・性愛などの差異を問わず、少女同士の親密さを主題とする記事・小説を抽出した。

まず、六〇年代の『小説ジュニア』を確認しておこう。この時期の〈少女を愛する少女〉表象は、僅かに六六年八月号の三木澄子のエッセイ「おお　タカラジェンヌ」と同号掲載の「第一回短篇ジュニア小説」第二席の田底るり「悲しみと美しさと」、そして六九年一月号の諸星澄子「風の中の真知子」があるくらいである。「おお　タカラジェンヌ」は宝塚のプリマドンナに憧れ、高校時代に一人で大阪へ行った思い出を綴ったエッセイ、「悲しみと美しさと」は白血病で世を去った美しい姉の儚い恋について妹の視点から語った小説である。「風の中の真知子」は、病と貧困に苦しむ養母と裕福で我儘な実母の間で複雑な思いを抱く高校生の真知子が、強烈な個性を持った転入生の梢と共同生活を送ることになり、時に衝突しながらも「何年か後には梢と組んでどえらいことをしてやろう」(一四〇頁)と野心を抱くに至るという、少女同士の友情を主題とした長編小説だ。同作が掲載された翌月号の読者投稿欄「LETTER BOX」には、「私は、毎月『小説ジュニア』を愛読していますが、今月のこの小説には、今までにない新しさを感じ、とても感激しました。(中略)女性同士の友情は長続きしないなどといわれますが、この小説を読んで、そんなことはない、という確信が持てました」(芳賀真理子 15才、四四二頁)という感想が寄せられており、いかに少女同士の親密さを描く物語が稀少であったかがうかがえる。

少女同士の親密さが、とくに「同性愛」の語を伴いながらクローズアップされるのは七〇年代半ば以降である。それは小説ではなく読者の悩み相談コーナーからはじまった。最も早いものは、七四年八月号の「カウンセリングルーム」に掲載された「同性にキスされてしまった!」(愛知県 M・U子 高3)という相談だ。相談者は、「あなたが好きです。いままでのようでなく、もっと特別に仲よく親友になりたい」(三〇六頁)という手紙をくれた少女と「かくれて交際」(同前)していたが、突然キスをされ、現在は彼女に「憎しみ」(三〇七頁)を抱いているという。これに対し、回答者の富島健夫は「ただちに絶交したあなたの処置には賛成です」(同前)とした上で、その出来事にこだわるよりも「彼女のそのキスに嫌悪しか感じなかった自分の正常さを祝福したほうが賢明です」(同前)と回答している。これを皮切りとし、同じ趣旨の悩み相談が増加していく。七五年七月号には「私たちはレズビアンでしょうか?」(広島県 M・K子 中3)という相談が寄せられ、同コーナーが回答者を奈良林祥のみとする「愛と性のカウンセリング」に再編されて以降は、七七年三月号「女同士で〝B〟を求め合う私たち」(栃木県 I子 17才)、同年七月号「同室の先生をふたりとも(いずれも女性―引用者注)愛した私の将来は?」(東京都 K・S美 14才)、同年一一月号「同性から愛されて安らぎを覚え」(岡山県 I・H子 17才)、七八年二月号「彼女を私のものにしたくてたまらないの」(宮崎県 E・K子 16才)と続き、同年五月号には同コーナー内の「今月のスポット みんなで考えよう」と題された特集において「同性にせまられて悩んでいます」(東京都 A・R子 13

才）という相談とともに、「最近、投書の中でもホモとかレズが、やたらにふえてきているようです」（二五九頁）という編集部の声が掲載されている。奈良林は常に「人間はだれもが、異性愛的傾向と同性愛的傾向をあわせ持った両性愛的な生きものとして生まれて来ます」（一九七七・三、一五五頁）と一定の理解を示しつつ、「あなたの決断と意志の力がキーポイント」（同前）などと関係の中断を示唆する回答を行っている。

悩み相談というコーナーの性質上、そこに掲載された投稿は戸惑いを表明したものばかりだが、同じ頃、これも読者の投稿という体裁を取った不定期企画「私の愛の体験記」では戸惑いではなく自尊心を込めた表現が登場してくる。(注1) たとえば七七年三月号に掲載された山本冴子「すばらしい同性に魅せられて」は、「私はいま、聡子を愛しているとはっきりいうことができる。たとえ相手が同性であっても、彼女の一個人としての価値を認め、私なりに尊敬し、また、その尊敬とそして思慕の念から『愛』という言葉を使ったとしても、私は他人に対してやましい気持ちは全くない。むしろ堂々と胸を張っていられる自信がある」（一〇三頁）というレズビアン・プライドの表明となっている。七八年八月号には「同性愛やレズなど、そんなことに人一倍関心を持っていた私」（二五五頁）が念願の同性の恋人を得たものの「やっぱりあなたとは、友だちで、親友でいましょうね」（二五七頁）と宣言されてしまう橋本杏子（仮名）「胸の中に甘いものが漂って……」が掲載されている。さらに八〇年一〇月号では田中雅美編「同性愛の魔力に引きこまれて」という告白体験記特集が組まれるなど、記事の絶対数の増加に加え、「同性愛」という性的指向に対する自覚的な語りが目立つようになる。

## 2　小説におけるレズビアニズムと男装表象

順序としてはこれらの投稿欄の動きにやや遅れる形で、七〇年代後半に入り、小説においても「同性愛」を含意する〈少女を愛する少女〉の姿が見られるようになる。

同性に対する性的欲望を語った最も早い時期のものに、七六年二月号に掲載された安西篤子「抱きしめて」がある。「S」という関係を「ひどく後ろ暗い関係であるかのように想像してきた」(三八五頁)という主人公の光代は、一ヶ月前に別れたBFによく似た雅子に心惹かれ、「雅子のすべすべした頬、ピンクのつやつやしい唇、すんなりした白い腕、落ちついた歩き方、友だちと話していてときおりみせる微笑、そんなものがとりとめもなく、光代の瞼の裏にうかぶ。／――あのほっそりしたからだを、思いきり抱きしめてみたい」(三八八頁)という欲望を抱くようになる。小説末尾には「実はこの話は、私の告白なのです。私がちょうど皆さんと同じ年ごろに実際に経験したことを元に書いたものです」(三九六頁)という安西の告白が置かれ、また翌月号の「LETTER BOX」には「安西篤子先生の『抱きしめて』を読んで、突然手紙を書きたくなってしまったの。私も1才上の同性の先輩に恋したのです」(岐阜県　H・H　17才、四一一頁)という感想が掲載されるなど、現実と虚構のはざまで同性愛的欲望をめぐる共感の共同体が形成されている。

「抱きしめて」を皮切りとして、七〇年代末から八〇年代初頭までは毎号のように〈少女を愛する少女〉の物語が紙面を飾るようになる。順に挙げると、同性に対する憧れに似た思慕を描いた氷室冴子「さようならアルルカン」(一九七七・九)、瓜二つの男女(実は双子の兄妹)が入れ替わり、エースとして甲子園で活躍する男装少女を男と信じて熱いまなざしを向ける少女が登場する佐々木守「オトコがほしい!」(一九七八・一〜一二)、男装少女に恋をするレズビアンの少女が登場する、同じく佐々木守の「オトコがいっぱい!」(一九七九・一〜一二)、鍛えた体に男物の服を纏う麻美と少女たちの関係を描いた片岡義男「翔びなさい、と星が言う」(一九八〇・二)、聖子と一夜を共にしたと主張する少女と聖子の不思議な同居生活を描いた氷室冴子「私と彼女」(一九八〇・六)、ボーイフレンドにふられた少女が同性との性的関係に目覚める田中雅美「恋のモザイク」(一九八一・八)、最終的には「冗談」だと明かされるものの「男にひどいことされたとかじゃないと、レズには走らないと思うの?」「ただ単に、女の子がいいって、それだけの話じゃない?」(九一頁)とレズビアン・アイデンティティが肯定的に語られた樋口弓「もうダンスはとまらない」(一九八一・一〇)などがある。右に挙げた作品のなかで、少女同士の恋愛や性的関係が描かれていないのは「さようならアルルカン」と「オトコがほしい!」のみであり、他の作品においては恋愛や性的関係が仄めかされるか、あるいは明示されている。

注目すべきは、「女性が、欲望する女性をそれに〈なる〉ことを通じて手に入れる」(小平前掲書)という明治大正期の女性同性愛表象の構造が、七〇年代末から八〇年代初頭の小説群においては見当たらないということだ。新たに浮上しているのは、男性性を帯びた少女が、女性的な別の少女と身体の接触を伴う何らかの関係を持つというプロットである。

[図1]「オトコがいっぱい!」(1976・6)、挿絵=小島武

たとえば、七九年の一月から一二月にかけて連載された佐々木守「オトコがいっぱい!」には、甲子園に出場するために男子校に入学したバイク乗りの男装少女カオルに、「小さいときから、女だ女だといわれて育ったわたしは、もう異性に愛を感じなくなってしまったのよ」(一九七九・六、三二一頁)と語るレズビアンの少女・金森洋子が迫る場面がある。洋子は着替え中のカオルの下着を奪い、「ああ、すてき! わたしと同じ女性のあなたが、あんなに強く、たくましく、野性的に、すてきだわ」(同前、三二五頁)と「そのふっくらとした胸にくちびるをおしあてた」(同前、図1)。戯画的な表現だが、二人の少女の相似性ではなく異質性が、また男性の代わりとしてではなく女性

の身体を伴った男性性、「ブッチ」としての身体性が指向されていることが注目される。カオルが野球部の信夫と相思相愛になり、女性性を帯びると、洋子は「ふん、女っぽくなっちゃって、魅力も何もありゃしない」（一九七九・一二、二五六頁）とカオルへの興味を失う。

八〇年二月号に掲載された片岡義男「翔びなさい、と星が言う」では、より繊細な少女同士の関係が、身体性を通して展開されている。物語の中心となるのは、「ごっつい仕立ての、しっかりした皮ジャンパー」（二七〇頁）を着るために「男のようなからだ」（同前）を作るべくウエート・トレーニングに励む高校生の三谷麻美だ（図2）。麻美はクラスメートの真理子と性的関係を持っているが、別のクラスメートの川島由紀江に特別な感情を抱いている。ただし、麻美の感情が直截的に語られることはなく、少女たちの人物像や関係性はモノと身体性によって表現される。麻美を特徴づけるのは、アメリカ製の男物の衣服とホールディング・ナイフ、そして男性的な身体を得るための身体改造への熱意である。

男性とちがって女性のからだは、男性ボディー・ビルダーのような隆々たる筋肉にはならないのだとインストラクターから聞かされたときには、いささか、がっかりした。／だが、熱心なトレーニングの成果は、確実にあった。／肩幅が広くなり、腕の太さがまるでちがってしまった。アメリカ製の、きれいな仕立ての男物のシャツがぴったり合うようになり、胴から腰にかけては、逆にひきしまり、トレーニング前よりも寸法が落ちた。（二七〇頁）

真理子は麻美を「美しいカウボーイ」と呼び、「きたえてきたそのからだで抱かれたい」（二七七頁）と欲望を剥き出しにする。麻美の身体の男性性が欲望の対象となる一方で、真理子は「男性に対しては、甘えて身をまかす気持ちにまったくならない」（二七八頁）とも語られており、ここでも「ブッチ」としての身体性が指向されていることが分かる。

由紀江に対する麻美の感情が表現されるのも身体を通してである。麻美は真理子との性的関係においては「男役」（同前）に徹し、「おなじような愛撫を、逆に真理子が麻美にほどこすことを、麻美はぜったいに許さない」（同前）が、由紀江に対しては、「でも、由紀江なら、いい。してくれる?」（二八九頁）と愛撫を許している。これにより、麻美が由紀江に対して真理子以上に心を開いていることが表現される。由紀江は最終的に団地の一五階から飛び降りてしまうが、その理由は「翔びなさいって星がいうので、もうさようなら」（二九四頁）としか語られない。徹底的に登場人物の内面性を排した語りには、「同性愛」に対する戸惑いや苦悩もなければ、憧れや自尊心もない。その関係性は麻美が身に纏うアメリカ製の衣服同様、スタイリッシュに記号化されている。レズビアニズムが商品化されているとも言えるが、一方で、内面を語らないことで「同性愛」という名付けを無化するこの少女像は現実のジェンダー規範や異性愛主義から軽やかに逸脱する側面を持つ。

よく冷えたカンジュースに、ロールパン……。
麻実と由紀江の朝食は、レンガの上で……。
［図2］「翔びなさい、と星が言う」
挿絵＝釣巻芳子

それでは、このような逸脱は異性愛を中心とした他の「性」に関する記事同様、少女読者にとって当事者性を欠いたものだったのだろうか。前節で見た「同性愛」関連の悩み相談を想起すれば、それは年長の男性である回答者たちが誘導する方向（異性愛）よりもむしろ相談者の葛藤に寄り添ったものであったことが分かる。また、現実には同性愛的な感情・欲望を持たない読者でも、読書体験を通して

〈少女を愛する少女〉となる場合もある。その例として、もう一人の男装少女を取り上げたい。

八〇年代に入ると少女小説ブームが到来するが、その中で比較的長期にわたり人気を博した男装少女が登場する。『まんが家マリナ最初の事件　愛からはじまるサスペンス』(コバルト文庫、一九八五)にはじまる藤本ひとみ「まんが家マリナ」シリーズの響谷薫である。同シリーズは少女マンガ家の池田麻理奈がマンガのネタを探して東奔西走し、行く先々で事件に巻き込まれるミステリであり、一九九四年に現時点での最終巻が刊行されるまでの一〇年弱の間に本編二一冊、イラスト集二冊が刊行され、LP、CD、漫画、アニメ映画とメディアミックス化された。マリナを取り巻く美少年キャラクターが熱狂的な支持を得たが、それらの美少年たちを差し置いてシリーズ第一作に登場したのは、「秀でた額にはらっとかかった前髪、その影をうけていっそう魅力を増している二つの深く静かな眼差し、通った鼻筋に甘いカーブを描いた口元」(『愛からはじまるサスペンス』五〇頁)を持つ「完璧な美少年」(同前)と語られる少女・薫であった。薫は同性愛者という設定ではないが、彼女の周囲には常にその可能性が仄めかされている。薫に誘惑されたマリナが「このままでは、禁断のサッフォー、愛の園に迷いこんでしまうっ！」(五二頁)と慌てふためく場面はシリーズ中幾度も繰り返され、『まんが家マリナお嬢さま事件　愛はきらめく星になっても』(一九八六)では、マリナの友人鈴屋美都が薫への思慕を「たぶん、こういう、自分でもどうしようもないほどの情熱のことを、恋っていうのでしょうね」(二五九頁)と語り、その美都を憎むレディ・エメラルドこと緑川緋紗子は「美都を苦しめる、ただそれだけのために、みんなの前で、美都

[図3]『愛はきらめく星になっても』
挿絵＝谷口亜夢

の愛する子爵（薫のこと—引用者注）にあんな強烈なキスをさせた」（二二七頁、図3）。薫を取り巻く少女たちの性的指向への言及はないが、その言動や身体的接触は友愛を逸脱したものとなっている。

薫に対して欲望のまなざしを向けていたのは登場人物の少女たちだけではない。同シリーズのアニメ映画『愛と剣のキャメロット』冒頭近くには薫のシャワーシーンがあったが、映画冒頭が流れた際の劇場の様子は、「始めに和也が出て来たらキャー、続いてシャルルでキャー、ひとり出て来るたびにキャーで、特に薫のシャワーシーンなんて、すごかった。とにかく全体にキャーキャーで、セリフも聞きとれないほどでした」（注2）と報告されている。

興味深いのは、薫の男装について奇妙に複雑な事情が設定されていることである。薫の兄・巽は心臓病を患う薫の手術費用を捻出するため殺人を犯し、死刑囚として東京拘置所にいる。薫の男装はこの兄への恋愛感情に起因しており、「疲れはてて、息も絶え絶えでその時ふっと思ったんだ。もう女やめちまおうって。これからは、自分は男だと思って、精神を鍛えなおして、兄貴への想いを葬っちまおうって」（『愛からはじまるサスペンス』八六頁）と語られている。すなわち男装は近親姦タブーの所産であり、兄への同一化によって生み出されたものである。ジュディス・バトラーは『ジェンダー・トラブル——フェミニズムとアイデンティティの攪乱』（竹村和子訳、一九九九、原著一九九〇、青土社）において、ジェンダー・アイデンティティ確立のプロセスはメランコリーの構造であるとし、「反隠喩的な活動である体内化は、喪失を身体のうえに、あるいは身体のなかに、字義どおりに表現し、それによって身体の事実性として——つまり身体が字義どおりの真実として「セックス」をもつときの手段として——立ち現れてくる」（一三一頁）と述べたが、男装姿で「君、キスの仕方、知ってる?」（『愛はきらめく星になっても』一四九頁）と少女を誘惑する薫の言動は、快楽を得られるはずだった対象＝兄を、その快楽そのものの体内化という形で保持したものと解釈できる。したがって薫の造形もまた「翔びなさい、と星が言う」

の麻美などと同じく女性の男性化を特徴とするレズビアニズムの系譜にあると言えるが、一旦は異性愛者として主体化しつつそれを禁じ、男性化のプロセスまでも物語化した点に薫の特色がある。この設定の複雑性は同時代的文脈に基づく必然であったと思われるが、これについては次節で述べる。

以上のように、その総数は多くないものの、七〇年代末から八〇年代にかけては男装を同性愛的な感情・欲望と不可分なものとする〈少女を愛する少女〉像が複数描かれた。アメリカのレスビアンの歴史を調査したリリアン・フェダマン『レスビアンの歴史』（富岡明美・原美奈子訳、一九九六、原著一九九一、筑摩書房）によれば、女性の男性化を特徴とするレスビアニズムのイメージは一九世紀後半の性科学において生み出されたが、一九五〇年代には労働者階級の間で生まれた「ブッチ」と「フェム」の服装や役割分担において再生産され、「レスビアンとしてのアイデンティティをかたちづくるきわめて重要な要素となった」（一九七頁）という。後述するように、日本でも一九七〇年代半ばまでは「ブッチ」「フェム」というスタイルは主要なレズビアン文化の一部であった。少女小説に表象された男装少女とその対になる少女の姿はこうしたレズビアン文化を反映したものであり、悩み相談コーナーに寄せられた強制的異性愛との葛藤（回答者は強制的異性愛の体現者でもある）と相まって、それは確かに一つのリアリティを形成していたと言えよう。

### 3　ホモセクシュアリティからホモソーシャリティへ

だが実のところ、八〇年代半ばには既に、薫のような男装少女は少数派となっていた。八二年の『Cobalt』創刊以降、同性愛的な感情・欲望の表現そのものが誌面に見られなくなる。八〇年代の『Cobalt』を特徴づけるのは、小説においても、作家と読者の関係性においても、少女同士の友愛である。

『Cobalt』は創刊当初から読者の感性に寄り添う方針を掲げていたが、その戦略を鮮明に打ち出したのが八四年秋号に『Cobalt』誌上で発足した「少女小説家ファンクラブ」である。(注3)翌年秋号で「少女小説ファンクラブ」と改名されたものの、このファンクラブは若き少女小説家たちと読者である少女たちとの交流を主眼としたものであり、少女小説ではなく文字通り「少女小説家」のファンクラブであった。『Cobalt』誌上には「少女小説家クラブ通信」(後、「少女小説ファンクラブ通信」に改称)や「元祖 乙女ちっく通信」といったコーナーが設けられ、少女小説家たちの写真や近況、イベントのレポート、似顔絵入りのTシャツやステッカーといったグッズのプレゼント情報が掲載された。さらには「久美先生・田中先生・正本先生と行く 青春スクール in ハワイ特派員募集！」(一九八七・夏)、「杉本先生・唯川先生・藤本先生のオーストラリア取材旅行に特派！」(一九八八・夏)など読者から参加者を募る海外イベントが開催されるなど、少女小説家がアイドル的な人気を博す時代が到来する。ここでは読者自身が〈少女を愛する少女〉となり、『Cobalt』を磁場とするシスターフッドの世界に参入することになるのである。(注4)

このシスターフッドの世界は当初、物語世界に牽引されていた。八〇年四月に出版された氷室冴子『クララ白書』(コバルト文庫)をはじめとし、久美沙織『丘の上のミッキー』(コバルト文庫、一九八四～一九八八)、藤本ひとみ「つっぱりララバイ」シリーズ(『Cobalt』一九八五・夏～一九九〇・八)など、少女同士の友情を主題としたシリーズが人気を博すようになる。シリーズものだけでなく、唯川恵「熱きオンナの友情に…愛しのゴーギャン殿」(一九八七・春)、田中雅美「はーとpoint」(一九八七・夏)、久美沙織「頭痛少女の友情」(一九八七・夏)、田中雅美「さくらのパラソル」(一九八八・春)、西田俊也「明日のすこし手前で」(一九八九・冬)など、八〇年代後半の『Cobalt』には友情を主題とするか、最終的に恋よりも友情が大切だと気づくというプロットの作品群が並んでいる。(注5)

画期となった氷室冴子「クララ白書」シリーズは、『クララ白書』、『クララ白書 ぱーとII』(一九八〇)、『アグネス白書』(一九八一)、『アグネス白書 ぱーとII』(一九八二)、「クララ白書番外編 お姉さまたちの日々」(『Cobalt』一九八五・冬)と、『小説ジュニア』終刊と『Cobalt』創刊をまたぐ時期に刊行された。吉屋信子に心酔する桂木しのぶ(しーの)を主人公に据え、ユーモラスで清々しい少女同士の絆を描いたこの作品は、〈少女を愛する少女〉表象の質的転換を強く印象付ける。シリーズ第一巻で、しーのは同じ新入舎生の菊花とマッキーとともに「ドーナツを三年生舎生+クララ舎生の事務シスター+ハウスマザー+舎監シスター分、つまり四十五人分つくりあげ、大皿に盛って大食堂の真ん中の舎監長のテーブルに恭しく置いとく」(一〇頁)という「旧制高校的」(同前)なクララ舎入舎の儀式に挑む。これを見事クリアした三人は、次のような明るい友情を育む。

菊花がなぐさめるようにぴちゃぴちゃと肩を叩いた。/「集団生活をしていれば、敵の一人や二人はできてくるもんよ。気にしなさんな。あの子はどうもあんたを嫌ってるようだけど、あんたには私達がいるわよ」/「すごい! まるで友情の坩堝ね」/「なんたって裸のつきあいよ」/私達三人はお風呂場にいる他の舎生の迷惑も顧みず、反響すがすがしいお風呂場で大笑いした。(一一七頁)

久美沙織は「さようならアルルカン」について「『アルルカン』の少女同士の関係性は、けっしてレズではない。肉体関係なんか皆無です。しかし、非常に抑制のきいた、理知的で濃厚なエロスです」(『コバルト風雲録』二〇〇四、本の雑誌社、五六頁)と指摘したが、『クララ白書』においてはもはや「レズではない」という注釈も必要ないほどに、その関係性からは「エロス」の要素が後退している。その際、重要な役割を果たしているのが男同士の絆を含意するレトリックだ。「旧制高校」が高等学校令(一八九四、一九一八)に基づく男子のための戦前の高等教育機関であることは言うまでもないが、「裸のつきあい」という表現もまた一般に男同士の絆に対して用いられるものである。これらのレトリックに彩られたしーのたちの友情は、吉屋の物語世界のパロディであると同時に、男性間のホモソーシャリティのパロディともなっている。すなわち友情を男の特権とする「既成の概念」に対して批判的立場を取るとともに、男同士のホモソーシャリティが内包するホモフォビアを暗黙裡に含み込むことで、少女が——外からだけでなく内からも——欲望のまなざしに晒される恐れのない聖域を確立しているのである。(注6)

欲望の客体としての身体性からの自由が、少女読者に解放感をもたらし、自尊心を鼓舞したことは想像に難くない。だが同時に、この少女たちの絆が、他の少女を欲望する主体としての少女の存在を排したところに成立していることに注意したい。このことは、「少女小説家」への熱狂が誌面を賑わせる一方で、『Cobalt』の読者投稿欄に「同性愛」や「レズビアン」の語が見えないこととも通底している。前節で「まんが家マリナ」シリーズの薫の複雑な設定には同時代的な必然性があったのではないかと述べたのも、この意味においてである。七〇年代において女性の男性化はそれ自体、レズビアニズムのシンボルであった。このシンボルを、ホモソーシャルな共同体としての八〇年代『Cobalt』／コバルト文庫に登場させるにあたり、同性愛的欲望以外の何らかの理由づけ——男装は性的指向の発露ではなく、禁忌を侵さないために自らの欲望を縛る鎖である——が必要だったのではないだろうか。

## 4 フェミニズム・ムーブメントと性規範の再編

なぜ女同士の親密さのイメージから、レズビアニズムや、そのシンボルとしての男装が姿を消したのか。原因を特定することは困難だが、その現象が少女小説だけのものではなく、現実におけるレズビアニズムの定義の転換とも連動していたことに注意したい。

イヴ・コゾフスキー・セジウィック『クローゼットの認識論――セクシュアリティの20世紀』(外岡尚美訳、一九九九、原著一九九〇、青土社)によれば、二〇世紀のホモ/ヘテロセクシュアルの定義には二つの矛盾が内在し、ホモフォビアを複雑に組織化しているという。第一に、性的指向を「相対的に固定された、少数の明確なマイノリティに作用する問題だと定義する見方」(一〇頁)と「様々なセクシュアリティの連続体全体の中で、様々な位置を占める人々の生活を長期にわたって決定して行く問題だと定義する見方」(同前)との矛盾、そして第二に、同性の対象選択を「ジェンダー間の境界状態や移行性の問題とする見方」(同前)と「ジェンダー分離主義の衝動(必ずしも政治的分離主義ではないにしても)を反映する見方」(同前)との矛盾である。本稿の文脈において重要なのは第二の矛盾だ。「ジェンダー間の境界状態や移行性の問題」と捉えた場合、レズビアニズムは女性の男性化として解釈される。逆に、「ジェンダー分離主義」の視座に立てば、レズビアニズムとは「女性が女性と同一化すること」(一二〇頁)と解釈されることになる。

本稿で見てきた男装少女はいずれも何らかの意味において前者を前提としていたが、一九七〇年代に登場した分離主義フェミニストが後者の見方を強力に普及させたことにより、それまで支配的であったジェンダー移行モデルは覆されることになる。「レズビアン連続体」の概念に代表されるこのパラダイム転換以降、「レズビアンたちはストレートの女性も含む女性一般との同一化と同盟とを求めて来た」(一二五頁)。レズビアニズムを「倒錯」とする見方を覆し、レズビアンとヘテロセクシュアル女性の共闘の道を開いた功績は大きいが、一方で、この新たなパラダイムが『ウーマン・ラブ・ウーマン』(米、二〇〇〇年公開)第二話(マリサ・クーリッジ監督)で描かれたような軋轢――レズビアニズムのシンボルであった「ブッチ」のスタイルが、時代遅れの、〈政治的に正しくない〉ものとしてレズビアン・フェミニストのグループから排除される――を引き起こしたことは知られている。
日本でも同様の軋轢が七〇年代後半から八〇年代にかけて起きた。日本で初めてレズビアンが自主的に組織したコミュニティとしては「若草の会」（一九七一年創立）が知られているが、広沢有美「『若草の会』――その十五年の歴史と現在」（『別冊宝島64　女を愛する女たちの物語』一九八七）によれば、七〇年代後半、「リブの洗礼を受けた」（一一五頁）会員による会長への批判が起きた。その批判には、「会長が会員のカードに恋人紹介の手掛かりとして記入していた「〇は女性的、△はボーイッシュ、□は相手の人によって、リードしたり、リードされる」といった記号は、男と女の性役割を固定するロール・プレイング（役割分担）だ」（同前）、「『女が好きだ』というだけで集まっても、何の解決にもならない。何か目的を持った集団に変わっていかなくてはだめだ」（同前）といった内容が含まれていたという。レズビアン・フェミニストのグループ「まいにち大工」の「『まいにち大工』の紹介と方針」（「ザ・ダイク」一九七八・一）の第五条にも、「わたしたちは、男女間に多く存在する支配―依存の関係に反対し、同時に、これを模倣する「男役」「女役」という役割の思想に反対します[注7]」という文言が掲げられていた。

すなわち男装とは、フェミニズム・ムーブメントにおいて〈正しさ《コレクトネス》〉の代償として棄却された〈倒錯性〉の象徴であった。八四年にゲイル・ルービンが「性を考える――セクシュアリティの政治に関するラディカルな理論のための覚書」（河口和也訳、『現代思想　臨時増刊号』一九九七・五）において描いた性的ヒエラルキーの図において、「カップルかつ乱交をしない」（二〇九頁）同性愛は「せめぎあっている主要な領域」（同前）へと移動したが、異性装やトランスセクシュアルは未だ「邪悪なセックス」（同前）に区分されていたように、このフェミニズム・ムーブメントは、政治的闘争と連動した精神医学における性規範の再編とも連動していた。本稿で見てきた〈少女を愛する少女〉像の転換も、大局的に見れば、この性規範の再編と無関係とは言えないだろう。勿論、少女小説をレズビアン・コミュニティと同一視することはできないが、八〇年代『Cobalt』に描かれた少女の自律性やシスターフッドの表現には明らかに同じフェミニズム・ムーブメントの影響が見られる。何よりも、そうした精神性や関係性を表現する手段として、女性の男性化という記号がもはや必要とされなかった点にこそ、性別役割分業の脱自然化を推し進めたフェミニズムの功績が認められよう。

だが、このムーブメントの意義を認めることは、棄却された〈倒錯性〉に光を当て、正当に再評価することと矛盾しないはずだ。少年から差し伸べられる手を求めず、また少女の群の中で異質な存在となることを厭わず、心身を鍛え上げ、夢を果たしたり、性的主体として振る舞ったりする男装少女たちのしなやかな越境性には、八〇年代の少女像の清々しさとは異質な、だがそれに劣らぬ魅力があった。また、男装少女たちに想いを寄せる小説内の、あるいは読者である少女たちの声や、躊躇いながらも同性愛的感情や欲望を言語化した読者投稿は、強制的異性愛を相対化する可能性を秘めていた。男装表象を一つの磁場とするそれらの〈少女を愛する少女〉たちの物語の意義は、少女同士の絆を脱神秘化し、ホモソーシャリティ／ホモセクシュアリティの差異を言語化することで初めて浮かび上がってくる。両者の歴史的断絶を見つめ直す作業は、真の連帯の契機ともなるだろう。

(1) ただし、同企画については久美沙織が『コバルト風雲録』(二〇〇四、本の雑誌社)で「ちっちゃなシゴトというのは、ホラ、例の「愛の告白体験記」とかそういうのデッチあげとか、そーゆーこと」(一二二頁)と言及しており、どこまでが実際の投稿であったか定かではない。ここではその真偽は問わず、表現の変遷の一端として見ておく。

(2) 藤本ひとみ『黄金のダガー』「あとがき」(一九九〇、コバルト文庫、二六二─二六三頁)にて紹介された読者からの手紙。

(3) 「少女小説家ファンクラブ」発足の経緯と展開については、嵯峨景子『コバルト文庫で辿る少女小説変遷史』(二〇一六、彩流社)の「第二章　一九八〇年代と少女小説ブーム」に詳しい。

(4) 金田淳子「教育の客体から参加の主体へ――一九八〇年代の少女向け小説ジャンルにおける少女読者」(『女性学』二〇〇一)は、『小説ジュニア』は「作者と読者の関係を、教師と生徒のような非対称で権力的な上下関係として提示」(三三頁)していたが、『Cobalt』への改題以後、「作者側から差し出された、あたかも友達のような親密な関係性に対して、読者も「参加」していくという読み方」(四一頁)が見られることを指摘している。

(5) 『Cobalt』誌上で初めて少女の同性愛的関係を描いたのは、第一四回コバルト・ノベル大賞佳作入選作品の三浦真奈美「行かないで―― If You Go Away」(一九八九・一二)である。この小説では二人の少女は「姉と妹のようだ」(一三九頁)と評され、同一性が強調されている。

(6) 「クララ白書」シリーズにも「人気ナンバーワンの麗人」(『クララ白書』一七二頁)が登場するが、言い寄る男子学生を振る口実として「冗談半分」(『アグネス白書』二五九頁)で女の恋人がいるふりをするなど、「同性愛」が真面目に扱われることはない。

(7) 引用は、溝口明代・佐伯洋子・三木草子編『資料　日本ウーマン・リブ史Ⅲ』(一九九五、ウイメンズブックストア松香堂、二三九頁)による。

# III 表現史と批評

# 亀井秀雄『感性の変革』と柄谷行人『日本近代文学の起源』

小谷瑛輔

## 1 同時期に連載された二つの批評

亀井秀雄『感性の変革』(注1)と柄谷行人『日本近代文学の起源』(注2)は、ともに一九八〇年前後に『群像』を中心に連載され、その後単行本にまとめられた批評で、ともに文芸批評や文学研究に大きな影響を与えた。その後の文芸批評・文学研究を劇的に変えて行く構造主義・ニューアカデミズム導入期の、日本近代文学分野における最も重要な二つの著作であると言ってよいだろう。日本の近代文学の黎明期をどのように考えればよいのかという、大きく重なる関心のもとに書かれた二つの批評だが、これらはどのような関係にあるのだろうか。亀井は批評でも活躍しながら、日本文学研究者でもあり、日本の文学研究の蓄積を踏まえていた。一方で柄谷は外国文学、西洋の現代思想など様々な分野に関心を広げ、それゆえに広い読者への訴求力を持っていたわけだが、両者の関係は、構造主義が持ち込まれて以降の批評と研究の接点を問い直す上で、きわめて興味深いものである。

この二つはいずれも英語に翻訳されたが、(注3)特に『日本近代文学の起源』は、最もインパクトを持った日本人による批評として第一に挙げる外国の日本文学研究者も多く、現在でもその存在感は圧倒的である。一方、長らく絶版が続いてきた『感性の変革』は近年増補版が(注4)刊行され、亀井の他の仕事とともに改めて注目を浴びている。それぞれに読者を獲得し続けていると言えるが、新たな文脈での受容が広がるとともに、これらが書かれた時代の問題は見えにくくなっていると言えよう。

この二つの批評の各章の初出連載と単行本刊行を発行日の時系列順にまとめると、次のようになる。

一九七八年四月　亀井秀雄「消し去られた無人称——感性の変革(一)」『群像』(→『感性の変革』第一章)
一九七八年七月　柄谷行人「風景の発見——序説」『季刊芸術』(→『日本近代文学の起源』第Ⅰ章)
一九七八年八月　亀井秀雄「自己意識の可変性——感性の変革(二)」『群像』(→『感性の変革』第二章)
一九七八年一〇月　柄谷行人「内面の発見」『季刊芸術』(→『日本近代文学の起源』第Ⅱ章)
一九七八年一一月　亀井秀雄「捉まえられた「私」——感性の変革(三)」『群像』(→『感性の変革』第三章)
一九七九年一月　柄谷行人「告白という制度」『季刊芸術』(→『日本近代文学の起源』第Ⅲ章)
一九七九年二月　亀井秀雄「空想に富みたる畸人——感性の変革(四)」『群像』(→『感性の変革』第四章)
一九七九年五月　亀井秀雄「他者のことば——感性の変革(完)」『群像』(→『感性の変革』第五章)
一九七九年七月　柄谷行人「病という意味」『季刊芸術』(→『日本近代文学の起源』第Ⅳ章)
一九八〇年一月　柄谷行人「児童の発見」『群像』(→『日本近代文学の起源』第Ⅴ章)
一九八〇年五月　柄谷行人「構成力について」『群像』(→『日本近代文学の起源』第Ⅵ章前半)

一九八〇年六月　柄谷行人「続構成力について」『群像』（→『日本近代文学の起源』第Ⅵ章後半）
一九八〇年八月　柄谷行人『日本近代文学の起源』講談社
一九八一年三月　亀井秀雄「口惜しさの構造――感性の変革再論（一）」『群像』（→『感性の変革』第六章）
一九八一年四月　亀井秀雄「非行としての情死――感性の変革再論（二）」『群像』（→『感性の変革』第七章）
一九八一年六月　亀井秀雄「負い目としての倫理――感性の変革再論（三）」『群像』（→『感性の変革』第八章）
一九八一年八月　亀井秀雄「自壊する有意的世界――感性の変革再論（四）」『群像』（→『感性の変革』第九章）
一九八一年一一月　亀井秀雄「気質の魔――感性の変革再論（五）」『群像』（→『感性の変革』第十章）
一九八二年一月　亀井秀雄「視ることの差別と危機――感性の変革再論（六）」『群像』（→『感性の変革』第一一章）
一九八二年四月　亀井秀雄「自然が管理されるまで――感性の変革再論（完）」『群像』（→『感性の変革』第一二章）
一九八三年六月　亀井秀雄『感性の変革』講談社

ひと足先に亀井の連載が『群像』で始まり、すぐに柄谷の連載が『季刊芸術』で始まっている。前半はこれらがほとんど交互のように続くが、亀井の連載が一九七九年五月に一度中断すると、柄谷の連載はその間に掲載誌を『季刊芸術』から『群像』に移しつつ進み、単行本にまとめられる。亀井が二年ほどの休止期間の後に「感性の変革再論」というサブタイトルで再び連載を開始し、こちらも単行本にまとめられる、という経緯である。

この二つの批評は、同じ誌面で記事が並ぶということや、直接批判・反批判を交わし合うような関係でこそなかったものの、長いスパンで見れば絡み合うかのように並行して連載されていたことが分かる。後で詳しく見るように、一方が他方に直接言及することもあった。

しかし、これらがどのような関係にあったのかについて述べている文章は少ない。その一つに、亀井秀雄の二〇〇七年のブログ記事がある。[注5]亀井は、当時Wikipediaの項目「亀井秀雄」に掲載されていた「昭和文学、特に伊藤整を中心に、文芸雑誌『群像』にもしばしば寄稿、連載し、一九七八年、柄谷行人の『日本近代文学の起源』が『季刊藝術』に連載されていた時点で、『群像』の連載「感性の変革」で厳しく批判したが、柄谷はこれを黙殺し、その後柄谷著はバイブルのごとく扱われ、亀井著は品切れのままである」という一節について「事実の押さえ方が荒っぽく、不正確」と批判した上で、次のように述べている。

この書き方は、いかにも文壇ゴシップふう、あるいは学会ゴシップふうで、ちょっと場違いな感じがしないでもない。確かに『ウィキペディア(Wikipedia)』はフリー百科事典ではあるが、わざわざその中に、事情通の裏話みたいな風評を持ち込む。その人間が、どんなタイプか、おおよそ見当がつく。気の毒なのは柄谷行人で、ひたすら「黙殺」を続けるしかなかった屈辱の古傷に触れられてしまった。

亀井のこの言及は「その人間が、どんなタイプか、おおよそ見当がつく」と批判的な調子であり、記事の内容についても「事情通の裏話みたいな風評」としてシニカルに触れている。しかし、「気の毒なのは柄谷行人で、ひたすら「黙殺」を続けるしかなかった屈辱の古傷に触れられてしまった」という箇所は、柄谷が「黙殺」していたのだという解釈については肯定するようなニュアンスでもある。また、その「黙殺」を「屈辱の古傷」として、意識的なものであったと位置付けている。

亀井秀雄が引用したネット記事は、多くの読者を獲得した柄谷行人が勝者で、批判したものの「黙殺」されてしまった亀井が世評においても敗北したような印象も与えるが、亀井の説明は、柄谷こそが亀井の批判によって敗北し、沈黙を強いられたのだという解釈を示している。

なお、Wikipediaの「亀井秀雄」の項目の変更履歴を見ると、亀井自身のこの指摘を受けてか、二〇一〇年九月一二日に修正されていることが分かる。それは「昭和文学、特に伊藤整を中心に、文芸誌『群像』にもしばしば寄稿、連載し、一九七八年に柄谷行人の『日本近代文学の起源』が『季刊藝術』に連載されていた時点で、『群像』の連載「感性の変革」で厳しく批判したが、柄谷は応答しなかった」というもので、変更理由には「風評的記述を削除」と記されている。それぞれの著書の売れ行きについての記述が削除され、「黙殺」は「応答しなかった」という表現に置き換えられた。同日、批判の内容について「「起源」の同定作業が不徹底であるなど厳しく」と補足されている。また、二〇一三年八月十一日には項目全体が大幅に増補されたが、この際、柄谷との関わりは完全に削除されている。なお、「柄谷行人」の項目には二〇一〇年九月十二日、亀井の項目が編集された直後に「亀井秀雄は一九七八年に『日本近代文学の起源』が『季刊藝術』に連載されていた時点で、『群像』の連載「感性の変革」において、「起源」の同定作業が不徹底であるなど厳しく批判したが、柄谷は応答しなかった」というほぼ同内容の記述が同じIPアドレスから追加されているが、こちらは二〇一六年三月十五日現在も掲載されているままである。

さて、しかし柄谷は本当に亀井の批判に「応答しなかった」、あるいは「黙殺し」たのだろうか。柄谷は、よく知られているように、『日本近代文学の起源』についての補足的な文章を何度も書き、また大幅に改訂もしている。ここに「応答」は見られないだろうか。

柄谷は、二〇〇四年九月から刊行が始まった岩波書店『定本柄谷行人集』の出版によって、本書について「いつか全面的な改稿を実現したいと思っていた」(注6)という望みを果たすことになる。このシリーズの第一巻が『日本近代文学の起源』に当てられ、いわゆる「定本版」として大きく書き直されることになるのである。この定本版はさらに、二〇〇八年十月に岩波現代文庫からも出ることになるが、定本版での改稿以前の本文を収めた文庫版が既に一九八八年六月から講談社文芸文庫で出ており、そちらも版を重ねていたため、講談社からは二〇〇九年三月に「当初付いていた解説・解題を割愛(注7)」して『日本近代文学の起源 原本』と題して刊行し直している。

各国語への翻訳版の際に加えられた序文なども、一種の増補として定本版に収められたため、柄谷自身、この経緯を「『日本近代文学の起源』は、いわば「生成するテクスト」としてふくらんでいった」と述べている。ここでは触れられていないが、「「日本近代文学の起源」再考(注8)」および「「日本近代文学の起源」再考Ⅱ(注9)」もタイトルの通り『日本近代文学の起源』と深く関わる文章であり、そこでの議論の一部は定本版でも挿入されるなどしている。柄谷はまた、二〇〇九年に出した「原本」版には「独自の歴史的価値がある」と述べ、「ここから、「定本」にいたるまでの変容に、ここ三十年間の世界の変容が刻まれている」と、その異同を読み解くことを読者に求めている。また、浅田彰は柄谷と同席したシンポジウム(注10)で「読者に向けては、この『定本』で柄谷行人がわかったと思ってほしくない、むろん『定本』を読むべきだけれど、それは今までのテクストを無効にするものではなく、むしろ、『定本』に収められなかったテクストを読み返す、また『定本』に収められたテクストをも『定本』版との差異において読み返すきっかけとなるものだ、ということを強調しておきたいと思います」と同様のことを述べている。しかし、こうした求めに応じた差異そのものの読解の試みはいまだ十分にはなされていないのではないだろうか。

たとえば、定本版の直後に出た小谷野敦『評論家入門(注11)』は『日本近代文学の起源』を大きく取り上げており、亀井秀雄からの批判も踏まえた、最も詳しい読解となっている。詳細については後でも参照するが、定本版については「増補改訂版が出たところだが、ここでは広く読まれた講談社文芸文庫版を用いる」として、内容には触れていない。小谷野が定本版に詳しく触れられなかったのは刊行時期を考えれば当然だったと思われる。

これより後となると、二〇〇六年に仲島陽一(注12)が柄谷の分析を検討しているが、「以下、この著作の引用は、講談社学芸《ママ》文庫版(一九八八)により、頁を本文中に示す。本書は英訳版から一章が加えられたが、その他の点では最初の刊行(一九八〇)以来『定本柄谷行人集1』岩波書店、二〇〇四に至るまで変更はない」としている。もちろんこれは誤りで、まず講談社学芸文庫ではなく講談社文芸文庫であるし、柄谷自身何度も述べているように、「定本版」では大幅に改稿されている。また、小谷野も指摘しているように初出、初版、講談社文芸文庫版の間でも微妙に異同がある。また近年の小林敏明『柄谷行人論』(注13)でも「あえて定本版を取らず、普及度の高いと思われる講談社文芸文庫版をもとに論議を進めていく」とされている。唯一、初版と定本版との異同の問題を検討しようと試みているのは大杉重男で、これについては本稿で参照するべき指摘も多く含まれているため、後で検討する。

このように、定本版とそれ以前の版を比較して詳細に検討する試みは、意外なほど少ないのが現状である。柄谷は「英語版あとがき(注14)」で、本書をその時点で大幅改稿しなかった理由について、「外国人に「開かれた」書物」であると述べると同時に「本書は日本の、しかもある時期の文脈に通じているものにしか意味をもたない部分をもつ」とも言っている。これは、自らの著作が歴史性を帯びたものとして読み解かれるべきだと柄谷が考えていることを示していようが、日本近代文学の枠組みの歴史性を明らかにしようとした柄谷としてはこうした態度は必然的なものであるといえる。そしてまた、「文脈」との関わりから読まれるべきであることは定本版も同じである。

「文脈」の全てを明らかにすることはもちろん本稿の狙いを超えるが、柄谷の連載の直前に柄谷と同様に近代文学の初発の地点を問い直そうとして同じ題材を検討していた亀井の議論はその一つにあると見てよいだろう。また、直接柄谷を批判した亀井の視座とはどのようなものだったのか。柄谷のその後の補足や改稿は、亀井からの批判とどのように関わっていたのか。本稿では、現代日本の批評史を問い直す足がかりとして、それぞれの初出本文やその後の改訂を詳しく見ることによってこの点を明らかにしてみたい。

## 2　亀井秀雄の『日本近代文学の起源』批判

まず、細かい点だが、亀井が『日本近代文学の起源』に最初に言及している箇所を調べてみると、ネット記事が「不正確」だと亀井が述べた点についてはすぐに見当が付く。亀井が柄谷『日本近代文学の起源』に言及するのは単行本『感性の変革』では第六章が最初で、この章に該当する文章が『群像』に発表されたのは中断後の一九八一年三月なので、一九七八年に批判したというのはまず明らかな誤りである。先ほどまとめた時系列を見ると、そのときには柄谷の連載は『季刊芸術』から『群像』に移っており、しかも既に単行本化もされている。この章には「私は前章からこの章までの二年ほどの間に、おくればせながらバフチンのドストエフスキイ論や構造主義の理論書、それに関連して野口武彦の『小説の日本語』、柄谷行人の『日本近代文学の起源』、蓮實重彦の何冊かを手に取ってみた」とあるように、亀井が柄谷の文章を読んだのは単行本のようである。後で触れるように、亀井は、『日本近代文学の起源』について単行本と初出で異同がある箇所について単行本に基づいて引用している箇所があり、亀井が単行本で読んだというのは事実であろう。したがって、批判の対象としても「柄谷行人の『日本近代文学の起源』が『季刊藝術』に連載されていた時点で」というのは誤りということになる。

正確に言えば、亀井が柄谷に最初に言及したのは実はこの章の初出の一九八一年三月ではなく、さらに遅い時期である。というのも、右の引用箇所は初出では「私はつい最近、おくればせながらバフチンのドストエフスキイ論や構造主義の理論書を手に取ってみた」となっており、柄谷には言及されていない。すなわち、この柄谷への言及は単行本にまとめる際に書き加えられたものである。後の章で柄谷を批判したことにあわせて、第六章以降の亀井の主張が柄谷への間接的な批判となり得ていると考え、そのように位置付け直したのだろう。

「感性の変革」の初出では、柄谷が最初に言及されたのは「視ることの差別と危機」の章である。亀井は、島崎藤村『破戒』や子規の写生文において重要なことは「視向性」、すなわち「視線—身体—感性のあり方」の問題であるという立場から、それが研究史において見落とされてきたゆえに写生が「単なる風景の観照のように見られてしまった」と指摘し、「柄谷行人や蓮実重彦などもそういう単純化を先験化してしまった上で、風景の「制度」たる所以を論じている。とくに柄谷行人の場合、単純化に基づく混乱がはなはだしいが、それはかれの参照した「文学史」がよほど杜撰なものだったためらしい」と批判している。これに続いて亀井は「文学史」の捉え方について「一つ二つその例を『日本近代文学の起源』から挙げてみるならば」として、複数の誤りを指摘していく。

これらを、亀井の読んだ単行本版『日本近代文学の起源』のページ数を添えて以下に整理しておこう。なお、亀井の書き方は、必ずしも批判されるべきポイントを直接は書かずに問題のある箇所をことさらに挙げ、傍点を付して引用するなどして言外に批判の意図を示す、揶揄的な方法を採っているところも多いので、できるだけそのあたりも補っておく。

①「国木田独歩はいうまでもなく「写生文」の影響を受けている。だが、「文学史」でいう〝影響〟なる概念をとり去ってみるならば」(三三頁)とあるが、国木田独歩が写生文の影響を受けているというのは誤りであるし、それが「文学史」の常識となっているというのも誤りである。

②「ツカマツル」「ゴザル」などを柄谷は「語尾」と呼んでいる（四九頁）が、これは「語尾」ではなく「動詞（あるいは補助動詞）」と呼ぶべきである。
③二葉亭四迷の『浮雲』は「なかば人情本や馬琴の文体で書かれている」（五三頁）とあるが、誤りである。
④柄谷は「日本の近代文学は、いろんな言い方はあっても、要するに「近代的自我」の深化として語られるのがつねである」（六七頁）と把握しているが、文学史家がそのようにしか読んでこなかったというのは誤りである。
⑤内村鑑三著、山本泰次郎・内村美代子訳『余はいかにしてキリスト信徒となりしか』のことを、「山本泰次郎・内村鑑三訳『余は如何にして基督信徒となりし乎』」（九九頁）と誤って表記している。訳者は内村鑑三ではなく内村美代子が正しく、邦題は鈴木俊郎訳の岩波文庫版のものと取り違えている。
⑥『余はいかにしてキリスト信徒となりしか』を柄谷は鑑三の体験の比較的正確な再現と読んでいる（一〇二～一〇三頁）が、これは聖書の表現に当時の体験を屈折変容させた、キリスト教国向けの仮構が行われたものである。このことは山本泰次郎・内村美代子訳や原文に基づけば明らかなはずだが、タイトルや訳者名を誤っていたこともあわせて、柄谷はその訳文全体を直接読んでいない疑いがある。これ以外にも、いくつかの言及している作品について、柄谷は本文を読みさえせずに論じているのではないか。
⑦内村の文章は「自然はそれまでさまざまな禁忌や意味におおわれていたのに、唯一神の造化としてみられたとき、ただの自然となる」（一〇三頁）という解釈を許すようなことを書いていない。内村は自然科学的な教育を受けることによって「ただの自然」との対面はあったかもしれないが、それはキリスト教入信とはかかわりなく、むしろそのような自然観とキリスト教の齟齬に苦しんだ。
⑧正岡子規の紀貫之批判の立場は、柳田国男の「詩歌美文」批判と同じ、「風景の発見」に基づく美文批判であるとされている（五四～五五頁）が、柳田がそこで批判した「詩歌美文」の中には、子規の紀行文も含んでいたの

であり、子規と柳田が美文をめぐって同じ立場にいたとは考えるのは誤りである。
⑨柄谷行人の風景論は、その前に書かれていた蓮實の「風景を超えて」(注15)と大きく重なる問題意識のものだが、蓮實の方が、文学史的な正確さを求められる議論に手を出していない点、「視向性」の論点を踏まえている点において優れている。
⑩「視向性」には、視ているはずの側が他者や外界に脅かされる「怖い事情」が伴っており、子規の作品はその「怖い事情」を通り抜け、克服したものである。「透明な記号」(三三頁)のように見える子規の表現は、孤独な内面の発見に伴うものではなく、逆に他者や見られるものとの濃厚な関わりが重要なものである。
⑪柄谷は子規の写生文から近代表現の新たな問題が開かれ、それが独歩など小説家に引き継がれたように書いている(三三頁)が、写生文と小説の順序は逆に考えるべきである。子規における新たな表現の問題は実験的小説において先に試みられたもので、小説を一旦捨てて写生文に移ることによって問題の克服が図られた。
⑫風景の表現については、ジャンルの違いが重要であるにもかかわらず、柄谷はそれを読み取れていない。回想や想起の方法のなかで再構成された自然の表現ばかり選んでくれば、柄谷の言うように風景の記述とともに内面が現れてきたように見えてしまうのは当然であるが、様々なジャンルでの表現を踏まえること、ジャンルの違いを意識することが必要である。

亀井は以上のように、多くの点にわたって厳しい批判を投げかけている。しかし、根本的な問題意識については寄り添っていることにも注意しておきたい。日本近代文学における事物の捉え方や文学史における近代文学への捉え方がいかに自明に思われていようとも、それは歴史的に成立した一つの見方に過ぎない、ということを明らかにしようとする態度は、柄谷も亀井も共有しているもので、むしろ亀井は柄谷が連載を始めるよりも早くそのことを「消し去られた無人称」で語っていた。実際、亀井は「視ることの差別と危機」の次の章、すなわち連載の最終章において、連載全体を結ぶにあたって「前回私は、柄谷行人の『日本近代文学の成立《ママ》』を批判したが、そのモチーフについては、文学が管理されているあり方としての文学史への反発として私には共感できた。だが、その仕組みの対象化なしにそれをつき崩すことはできないのである。そう思ってみると、かれが作品から引用する仕方は仕組みへの理解を欠き、あまりにも恣意的でありすぎた」と述べている。

さて、柄谷はこうした立場からの批判を「黙殺」したのだろうか。実は、『定本日本近代文学の起源』で大幅に改稿されている箇所は、これらの亀井の批判に関わる箇所が多いのである。以下に具体的に確認してみよう。

## 3 『定本 日本近代文学の起源』の改稿について

まず、①の「国木田独歩はいうまでもなく「写生文」の影響を受けている」という記述が出てくるところは、定本版ではその前の江藤淳の子規論の引用も含めて第一章から第二章に移動している。第一章の移動元では文章量が大幅に減った関係か、そこの節は次の節と合わせて一つの節に組み直されてさえいる。この際、独歩への写生文の影響を述べる文章は削除されている。写生文の話題は、移動先の第二章では「二葉亭四迷、国木田独歩、自然主義者といった流れ」とは別の「もう一つの源泉」として、つまり必ずしも影響関係のない別の流れとして導入される。すなわち、この点については亀井の批判を全面的に認めたと考えてよいだろう。

②の「語尾」という語については、直接は改められていない。しかし、「「日本近代文学の起源」再考」において、この問題について「語尾」という表現に加えて「文末詞」という表現を併用するようになり、この論旨を挿入した定本版でも「文末詞」が併用されるようになっている。

③の「人情本や馬琴の文体」は「人情本や滑稽本の文体」と改められている。なお、この周辺は全体的に書き方が改められている。ここも亀井の批判を受け入れたようである。

④の「日本の近代文学は、いろんな言い方はあっても、要するに「近代的自我」の深化として語られるのがつねである」は、初出では「内面の発見」の第五節に置かれているが、この節は定本版ではその前の第四節とあわせてまるごとカットされている。文学史への批判的な表現は、定本版では代わりに第一章の第三節に「近代文学の起源に関して、一方では、内面性や自我という観点から、他方では、対象の写実という観点から論じられている」という表現が補われているが、多面的なものと書かれるようになり、「つねである」という強い表現も控えられている。また、近い表現として初出「風景の発見」六節にあった「近代文学を扱う文学史家は、「近代的自己」なるものがただ頭のなかで成立するかのような考え方をしている」というところもあるが、ここも「ただ」を取り、「まるで」を挿入して「近代文学を扱う文学史家は、まるで「近代的自己」なるものが頭のなかで成立するかのように考えている」と少し柔らかく書き換えられている。

⑤については、前掲した小谷野の著作の中でも触れられている。小谷野の指摘は「柄谷は当初、これを、「山本泰次郎、内村鑑三訳『余は如何にして基督信徒となりし乎』」と書いていた。この題名は、一九三五年に鈴木俊郎訳で岩波書店から出て、今も岩波文庫で残っているものだ。ところが柄谷が引用しているのはこの訳ではない。亀井はそれを指摘して、これは「山本泰次郎・内村美代子訳『余はいかにしてキリスト信徒となりしか』」である、と訂正した(八七年一月)。ところがその後刊行された講談社文芸文庫版(八八年)で柄谷はこれを、「山本泰次郎・内村祐之訳『余はいかにして基督信徒となりしか』」と訂正している。だが、もちろん亀井が指摘するごとく、柄谷の引用は、一九五四年に、内村の弟子山本と、娘美代子の共訳で角川書店の「昭和文学全集」に入り、すぐ角川文庫に収録されたものなのである」というものである。おおむねこの通りだが、実は柄谷が最

初から誤っていたというのは正確ではなく、初出ではこれは「山本・内村訳『余はいかにしてキリスト信徒となりしか』」と書かれていた。これは、書誌情報としては訳者の姓しか示されていない点で不十分なものではあるが、誤ってはいなかった。単行本収録時と講談社文芸文庫版収録時に、これを補おうとしてそれぞれ別の誤りを導いてしまったようである。これが柄谷のミスなのか、校正を担当した講談社の編集者のミスなのかは不明である。なお、これは定本版では角川文庫版の正確な書誌情報に修正されている。

⑥⑦は、亀井がここで最も力を入れて自説を述べている問題の一つだが、柄谷の定本版ではこの批判に対応した改稿は見られない。柄谷は第三章については第一章、第二章ほどの大幅な改稿は加えていない。亀井が力を入れて述べているということは、必ずしも自明のことではなく、亀井の立場自体も多くの説明を要するものだということでもある。また亀井は「鑑三の自伝が、主としてアメリカ人のクリスチャンに向けられ、英語で書かれたという、まさにこの表現上の二条件(制度)のなかでしか、柄谷行人が言う「風景の発見」はなかったのである」という書き方をしているが、これは限定的には柄谷の主張が成立するというニュアンスも含んでおり、この問題に関して改稿をしないという対応は、亀井の批判を踏まえても十分許容されるものと判断したのかもしれない。

⑧で柳田の美文批判の立場と子規の立場を重ねるところは、柳田の引用の直後に子規の話に戻すところが削除されている。これによって子規の蕪村評価の話題が出せなくなっているが、これに合わせるように、前章「風景の発見」における子規の蕪村評価の議論も削除されている。蕪村の話題は、「「形象」からの解放」が「韻律からの解放」と重なるという、「内面の発見」の初出第二節、第四節の論旨の最も大きな実例として用いられていたが、第二節、第四節の大部分が削除されており、この大幅な改稿全体がこれと関わっていると思われる。

さて、以上の①から⑧までの点は、具体的な誤りの指摘であり、柄谷は多くの点で亀井の批判を受け入れ、修正していることが分かる。亀井の名を挙げることこそしていないものの、内容的に見れば、「黙殺」というよりはむしろ丁寧な対応であると言ってよいだろう。

亀井のここまでの批判は、いわばジャブのようなもので、この次の⑨から⑫までが、亀井の根本的な発想と柄谷の議論のぶつかる大きな点となる。ここについては柄谷の対応も違うものとなってくる。

⑨のように柄谷の議論を蓮實の議論と比較する見解は、柄谷の議論の固有性に疑義を突き付けるものである。蓮實の風景論の直後に、蓮實の論を明示的に引くことなく発表された文章が、「風景の「制度」たる所以を論じ」るという同様の方向性を持った批評であり、それ以上の見るべきところがないと評価するのは、半ば剽窃の疑惑を突き付けることに近い。これに応えるには、柄谷に固有のテーマを示す必要があるが、柄谷は様々な機会での増補や定本版での改稿においてこれに応えている。これについては後述する。

⑨から⑫までの議論はすべて「視向性」をめぐるもので、両者の論の最も大きな違いの部分である。「視向性」というのは、ここでは必ずしも十分に説明されていない亀井独自の術語であるが、『現代の表現思想』(注16)以降、亀井にとって重要なものとなっていた概念である。様々な議論を含む豊かな概念であり、ここで十分に説明することは難しいが、柄谷の枠組みと最も大きく違うところに絞って言えば次の点になるだろう。言葉による表現は、常にある位置からの視線が前提となるものであり、視線とは何よりも生き生きとした身体と身体の関わりとしてある。そうである以上、視線を向けることは一方的な関係ではなく、逆に見ているはずの側が規定される事態や、見返される事態と常に近接している。その視線を言葉で表現するにあたっては、その視線を他者と共有できるかどうかという問題が重要である。

「主観(主体)—客観(客体)という近代的な認識論」が明治二十年代の文学において成立した制度的なものであり、その成立こそが日本近代文学の大きな問題である、という柄谷の見立てに対し、亀井の発想は全く違っている。亀井においては、それは視向の問題として捉えられるべきで、主体と客体の関係は必ずしも一方的なものではなく、常に反転の可能性に開かれたもの、あるいは他者との共有の可能性が問われるものとして想定される。

また、柄谷は「認識の布置が根本的に変わってしまった」後にはもはやその起源は隠蔽されてしまうので「このねじれを見ることができない」とする。それ以前の「認識の布置」は「想像することさえ困難」であり、「だれもそこから出たかのように語ることはできない」ため、それを相対化するには、その「起源」に立ち会った人間を召喚するしかない。その代表として召喚されるのがたとえば漱石なのだが、認識の布置が一旦成立した後の文学者には、それを相対化する試みは認められないことになる。この見立てでは、文学者は特定の時期の作家達を除いて基本的に、「起源」の隠蔽に無自覚に荷担する共犯者のように見られることになる。

これに対して亀井秀雄では、文学は認識の付置を成立させるとともに、それを対象化し相対化する、両義的なものとして扱われている。最初の章となる「消し去られた無人称」では「対象の感性的な表現による、感性の対象化、として成立する文学こそ最もよくその仕事を担いうる」と語られている。亀井の「感性」とは、柄谷が「認識の布置」と呼ぶものに対応したものではあるが、それに対して文学は荷担しつつ、逆にそれを対象化し相対化する力も持っているというのである。それが可能となるのは、「視向性」という語に含意されているように、描写の原理となる視線というものが、常に他者によって見られ、相対化され、脅かされ、揺さぶられる身体に基づくものだからである。『感性の変革』は全章を通してその様態を考察していく批評だが、それを書いてきた亀井にとって、最も対決するべき種類の議論が『日本近代文学の起源』であったということになるだろう。しかもそれが『感性の変革』の連載開始直後に、多く重複する題材を扱って発表されたのである。そうであるからには黙ってはいられない、というのが亀井の立場であったと思われる。

別の言い方で柄谷と亀井の立場の違いを明確にしておこう。柄谷は、言語によって把握される対象の存在よりも、それを指示する言語のあり方が先立つ、という言語論的転回の立場を取る。この立場としては、一旦成立した後では言語のあり方やそれによって認識されている世界の外部を考えることは難しい。一方で亀井は、言語を身体性と関わる「視向性」の問題として思考しており、言葉が常に様々な方向に開かれた身体に基盤を持つ以上、言語の制度を完全に閉じたシステムとして考える必要をそもそも認めていない。亀井においても、言語や感性は、制度となって人の認識を制約するものとして問題化されるが、それは文学の言語によって十分に対象化、相対化され得るものだったのである。

柄谷の応答は、ここまで見てきたように①から⑧については、亀井からの批判を受け入れ修正しているところも多い。しかし、⑨から⑫については亀井固有の問題意識と関わる批判であって、これらをそのまま受け入れてしまうと、柄谷の論のオリジナリティがなくなってしまう。これらの点についてはそのままには批判を受け入れず、亀井に対抗し得る新たな理論武装を施したり、あるいは大筋として受け入れる場合も固有の議論へと少しずらしたりしている。

そのような応答の仕方は⑧の批判にも見られる。柄谷は、子規の蕪村評価の例によって「「形象」からの解放」を「韻律からの解放」とアナロジーで結ぶという論理を展開していたが、それを放棄したことによって削除された分量は非常に大きい。柄谷はその代わりに、いくつかの論理展開を導入しているのである。

一つは、当初「構成力について」で主に語られていた遠近法の問題を第一章、第二章で増補するということである。遠近法はそれ自体としては絵画における図法に過ぎないが、柄谷は「ある一点から過去を回顧するような遠近法を可能にする話法」というように、話法における時間的秩序の把握のアナロジーに用いることで、「主観（主体）―客観（客体）という近代的な認識論」の説明を補強している。第二章は初出では「遠近法」による説明は全くなかったが、定本版ではほとんど第二章の骨格とも言えるほど重要な位置を「遠近法」に与えていることになっている。

もう一つは、ユーモアとイロニーの問題との接続である。柄谷によればユーモアとは「自我（子供）の苦痛に対して、超自我（親）がそんなことは何でもないよと激励するものである。それは、自分自身をメタレベルから見おろすことである」とされ、イロニーは「現実の苦痛、あるいは苦痛の中にある自己を――時には（三島由紀夫のように）死を賭しても――蔑視することによって、そうすることができる高次の自己を誇らしげに示す」もので、両者は「似て非なるもの」だという。これは柄谷が「絶望感解放するユーモア」[注17]として発表し、『ヒューモアとしての唯物論』[注18]の表題作として改題・改稿した文章の一部を、多少の修正を加えて定本版『日本近代文学の起源』に挿入したものだが、亀井の要求した「視向性」の問題に対して、亀井にはなかった柄谷固有の観点から応答したものと見ることができる。自らを外から見る視点を想像するというのは、亀井が「視向性」として何度も説明した構図にほかならないが、それが自己の蔑視や「有限的な人間の条件を超越すること」へ繋がる場合と、そうした「メタレベルがありえないことを告げる」ことの二つの方向へと分岐しているという分析は、亀井とはまた別の示唆を持っている。亀井から見れば、従来の柄谷の論の限界は、超越論的な自己の分析へと突き進むあまり身体性の次元の問題が見落とされているところにあったが、柄谷の言う「有限的な人間の条件」とは亀井の枠組みでいう身体性のことにほかならない。これをユーモア、イロニー論として展開することによって、柄谷は亀井の論点を生かしつつ、しかも亀井の議論とは異なる固有の視座を提示しようとしたのである。

また、⑪⑫のジャンルの認識の不足への批判にも、新たな論点を示すことによって応答している。まず柄谷は、「「日本近代文学の起源」再考Ⅱ」の第二章を「ジャンルの消滅」と題し、ロラン・バルト、ノースロップ・フライ、バフチンのジャンル論を参照して、漱石、逍遥、鷗外を縦横に論じてみせる。そしてこれをもとに、大幅に改稿して定本版に第七章「ジャンルの消滅」として加えている。これも亀井になかった論点を積極的に提示することで亀井の不満に応えている点と言えるだろう。

## 4　亀井論からの離脱と回帰

実はそもそも、『日本近代文学の起源』は、亀井秀雄の議論を完全に無視して発表されたわけではない。柄谷はこれを書くにあたって、明示的に引用するものもしないものも含めて、非常に多くの先行論を踏まえている形跡があるが、その中には亀井秀雄のものも入っていた。というよりも、以下に見るように、柄谷の議論は亀井の論に大きく依拠して成立していたのである。

たとえば「内面の発見」初出では、「言文一致」という語に特殊な用例が見られる。柄谷は「言文一致の運動をこうした「語尾」の問題に還元してしまうことはできない。その角度からのみ言文一致の運動をみることは、その根源をみないことである」と述べ、『浮雲』は「語尾が「だ」であっても、「言文一致」というべきものではなかった」、逆に「言文一致の本質からいえば、『舞姫』の方が『浮雲』よりはるかに前進している」として、「言文一致」の語を一般に理解されているのとは全く違う抽象的な意味で用いている。しかし実は、この用例は亀井秀雄が「感性の変革」連載に先立つ「言文一致体の誕生」(注19)で述べていたものと一致している。

亀井はそこで「言文一致体の主張にはやばやと飛びつくことをしなかった文学者の仕事のなかに、言文一致体成立の手がかりを見ることも十分に可能なことではないか。それがこの小論における私の目論見である」として、従来の文語体か口語体かというのとは別に「言文一致体の本質」を見ることを主張している。過去形の助動詞が「たり」「ぬ」などとなっている坪内逍遙の『細君』を「実質的には近代文学的な言文一致体と見て少しもさしつかえない」と規定し、また『浮雲』よりも『舞姫』の方が近代文体であり『舞姫』こそが「言文一致体の最初の礎石」であるという逆説を、自らの新説として述べているのである。柄谷の「内面の発見」における「言文一致の本質」という発想は、柄谷による斬新な議論であるように見えるが、実は亀井が新見として唱えていたものだったのである。

なお、亀井が「言文一致」が見出せるかどうかの基準にしているのは「主人公の心的な状況にとって必然的な表現で統一される」かどうかということである。柄谷が「風景の発見」「内面の発見」「告白という制度」で主張した中心的なテーマも、まさにこのことに他ならない。たとえば柄谷が宇佐見圭司の「遠近法における位置とは、固定的な視点を持つ一人の人間から、統一的に把握される。ある瞬間にその視点に対応する総てのものは、座標の網の目にのってその相互関係が客観的に決定される」という文章を引いて、そのアナロジーから文章における近代的な「認識の付置」を説明するとき、内容的には亀井が主張したこととほとんど変わりはなくなる。

さらに言えば、「風景の発見」初出における「言文一致は、言を文に一致させることでもなければ、文を言に一致させることでもなく、新たな言＝文の創出なのである」というテーゼも、新鮮に見えるものだが、亀井の同論文の「言文一致」の「言」についての「この言は、もはや日常談話における話し言葉そのままではなかった。話し言葉のなかに従来の文よりも優れた所を見出し、見出したものをさらに伸長させようとして言の理想が語られるようになったとき、すでにその言は、日常の話し言葉に対しても否定的な、いわば文と話との共通の基礎であるところの本質性としてとらえられていたのだった」という説明をなぞっている。

二葉亭四迷が形式的には言文一致体を取りつつ「人情本や馬琴の文体のもつ引力に抗しきれなかった」という柄谷の評価も、「穿ちや見立てなどの駄じゃれめいた口調を容易に克服することができなかった」という亀井論文の主張を言い換えたものである。柄谷のこの章の最もインパクトのある主張は、ほとんど先行する亀井の論文と共通しているのである。柄谷がそこに付け加えたのは、「内面」は「風景」や「告白」などの「制度」によって見出されるという言語論的転回の議論や、またそれが成立した後には忘れられるという「起源」や「転倒」の性質の強調であったが、その基盤となる明治文学史についての理解は亀井の論文をなぞろうとするものになっていたと言ってよい。

そしてその「言文一致体の誕生」は、亀井秀雄自身が「感性の変革」連載のベースとした論文でもあった。そこではまだ、近代的文体について、相対化して克服するべき「制度」と見る視点はなく、半ば進歩史観的に、近代的文体として完成度が高いかどうかという基準で語られていた。それが相対化されるべきだという問題意識は亀井が中島梓「表現の変容」[注20]に刺激を受けたものとして「感性の変革」冒頭で掲げたものであるが、柄谷の連載は亀井自身がそれを掲げた直後に、同じ目標を共有して書き始められているのである。大きく違っていたのは、亀井の方はかつて『現代の表現思想』で検討した視向性の概念の導入によって、当時の文学の中にその相対化の試みを見出そうとしたのに対して、柄谷はむしろ「言文一致体の誕生」の構図に止まり、その問題の大きさや克服の困難さを語り直そうとしたというところである。しかし、次のステージへと進んでいることを自負していた亀井秀雄本人から批判を浴びて、柄谷は修正を迫られることになった。柄谷は、亀井に批判される中で、自身がそもそも亀井論をベースにしていたというこのいささか体裁の悪い出発点を、どのように処理したのだろうか。

興味深いことに、右に確認した、亀井論に直接依拠していたような記述は、実は亀井の批判の後、大幅に書き換えられている。

まず、『舞姫』を『浮雲』と比べて近代化していると見る上で「言文一致の本質」という語が用いられていたところは全て修正されている。つまり、特殊な意味で「言文一致」かどうかという、論の要となっていた基準が放棄されているのだが、その代わりに導入される基準は「写実的」かどうか、「幾何学的遠近法」の有無などであった。『舞姫』と言文一致の関係については、夏目漱石の言葉を引いて「語尾を「のだ」や「のである」に変えたら立派な言文一致になる可能性があるということを意味する」とごく常識的な主張に変えられている。「言文一致の運動をこうした「語尾」の問題に還元してしまうことはできない。その角度からのみ言文一致の運動をみることは、その根源をみないことである」という主張も取り下げられ、全く逆に「言文一致は新たな文語の創出であるが、それは事実上語尾の問題に帰着する」とされる。いずれも、亀井の「言文一致体の誕生」の時点での主張を捨てたことを意味する。

しかし、この修正は、論旨全体に歪みをもたらすことになった。すなわち、『舞姫』の方が『浮雲』よりも近代的な文体であると言えるためには、文末詞とは別の評価基準が必要となり、そのために「言文一致の本質」という考え方が導入されていたのだが、定本版では要するに文末詞が重要だと修正してしまったのである。そこで柄谷は幾重にも屈折した論理を展開することになった。近代文体の本質的な問題は言文一致であり、言文一致は文末詞の問題である。しかし、鷗外は言文一致を避けることによって「パースペクティヴ（遠近法）」を確立し、近代的な文体を達成した。だからといって言文一致では遠近法が不可能というわけではなく、むしろ言文一致の方が遠近法を容易にする。

鷗外が雅文体を選択した必然性があるかのように説明され、しかし実はそんな必然性はないと後で否定される流れとなっており、ここは論述上の瑕疵となっている。言文一致よりも「遠近法」が導入されているかどうかの方が重要なのだと力点をずらすことによって一旦処理されているのだが、言文一致はこの後でも「遠近法」に劣らず重要な、かつ「遠近法」とパラレルな近代化の指標として何度も再登場するため、この歪みは定本版全体に響くものとなってしまっている。

ただしここでは定本版の論理展開を矛盾するものとして批判することが目的ではない。注目したいのは、こうした矛盾を導入してまでも「言文一致」の用法を変更しようとした、柄谷の批評家としての意地である。つまり、亀井論から出発し、それをなぞっている部分を切り捨て、亀井論から自立しようとする志向がここには見られるのである。

もう一つ見ておきたい応答は、バフチンへの言及をめぐるものである。亀井はバフチンを導入することから「感性の変革再論」を開始していた。柄谷は当初はバフチンを引いていなかったが、「「日本近代文学の起源」再考Ⅱ」でバフチンについて検討し、それを元に第七章を増補した定本版では、第一章、第二章にもバフチンが援用されている。

ここで興味深いのは、柄谷のバフチンの用い方が、「「日本近代文学の起源」再考Ⅱ」と定本版で正反対になっているということである。「「日本近代文学の起源」再考Ⅱ」ではバフチンが参照されつつも「漱石におけるジャンル問題」は「バフチン的に語りえない」とされ、「漱石という「写生文」の本質はユーモアだといってもよい。だが、ユーモアとしての「世界感覚」は、カーニバル的世界感覚とは異質である」とされる。すなわち、バフチンの議論は、漱石の問題とは似て非なるものとして参照されているのである。ところが、定本版を見ると、この区別は全くなくなっている。第一章では漱石が好んだものは「一言でいえば、それらはバフチンがいうルネサンス文学あるいは「カーニバル的な世界感覚」を保持するような文学なのである」とされ、第二章でも漱石が重視したものがやはり「カーニバル的世界感覚」によって直接説明される。第七章でも、二葉亭四迷や漱石、子規の近代文学への相対化の視座がバフチンの「カーニバル的世界感覚」と一致することが力説されているのである。

なぜこのような正反対の主張への改稿がなされたのだろうか。ここでは議論の内容を詳細に比較して検討する余裕はないが、これと関わると思われることとして、「ポリフォニー」の議論への言及の有無を指摘しておきたい。

日本で受容されたバフチン理論については、矢口貢大による次章の整理に詳しいので参照されたいが、モノローグ／ポリフォニー論とカーニバル論に大別され、亀井はモノローグ／ポリフォニー論としてのみ参照していた。その際、亀井は、批判的な視点を示しつつも重要な議論としてこれを援用している。それに対して「『日本近代文学の起源』再考II」では、モノローグ／ポリフォニー論とカーニバル論の両方を相互に関わるものとして言及していたが、定本版では、モノローグ／ポリフォニー論への言及が完全に消去され、カーニバル論としてのみ参照されるようになるのである。一見すると、漱石とバフチンの関係については立場を正反対に変更したように見えるが、バフチンの議論を漱石の問題と区別することと、カーニバル論をモノローグ／ポリフォニー論とは切り離して捉えることとは、亀井のバフチン参照と自らの問題意識を差別化するという点においては一致しているのである。

内容的にも、モノローグ／ポリフォニーが亀井の視向性の議論と深く関わるものであるのに対して、カーニバル論やグロテスクリアリズム論は、近代的な制度とそれを相対化するもの、という柄谷の問題意識に親和的である。亀井が参照したバフチンに、亀井の議論の側だけでなく柄谷の問題意識に専ら寄与する視座があることを示すことによって、対抗する姿勢を示したものと見られるのである。

以上のように、柄谷は定本版において亀井からの離脱を志向した。しかし、他方で結果的に「言文一致体の誕生」に回帰している箇所も多々見受けられる。たとえば、子規の蕪村評価の話題を切り捨てた代わりに議論を補強するものとして第一章、第二章に導入されたのは、当初は後の章の「構成力について」で主に用いていた遠近法のアナロジーであったが、これは先にも見たように平たく言えば、「主人公の心的な状況にとって必然的な表現で統一される」かどうかという亀井が「言文一致体の誕生」で述べた基準にほかならず、論点が明確になる代わりに、亀井の議論への依拠も明確になる結果となっているのだ。

　これを具体的に説明する箇所でも同じことが起こっている。定本版第二章「内面の発見」では島崎藤村の『破戒』の一節が引用され、「これが「三人称客観」である。語り手が主人公の内部に入り込んでいる、というより、語り手は主人公を通して世界を視ている」と説明されている。藤村の文体は、亀井が柄谷論を最も激しく批判した「視ることの差別と危機」で中心的に検討されたものであり、そこでは主人公の他者への志向が分析されていたので、柄谷の説明している語り手と主人公の視線の関係はそれとは異なる点への着目であるように見える。しかし、語りが主人公からの見え方に統一されるかどうか、というこの論点は、もちろん亀井にとっては「言文一致体の誕生」で検討したものであったし、これに続く柄谷の「その結果、読者はこれが語られているのだということ、つまり語り手がいるのだということを忘れてしまう。たとえば、「懐中に一文の小使いもなくて、笑ふといふ気には誰がならう」というのは、語り手の考えである。しかし、それが主人公の気持と別だということが目立たない。そのために、ここでは、語り手は、明らかに存在しながらしかも存在しないようにみえる。語り手の中性化とは、語り手と主人公のこうした暗黙の共犯関係を意味する」という分析は、ほとんどそのまま「感性の変革」第一章の「消し去られた無人称」における「無人称の語り手」の議論と重なる。亀井はそこを出発点として「視向性」の様々なバリエーションを検討していくのだが、柄谷は亀井が出発点としたところに戻っているのである。

　そもそもこの分析は、『浮雲』の第二篇以降の文体の変化を検討する際に比較項として挙げられているものである。この『浮雲』の議論も、直接には亀井ではなく野口武彦(注21)に依拠しているように書かれているが、まさに亀井が「無人称の語り手」を唱えるにあたって直接の題材とした問題と重なっている。

その直後には『舞姫』について「「三人称客観描写」ではないが、そこに至るために通過せねばならない道であった」という評価が述べられているが、これも亀井が、「空想に富みたる畸人」で、現在典型的には三人称小説として想定される「語り手の感性を必然的な契機として事態を展開させる書き方」の成立について『舞姫』の前にはかつてなかった」、あるいは「転換は、そういう「自己」を作中に登場させて一人称の語り手とする、という形で起った」と述べていることと同じで、亀井の辿った分析の過程をほぼなぞる形になっているのである。

こうした点が、柄谷にとって意図的なものであったのか、亀井から離れようとしながらも無意識に亀井の議論を想起し依拠してしまったのか、あるいは亀井の議論を想起したわけではないにせよ論理的な必然として亀井と類似した議論を辿ることになったのか、ということは確定しがたい。しかし、ここからはっきり分かるのは、亀井の議論を一つの大きな軸として展開したのは初出版だけではなかった、ということである。定本版もまた、結果的には亀井の議論からの斥力と引力によって展開している部分が大きかった。そして亀井の議論に必ずしも収まらない柄谷独自の思考も、その亀井論との微妙な関係においてこそ示されていくのである。

大杉重男[注22]は定本版への改稿について、本稿とは別の角度から論じている。初版では漱石が批判対象であったのが、定本版では「肯定すべき文学」として位置付けられた点に注目するのである。その契機は、日本文学を読んだことのない外国の読者を意識したことであり、小森陽一や石原千秋とともに漱石について検討し直す過程で定本版の立場へ転換したのだという。十分に説得的な議論であり、それもまた重要な側面であることは否定できないが、この観点から説明されているのは、本稿で見てきた改稿箇所に即して言えば、亀井の①の批判への対応として説明した子規の「写生文」についての記述の変化の一部と、定本版の「ジャンルの消滅」の章の付加、「語尾」論的視角の特権性の否定から肯定への転換、ユーモアとイロニーの説明の追加についてであり、これは改稿箇所全体から見れば一部である。大杉はこれらの改稿箇所のみから、本稿が示したのとは別の「ねじれ」を読み取っていき、その「ねじれ」をポール・ド・マンの「盲目と明察の構造」になぞらえて論じている。その議論は鮮やかであるが、本稿の関心から言えば、一部の改稿箇所からでも十分に「ねじれ」が読み取られるほど、定本版の議論が大きな屈折を受け入れているという示唆に注目したい。改稿箇所全体について見るならば、むしろ漱石の扱いの変化のみでは説明が付かない箇所の多さが気になるわけで、それらの多くは亀井秀雄との関係から理解し得るのである。

もちろん、大杉の示す理論的、形而上的に高度な「ねじれ」の意味に対して、本稿で示した改稿の動機は、批判された誤りを手直しするという作業であり、またひそかに依拠していたにもかかわらず批判を投げかけてきた亀井に対して改めて意地を見せるという通俗的、形而下的な側面に過ぎない。柄谷が身体や感情を持つ一人の人間であり、批判の対象とされることもあれば、それによって揺るがされることもあるということは、亀井の言う身体性の問題になぞらえられる。柄谷の議論は、柄谷がそこから出ることのできない「球体」という比喩で言語の制度について考えたような閉じた体系ではなく、亀井が「視向性」という語によって考えたように、具体的な他者や批判に対して開かれた、いわば身体的なものであったことを示していると言えよう。

『日本近代文学の起源』が、当時の「文脈」と密接に関わって書かれたという点は、柄谷自身が注意を促す通り、重要なことである。ただし、その「文脈」は、柄谷がたとえば『日本近代文学の起源 原本』で「アクチュアル」という言葉で示唆するような政治的状況や社会的状況だけではなかった、ということがむしろ興味深い。亀井秀雄は、商業誌で活躍する文芸批評家でもあったが、言うまでもなく、アカデミズムの訓練を受け、研究の蓄積を参照し、それを更新していく文学研究者でもあった。現代日本における最も有名な文芸批評が、その文学研究者の仕事を摂取することによって書かれ、また発表後も、二〇〇四年の大幅改稿に至るまで実は多大な影響を受け続けていたという事実。さらに言えば、これだけ大きなインパクトを持つ文章を書き得たのは、そうした研究との緊張関係のもとにこそ可能であったという事実。これらのことは、批評家自身にとってはいささか体裁の悪いことではあるかもしれないが、現代日本における批評と研究の関わりを考える上で踏まえておくべき、重要な事例であるように思われる。

（1）初版は亀井秀雄『感性の変革』（一九八三、講談社）
（2）初版は柄谷行人『日本近代文学の起源』（一九八〇、講談社）
（3）『日本近代文学の起源』英語版は Karatani Kojin, *Origins of Modern Japanese Literature, trans. ed. Brett de Bary*, Duke University Press, 1993.
『感性の変革』英語版は Kamei Hideo, *Transformations of Sensibility: The Phenomenology of Meiji Literature*, trans. ed. Michael K. Bourdaghs, Center for Japanese Studies, University of Michigan, 2002.
（4）亀井秀雄『増補 感性の変革』（二〇一五、ひつじ書房）
（5）「北海道文学館のたくらみ（22）」インターネットサイト『この世の眺め――亀井秀雄のアングル』http://fight-de-sports.txt-nifty.com/ukiyo/2007/09/22_9164.html、二〇一六年三月一三日閲覧
（6）柄谷行人「定本版への序文」『定本柄谷行人集1 日本近代文学の起源』（二〇〇四、岩波書店）
（7）柄谷行人「序文」『日本近代文学の起源 原本』（二〇〇九、講談社）
（8）柄谷行人「「日本近代文学の起源」再考」『批評空間』（一九九一・四）
（9）柄谷行人「「日本近代文学の起源」再考Ⅱ」『批評空間』（一九九七・七）
（10）柄谷行人、大澤真幸、岡崎乾二郎、浅田彰「絶えざる移動としての批評」『文学界』（二〇〇四・一一）

(11)小谷野敦『評論家入門――清貧でもいいから物書きになりたい人に』(二〇〇四、平凡社)
(12)仲島陽一「国木田独歩と「風景の発見」――柄谷行人氏の言説の検討の試み」『国際地域学研究』(二〇〇六・三)
(13)小林敏明『柄谷行人論〈他者〉のゆくえ』(二〇一五、筑摩書房)
(14)引用は『定本柄谷行人集1日本近代文学の起源』(二〇〇四、岩波書店)より。
(15)初出は蓮實重彦「教育装置としての風景」『展望』(一九七八・四)。のちに「風景を超えて」と改題されて『表層批評宣言』(一九七九、筑摩書房)に収録。
(16)亀井秀雄『現代の表現思想』(一九七四、講談社)
(17)柄谷行人「絶望感解放するユーモア」『朝日新聞』夕刊(一九九二・九・一〇)
(18)柄谷行人『ヒューモアとしての唯物論』(一九九三、筑摩書房)
(19)亀井秀雄「言文一致体の誕生」『国語国文研究』(一九七六・八)
(20)中島梓「表現の変容」『群像』(一九七七・九)
(21)野口武彦『近代小説の言語空間』(一九八五、福武書店)
(22)大杉重男「柄谷行人『日本近代文学の起源』における盲目性の修辞学――漱石という盲点」『論樹』(二〇一二・一二)

# 日本近代文学とミハイル・バフチン受容

矢口貢大

## 1 はじめに

ミハイル・バフチン著 新谷敬三郎訳『ドストエフスキイ論 創作方法の諸問題』(以下、『ドストエフスキイ論』と略す)(注1)は、一九六八年六月、冬樹社より刊行された。本書は日本におけるバフチン著作のはじめての翻訳であり、今なお重要な文学理論の一つとして参照されつづけている。さらに一九七三年一月に『フランソワ・ラブレーの作品と中世・ルネッサンスの民衆文化』(以下、『フランソワ・ラブレー論』)(注2)、一九七六年七月には『マルクス主義と言語哲学』(注3)が相次いで翻訳され、バフチン理論への注目が集まっていた。日本におけるバフチン理論の紹介は世界的に見ても比較的早く、『ドストエフスキイ論』の邦訳は、世界的なバフチン再評価のただなかでなされた。(注4)

日本近代文学研究においては、亀井秀雄『感性の変革』(注5)ならびに小森陽一『構造としての語り』(注6)でなされたバフチン理論の援用がその先駆として位置づけられている。亀井の『感性の変革』は、一九七八年四月から雑誌『群像』にて連載され、一九七九年五月から二年ほどの中断をはさみ一九八一年三月「感性の変革再論」という副題が付されて連載が再開された。連載の再開に際して亀井は、「口惜しさの構造——感性の変革再論（一）——」にて、「私はつい最近、おくればせながらバフチンのドストエフスキイ論や構造主義の理論書を手に取ってみた」（注7）と述べ、先述の新谷敬三郎訳『ドストエフスキイ論』を参照している。そしてここで亀井がバフチンの『ドストエフスキイ論』を参照するきっかけとなったのは、小森陽一の『浮雲』論の存在であった。

一九七九年八月に発表された小森陽一「『浮雲』の地の文　「ことば」の葛藤としての文体」（注8）（『構造としての語り』収録の際に「葛藤体としての〈語り〉」に改題）においても、バフチンの『ドストエフスキイ論』は援用されている。当時、小森は北海道大学大学院に所属する大学院生であり、その指導教官が亀井秀雄であった。バフチン理論を援用した「『浮雲』の地の文」の基礎となった修士論文の執筆について、小森は次のように回想している。

私が大学院に入って以降、指導教官であった亀井秀雄が、無知な私に対する教育として、後に『感性の変革』にまとめられる内容の講義を行ってくれていました。これは大学院生である私には有難迷惑で、教師が提示した議論の水準を越えなければ自分の修士論文を書けないわけですから大変困っていたわけです。たまたま、私はドストエフスキーをロシア語で中学時代に読みふけっていて、日本語の翻訳とは全然印象が違うということを感じていました。そうした私の感受性にとって、新谷敬三郎のドストエフスキー論がもっともぴったりくるものとしてあり、その新谷敬三郎が翻訳したバフチンのドストエフスキー論に出会ったわけです。で、これもまたたまたま偶然なのですが、東大の露文の大学院に私の幼なじみの年上の女性［米原万里—引用者注］がおりまして、彼女からバフチンが話題になっている情報を受けとって、そしてバフチンの理論に基づいた修士論文の執筆に踏み切ったわけです。（小森陽一「「歴史社会学派」に関する、歴史社会学的覚え書」[注9]、傍点は引用者）

この回想で浮かび上がるのは、互いに触発しあうような一見すると理想的ともいえる師弟関係である。亀井の『感性の変革』に関する講義を受けた小森は、バフチンの理論を援用することでその乗り越えをはかる。さらに亀井は『感性の変革』の休載期間に、小森のバフチン引用に刺激され、自身も『ドストエフスキイ論』を読み、連載再開後にバフチン理論を導入したという図式である。

さらに小森は、「争闘する対話性――バフチンの可能性」[注10]という文章のなかでも、「もう二十年以上、バフチンの理論にはお世話になりつづけている」と述べ、自身のバフチンとの出会いは「一九七六年の一二月、北海道大学の生協の書籍部で、偶然『ドストエフスキイ論――創作方法の諸問題』（新谷敬三郎訳、冬樹社）を買ってしまったときであった」（傍点は引用者）と語っている。

もちろん、小森陽一が繰り返し強調するように、実際に小森とミハイル・バフチンの理論との邂逅は、小森が「たまたま」「偶然」にバフチンの書籍を「買ってしまった」ことによるのかもしれない。そして、そのような「偶然」によって、亀井秀雄との影響関係のなかで、日本文学研究における先駆的な業績を生みだしえたのかもしれない。しかし小森の意図に関わらず、こうした個人史における「たまたま」「偶然」を強調したバフチン理論の受容の物語化は、結果として日本近代文学研究におけるバフチン受容の必然性と、その文脈を覆い隠してしまうこととなるだろう。

そこで本稿では、小森陽一や亀井秀雄による紹介以前の、日本近代文学研究に関する領域で、どのようにしてミハイル・バフチンの理論が受容されてきたのかを検討する。[注11]さらに、その過程で浮かび上がったもう一つのバフチン受容史の視点から、あらためて小森・亀井のバフチン援用を捉えなおしてみたい。

## 2 モノローグ／ポリフォニー理論の受容

一口にバフチン理論の受容と言っても、当然ながらそこにはいくつかの段階があり、それぞれの時期において強調される理論的側面は異なる。佐々木寛は、日本において形成されたバフチン像には(一)モノローグ／ポリフォニー小説の概念を駆使する文芸学者、(二)カーニバル的世界感覚／グロテスク・リアリズムの概念を通して文化を分析した人文学者、(三)イデオロギー記号の社会学を提唱したマルクス主義記号学者という三つの側面があったと述べている。(注12)

時系列的には、一九六八年に新谷敬三郎訳で冬樹社より刊行された『ドストエフスキイ論』における、モノローグ／ポリフォニー小説の概念を通したバフチン理論の紹介がはじめに位置する。そして新谷による本著作刊行の意図は、戦後文芸批評と密接に関係している。『ドストエフスキイ論』の「訳者あとがき」では次のように述べられている。

この本はあるいは読み易い本とはいえないかもしれない。ことに《芸術と実生活》とを直接的に結びつける私小説的発想に培われた批評や、作者のイデエではなく、主人公のイデオロギー(しかもそれを作者の思想だと誤認して)をあげつらう批評しか知らない人にとっては。が実はバフチンはそうしたアプローチの無効あるいは破産という自覚から出発しているのである。文学を実生活における生き方(作者や読者の)の問題に還元したり、またそこから産みだされるイデオロギーの産物であるという《モノローグ》的な考えは言葉を思考の用具だとする考え方に根ざしている。

（新谷敬三郎「訳者あとがき」[注13]）

この「訳者あとがき」において新谷は、『ドストエフスキイ論』を、「芸術と実生活」（平野謙）に代表される「私小説的発想」や、「主人公のイデオロギー」を作者のいだいていた思想だと解釈するこれまでの日本の文芸批評へのアンチ・テーゼとして位置づけている。周知のとおり、戦後批評において文学ジャンルとしての「私小説」はあたかも日本的「伝統」であるかのように考えられていた。[注14]新谷は、この「私小説」的「伝統」に根差した日本の文芸批評を「《モノローグ》的な考え」として、バフチン理論の紹介を通して糾弾したのである。

一九六〇年代後半から七〇年代初頭にかけてのバフチン受容においては、こうしたモノローグ／ポリフォニー理論を介した「私小説」批判の文脈が色濃く残っている。翌六九年八月『新日本文学』誌上に掲載された羽山英作「文学の目　対話的・多旋律的芸術を」[注15]では、秋元松代の戯曲「かさぶた式部考」（『文藝』、一九六九年六月）に対して批判を行った津田孝を「魂を左翼文化官僚の椅子に売り渡したような不感症な人間」、中村光夫を「ブルジョア文壇の大家」と罵倒したうえで、もっとミハイル・バフチン的な視点で作品を鑑賞することを要請している。

実は、こんな憎まれ口を叩くつもりはいささかもなく、最近人にすすめられて読んで大変感心した、M・バフチンの『ドストエフスキイ論』について書くつもりだったのだ。（中略）作者の勝手な意識で裁断するモノローグ的・単旋律的な芸術が横行するなかで、具体的に生きている民衆の生活と魂の奥底に深く入りこんで、一人一人の「存在」を対話的・多旋律的に描ききる秋元松代のドラマが、まだしばらくは困難な戦いを余儀なくされるにしても真の芸術の存在を示すものであることは、私にとって自明なことである。

（羽山英作「文学の目　対話的・多旋律的芸術を」）

ここで羽山は、日本の文壇に「作者の勝手な意識で裁断するモノローグ的・単旋律的な芸術が横行」しているという認識を示したうえで、ポリフォニー的な視座に立った芸術作品の登場を待望している。

さらに翌九月の『新日本文学』においては、宇波彰が「批評の新しい課題――人間主義的・人生論的批評を超えるものはなにか」(注16)という論考を発表している。ここで宇波は、松原新一・礒多光一・野口武彦・秋山駿が、「私小説」的思考の固定的な枠組みに捉われていることを批判している。そして彼らの思考法が「〈自我〉を中心とするもの」であり、それは「今や完全に行き詰り、それにかわるものを見出そうとして世界はあらゆる試みをしている」として、ミシェル・フーコーやジャック・デリダらの仕事を評価するとともに、バフチンの『ドストエフスキイ論』におけるポリフォニー理論をその最たるものとして位置づけた。

こうしたモノローグ／ポリフォニー理論の受容の流れのなかで、近代文学研究における先駆的な論考として、一九七二年五月の『日本近代文学』に掲載された木村幸雄「『海に生くる人々』をめぐって」が挙げられよう。この論考では、葉山嘉樹が獄中においてドストエフスキイとマルクスを読んでいたことに触れ、そうした読書経験が『海に生くる人々』に導入されたことと関連づけて、モノローグ／ポリフォニー理論の援用がなされている。

彼らは、本来いかなる人間も人間的価値において等価であるという基本的視点によって、つねに相対化されつつ各各の役割と個性を生き、各々の声をもって語る。／こういう人物の描き方の特徴をみていると、『海に生くる人々』のもつ作品の基本的性格が、M・バフチンによってあきらかにされたドストエフスキイの小説の基本的性格と同じものであることがわかる。

（木村幸雄「『海に生くる人々』をめぐって」[注17]）

ここで木村は『海に生くる人々』における登場人物の発話と人物形象を分析し、『海に生くる人々』は、きわめて多元的な構造を持った作品であり、その基本的性格を「ポリフォニイ小説」として性格付けることができる」として、全面的にバフチンの『ドストエフスキイ論』に依拠した立論を試みている。日本近代文学研究におけるバフチン理論の受容として、この木村幸雄のモノローグ／ポリフォニー理論の援用は、最初期のものとして位置づけられるだろう。

以上、一九六八年の新谷敬三郎訳『ドストエフスキイ論』の刊行から、七〇年代初頭までのモノローグ／ポリフォニー理論を中心としたバフチン受容を確認した。次節では、もう一つのバフチン像として、カーニバル的世界感覚／グロテスク・リアリズム概念を中心とした一九七〇年代のバフチン受容の性格を検討してみたい。

## 3 カーニバル的世界感覚／グロテスク・リアリズム理論の受容

カーニバル的世界感覚やグロテスク・リアリズム概念の日本における浸透ぶりを指して絓秀実は「七〇年代の日本文学に最も大きな影を投げかけている文芸理論は、バフチンだとさえいえるかもしれない」[注18]と述べている。一九七三年一月、せりか書房より川端香男里訳『フランソワ・ラブレーの作品と中世・ルネッサンスの民衆文化』が刊行され話題を呼んだ。そこで紹介されたカーニバル的世界感覚やグロテスク・リアリズム概念の受容に関して、大きな役割を果したのが山口昌男と大江健三郎であり、彼らが七〇年代のバフチン受容を牽引することとなる。

しかしその前に触れておきたいものとして、丸谷才一によるカーニバル理論の紹介がある。丸谷は先述の『ドストエフスキー論』読後の感想として、ポリフォニー理論ではなくカーニバル的世界感覚の重要性を強調している。六九年一一月『海』掲載の「〈シンポジウム〉われらの文学の方法」(注19)において、丸谷は「去年かおととし、バフチンというロシアのフォルマリズム批評のほうの人の、『ドストエフスキー論』を読んでいたら、ドストエフスキーにおけるカーニバル的感覚ということが非常に大きく論じられていた」と語り、次のように述べている。

それで僕が『ユリシーズ』を読んでおもしろいなあと思ったものは、ドストエフスキーに僕が感じていたような、カーニバル的感覚というものね、ことに、例の夜の淫売窟のシーンなんかによく出てる要素を、あれだと思うんですよ。これは、日本の志賀直哉的文学のなかでは、全然表現されてない人間的現実ですよね。いまにして思えば、僕はこれにたいへん惹かれたんだろうと思うんですよ。バフチンの本を読んだせいで、長いあいだ探していたうまい言葉が見つかったような気がした。

（丸谷才一・辻邦生・加賀乙彦「〈シンポジウム〉われらの文学と方法」）

ここで丸谷は、『ユリシーズ』にカーニバル的感覚を見出し、「日本の志賀直哉的文学」にはない「人間的現実」をそこに発見したと述べている。むろんここで比較されている「日本の志賀直哉的文学」は、モノローグ的文学として位置づけられてきた「私小説」への批判を引き受けたものであったと考えられる。

さて、七三年に川端香男里訳『フランソワ・ラブレー論』の邦訳が出る前に、山口昌男は英訳の同著作を読んでいた。そして一九六九年一月から八月にかけて『文学』誌上に「道化の民俗学」（単行本は一九七五年、新潮社より刊行）を掲載する。そこでは邦訳されたばかりの新谷訳『ドストエフスキイ論』と英語版の『フランソワ・ラブレー論』からの引用が多数みられる。そして山口の場合、カーニバル的世界感覚とグロテスク・リアリズム概念にアクセントを置いた受容となっていた。

さらにその山口の論考から強い影響を受けた一人として大江健三郎がいる。大江の指導教官であった渡辺一夫がラブレー研究者であったこともあり、七〇年代の大江はバフチンに対して深い関心を寄せている。一九七八年に刊行された『小説の方法』(注20)の「第IX章　グロテスク・リアリズムのイメージシステム」において、金芝河の『糞氏物語』を論じた大江はそこで『フランソワ・ラブレー論』を援用している。

ミハイール・バフティーンは、グロテスク・リアリズムの民衆的根源から掘りだしてゆく操作のなかで、なんや得体の知れん糞の秘密〔『糞氏物語』の言葉―引用者注〕を、次のように解き明かした。（中略）グロテスク・リアリズムについてはつづいて詳細にバフティーンの定義づけを引いてゆくが、まず金芝河の表現に即して考えることからはじめよう。そのためにまずグロテスク・リアリズムが、カーニバル的美的概念を把握するために採用された用語であることをいっておかねばならぬ。

（大江健三郎『小説の方法』）

これに続いて「民衆的な祝祭の笑い」としてカーニバル概念が紹介されていく。大江の場合、バフチンのカーニバル理論のなかでも、権威の格下げ・下落としてのグロテスク・リアリズムの重要性を強調していた。(注21)また小説家としての大江健三郎自身も、同時代においてこうしたバフチン由来の概念のなかで評価されている。一九七八年一月『季刊藝術』に掲載された高橋英夫「文藝季評」(注22)では、大江の『ピンチランナー調書』が取り上げられており、「この作品において、大江氏はロシア・フォルマリズムのバフチンが分析したようなラブレーのトリック・スター」を「自作の主人公の造形に当たって大いに参考にしたと言える」としてその影響関係が指摘されている。

もっとも〈文化の活性化〉を掲げ、バフチンのカーニバル的世界感覚／グロテスク・リアリズムを紹介した山口昌男と大江健三郎の主張は強い影響力を持っていたものの、読者に無前提に受け入れられたわけではない。一九七二年頃より新谷敬三郎とともにFormalism研究会を立ち上げ同人誌『はいまあと』を刊行し[注23]、早くからミハイル・バフチン理論の検討を行っていた高橋敏夫は、バフチンの理論を全面的に打ち出した山口と大江に対して徹底した糾弾を行っている。高橋は、一九七九年二月に発表された「ロシア・フォルマリズムの死——山口・大江批判」[注24]において、「ロシア・フォルマリズムは、今や死に絶えようとしている、いや、すでに死んでしまった」と前置きし、その責任は山口と大江ら〈文化の活性化〉グループによってなされた「フォルマリズムとしての無残な「学」的延命」にあるとする。

> 転形期における無名性としての民衆の根底的な「異化」実践のうちにはらまれた、およそ様々な交響をきとっていたロシア・フォルマリストたちの瑞々しい初志、さらにバフチンの開示した転形期の民衆的エネルギーの生成空間を、自らのものにするためには、固形した「学」的延命の文脈で読み取るのではなく——むしろその構造を附着したイデオロギー性をあばきつつ、逆に辿り直す必要があるだろう。
>
> （高橋敏夫「ロシア・フォルマリズムの死——山口・大江批判」）

山口昌男や大江健三郎らによるロシア・フォルマリズムの称揚とバフチン理論の援用は、当時大いに盛り上がりを見せていたが、高橋はこれを独善的な思考でもってなされた「屍姦者的活況」と読み替え、本来のありかたを逸脱していると批判したのである。

さて日本文学研究においては、一九七六年三月の『日本文学』に、森山重雄「近松の天皇劇」(注25)という論考が掲載されている。これは、その年の日本文学協会第三十回大会で口頭発表されたものである。森山論文では近松門左衛門の時代物浄瑠璃、なかでも「天皇劇」についての考察がなされている。この論考で森山は『用明天皇職人鑑』は、カーニバル的な明るさを持った作品である」といった形で、川端訳『フランソワ・ラブレー論』の枠組みを援用している。

また一九七六年五月一〇日の毎日新聞「視点」欄では、谷沢永一がミハイル・バフチンの理論に関する概説を行っている。そこで「一読すれば、ドストエフスキイを解釈する態度に必ず根底的な影響を受ける超弩級の名著」と『ドストエフスキイ論』を紹介するとともに、「今世紀屈指の偉大な文芸理論家の精髄」として『フランソワ・ラブレー論』にも触れている。(注26)こうした賛辞には、同時代の文学研究状況が寄せたバフチン理論への期待がうかがえよう。

さらに小森陽一が『浮雲』の地の文」を発表する前月の七九年七月の『日本文学』に掲載された浅子逸男「「白痴」(注27)」という安吾論においても、バフチンの『ラブレー論』が参照された痕跡(注28)がみられる。

以上概観してきたように、一九七〇年代は山口昌男・大江健三郎の活躍によって、『ラブレー論』を通したカーニバル的世界感覚/グロテスク・リアリズム概念の受容が中心となる。また一九七六年七月にはV・N・ヴォロシーノフ名義で発表された『マルクス主義と言語哲学』が桑野隆の翻訳によって未来社から刊行され、バフチンのマルクス主義的言語理論家としての側面も紹介されることとなる。

もっとも六〇年代後半ほどの活況はないものの、モノローグ/ポリフォニー理論への言及は七〇年代においてもつづいている。一九七四年六月に新谷敬三郎は、「バフチンとドストエフスキイ」という論考で(注29)「バフチンのドストエフスキイ論を読んでいて、誰しもまず気づかされることは、《モノローグ》という言葉と《ポリフォニイ》という言葉が対照されていることであろう」として、当初のモノローグ／ポリフォニー小説理論の思想的重要性をあらためて強調している。また七八年六月に組まれた『現代思想』臨時増刊号の特集「現代思想の109人」には、現代思想を代表する論客としてミハイル・バフチンも名を連ねている。そこで執筆者の磯谷孝は次のようにバフチンの理論を紹介している。

こうした言語観、記号論は、とりわけ『マルクス主義と言語哲学』、そして最高傑作『ドストエフスキー詩学の諸問題』で集大成される。バフチンは、ここで、ドストエフスキー作品の登場人物たちがイデヤを担った独立の意識たちであり、その対話において真理が開示され、彼らの声が溶け合うことのないポリフォニーの効果を生み出していること、声たちの出会いがカーニバル的であることを明らかにした。

（磯谷孝「バフチン」[注30]）

磯谷の紹介では、『マルクス主義と言語哲学』と『ドストエフスキイ論』が、バフチンの思想的な集大成とされており、カーニバル的な世界感覚の紹介は同時代的な流行に反して、やや少な目となっている。以上の流れを踏まえるならばバフチン理論は、モノローグ／ポリフォニー理論が中心の六〇年代後半から七〇年代初頭にかけての受容と、『フランソワ・ラブレー論』を介したカーニバル的世界感覚を中心とする七〇年代の受容とで性格が異なることがわかる。日本文学研究におけるバフチンの援用も、こうした状況を踏まえて質的変容をともなっていたと考えられる。次節では、あらためて小森陽一ならびに亀井秀雄のバフチン理論の援用に立ちかえり、検討してみたい。

## 4　小森陽一・亀井秀雄によるバフチン受容

さて、小森陽一は一九七九年八月『浮雲』の地の文「ことば」の葛藤としての文体」にてバフチン理論を援用しながら、二葉亭四迷の『浮雲』の読解を試みていた。先述のように小森自身は、後年の回想において「なぜバフチンなのかという理由については、たまたまその時読んでいたからという」「いい加減」な事情であったと、やや自嘲的に述べている。(注31) しかし本当にそのバフチン理論の受容は、小森が述べているように、偶然性に左右されたナイーヴなものだったのであろうか。むしろそこにはしたたか戦略に基づいた、新たなバフチン受容の文脈づくりの意図が読みとれるのではないだろうか。

また亀井秀雄に関しては、『感性の変革』の前半と後半の間になされたバフチン理論の読解を通して同著作の性格が大きく変化している。特に「第十二章　自然が管理されるまで」において、結論部分で単行本化に際し、以下の文言が加筆されている。

> 私が無人称の語り手という内在的機能をとくに重視し、歴史的な復権を試みたのは、もちろん表現の本質に迫るためであったが、その自然や感性などのセットを解明する有効な仕掛けと考えられたからである。バフチンたちとの方法上の接点が見えてくるとともに、一種の腕くらべ的な興味に駆られたことも否定できない。
>
> （亀井秀雄「第十二章　自然が管理されるまで」(注32)）

亀井秀雄の『感性の変革』は、バフチンの理論との交差を経て、方法上の「腕くらべ的な興味」のなかで執筆されたことが、単行本版の末尾で明らかにされているのである。すなわち亀井は、バフチン理論への対抗として『感性の変革』をあらたに位置づけなおしているのである。

さて小森が「『浮雲』の地の文」を執筆した当時の近代文学研究をめぐる状況をみてみると、いわゆる〈方法論論争〉(注33)が闘われていた時期と重なる。そのなかで谷沢永一は、三好行雄との論争を一九七七年八月の「方法論的批評とは何か」(注34)で総括しており、そこでバフチンの方法論をめぐって次のように述べていた。

バフチンの『ドストエフスキー論』は、ドストエフスキー固有の問題への迫り方に、今までのところ最もふさわしい独自の方法を見出したゆえの成果なのだ。『ドストエフスキー論』のあざやかな方法を、バフチンはドストエフスキーの特性への凝視から引き出したのである。この方法を抽象化し、一般化してドストエフスキーとは異質の作家に適応するのは不可能である。批評研究の方法は、それぞれの作品の無限にちかい多様性に即応して、次々と新しい工夫の形をとる。批評研究に定石はない。

（谷沢永一「方法論的批評とは何か」）

谷沢は先述のとおり、バフチンの『ドストエフスキイ論』を、非常に高く評価していた。そしてこの論争の総括において、作品の多様性に対応した「方法」論の例として、バフチンの理論が召喚されているのである。なおこの谷沢の発言に対しては、八〇年に前田愛が反論(注35)を書いており、バフチンの『フランソワ・ラブレー論』の方法的鮮やかさを評価しつつ、谷沢の姿勢が「技術信仰、ないしは一種のニヒリズムに頽落して行く危険をはらんでいる」と指摘している。近代文学の研究をめぐる方法について、バフチンを介して様々に議論がなされていたさなかに発表されたのが、小森陽一の「『浮雲』の地の文」（『国語国文研究』、一九七九年八月）なのである。

さて、「『浮雲』の地の文」において小森は、二葉亭四迷の『浮雲』第一篇から第三篇にかけての構造を、バフチンの『ドストエフスキイ論』を援用しながら次のように述べている。

『浮雲』第一篇から第三篇にかけて展開される、「語り手」の「ことば」と文三の「詞」という、二つの方向、二つのイントネーションを持つ「ことば」の葛藤、また「語り手」の「ことば」と同じような方向から文三を嘲笑し軽蔑する、昇やお政の「詞」、そして昇に傾いていくお勢の「詞」、それらを意識しそれらに向かって発せられる文三の「内なる論争」を孕んだ独白。こうした異質な「詞」の共存と葛藤は、ドストエフスキイの多声的《ポリフォニック》な小説の創作方法において、もっとも特徴的なものである。それはまたツルゲーネフのモノローグ的方法とは決して相容れないものである。

（小森陽一「『浮雲』の地の文」）

さらに小森は、『浮雲』の途絶が、「多声的な創作方法」の中から発生した矛盾について、「モノローグ的方法によって解決しようとした」ことに原因があったと結論している。ここでのバフチン理論の援用は、六〇年代後半に衝撃をもって迎えられたモノローグ／ポリフォニー小説の理論であった。これまで述べてきた日本近代文学研究の文脈に即してみれば、モノローグ／ポリフォニー理論の再輸入という形になる。しかし一九六八年の新谷敬三郎訳『ドストエフスキイ論』が翻訳された際にその文脈が形成されていた戦後批評における「私小説」的伝統批判のとしてのバフチン理論のニュアンスが、ここでは完全に抹消されている。そのかわりに四迷が『浮雲』執筆に際してドストエフスキイとツルゲーネフを直接参照していたという文脈を補完している。そうすることでバフチンのモノローグ／ポリフォニー小説の理論を用いて近代日本の文学作品を読解することが、読者にもある程度スムーズに納得できるよう処理されているのである。こうした慎重な手続きを通して、小森はミハイル・バフチンのモノローグ／ポリフォニー小説概念の再召喚に成功したのである。

一方で、これを受けて執筆された亀井秀雄の『感性の変革』のバフチン理論の援用はどうだろうか。休載期間の「バフチンのドストエフスキイ論や構造主義の理論書」の読書を経て、再開された「口惜しさの構造――感性の変革再論(二)――」(『群像』、一九八一年三月)において、亀井はさっそくバフチン理論の援用を試みている。その特徴として挙げられるのは、小森以上の慎重さでもってなされるバフチン理論の日本文学への適用の手つきである。樋口一葉や幸田露伴の小説の語り手の特徴を考察する亀井は、それが「M・バフチンが『ドストエフスキイ論』で言うポリフォニィ的な表現と、一面では共通するが、自己意識の半覚醒という点では決定的に異質である」と述べ、スムーズなバフチン理論の援用ではなく、文脈の比較検討を通した差異のあぶり出しを試みている。そこで強調されるのは、理論的身振りとしてのモノローグ/ポリフォニーの適用と、違和が生じた際の即座になされる枠組みの取りはずしである。亀井は、そうした操作を通して、「結局私は、これらの作品の特質を読み解く方法を手作りするしかない」と述べ、一葉や露伴作品への無批判なバフチン援用を自らに戒めるとともに、作品に応じたオリジナルの「方法」の作成を目指していた。

また、「口惜しさの構造――感性の変革再論(一)」においては、バフチンのモノローグ/ポリフォニー小説理論の詳しい紹介も行われている。興味深いのは、そこでの紹介が、明治期の小説作品の語りをモノローグ/ポリフォニー理論で分類するという形式を取っている点である。

なるほどこれらの作品[『当世書生気質』と『浮雲』―引用者注]の無人称語り手は、作中人物のことば遣いに関しても、その外面的な特徴――どんな事態にこだわり、どのようなボキャブラリイを好んで用い、どういう調子で言い現わすか――をうまくとらえてポフリフォニックな印象を与える。とくに『浮雲』の第一篇から第二篇にかけてその印象が強い。だが、やがて特定の作中人物が、とくに作者と内面的血縁が大きい分身的な立場に就き、それと共に作品はモノローグ的世界に変わりはじめてしまったのである。

（亀井秀雄「口惜しさの構造——感性の変革再論（一）——」）

『浮雲』の分析に際して第一篇から第二篇にかけて、ポリフォニー的であった語りが、第三篇においてモノローグ的性質を強めるという見解は、小森と亀井双方に共通しており、この二つの論考の影響関係が見てとれる。

こうして一九七〇年代初頭より、一時は息をひそめていた日本近代文学研究におけるモノローグ／ポリフォニー小説理論の援用は、小森・亀井の両論文を通して、以前の文脈を塗り替えてより戦略的な形で再輸入されることとなるのである。

また亀井秀雄は『感性の変革』の「第十章　気質の魔[注36]」において、幸田露伴の『五重搭』を論じる際に、一九八〇年一〇月に北岡誠司によって翻訳されたバフチンの『言語と文化の記号論[注37]』の援用を行っている。当時バフチンならびにヴォロシーノフの共著とされていた本書について、亀井は「いわゆる内的なことばを、ただ単に個人史主義的な内面観でしか見ない理論を批判し、他者のことばと内的な葛藤、あるいは内的対話《ダイアローグ》としてとらえることを主張した」と述べ、マルクス主義的言語理論としてのバフチン理論の紹介を行っていた。

以上、本稿では一九六八年の新谷敬三郎による『ドストエフスキイ論』の邦訳から、一九八三年に亀井秀雄『感性の変革』の刊行まで、日本近代文学研究周辺領域でのミハイル・バフチン理論の受容の文脈を検討した。今日でもなお日本近代文学研究におけるバフチン理論の援用に関しては、小森陽一と亀井秀雄の業績を真っ先に想起する者も多いであろう。本稿ではそれらの研究より以前にさかのぼり、一九六八年から七〇年代初頭にかけてのモノローグ／ポリフォニー小説理論の受容、七〇年代の文芸理論において大きな力を持った山口昌男・大江健三郎らによるカーニバル的世界感覚概念の受容、そして七九年から八〇年代初頭にかけての小森陽一と亀井秀雄によるモノローグ／ポリフォニー小説概念の再召喚ならびにマルクス主義的言語理論としての援用を概観した。

ミハイル・バフチンの理論に限らず、こうした議論はともすれば紹介者の読書歴といった個人史的な「偶然」に回収されてしまい、理論の援用された文脈や、そのためになされた慎重な操作、そして同時代においてもちえた意義が見えにくくなってしまうだろう。そうしたコンテクストの一端を明らかにするのが本稿の試みであった。

（1）ミハイル・バフチン著　新谷敬三郎訳『ドストエフスキイ論　創作方法の諸問題』、一九六八年、冬樹社。

（2）ミハイル・バフチーン著　川端香男里訳『フランソワ・ラブレーの作品と中世・ルネッサンスの民衆文化』、一九七三年、せりか書房。

（3）V・N・ヴォロシノフ／M・M・バフチーン著　桑野隆訳『マルクス主義と言語哲学』、一九七六年七月、未来社。

（4）新谷敬三郎は「一九六七年にユーゴスラヴィアで翻訳、翌六八年アメリカ、イギリスでクリスチナ・ポモルスカの序文をつけて（七一年新版）、イタリヤ、日本（七四年再版）で、七〇年スイス、フランス（ジュリア・クリスチワの序文つき）、ルーマニア、ポーランドで、七一年西ドイツで出た。翌七二年にはソ連で第三版二万部が出た」（「バフチン追悼」、『はいまあと』、一九七五年一二月）としている。

（5）亀井秀雄『感性の変革』［初版］、一九八三年、講談社。

（6）小森陽一『構造としての語り』、一九八八年、新曜社。

（7）亀井秀雄「口惜しさの構造――感性の変革再論（一）――」、『群像』、一九八一年三月。

（8）小森陽一「『浮雲』の地の文　「ことば」の葛藤としての文体」、『国語国文研究』、一九七九年八月。

(9) 小森陽一「「歴史社会学派」に関する、歴史社会学的覚え書」、『社会文学』、一九九三年七月。
(10) 小森陽一「争闘する対話性――バフチンの可能性」、『文学界』、二〇〇〇年一月。
(11) なお、より広範な射程からバフチン理論の受容史を研究したものとして、佐々木寛「日本におけるバフチン移入について」(『比較文学』、一九八九年三月)がある。本稿の記述も、多くこれを参照している。
(12) 佐々木寛「バフチンと一九二〇年前半のロシア」、『ミハイル・バフチン全著作第一巻「行為の哲学によせて」「美的活動における作者と主人公」他』、一九九九年、水声社。
(13) 前掲『ドストエフスキイ論 創作方法の諸問題』。
(14) 鈴木貞美『日本の「文学」を考える』、一九九四年、角川書店。
(15) 羽山英作「文学の目 対話的・多旋律的芸術を」、『新日本文学』、一九六九年八月。
(16) 宇波彰「批評の新しい課題――人間主義的・人生論的批評を超えるものはなにか」、『新日本文学』、一九六九年九月。
(17) 木村幸雄『海に生くる人々』をめぐって」、『日本近代文学』、一九七二年五月。
(18) 絓秀美「著作集全八巻の完結を機に改めて問われるバフチンの持つ今日的問題性。」、『朝日ジャーナル』、一九八八年五月二〇日。
(19) 丸谷才一・辻邦生・加賀乙彦「〈シンポジウム〉われらの文学と方法」、『海』、一九六九年一一月。
(20) 大江健三郎『小説の方法』、一九七八年、岩波書店。
(21) さらに大江は、壇一雄『火宅の人』を評する際にも「僕はバフチンによって、総合的に構造化された、カーニバルを把握する眼もまた重ねあわせてそれを見る。神話の世界からフォークロアの現実に多様なかたちでおりてきたトリックスターの直系、道化たち。その道化たちの祭りとしてのカーニバル」(「道化と再生の想像力」、一九七六年三月、『新潮』)として、バフチンのカーニバル概念を中心とした文学観を提示している。
(22) 高橋英夫「文藝季評」、『季刊藝術』、一九七七年一月。
(23) 横田敬三郎「〈欠如〉の力業――《Heimat》の周辺」、『Heimat』、一九七三年五月。

(24) 高橋敏夫「ロシア・フォルマリズムの死――山口・大江批判」、『早稲田文学　第八次』、一九七九年二月。
(25) 森山重雄「近松の天皇劇」、『日本文学』、一九七六年三月。
(26) 谷沢永一「視点　ミハイル・バフチン」、『毎日新聞』夕刊、一九七六年五月一〇日。
(27) 浅子逸男「「白痴」」、『日本文学』、一九七九年七月。
(28) この論考の註釈番号(9)に「ミハイール・バフチーン『フランソワ・ラブレーの作品と中世・ルネッサンスの民衆文化』」とあるが、本文内において注釈番号(9)が脱落している。
(29) 新谷敬三郎「バフチンとドストエフスキイ」、『ユリイカ』、一九七四年六月。
(30) 磯谷孝「バフチン」、『現代思想』臨時増刊号、一九七八年六月。
(31) 前掲「「歴史社会学派」に関する、歴史社会学的覚え書」。
(32) 前掲『感性の変革』なお第十二章の初出は、「自然が管理されるまで――感性の変革再論(完)――」、『群像』、一九八二年四月。
(33) 〈方法論論争〉については、小谷野敦『現代文学論争』(二〇一〇年、筑摩書房)に詳しい。
(34) 谷沢永一「方法論的批評とはなにか」、『文学界』、一九七七年八月。
(35) 前田愛「最近思うこと」、『日本近代文学』、一九八〇年一〇月。
(36) 初出は「気質の魔――感性の変革再論(五)――」、『群像』、一九八一年一一月。
(37) ミハイル・バフチン著 北岡誠司訳『バフチン著作集第四巻　言語と文化の記号論』、一九八〇年、新時代社。

# ジャパニーズ・セオリーの「発明」

## 亀井秀雄『増補　感性の変革』を起点に

服部徹也

### 1 「感性」変革の作用と反作用

一九七〇年代中頃から一九八〇年代中頃にかけて、日本文学の研究・批評に欧米の文化・文学理論が大きなインパクトを与えた。仮に「理論の時代」と呼ぶならば、それは日本近代文学研究者が他国の研究者との対話の回路を開き得た、一つの転形期でもあった。「理論の時代」が終わったかに見える今、その時代をいかにして批評できるだろうか。甘美な回想に耽ることもなく、全否定や忘却に委ねることもなく。その時代に乗り遅れた者にとって、これはどこから手をつけてよいか途方に暮れるような難問だ。

本稿では亀井秀雄『増補　感性の変革』(二〇一五、ひつじ書房)を手掛かりに「理論の時代」への回想を読み、回想において働く力、事後的な意味づけについて考察する。というのも同書には、英訳・増補を通して、気がかりな意味づけがなされてきたからだ。亀井秀雄は、増補版に新たに書き下ろした「はじめに」で、同書英訳版自序から次の一節を引用している（英訳版は二〇〇二年刊行、自序は一九九八年一月一五日付）。

これを機会に、構造主義の方法やポスト構造主義の理論の日本文学への応用ではない、いわば日本で自生した理論と方法がどのような方向と達成を持っているか、アメリカの研究者に関心を持っていただければ、私としては大変ありがたい。

（亀井秀雄『増補　感性の変革』（二〇一五、ひつじ書房）、iii頁）

「理論の時代」における理論受容の諸相は、「応用」と一言で片づけるには余りに複雑で、錯綜していたはずである。また「日本で自生した理論と方法」と表現すれば、元々日本にも対比可能な「理論」が存在していたことになる。だがむしろ、対比して言明する瞬間にこそ、「日本で自生した理論と方法」は「発明」されたのではないか。このような言い切りが何故なされたのかは、時枝誠記・三浦つとむ・吉本隆明を英語圏の読者に紹介するという名目では説明が付かない。同じ文言がこの「はじめに」では「日本で自生した理論と方法がどのような方向と達成を持っているか、日本の若い読者に知ってもらえるならば」と宛名を替えて繰り返されているからだ。英訳版・増補版において、『感性の変革』は日本の理論として「発明」し直されたのである。気がかりなのは「日本」と冠する妥当性だ。いったいどうやって「日本で自生した」か否かを区別できるのか、そして何のためにその区別が必要なのか。

同書は初め、雑誌『群像』（講談社）における一九七八年四月より翌年五月まで、一九八一年三月より翌年四月までの二次に亘る連載（計一二回）をまとめて、『感性の変革』（一九八三、講談社）として刊行された。第一次連載分と併走し、第二次連載前に単行本化された柄谷行人『日本近代文学の起源』（一九八〇、講談社）との関係については本書別稿で小谷瑛輔が詳論している。また、第二次連載からミハイル・バフチンの理論が援用されはじめるが、そのことのバフチン受容史上の位置付けは矢口貢大が言及している。英訳・増補時になされた事後的な意味付けを次節以降で見ていく前に、本節では原著部分にあたる第I部の理路を素描しておく。

同書の中心的な概念に「内在的な無人称の語り手」がある。それは次の二葉亭四迷『浮雲』第一篇（一八八七、金港堂）冒頭に顕著な「語り手」の在り方であるという。

千早振《ちはやふ》る神無月《かみなづき》も最早《もはや》跡二日の余波《なごり》となッた廿八日の午後三時頃に、神田見附《かんだみつけ》の内より、塗渡《とわた》る蟻、散る蜘蛛の子とうよ〳〵ぞよ〳〵沸出でゝ来るのは、孰《いづ》れも顋《おとがひ》を気にし給ふ方々。しかし熟〻《つら〳〵》見《み》て篤《とく》と点撿すると、是れにも種〻《さま〴〵》種類のあるもので、まづ髭から書立てれば、口髭、頬髯、顋《あご》の鬚、暴《やけ》に興起《おや》した拿破崙髭《なぽれをんひげ》に、狆《ちん》の口めいた比斯馬克髭《びすまるくひげ》、そのほか矮鶏髭《ちやぼひげ》、貉髭《むじなひげ》、ありやなしやの幻の髭と、濃くも淡《うす》くもいろ〳〵に生分《はえわか》る。髭に続いて差《ちが》ひのあるのは服飾《みなり》。白木屋《しろきや》仕込みの黒物《くろいもの》づくめには仏蘭西皮の靴の配偶《めをと》はありうち、之を召す方様《かたさま》の鼻毛ハ延びて蜻蛉《とんぼ》をも釣るべしといふ。是れより降《くだ》つては、背皺よると枕詞《まくらことば》の付く「スコッチ」の背広にゴリ〳〵するほどの牛の毛皮靴、そこで踵にお飾を絶《た》やさぬ所から泥に尾を曳く亀甲洋袴《かめのこづぼん》、いづれも釣《つる》しんぼうの苦患《くげん》を今に脱せぬ貌付《かほつき》、デモ持主は得意なもので、髭あり服あり我また奚《なに》をか覓《もと》めんと済した顔色《がんしよく》で、火をくれた木頭《もくづ》と反身《そつくりかへ》ツてお帰り遊ばす、イヤお羨しいことだ。

（二葉亭四迷『浮雲』第一篇（一八八七、金港堂））

右の言葉を発しているのは誰なのか。「熟〻《つら〳〵》見《み》て篤《とく》と点撿すると」とあるように自身も神田見附にいるらしいのだが（内在的）、他の誰からも見えず名前も人称代名詞も宛てられない（無人称）。しかし一個の認識・評価主体とおぼしき口ぶりで物語を語っている（語り手）――名付けて「内在的な無人称の語り手」というわけだ。「その語り手は明らかに自分の存在を意識していて、それが明示されるとともに、読者は単なる聴き手の立場を離れ、語り手と共犯的な位置に立たされてしまうのである」(亀井、前掲、七一頁)という。

さらに、この語り手は、作者二葉亭四迷と区別されねばならない。(注1) たとえば右の人物描写にみられる対象のとらえ方は、二葉亭の他の文章と読み比べてみて、二葉亭自身の感受性や嗜好にとって自然な表現だったとは考えにくい、というのだ。

こんなふうに喩えてみたらどうだろう。作者は小説を書くとき、自ら作成した「色眼鏡」をかけて世界を見ている。その間だけ、作者は「語り手」という架空の主体に変身し、その感受性を通して認識した世界を言語化していく。つまり、亀井のいう「感性」とは、世界を認識する際の身体に根ざした感受性と、その認識に言葉を宛てていく主観的で具体的な過程とを指す概念であるだろう。その際に、作者の感性と架空の語り手の感性とは区別されるが、互いに関係してもいる。たとえ語り手の感性が限りなく透明で客観的に思える場合でも、本当にそれが透明であることなどありうるのかと疑い始めれば終わりのない作品解釈が必要になるだろう。『浮雲』全三篇の語りの変化にそくして、作品解釈と理論構築を往還するダイナミズムは『感性の変革』の魅力の最たるものである。『浮雲』ほど明らかな変化をしていなくとも、一作品の中で微妙な語りの性質の変化を発見し、そこから既存の理論モデルを修正していくことは可能かもしれない。そうした発想を持つことを忘れぬよう、同書は読者に促しているようにすら思われる。

各章の論述を互いに関係付けるような説明こそ殆どなされていないものの、「語り手」概念が各章で変形しながら展開していると仮定して読んでみると、亀井の描いた作者と語り手の関係図式を大胆で魅力的な仮説として解釈することが可能だ。樋口一葉『たけくらべ』(『文学界』、一九八五・一—一九八六・一)では、作中人物の会話も思考も一続きの地の文で記述されている。「ひとつづきの文章のなかで何人ものことばを次々と演じ別け、その上もっぱら作中人物の心情を見立てる形にまで進んで行った」語りを「癒着的半話者」と名付けた亀井は、そこに高度な達成を見る（亀井、前掲、一八七―一八九頁）。『浮雲』の場合は、冒頭で人物の外面を諷刺的に見る語り手の感性が発揮されていた。しかし、物語が主人公文三の免職、恋敵昇への屈折した思いなど内面のドラマへと展開していくにつれて、語り手の感性が、作中人物文三の感性とそっくりになっていき、結果として語り手の感性の存在感がゼロに近くなっていく。それに対し、『たけくらべ』の場合は始めから、「内在的な無人称の語り手」と呼ぶべき独立した感性は見られない。というよりも、作中人物たちの感性を自らに乗り移らせては、次々と切り替えて映し出していくような語り（癒着的半話者）を通して、諸人物間に共通する色調を浮かび上がらせる多声的な文体を実現したというのだ。

同作を分析するにあたり「作者自身と作中人物の関係」「作中人物相互の関係」に加えて、「作者自身の構想上のイデーが、描かるべき世界に内在化された無人称的な語り手の表現と交渉する、その微妙な構成過程」をみるべきだと亀井は提言する（亀井、前掲、一八九頁）。「作者の構想上のイデー」とは要するに作者の実現したかったことであり（『たけくらべ』の場合、「口惜しさ」がそれにあたると亀井はいう）、「無人称的な語り手の表現」とは結果的にどのような言葉が紡がれたかの実態を指している。抱いていた理想と、実践してみた結果とには常に落差がある。注目したいのは、理想が結果に「影響」するとか「作用」するとかいう一方向の関係を思わせる言葉ではなくて、「交渉」という双方向の関係を思わせる言葉を亀井がここで選んでいることだ。

このことの意義は、さらに別の章と繫げてみるとはっきりする。泉鏡花『義血俠血』（『読売新聞』、一八九四・一一）に関して、現行バージョンに加えて二種類の草稿を含めた三バージョンを比較して、亀井は構想の変化――とりわけ作中人物白糸に対する作者の評価・語り手の表現の変化を描写している。そこで導き出されるのは作者が語り手を作り上げて操るという一方通行的な図式ではなく、作用・反作用という双方向的関係である。亀井はいう。

構造主義がもっぱら情報理論であるための制約（略）。受け手（読者）の機能を理論化できたのは画期的なことであるが、作中の話し手自身にはね返ってくる「それ（例えば『抱く』という単語）を選んだという事実」「話し手（自分）の態度に関する情報」の認識が欠けている。それに伴う自己意識のコード変換はさらに作者へと跳ね返ってゆくわけであるが、その作者もまた表現と共に観念的な自己の二重化を行っているはずで、コード変換の反作用は作者自身の構想と、作中に内在化された語り手の認識や表現に及んでゆくのである。

（亀井（前掲）、二三二頁）

ある言葉を選んで口にした瞬間に、その言葉を選んだという事実が跳ね返ってきて、言葉の使い手を縛ったり、新たな認識を開いたりする。あるとき作者は、もう以前と同じように語り手を操作することは出来なくなっている。作者の物語世界や作中人物に対しての認識が変化してしまったからだ。すると、語り手と作者との落差を埋めるような記述の運動が必要になる。亀井が同書で描いてきた「語り手」の介在による読者と作中人物（を創造せざるを得なかった作者の必然性）との出会いとコミュニケーションは、たとえばこのようにして、言葉の作用・反作用により語り手や作者の感性が変革される回路でもあったと考えられる。以上のように各章を繋げてやや強引な整理をしてみると、同書の中で明瞭に体系化されない「感性の変革」なる表題の内実がある程度解釈できよう。

ただし『義血侠血』に即して言うならば、そこには亀井も探究しなかった別の可能性があった、と亀井の口調を借りて言ってみたくなる。早くから指摘があるとおり、泉鏡花『義血侠血』の決定稿はほぼすべて尾崎紅葉の筆によって書かれている。「紅葉は連載二回分を鏡花に書かせて添削したが三回以降はすべて自ら筆を執った」という立場に立って、松村友視は次のように言う。

紅葉はこの作品の作者である前に、原『義血侠血』(B稿)の最初の読者であった。白糸の中にB稿には表現されない〈怪しさ〉や〈魔性〉を読みとったのは、この読者としての紅葉であったといってよい。作者の側にまわった紅葉は、読者としてB稿全体から得た〈怪しさ〉の印象を作品の前半でより強調する方法をとることになるのだが、それは語り手を、読者と感覚や意識を共有する場に置くことになった。言いかえれば、白糸に〈怪しさ〉を感じとる分だけ、語り手は日常世界の方に身を寄せることになるのである。
(松村友視「『義血侠血』の変容——紅葉改作をめぐって」、『日本近代文学』第三一集、一九八四・一〇、日本近代文学会)

亀井自身は「もし『義血侠血』が鏡花と紅葉の合作に近いものだったとしても、ここで言う鏡花とは、『義血侠血』を含む一群の作品の作者として呼ばれてきた鏡花の謂である」(前掲、二二三頁)として紅葉の名を予め議論から排除した。しかし右の松村の議論は、実証研究により亀井の誤りを指摘して論の有効性を否定するものというよりは、むしろ亀井のコミュニケーションモデルを複数の書き手を含む図式へと拡張し、その可能性を最大限に引き出すような創造的批判として読めるのではないだろうか。

## 2 文学を論じることの政治性

亀井の感性の作用・反作用というモデルは、原著「あとがき」で「被疎外感を「自己」愛的な心情で塗り込めてしまうような発想を拒もうとした」（亀井、前掲、三五三―三五四頁）立場からの提言であるとされる。ここで示唆されたものの内実は、『感性の変革』英訳版自序、増補版「はしがき」を見るに、同時代に影響力を持っていた吉本隆明『言語にとって美とはなにか』（一九六五、勁草書房）への批判であったらしい。本節では英訳版『感性の変革』における亀井自序と編訳者マイケル・ボーダッシュによるイントロダクションを通して、「理論の時代」への回想を読んでみよう。文学を論じることは高度に政治的な行いである、という考えに少なからぬ人々がリアリティを感じていた時期があり、そのことへの認識抜きにして「理論の時代」を考えることは難しいと思われる。またそのことを抜きにしては、『感性の変革』が英訳されたことを理解するのも難しいかもしれない。同時に、ローカルな文学についてのローカルな研究が他言語へ翻訳された際の文脈付けに注目することは、研究史把握を多国間の枠組へと開いていくためのヒントをも提供してくれるはずだ。

英訳版『感性の変革』自序では吉本理論の実践者達が「ディスコミュニケーション」という言葉で描写されている。亀井はいう。

若い世代、特に一九七〇年前後の大学紛争にかかわった学生の多くは、その〔吉本隆明の〕発想から強いインパクトを受けて、言語表現に限らず、さまざまな行為において「自己表出」的な側面を貫く運動を試み、既成の社会的諸規範の根拠を疑い、大学の学問的諸規範に異議を申し立てる運動を開始した。それだけでなく、権力機構化した日本共産党のマルクス主義的な諸規範とも対立した。（略）優位に立ったのは若い学生運動家たちだった。というのは、かれらは言語の「自己表出」性を貫き、教師たちとディスコミュニケーションに陥ることを厭わなかったからである。ディスコミュニケーションに手を焼いた教師たちは、結局は自分たちが敵対するはずの保守反動政府の警察の力を借りてバリケードを撤去するほかはなかった。（略）

私の見るところ、吉本の「自己表出」における自己の観念は、先の〈近代文学的な人間観に基づいた〉「自己」や「内面」の一発展型であり、極端化したものであった。だからこそ吉本の理論を拠り所にした学生運動家や、私の同世代の運動同調者たちは、傷ついた若者を演じ、自分の無垢を証明する文学的表現行為に後退して行くことができたのである。なぜ日本の近代文学はそのように脆弱な「自己」や「内面」しか作れなかったのか。それが私の問題意識だった。

（亀井秀雄「自著総括――英語版の序文として」、『増補　感性の変革』（二〇一五、ひつじ書房）、三一―四〇頁）

ここでいう「ディスコミュニケーション」に対し、そのオルタナティブたる亀井のモデルはさしずめ、「無人称の語り手」の介在するコミュニケーションモデルということになるだろうか。この時代思潮への立場こそが、『感性の変革』が英訳された要因と関わるように思えるのだが、その前に少し寄り道をしておこう。

日本文学について日本語で書かれた批評・研究書が英訳された例は余り多くない。比較的早くから翻訳されていたのが加藤周一『日本文学史序説』（一九七五、一九八〇、筑摩書房）の英訳三巻本 *A History of Japanese Literature*（一九七九―一九八三、講談社インターナショナル）である。一九九七年には同書を一冊に短縮翻訳した *A History of Japanese Literature : From the Man'yoshu to Modern Times*（一九九七、ジャパン・ライブラリー）が出版され、現在ではラウトレッジ社から電子書籍としても利用できる。近代文学に限れば、柄谷行人『日本近代文学の起源』（講談社、一九八〇）の英訳 *The Origins of Modern Japanese Literature*（ブレット・ド・バリー編訳、フレドリック・ジェイムソン序文、一九九三、デューク大学出版）は画期的であった。同書はドイツ語、韓国語、中国語ほか多くの言語に翻訳された点も特筆に値する。続いて、亀井秀雄『感性の変革』（一九八三、講談社）が *Transformations of Sensibility : The Phenomenology of Meiji Literature*（マイケル・K・ボーダッシュ編訳、二〇〇二、ミシガン大学出版）として翻訳された。

その後、前田愛『都市空間のなかの文学』（一九八二、筑摩書房）を中心に独自に編んだ *Text and the City: Essays on Japanese Modernity*（ジェームズ・A・フジイ編訳、ハリー・ハルトゥーニアン序文、デューク大学出版、二〇〇四）、鈴木貞美『日本の「文学」概念』（一九九八、作品社）の英訳 *The Concept of "Literature" in Japan*（ロイヤル・タイラー訳、二〇〇六、国際日本文化研究センター）が続く。これに加えて興味深いのは、『感性の変革』英訳を記念して二〇〇二年四月にカリフォルニア大学ロサンゼルス校で開催された国際シンポジウム *Sensibilities of Transformation: The Linguistic Turn in Contemporary Japanese Literary Criticism* の成果を元に、新たに亀井秀雄、野口武彦、三谷邦明、平田由美のテクストの英訳を収めて編んだ論集 *The Linguistic Turn in Contemporary Japanese Literary Studies : Politics, Language, Textuality*（マイケル・K・ボーダッシュ編訳・著、ミシガン大学出版、二〇一〇、以下『言語論的転回』と略称）である。

ボーダッシュが英訳版『感性の変革』、『言語論的転回』に付した二つのイントロダクションには共通するモチーフがある。それは新左翼の崩壊に対する文学研究・批評からの応答という点だ。英訳版『感性の変革』には、ボーダッシュが付したイントロダクション Buried Modernities—Phenomenological Criticism of Kamei Hideo では、一九七〇年代中頃から一九八〇年代中頃にかけて日本で文学研究・批評の方法論の革新が起こったとして、次のような固有名が挙がっている。前田愛、野口武彦、柄谷行人、水田宗子、駒尺喜美、浅田彰、小森陽一、絓秀実、上野千鶴子、小倉千加子、富岡多恵子、江種満子、漆田和代、渡部直己、村井紀、川村湊。こうした同年代の潮流に亀井秀雄を位置付ける際、ボーダッシュは興味深い指摘を行っている。亀井は精読、記号学、物語論といった方法論については同時代と連動しているが、哲学的源泉や歴史的仮説、とくに近代性への態度が大きく異なっていたという。また英語で読む読者にとって、柄谷行人『日本近代文学の起源』への亀井の辛辣な批判は有益であるとした上で、両者の共通点を指摘している。新左翼活動家達は独自の感性を追求することで社会秩序を転覆しようと試みたが、感性こそがもっとも効果的に社会規範に馴致されてきたのだという点に気付いていなかった。それに対し、亀井の著書は総体として、社会が個人を縛る無意識的規範への抵抗を試みている。その意味で亀井の著書は一九七〇年代日本の新左翼の崩壊を目にしての反応とみるべきであり、その点では柄谷も同様であったというのだ。

亀井については先に見たが、柄谷行人もある著書に次のような追記を施している。

本書〈『意味という病』〉の主要な評論は、一九七二年の春から一九七三年の晩秋にかけて書かれている。あらためてそのことを記すのは、この時期に、一九六〇年代に支配的であった政治・経済・思想的なパラダイムがすでに組み替えられていることをカタストロフ的に露呈するような出来事が生じたことを、銘記していただきたいからである。その一つは、一九七二年の初めにおこった、いわゆる「連合赤軍事件」である。その後六〇年代の急進主義の惨めな帰結を示す事件は世界的におこっているが、私にはこれで充分だった。私がマクベス論を書きはじめたのは、この事件に触発されたからであり、書いている間いつもそれが念頭にあった。

(柄谷行人「第二版へのあとがき」、『意味という病』(一九八九、講談社文芸文庫))

同じモチーフは、『言語論的転回』のイントロダクション Overthrowing the Emperor in Japanese Literary Studies にも見られる。その中で、ボーダッシュは「『こゝろ』論争」を軸に日本の近代文学研究の方法論の革新について概観している。「『こゝろ』論争」とは小森陽一「「こころ」を生成する「心臓《ハート》」」(『成城国文学』一、一九八五・三)と石原千秋「「こゝろ」のオイディプス——反転する語り——」(同)が契機となり、夏目漱石『こゝろ』の解釈および解釈の「方法」をめぐって闘わされた議論を指す。(注2) ボーダッシュによれば、「『こゝろ』論争」は西洋の言語学や記号学に由来する新たな批評方法論の潮流(言語論的転回)を日本に定着させる役割を果たしたという。その発端となった小森の論文は、学園紛争による授業停止の解除直後、高校現代国語の授業で『こゝろ』を教わる中で着想されたと小森自身が後に明かした。(注3)そうした逸話を紹介しながら、ボーダッシュは「『こゝろ』論争」が言語論的なものであったと同時に、政治的なものやイデオロギーをめぐる闘争でもあったと指摘している。やがて小森は次のように、その立場と批判の射程を鮮明に表現することになる。

明治の天皇制(略)の突出した中で日本のナショナリズムが形成されて、近代日本語も作られたという状況の中で、僕ら近代日本文学をやっている者は発言するべきなんです。(略)学会がそもそも戦後に提唱された「国民文学」に「日本近代文学」がなったときの話なわけだから、そういう私達の立脚基盤そのものも解体していくように、一つの作品の過激さ過剰さを突出させるべきだと思う。

(小森陽一他編『総力討論　漱石の『こゝろ』』(一九九四、翰林書房)、八六―八七頁)

おそらくボーダッシュは、亀井や柄谷、小森や石原の文学研究・批評がもつ政治的運動との距離感・緊張感がアメリカの読者にとっても深く関連するテーマであると判断し、強調を施したのであろう。(注4)ではなぜ他ではなく亀井の、それも『感性の変革』を英訳したのか。その一因は、イントロダクションのタイトルそのもの(Buried Modernities—Phenomenological Criticism of Kamei Hideo)が物語っている。彼は、その中で亀井の独自性として哲学的源泉や歴史的仮説、とくに近代性への態度に注目している。「哲学的源泉」とは現象学のことであり、英訳版のサブタイトルになっている。亀井において現象学的身体論は、身体と言語とを接続する「感性」を論理化する手掛かりとなっており、そこにおいて時枝誠記や三浦つとむ、吉本隆明の議論の批判的再構築が企図されている。このことの意味は次節まで措こう。

そして「歴史的仮説」とは、『感性の変革』で「もし」が多用されることに関わっているだろう。「もしその〔『浮雲』における無人称の〕語り手に、これら登場人物たちと自分もおなじ状況を生きざるをえないのだという自覚が与えられていたとするならば」（亀井、前掲、七五頁）という形で繰り返される仮定は、第I部中「もし」と明示された数だけでも一二箇所に上る。もし……だったならば、他でもありえたかもしれないという未発の可能性を掘り起こしていくことで、現在の秩序の必然性・自明性を揺るがせること。とりわけ文学をコミュニケーションモデルで読む亀井にとって、感性の「変革」可能性を提示することは、ありうべき別の「近代性」(Buried Modernities)として共同性を考察することであったのだろう。それは既成マルクス主義的進歩史観とも異なり、既成左翼に対抗したはずの新左翼さえもが実は囚われていた「自己」をめぐるモノローグ的な近代文学観とも異なる、文学批評にだけ可能な脆い立場からの「歴史的仮説」であったのかもしれない。

## 3 ジャパニーズ・セオリーの憂鬱

「理論の時代」には、文学研究・批評の政治性への注目が先進諸国で同時多発的に見られた。それによりローカル言語の文学研究が他言語へと翻訳されるだけでなく、共通の問題意識や操作概念によって理解されうる基盤が準備されたと考えられる。その流れは一九九〇年代、国民国家概念を問い直す柄谷行人・酒井直樹・小森陽一らの仕事を筆頭に、日米の日本近代文学研究者の間に熱烈な対話を生んだとボーダッシュは回想する。(注5)しかしその昂揚は去ったかに見える。テリー・イーグルトンが「文化理論の黄金時代は遠い過去のものとなっている」（イーグルトン『アフター・セオリー——ポスト・モダニズムを超えて』二〇〇五〔原著二〇〇三〕、筑摩書房）と述べてから更に十年以上が経った。「理論の時代」以後の日本近代文学研究を振り返る作業は、日本近代文学会編『ハン

ドブック　日本近代文学研究の方法』（二〇一六、ひつじ書房）に結実する。他方、新たな哲学・現代思想の潮流を創り出そうという試み[注6]や、日本文学研究から新たな理論を立ち上げようという試み[注7]も見られはするものの、領域横断的なシーン形成には至らない。

理論の現在の役割と未来を考えるには、理論の「系譜学」（ミシェル・フーコー）、つまり知の星座的布置や概念の軌跡だけでなくそれらと学問的・制度的・イデオロギー的な諸力との結びつきをも含み込んだ「系譜学」について考えなければならない、とケアリー・ウルフは提言している。[注8]「理論の時代」以後の理論はどうあるべきかという問いはさしあたり、「理論の時代」をめぐっていかなる系譜学が可能か、それに基きいかにして批評するかという課題を伴うのである。

ただしその作業を些末主義にも本質主義にも陥らずに日本の文学研究・批評について試みることは意想外に難しい。[注9]一方には研究史や政治運動をめぐる膨大な情報量があり、他方には日本特殊論という話型の誘惑が待ち構えている。

第一に、膨大な情報量について。情報量が多いこと、その対象が重要であるとかつて見なされたことと、今もそれが言説としての有効性を保っているかは別問題である。たとえば「三浦つとむの拡がり」（亀井秀雄『主体と文体の歴史』二〇一三、ひつじ書房）における柄谷行人・酒井直樹への批判は、時枝誠記・三浦つとむ解釈をめぐる議論として一応は了解できる。しかし柄谷の他者をめぐる言語ゲーム論的思索（柄谷行人『探究Ⅰ』一九八六、講談社）や酒井の主体と言語の関係をめぐる問い（酒井直樹『過去の声――一八世紀日本の言説における言語の地位』二〇〇二［原著一九九一］、以文社）が亀井の立場と大きく隔たるとも思えない。かつて亀井の批判の主な矛先は体制秩序に、そして「ディスコミュニケーション」に開き直る「自己表出」主義とその「自我」観に向けられていたはずだ。近しい立場の者にほど呵責無い批判を与えるこうした風景は、崩壊へと突き進んでいた新左翼の諸セクト間対立の見取り図を拡げて見たときの眩暈をどこか彷彿とさせる。政治熱の時代に「内ゲバ」論が存在意義を信じられていたように、「理論の時代」には論者同士の差異化が一定の有効性・生産性を発揮しただろう。むしろすでに同陣営で差異化しあうことがさほど有効性を持たなくなった時代においてなお差異化を行うために、英訳自序でいう「日本で自生した理論」とそうでない欧米理論の単なる「応用」とを分ける論法が必要になってしまうのではあるまいか。

第二に、日本特殊論の話型について。つまり、一九七〇年代後半に隆盛した日本固有の本質的特性を主張する立場からの「日本人論」や「日本文化論」の形式がこれに当たる。「日本」と「欧米」という不均衡な対比図式において、「日本で自生した理論と方法」という言葉は紡がれている。「日本で自生した」か否かを何が分けるか、という実証するにも反証するにも気が重くなる問いの前に立ちすくんでいると、中沢新一の言が脳裡をよぎる。「日本哲学」とは「カント的な近代論理をアジア人の具体的な身体的条件（ここでの身体とは、メルロ＝ポンティの言う現象学的身体のことである）に結びつける努力の中からつくりだされてきたもの」（中沢新一『フィロソフィア・ヤポニカ』二〇一一、講談社学術文庫、一四頁）であると。「アジア人の具体的な身体的条件」などという曖昧なものに加えて「現象学的身体」という術語まで持ち出されると、何かが説明されたような気になってしまう。その際にやはり力を発揮し、欲望に訴えかけるのが日本特殊論の話型なのである。とはいえ、亀井の英訳自序が意図的にそれをなぞったとは考えがたい。(注10) だが他国の研究者に向けて「日本で自生した理論と方法」を打ち出すときに、それらとの相同性を疑われる懸念は予想されえただろう。その「疑念」を解消する算段があったと見るべきだ。

そこに記号学と現象学の対置という因縁深い問題が関わっているとすればどうだろうか。言語学者フェルディナン・ド・ソシュールの学説に想を得た言語論的転回以後の理論が記号学・構造主義など欧米の文化・文学理論のスタンダードを形成したが、そのソシュール学説を批判していたのが国語学者時枝誠記であった。時枝は近世国学のほか現象学にも強い影響を受けたことが指摘されている。(注11)時枝の学説を再構成して「理論」と呼び、言語論的転回以後の理論と対置して、見過ごされてきた可能性を取り戻し、言語論的転回以後の理論を乗り越えること。その際に「構造主義の方法やポスト構造主義の理論」という外来思想と切り結ぶため、亀井が可能性を見出したのもまた現象学であった。『現代の表現思想』(一九七四、講談社)で亀井はモーリス・メルロー=ポンティやチャン・デュク・タオに想を得た議論を行っていた。亀井にとって現象学、とりわけ現象学的身体論は西洋理論を日本近代文学研究にソフトランディングさせる役割を果たしたと見える。この現象学的身体論・言語論・表現論を集大成したのが、『感性の変革』である。いわば現象学的身体論をベースに時枝誠記・三浦つとむ・吉本隆明を併せて哲学的源泉とし、言語論に身体性を介在させる試みといえる。それは英訳・増補を通して事後的に「日本で自生した理論と方法」とされた。つまり、構造主義を日本語に根ざした思考により根源的に乗り越える企図を示唆する。しかしその手続きは、乗り越えというよりもすれ違いに近い。

というのも、欧米言語に基づいた欧米理論を、全く異なる言語である日本語・日本文学にそのまま「応用」できるはずがないという批判はすでに一つの紋切り型になりつつある。そう主張するときに、どこがどう当てはまらないのかを説明せずに、日本語・日本文学に基づいて理論構築を行うことは課題を乗り越えたことにならないからだ。たとえば今日、橋本陽介が「個別言語を超えて通用する一般的な言語の理論があるのと同時に、個別言語には個別言語における文法があるように、物語論も個別言語に密着した議論も理論上可能なはずである」(『物語における時間と話法の比較詩学――日本語と中国語からのナラトロジー』二〇一四、水声社、二〇頁)と主張する時、それを裏付けるために日本語・中国語・英語・フランス語・ロシア語等を比較していることを忘れてはならない。また亀井が言語に現象学的身体を介在させるまさしくその時に捨象されるジェンダーとアイデンティティ・

ポリティクスの問題系とは、ポスト構造主義以降の理論の最大の成果の一つではなかったか。むしろ「応用」の諸相こそ注意深く分析されねばならない。

亀井は「構造主義の方法やポスト構造主義の理論の日本文学への応用」と簡単に言ってのけたけれども、外国の理論はスムーズに満遍なく伝播するわけではない。「理論の時代」がブームの様相を呈した要因には理論書の翻訳を数えるべきだろう。書物へのアクセスの物理的・能力的要因によるタイムラグ、その書物に対する評価が伝播してくるまでのタイムラグや、翻訳作業にかかるタイムラグ、学界の反応のタイムラグ……。さまざまなタイムラグがそれぞれの書物や人の交流においてまだらに生じ、或る地域に於る理論受容の風景は形作られる。あるものは現地よりも高く評価され、あるものは現地よりも早く忘れられ、時に再発見され……という具合にそれは固有の遠近法を構成する。理論受容風景の形成に出版社の翻訳戦略や大学制度の状況など多様な要素が手伝ったことは、アメリカにおけるフランス現代思想受容について述べたフランソワ・キュセ『フレンチ・セオリー』でも考察されている。キュセはいう。

> アントワーヌ・コンパニョンが言うように、引用とは「他者の言説《ディスクール》を別様に語る」ことであり、「誰の名においてでもなく」吹聴されることなのだから、結局は「他人の言葉よりも自分の言葉を見出す」ことを可能にする。(略)したがって、フレンチ・セオリーを発明するということは、フーコーやデリダを参照することではなく、むしろレトリックと言葉の策略を用いて、これらの作家を普通名詞化し、言説の息吹の一種とすることを意味している。引用は、組み立て分解可能な変形する建造物を造るために、絶えず再利用される材料であった。
>
> （フランソワ・キュセ『フレンチ・セオリー――アメリカにおけるフランス現代思想』）

（二〇一〇〔原著二〇〇三、二〇〇五〕、NTT出版）、七九頁、強調原文）

強調すべきは、翻訳され、引用されることで理論が「発明」されるとしたキュセの指摘である。日本に理論が輸入され応用されたというとき、理論はどこかにすでにあったものとして思い描かれるだろう。しかしアメリカでも理論は外から来たものであり、その震源とされるフランスにおいてもまた理論は理論として自明に存在していたわけではなかった。むしろ、ある概念体系が境界を跨いで翻訳され、受容者達のコンテクストに合わせて引用され、学問領域を跨いで別の目的に作り替えられるとき、あるローカルな研究はそのローカルな出自を括弧に入れられて、理論と呼ばれるようになるというべきだろう。

たとえば一九八五年の日本でジェラール・ジュネット『物語のディスクール――方法論の試み』（一九八五〔原著一九七二〕、書肆風の薔薇）やテリー・イーグルトン『文学とは何か――現代批評理論への招待』（一九八五〔原著一九八三〕、岩波書店）が刊行され、その翌年にケーテ・ハンブルガー『文学の論理』（一九八六〔原著一九五七〕、松籟社）が刊行されそれらの引用・孫引きが言説空間を飛び交う時、原著の間に流れる四半世紀の、多国間枠組での理論史は見えづらくならざるをえない。とはいえ当時の理論家が低理解であったとか、誤っていたと指弾することと自体は生産的ではない。繰り返せば、そうした局地的な変質も含めて理論（受容）を国際的な「系譜学」として捉えることが今日では研究課題たりうる。

そのときに或る特異な理論受容風景に基づいた言説に地域の名前を冠して呼ぶことは、一定の妥当性が認められるかもしれない。キュセがフランス語原著に英語で付けたタイトル *French Theory* の「フレンチ」という語は、アメリカにおける発明というニュアンスを含んでいることだろう。同じように亀井のいう欧米理論の日本文学への「応用」諸実践は、むしろ日本における理論の「発明」として系譜学的に捉え返されるべきものということになりはしないか。(注12) 多言語を解し、移動する学者もいる以上、ここでいう地域の名前は知的・人的・物的交通の有限性と膠着性を指す隠喩でしかないのだが。アメリカの研究者、日本の若い読者に対して亀井が「日本で自生した理論と方法」と呼んだものもまた、この意味で「発明」された「ジャパニーズ・セオリー」と解しておきたい。おそらく、「日本近代文学研究史」や「批評史」なるものを対外的に表明しようとしたとき、「日本」と冠する妥当性は何かという同じ憂鬱な疑念が回帰するだろう。理論を受容したがゆえに、日本近代文学研究は他国の日本文学研究・他地域文学の研究と無縁ではなくなり、単一の研究史という実体的境界線は引きにくくなった。「理論の時代」をいかにして批評し、理論の現在を考えるか。そして、理論の「系譜学」をいかにして構想するか。この問いは当面、そのためにいかなる協力体制を構築するか、つまり複数の書き手によるコミュニケーションの問題として取り組まれねばならない。『感性の変革』はその起点の一つでありうる。

(1) 「語り手」をめぐる理論については、橋本陽介『物語における時間と話法の比較詩学――日本語と中国語からのナラトロジー』(二〇一四、水声社)、第一章を参照。またデイヴィッド・ハーマンらの討論集 *Narrative Theory : Core Concepts and Critical Debates* (二〇一二、オハイオ州立大学出版)、第二章が参考になる。

(2) 小森陽一、中村三春、宮川健郎編『総力討論 漱石の『こゝろ』』(一九九四、翰林書房)及び小森陽一、石原千秋編『漱石研究』(六号、一九九六・五、翰林書房)参照。

(3) 『総力討論 漱石の『こゝろ』』(前掲)、一〇頁。

(4) ブレット・ド・バリーが柄谷行人『日本近代文学の起源』を訳すに至った経緯は村井紀との「対談 日本近代文学の起源をめぐって」(関井光男編『国文学解釈と鑑賞別冊 柄谷行人』一九九五・一二、至文堂)に語られており、ド・バリーが日本の新左翼運動にコミットしていたことがわかる。

（5）マイケル・ボーダッシュ「「近代日本文学」と「Modern Japanese Literature」の間——夢の浮橋の行方」（『日本近代文学』第七五集、二〇〇六・一一、日本近代文学会）参照。

（6）スティーヴン・シャヴィロ『モノたちの宇宙——思弁的実在論とは何か』（二〇一六〔原著二〇一四〕、河出書房新社）参照。

（7）ハルオ・シラネ他編『日本文学からの批評理論——アンチエディプス・物語社会・ジャンル横断』（二〇〇九、笠間書院）、高木信他編『日本文学からの批評理論——亡霊・想起・記憶』（二〇一四、笠間書院）など。

（8）Cary Wolfe.（2011）. Theory as a Research Programme——The Very Idea. In J.Eliot, & D.Attridge（Eds.）*Theory After 'Theory'*. Abingdon, UK and New York: Routledge,p.35

（9）一九七五年から二〇〇〇年代までの批評ジャンルについては、東浩紀・大澤聡らによる「現代日本の批評」（『ゲンロン』一号、二号、四号、二〇一五・一二、二〇一六・四、二〇一六・一一、ゲンロン）が歴史化を試みている。

（10）たとえば『言語論的転回』に収められたUCLA講演「一九七〇年代の哲学界における言語論」（二〇一二年四月一九日）の冒頭で亀井は「一九六〇年代の後半から一九七〇年代にかけて、日本の文学者や文学研究者、思想（史）家にとって最も刺激的で、喚起的な、それ故に危険な匂いのする言葉は、「土俗」または「土着」という言葉だった」と述べている。また亀井秀雄『「小説」論——『小説神髄』と近代』（一九九九、岩波書店）序章では明確に文化本質主義批判を行っていた。時枝や三浦に対する評価の方が特異例である。

（11）根来司「時枝誠記博士の国語学——現象学とどうかかわり、どうかかわらないか」（『国語と国文学』六〇・八号、一九八三・八、東京大学国語国文学会）

（12）中村三春「文学理論」（『ハンドブック　日本近代文学研究の方法』二〇一六、ひつじ書房）は「どのような理論でも、それが他のあらゆる理論を殲滅するかのように流行するのは、理論の本来的な多様性を尊重する立場からすれば好ましいことではない。日本近代文学において「流行」とはいったい何なのか、なぜ「流行」が起こるのか、「流行」によって何が結果したのか、そのようなメタ理論的な問いかけを行うべき時期に来ているのではないだろうか」という。至言であるが、本稿の立場から付け加えるならば、中村が「新傾向の理論群を（略）

十把一絡げに括った杜撰な用語」と切りすてる「テクスト論」もまた、言説の特異なアレンジメントとして系譜付けた上で、何を（不）可能にしたのかが問われてしかるべきであろう。

付記　本稿は筆者が研究仲間達と開催している「八〇年代の文学・批評・研究史を読む会」において、『増補　感性の変革』読書会（二〇一六年八月四日、於高円寺中央会議室）を行った際の報告に基づきます。定例メンバーのほか、ゲストスピーカーの西田谷洋氏をはじめ、お越し頂いた方々のご発言に多くを教えられましたことをここに感謝します。

# Ⅳ ジャンルと批評

# ジャンルの変容と「コージー・ミステリ」の位置

## ライト文芸から見た現代の小説と批評

大橋崇行

### 1　ゼロ年代批評の問題点と批評の現在

ゼロ年代批評における一つの特徴は、マンガ、アニメ、ライトノベルといったサブカルチャーのテクストが、非常に多く取りあげられたことにあった。

たとえば「キャラクター小説」という枠組みを示した大塚英志は、これをマンガ、アニメーションにおいて描かれるような「キャラクター」に、「近代文学」が小説表現において行ってきたような「内面を与える」ことで生みだされるものだと規定した。(注1) ここでいう「内面」や大塚が示した文学史観は、柄谷行人『日本近代文学の起源』(一九八〇)以前の近代文学についての見方に大きく依存したものである。ここで論じられていた「私小説」が仮構された「私」を描くことを想定していたのに対し、大塚はその「私」を「キャラクター」に横滑りさせ、「キャラクター」に作家の「私」が反映されるとしている。

大塚に限らず、マンガ、アニメーション、ライトノベルを論じた「ゼロ年代批評」にとって、この「キャラクター」は一つの重要な視座だったといってよい。東浩紀のいわゆる「データベース理論」は、大塚の議論を受けた上で、「キャラクターのデータベース」によって書かれる作品群をライトノベルだと定義したものである。(注2) また伊藤剛は、四方田犬彦や、宮本大人、夏目房之助、小池一夫などの言説を受け、「「人格・のようなもの」としての存在感を感じさせる」プロトキャラクターとしての「キャラ」と、「キャラクター」とを論じてマンガ表現における「近代リアリズム」の成立を論じている。(注3) ここで伊藤が指摘した「人格・のようなもの」をめぐる議論は岩下朋世に引き継がれ、キャラクターの図像によって描き出される「内面」の問題として位置づけられている。(注4)

以上のようにゼロ年代批評とそれを引き継いだ言説における「キャラクター」の議論を見てみると、一つの特徴が見いだされる。それは、昭和初期の本間久雄や柳田泉から柄谷行人へといたる文学史において語られてきた小説における「近代リアリズム」をめぐる議論をそのまま持ち込むことで、マンガやアニメーション、ライトノベルについて語ることができるのではないかという志向を持っている点である。

しかし、ここにはいくつかの問題が横たわっている。第一に、ここで想定されている文学史で語られてきたのが、純文学として位置づけられてきた系譜にある作品だという点である。これはマンガやアニメーションにおける文学的な側面を語ることでメインカルチャーとサブカルチャーとのあいだにある権力構造にゆさぶりをかけようとするものだったと思われるが、そもそもあくまで娯楽作品として創られているマンガやアニメーション、ライトノベルを、純文学の価値観で切り取ることが可能なのか、それがむしろマンガやアニメーション、ライトノベルを読み解く多様な可能性を阻害してきたのではないかという問題は、考慮されるべきであろう。

またこれらの言説は、文学史の枠組みをたどる一方で、小説や物語をめぐって編成されてきた言説と、マンガ、アニメーション、ライトノベルとを切断してきた。大塚が『物語消滅論』(二〇〇四)で示した高見広春『バトルロワイヤル』(一九九九)や時雨沢恵一『キノの旅』(二〇〇〇—)についての論に典型的に見られるように、「キャラクター」という漠然とした概念にテクストを回収してしまったために、たとえば『キノの旅』における銃の仕組まれたナイフによって世界を生き抜こうとする作中人物の実像と、そこで描かれた物語の具体的な内実との関連性に触れることができなくなっている。すなわちこれらの議論は、物語を論じ、物語論の側面からテクストを語るといいながら、むしろそこで語られている物語そのものが抱えている論理を語らないという逆説によって成立していた。物語は大塚のいうように「消滅」しあるいは「消費」されるようになったのではなく、批評の側が語らないことによって、それがあたかも「消滅」したかのような錯誤を編成してきたのである。

「ゼロ年代批評」の様相をこのように捉えると、雑誌『群像』が主催する群像評論新人賞の選考委員を大澤真幸、鷲田清一、熊野純彦がつとめて、文芸批評が軽視されていること、また、批評というあり方そのものが機能しなくなっていることも、ある意味において当然だといえるだろう。東浩紀は「ゲンロン」を主宰して批評の復興を進めているが、むしろ、批評の衰退を招いた最大の要因は、それまで批評の中心にあった文芸批評的な手法を「ゼロ年代批評」が断ち切ってしまったことにある可能性は、想定しておく必要がある。

それでは、現代における批評にはどのような方法、方向性が可能なのか。また、現代においてマンガ、アニメーション、ライトノベル、あるいは小説で語られる物語を、どのように語り直せば良いのだろうか。

一つの可能性として考えられるのは、あらたな方法論を確立し、批評のあり方そのものを再検討することで あろう。しかしここには、批評理論の再編成、あるいは日本の批評が常に背負ってきた欧米諸国の最先端の批評理論の輸入が欠かせない。しかし世界的に見て、ポストモダン以降、E・W・サイードのオリエンタリズムやいわゆるポストコロニアル批評などはあるものの、かつての構造主義やマルクス主義批評のように、言論を席捲するような批評理論は生みだされていないのが現状である。したがって現代の批評においては、もう一つの方向性、すなわち、もういちど「ゼロ年代批評」以前の批評が持っていた文芸と物語を扱う枠組みに立ち返り、物語そのものに向き合い、それらを相対化していくことで、物語言説のなかでテクストや言説についての再検討を試みるということも必要となるように思われる。

もちろん、かつての文芸批評をそのまま再生産することは、現代においてほとんど意味を成さない。そこで本稿では、後者の側の立場からの一つの試みとして、ゼロ年代に語られなくなってしまった現代の物語はどのような状況にあるのか、これまで語られてきた物語とどのような断続があり、どのように変容しているのかということを考えてみたい。

その際、特に二〇一四年から隆盛しているライト文芸に見られる、「ジャンル」と「読者」とをめぐる問題系を中心に扱う。このことを通じ、どうしても「キャラクター」を媒介としてライトノベルとの接続だけで捉えられがちなライト文芸について、それとは異なる視点を示すとともに、現代における物語の発信と受容の諸相について考えていきたい。

## 2　ライト文芸について

二〇一四年から二〇一六年にかけて、ライト文芸（キャラ文芸）の新レーベルが次々に創刊している。ウェブ小説投稿サイト「小説家になろう」に投稿された「なろう系」と呼ばれる男性向けの小説の書籍化を中心に行っている「ＭＦブックス」が展開している新人賞において「ライト文芸」を称しているために用語の混乱が起こっているものの、基本的には、二十代以上の女性を想定読者とした小説に、作中人物をマンガ、アニメ的なキャ

ラクターにするというライトノベルの方法を持ち込んだ作品群を指す用語である。（注5）

ライト文芸が広がるまでの具体的な経緯については、拙稿のほか、山田愛美の論考ですでにまとめられている。（注6）これはKADOKAWA（創刊時はアスキー・メディアワークス）から刊行されている「メディアワークス文庫」が三上延『ビブリア古書堂の事件手帖』シリーズ（二〇一一—）などで好評を博したことに加え、東川篤哉『謎解きはディナーの後で』シリーズ（二〇一〇—）が人気を得たこと、岩崎夏海『もしも高校野球の女子マネージャーがドラッガーの『マネジメント』を読んだら』（二〇〇九）がブームになったことを受けて、『ダ・ヴィンチ』で「キャラ立ち小説」「キャラ文芸」（注7）、『日経エンタテインメント』で「キャラノベ」（注8）、『このライトノベルがすごい！』シリーズで「ボーダーズ」と呼ばれていたような、ライトノベルと一般文芸の中間に位置するとされていた作品が定着したものだといえる。

この他にも、角川文庫が松岡圭司『Q』シリーズ（二〇一〇—）などをはじめ、綾辻行人以降のいわゆる「新本格ミステリ」の系譜にあたる作品が、マンガ、アニメを想起させるイラストをつける形で出版されてきたことも指摘しておくべきだろう。特にKADOKAWAは現在キャラクター文芸の編集部を立ち上げており、中高生を想定読者とする旧来のライトノベルよりも高い世代を想定読者とするキャラクター小説を重視する方向性を、明確に打ち出している。

また、二〇一四年以降には、「新潮文庫nex」「講談社タイガ」「朝日エアロ文庫」「集英社オレンジ文庫」「富士見L文庫」など、主に文庫判で次々とライト文芸専門レーベルが誕生しており、二〇一六年にはいってからも、「スターツ文庫」「マイナビ文庫」などの創刊が相次いでいる。そのなかでライト文芸の用語は、特に「集英社オレンジ文庫」が自称したことや、二〇一五年四月十四日『朝日新聞』（東京版）文化欄の記事「ライト文芸現代の中間小説　漫画世代に向け創刊ラッシュ」などで定着し、書店における販売棚の名称としても機能するようになった。少年向けや少女向けのライトノベルが軒並み部数を大きく落としている状況にあって、今後の小説を牽引していくと思われる小説群がライト文芸なのである。

たしかに、日本で小説をもっともよく読んでいるのは、「集英社コバルト文庫」などの少女読者や、少年向けのライトノベル、「なろう系」周辺の男性読者ではなく、ライト文芸がターゲットにしている成年女性読者である。特に「集英社オレンジ文庫」は、十代に向けた少女小説、少女向けライトノベルを展開してきた「集英社コバルト文庫」よりも高い年齢層を想定した姉妹レーベルとして位置づけられていることからも、この読者層を意識していることは明らかであろう。その意味でライト文芸の台頭は、子どもの頃からマンガに馴染みがあり、作中人物をマンガ、アニメ的なキャラクターとして描くことに抵抗感が少なくなった現代において、ある意味で必然的に生じた現象だといえるかもしれない。

## 3　小説カテゴリとライトノベル、ライト文芸

それではライト文芸は、小説としてどのように読み解いていけば良いのだろうか。従来のライトノベルや一般文芸と、はたして小説としての書かれ方や、それを読み解いていく方向性に、差異はあるのだろうか。

この問いに答えることは容易ではないし、また、このような問いを立てることにあまり意味はない。なぜならライト文芸は、小説出版における「カテゴリ」の一つにすぎないからである。

「ジャンル」と「カテゴリ」の問題については、しばしば混同されることがあるように思われる。たとえば新城カズマがライトノベルを「ゼロ・ジャンル小説」と呼んだことは、「ジャンル」という枠組みから見た場合には非常に問題が大きい。(注9)なぜなら、「芸術作品の形式、内容に応じる分類」(『ブリタニカ国際大百科事典』)としての

「ジャンル」は、小説の場合、「ミステリ」「SF」「ファンタジー」「時代小説」といった作品の内容とそれに附随する物語様式とによって規定されるものだからである。

さらに「ジャンル」は、たとえば「ミステリ」であれば、甲賀三郎にはじまる「本格探偵小説（ミステリ）」「変格探偵小説」のような、より具体的な様式性の差異によって細分化していくことになる。このような「ジャンル」の発想に対し、ライトノベルと呼ばれる書籍群にはあまりに多様な作品が組み込まれており、「内容」によって分類されるものではないといえる。

そこで、経済学における消費者情報処理アプローチにおいて用いられる「カテゴリ」の概念を導入してみよう。たとえば「カテゴリ」概念について研究を進めている髙橋広行は、これを「消費者が認知世界として認識するもの」であり、それは「文化というレンズを通じ」た「ブランド」によって配置されるものだと位置づけている。(注10)

このような「カテゴリ」についての発想を、「電撃文庫」「角川スニーカー文庫」といったライトノベルの「ブランド」としての「レーベル」、あるいは「メディアワークス文庫」「集英社オレンジ文庫」といったライト文芸の「ブランド」としての「レーベル」という枠組みに当てはめると、日本の小説出版における「カテゴリ」は、作品の「内容」ではなく、読者層の年齢や性差によって成される、主に書店における小説の棚の分配に関わるものとして規定することができる。たとえば、「児童文学」や「絵本」が「文芸」と同じ棚に置かれることがないのは、これらが幼児から小学生にかけての児童を想定読者としており、大人の読者を想定している文芸とは異なる「カテゴリ」にあるためだと考えるとわかりやすい。また、このときに重要なのは、「カテゴリ」による分類は、実態としての読者に十代よりも高い年代が含まれているということが、問題とならないという点であろう。あくまで想定読者の範囲のなかで作り出されるものであることには注意が必要である。

一方で書店の棚は、「カテゴリ」だけでなく、特に文芸に関しては「ＳＦ」や「ミステリ」、「幻想文学」といった「ジャンル」によって分類されることもある。(注11) そのため、書店で用いる「ジャンル」は公共図書館のＮＤＣ分類のように体系的なものではなく、非常に把握しにくい。このように書店の曖昧なカテゴリ分類を図書館に持ち込もうとし、図書館分類を軽視したために失敗したのが、二〇一五年に起きた、ＣＣＣ（カルチュア・コンビニエンス・クラブ）による海老名市立図書館や武雄市立図書館の運営問題だったと指摘することもできるであろう。

しかしライトノベルという「カテゴリ」で見てみると、少なくとも「ライトノベルとは何か」という命題が意味を成さない程度までには、書店による分類、カテゴライズが機能している。すなわちライトノベルは現在において、「児童文学」「文芸書」「ビジネス書」といった「カテゴリ」の一つになっているというのが実態なのである。

それでは、ライト文芸の場合、どのように考えれば良いのだろうか。たとえば「新潮文庫ｎｅｘ」は、マンガ、アニメ的なイラストをつけ、それを類推させる人物造形をもつ小説を数多く刊行しているものの、実際には「新潮文庫」として書店で販売されている。一部の書店では「新潮文庫ｎｅｘ」のみをまとめて配架している場合が見られるものの、ほとんどの場合、表紙カバーの背だけで判断するしかないというのが現状である。(注12) また、「メディアワークス文庫」や「集英社オレンジ文庫」「富士見Ｌ文庫」はライト文芸専門レーベルであるため「新潮文庫」ほどの混乱はなく、まとまったかたちで販売されてはいる。その中で、「集英社オレンジ文庫」であれば「集英社文庫」の隣、「メディアワークス文庫」であれば「角川文庫」の隣といったように、一般文芸を中心とした文庫棚の中にまとめて置かれることが少なくない。紀伊國屋書店新宿本店などのようにライト文芸を一つの「カテゴリ」としてこれらの本をまとめて置いているのはまだ稀なケースであり、その意味でライト文芸は、「カテゴリ」としてまだ十分に機能していないともいえる。

しかしそのような状況であっても、ライト文芸が「カテゴリ」としての名称であることは、ある程度認めて良いように思われる。このとき、そうした「カテゴリ」にある小説群に対して過剰な意味づけをおこなうことは、個々のテクストが持っている差異とそこで描かれた物語とを看過した、まさにゼロ年代批評的な「読み」にほかならないはずである。

## 4　新しい「ジャンル」としての「タグ」

それでは、ライト文芸をめぐっては、どのような問題点が見いだされるのか。その一つとして、ライト文芸の中にある「ジャンル」の構成と、従来の「ジャンル」との差異を考えてみたい。

ライト文芸を出版の「カテゴリ」として考えた場合、ライトノベルがそうであったように、このような出版「カテゴリ」の中に、複数の「ジャンル」に当たる作品が入り込んでくることになる。このとき非常に現代的な特徴の一つとして挙げられるのが、ライト文芸の書籍の「ジャンル」が、「タグ」によって少なからず規定されていることである。

もともと「荷物」や「付箋」という意味を持つ「タグ（tag）」は、インターネット上のｗｅｂサイトをＨＴＭＬやＸＭＬで構成する際に、「<」と「>」で括られた標識のことを指している。たとえばＨＴＭＬでは、この標識としてある特定の単語を組み込んでおくことで、Internet ExplorerやGoogle Chromeといったwebブラウザで検索するときにその単語が読み込まれ、ある単語によって検索した結果として表示されることになる。特にニコニコ動画やなどでは、動画ごとに「タグ」として単語を設定することで、それが検索だけでなくユーザーへのお薦め動画などにも反映されているし、また小説投稿サイト「小説家になろう」では、「タグ」が実質的にジャンルであるかのように機能している。

ライト文芸においては、たとえば「集英社オレンジ文庫」の公式サイトに見られるように、「ほっこり」「あったか」「ほんわか」といった「タグ」が「ジャンル」として設定されている。そこで、この「ほっこり」の「タグ」がついている阿部暁子『鎌倉香房メモリーズ』を見てみよう。同作は、二〇一五年二月に一巻が出て以降、二〇一七年三月ですでに五巻が出版されており、同レーベルの看板作品の一つとなっている。

内容は鎌倉を舞台に、墓や寺の参詣に使う線香のほか、香木や香道具、薫香などを扱う「花月香房」に関わるさまざまな人々を描いた、短編連作の小説作品となっている。「花月香房」の店主の孫で、高校性の香乃は、人の心の動きを香りとして感じ取る能力を持っており、仕事をしていくなかで多くの人と出会う。そのときに自身の能力を使いながら「香り」にまつわる日常の小さな事件を解決していく。

たとえば一巻に掲載の「第1話　あの日からの恋文」では、祖母の高校時代の友人で、認知症を患っている糸子をめぐる物語である。糸子は、亡くなった夫から受け取った『手紙』を探しており、それに香乃たちは協力することになる。その『手紙』は以前起きた火事で焼失したのかもしれないと彼女たちはいったん諦めるものの、糸子のハンドバッグに入っていた「匂い袋」をきっかけに、その『手紙』が発見される。そこには滅多に自分の感情を言葉に出さなかった夫からの、短いメッセージが遺されていた。

この「第1話」では糸子が『手紙』を紛失し、それを探し出すことが「謎」として位置づけられている。この「謎」を、香りにまつわる「匂い袋」から解決するというのが基本的な枠組みとなっている。「謎」の「答え」を導くという「ミステリ」としての構造はもっているものの、誰かが死ぬわけでもなければ、暴力表現があるわけでもない。また、その「謎」がきわめて限定的な人間関係のなかで解決されるという点でも、ある種の「コージー・ミステリ」をたどっているといえる。

「コージー・ミステリ(cozy mystery)」とは、「ミステリ」のなかの細分化された「ジャンル」の一つである。「cozy」は「居心地の良い」「親しみやすい」という意味を持つが、ここでは特にゆで卵やティーポットの保温用のカバーという意味の「cozy」に由来し、女性が休憩時間に紅茶を飲みながらゆったりと時間を楽しむために書かれた「ミステリ」の小説を指している。事件がきわめて狭い地域の中で起こった事件が解決したり、グロテスクな表現を極力避けていたり、「探偵」ではない職業の人物を探偵役に仕立てていたり、また、「ミステリ」としてだけでなく料理のレシピや身の回りについての蘊蓄など、小説を読むという行為が日常的に役に立つ知恵、知識の獲得と密接に結びついていることなどが特徴に挙げられる。

また、この「コージー・ミステリ」と『鎌倉香房メモリーズ』との関係において重要なのは、作中の「謎」を解くことが作中人物にとっての幸福と、そこから喚起される読者の「感動」を伴う「泣ける」物語になっており、それがこの作品の「ほっこり」という「タグ」、あるいは、「レーベル」の側の位置づけによれば「ほっこり」という「ジャンル」として位置づけられている点である。

こうした「ほっこり」を含む「コージー・ミステリ」の新しい「ジャンル」としての様式は、ライト文芸の「ミステリ」において、非常に典型的な物語様式になっている。前掲の三上延『ビブリア古書堂の事件手帖』シリーズはもちろん、集英社オレンジ文庫の希多美咲『からたち童話専門店』シリーズ(同、二〇一五〜)、谷崎泉『月影骨董探偵帖』シリーズ(富士見L文庫、二〇一四年〜)、佐々木禎子『ホラー作家・宇佐美右京の他力本願な日々』シリーズ(富士見L文庫、二〇一四年〜)と枚挙に遑が無い。これらの作品は基本的に『鎌倉香房メモリーズ』シリーズに見られたような非常に定型化された物語様式をたどるなかで、探偵役を担う人物の職業に関する蘊蓄や、それとどのように「謎」を関係させるのかという差異を楽しむという「ジャンル」として編成されているのである。

## 5「コージー・ミステリ」の位置

このときに重要なのは、これらの「コージー・ミステリ」が、「タグ」による「ほっこり」という「ジャンル」編成だけでなく、従来の文芸において「ジャンル」として括られてきた作品群の受容のあり方とは、少なからず異なる問題を示しているということである。

そもそも「コージー・ミステリ」は、日本において受容するのが非常に難しい「ジャンル」だとされていた。

今を去ること五年前、《ミステリマガジン》誌上に「コージー・ミステリの逆襲」なる特集が組まれ、コージー擁護ののろしがあがった。

それまで、コージー・ミステリがいかに悲惨な扱いを受けていたか、思い出しても腸がよじれそうになる。なにしろ「コージー・ミステリなんてクソだ」とか「ご近所ミステリだ」なんてバカにされ、ほとんど無視されてきたんですからね。

（若竹七海「コージーに一喜一憂」、『ミステリマガジン』、二〇〇四・五）

若竹七海によるこの怨嗟に満ちた言説は、日本における「コージー・ミステリ」の位置を非常によく示している。

若竹が指摘する『ミステリマガジン』の一九九九年一月の特集「コージー・ミステリの逆襲」でアガサ・クリスティーの『牧師館の殺人』(Agatha Christie, *The Murder at the Vicarage*, 1930) をはじめとした「ミス・マープル」(Miss Jane Marple) を主人公とする作品群、あるいはドロシー・L・セイヤーズの『誰の死体?』(Dorothy Leigh Sayers, *Whose Body?*, 1923) をはじめとした、ピーター・ウィムジイ卿 (Lord Peter Death Bredon Wimsey) を主人公とする作品群が想定されているように、「コージー・ミステリ」(「ティー&ケイク・ミステリ」)は英米圏のミステリにおいて、一つの重要な「ジャンル」として、また、主に女性作家によるミステリとして認知されてきた。たとえば一九八〇年代以降のマーシャ・ミュラー(Marcia Muller)、サラ・パレツキー(Sara Paretsky)、ジーン・リューリック(Jean Ruryk)といった作家も、その中に含まれるだろう。

ここで、前島純子が「「ほのぼの」と「ユーモア」と「人間味」というのが、コージー派のミステリを定義づけるポイントだと思う。(注13)」としているように、「探偵」や「刑事」ではない作中人物が謎を解決する、それが主人公のごく狭い範囲のなかで行われる、また、事件を解決する過程で料理のレシピなどをはじめ、女性が興味を持ちそうな蘊蓄が挟み込まれているなど、「コージー・ミステリ」には少なからず様式化された特徴が見て取られる。また、「もともと残酷シーンは大の苦手で、映像は全くダメ」だという料理研究家の貝谷郁子が「疲れているときはコージーである、元気を出したい時もコージーだ、ほっとしたい時もコージー」と述べているように、(注14)小説を読むことで「ほっとしたい」という女性の願望を背負った女性作家が執筆し、女性ジェンダーに大きく依存したミステリであることも重要である。

その意味でライト文芸において「ミステリ」と位置づけられる作品群は、もちろん英米圏の伝統的な「コージー・ミステリ」に比べればかなりの「ライトさ」を伴っているものの、女性を中心とした作家―読者の共同体、読者に与える知識としての蘊蓄、日常に潜む謎といった要素を持っているという意味で、「コージー・ミステリ」の枠組みだといえる。特に、これらの「コージー・ミステリ」における探偵役において探偵役のキャラクターが重要視されてきたことが、日本のマンガ、アニメ、ライトノベルにおける様式性と重なり合ったところに、ライト文芸の「ミステリ」が編成されているのである。

以上のように考えると、「コージー・ミステリ」が、日本になかなか定着しなかった要因が見えてくる。

ところが、本格ミステリの現在形を期待する読者として、彼女らの作品に抱いた最初の印象は、妙な違和感だった。というのも、アメリカという国柄や、現代という時代の制約を考えても、本格ミステリを書くという作業には、さまざまな試行錯誤や思い切った冒険が避けられない筈なのに、作者の積極的な姿勢が微塵も窺えなかったからだ。

お決まりの田舎や田舎町といった舞台に、エキセントリックな登場人物たち、そしてお約束の殺人事件が起こり、最後には型どおりの謎ときが待ち受けている。コージーと言われる作品は、煎じ詰めれば、このパターンに集約されてしまう。トリックやレッドヘリングなど、それぞれに多少の技巧はあっても、所詮は先人たちの築いたスタイルをなぞっているだけの事で、通い慣れた居心地の良さはあっても、積極的にミステリの新しい面白さを追求するスリルは皆無といっていい。

（三橋暁「コージーのあるべき姿」、『ミステリマガジン』、一九九九・一）

三橋による「コージー・ミステリ」に対する批判は、「本格ミステリ」が編成してきた、特に男性を中心とした「作者―読者共同体」のあり方を非常によく示している。これによれば、甲賀三郎が提唱したいわゆる「本格ミステリ（探偵小説）」、あるいは綾辻行人以降の「新本格ミステリ」以降の作品も含めて、日本の「本格ミステリ」は「さまざまな試行錯誤や思い切った冒険」を行う「作者」と、それを「本格ミステリの現在形」として期待する「読者」との共犯関係によって成立していたといってよい。

ここでの「試行錯誤」や「本格ミステリの現在形」とは、具体的に、作中で起こる事件を複雑にし、そこで用いられるトリックを、作中人物である「探偵」が、いかに意外性のある推理によって解答に導いていくかという快楽に依存している。

『本格ミステリは決まった答えを出すじゃないですか』
「謎を不思議と言い換えてみましょうか。本格ファンは、まず複雑怪奇な事件という不思議を愛で、さらにそれが思いがけない推理で解けてしまう不思議に感嘆する。私は〈不思議な謎が解けてしまう不思議〉といった言葉を使ったことがあります。この二重の不思議が本格ミステリの最大の魅力でしょう」

（有栖川有栖「本格ミステリ問答・序説」、『本の話』、二〇〇二・九）

有栖川有栖や島田荘司などがたびたび言及するこのような「本格ミステリ」をめぐる価値観は、こうして「作者」の側から発進されることで三橋のような「読者」にも共有されてきた。三橋が感じた「違和感」は、このような「作者―読者共同体」が共有してきた「本格ミステリ」の価値観から「コージー・ミステリ」が外れているために生じたものである。これは結果として、その周縁ジャンルにいる作家と読者とを枠外に押し出し、自分たちがあたかもその「ジャンル」について特権的な位置にいるかのような幻想を生みだす、ある意味において非常に身勝手な論理だった。その結果が、若竹七海が「悲惨な扱いを受けていた」と述べた怨嗟を生みだしていたのである。

## 6　ライト文芸による「読者」の再編成

このように考えた場合、ライト文芸における「コージー・ミステリ」の隆盛は、日本の「ミステリ」、さらには「小説」の読者よる読書行為にとって、大きな意味を持っている。なぜなら、先述の『鎌倉香房メモリーズ』は、「ミステリ」「ほっこり」以外にも「あったか」「あの街」「お店」「不思議」「切ない」「恋」「涙」「青春」と全部で十の「タグ」が公式HPの紹介ページにつけられており、(注15) 旧来的な「ジャンル」と、それにまつわる「作者—読者共同体」によって編成される様式的な読みから読者を解放し、これらの「タグ」のどれかにあてはまる読者であれば、それを手に取ることが出来てしまうという状況が生みだされているためである。

感情を香りとして感じることができる主人公・香乃。不思議な体質のせいで子どもの頃から苦労してきた彼女は祖母の営む香房でお手伝いしながらも他人に極力関わらないようにしていたが？　お人好しな主人公とそんな彼女をさりげなく守るアルバイトの雪弥のコンビがいい感じ。基本的にどの話も心がほんわかするけれど、最後の妹ちゃんの話はビターだった。学生の頃って学校の中がすべてだよね。仲間外れにされたくないからって合わせてばかりいるのは辛すぎる。時にはひとりで生きる勇気も必要…と大人になった今だから言えることなのかも。次も読む。

（葉庭、二〇一五・九・七）(注16)

舞台が鎌倉で、主人公が着物を着ている設定なので、なんとなく「ビブリア古書堂」と「下鴨アンティーク」を足して2で割ったような作品かなと思いましたが、次第に物語に引き込まれて、するするとあっという間に読み終えてしまいました。〝香り〟が絡んだ謎解きも良かったですが、なんと言っても淡い恋模様がツボで、胸がぎゅっとなるような切なさを感じました。どうやら私は、ほのかな恋とかじれじれするような恋がお好みなようです（笑）。香乃と雪弥の今後が気になるので、続編も早く読もうと思います☆

（ショウ、二〇一五・一一・二五）(注17)

書評投稿サイト「読書メーター」に投稿された一般読者からの感想を見てみると、もちろん『鎌倉香房メモリーズ』を「ミステリ」として読むことできるものの、それ以外にも多様な読み方がなされている。しかし、引用した一人目の「葉庭」という筆名の投稿者が「不思議な体質」と「学生の頃って学校の中がすべて」だという「青春」の文脈を読み取り、「ショウ」という筆名の投稿者が「ビブリア古書堂」と接続するミステリ要素を「淡い恋模様」とを読み解いているように、実際には「タグ」として指定されている枠組みが非常に読者の読みにおいてよく機能していることが窺われる。

もちろんこれらの読者がHPに記載された「タグ」を見ているとは限らず、小説の内容から読み解いた可能性のほうが高い。しかし、このように作品に多様に貼り付けられた「タグ」の方向性が小説の読解において機能しているという読者の現状は、たとえばかつての「本格ミステリ」「新本格ミステリ」の「作者—読者共同体」が持っていたような強固な「ミステリ」の制度からより逸脱しやすく、また、ライト文芸がそもそも、このような共同体を編成しにくい書籍群になっていることが窺われる。

そして重要なのは、このような読者のあり方は、かつての「ジャンル」小説や、ライトノベルといったエンタテインメント小説の受容においては、なかなか編成できなかったものだということである。

拙著ですでに触れたように、小説の「ジャンル」を、小説の読み方を形式として共有する読者共同体と、そこで編成されるコミュニケーションの運動として捉えたのはチャールズ・ベイザーマンだが、(注18)先述の「本格ミステリ」に限らず、たとえば「日本SFファングループ連合会議」が運営する「日本SF大会」において、作者と「SF者」と呼ばれる読者が一体となって展開してきた日本の「SF」も、構造としてはこれと変わらなかった。また、「ジャンル」としての実態がほとんどないにもかかわらず、「SF者」が編成した「作者—読者共同体」の構図をそのまま持ち込んだのが、ライトノベルにおける読者の「ラノベ読み」に当たる。これらの読者は、三橋暁に典型的に見られたように、「ジャンル」としてのルールから外れる読者をときに排除し、みずからの読解を特権的な位置に置くことによって、マニアとしての読者を編成してきた。そうすることで、ある特定の「ジャンル」だけを集中的に読む読者集団を形成し、「ジャンル」を維持しようとしてきたのである。

しかし、ライト文芸における「コージー・ミステリ」の読者は、そもそもこういった読者共同体から排除されてきた女性読者が大半を占めている。ここでは、ある特定の読み方を共有するというあり方ではなく、よりゆるやかな枠組みで多様な読みが容認されることによって、「カテゴリ」としての編成が維持されつつある。このような読書のあり方がライト文芸の現状なのであり、それと密接に結びついているのが、「ジャンル」としての「タグ」という、インターネットによって生じた新しい「ジャンル」編成なのである。

## 7 おわりに

以上、本稿では小説の「カテゴリ」「ジャンル」という枠組みから出発し、新しい「カテゴリ」としてのライト文芸と、そこで生じている「ジャンル」の再編成について考えてきた。もちろんこのようなライト文芸も、より多くの読者を獲得し、マニアとしての読者が獲得されることによって、かつての「ミステリ」「SF」、あるいはライトノベルのような「作者─読者共同体」が編成される可能性は潜在している。しかし、パソコン通信上で作られたとされるライトノベルという用語にまつわる書籍群が「ラノベ読み」によって行われる読者共同体を作り出し(注19)、キャラクターを中心とした読解や、特定の価値観に沿った読解に傾いていったのに対し(注20)、その次の世代に当たるライト文芸は、すでにそういった読者共同体からは離れた読みを前提とした「カテゴリ」として編成され、読者による読みの多様性が可視化される状況になっている。その意味で、特にインターネットを介した現代的な「読者」による「小説」読解のあり方を見ていく上で、ライト文芸をめぐる現状は、非常に興味深い問題を示しているといえる。

一方で本論の冒頭に掲げた問題意識との関係で考えた場合、ライト文芸が「キャラクター」や作中人物の「内面」の問題、あるいは「ライトノベル」という「カテゴリ」全体を一つの問題系として語ろうとするような「ゼロ年代批評」の枠組みでは読み取ることのできない書籍群であることは明らかであろう。「ゼロ年代批評」がサブカルチャーを論じたときの視座は、男性の「作者―読者共同体」を中心に編成された文学史と、マンガ、アニメーション、ライトノベルの読者共同体としての「おたく」、その周辺にある「オタク文化」、それによって編成されるオタクたちの社会を取り上げてきたという側面は否めない。たとえば近年の批評において女性読者を中心としたBL（ボーイズ・ラヴ）を扱う際にも、結局はこの方法を女性読者の側に横滑りさせ、女性によって編成された読者共同体の問題を扱ってきたのである。

しかし、ライト文芸による読者と「ジャンル」の再編成が示しているのは、かつての「ゼロ年代批評」が論の対象としてきたような読者共同体の解体そのものである。そのような状況で対象を批評するためには、テクストそのものの内実と、そこで語られる物語を語ることに立ち返ることが必要である。このように、文庫版ライトノベルの衰退とライト文芸の隆盛とは、「ゼロ年代批評」的な批評のあり方、あるいは「おたく」やサブカルチャーをめぐって編成されてきた言説のあり方の終焉を示しているのである。

（1）大塚英志『キャラクター小説の作り方』、二〇〇三年、講談社（講談社現代新書）。
（2）伊藤剛『テヅカ・イズ・デッド　ひらかれたマンガ表現論へ』、二〇〇五年、NTT出版。伊藤がここで参照したのは、四方田犬彦「誰を、どう見分けるか？　――漫画におけるキャラクターの根拠」（米澤嘉博編『マンガ批評宣言』、一九七八年、亜紀書房）、宮本大人「漫画においてキャラクターが「立つ」とはどういうことか」（『日本児童文学』四九巻二号（通号五四四号）、二〇〇三年三月）、小池一夫『小池一夫の誌上劇画村塾』（一九八五年、スタジオシップ）、夏目房之介『手塚治虫の冒険』（一九九八年、小学館）などである。

（3）岩下朋世『少女マンガの表現機構　ひらかれたマンガ表現史と「手塚治虫」』二〇一三年、NTT出版、。

（4）東浩紀『動物化するポストモダン　オタクから見た日本社会』、二〇〇一年、講談社〈講談社現代新書〉。『ゲーム的リアリズムの誕生　動物化するポストモダン2』、二〇〇七年、講談社〈講談社現代新書〉。西田谷洋は「データベース」理論に対し、「データベース・モデルやメタリアル・フィクションはかつての相互テクスト性やメタフィクションの言い換えにすぎない。」（西田谷洋『ファンタジーのイデオロギー　現代日本アニメ研究』、二〇一四年、ひつじ書房）としている。

（5）大橋崇行「ライト文芸の流行と今後の展望」、大橋崇行・山中智省編『ライトノベル・フロントライン1』、二〇一五年、青弓社。

（6）山田愛美「ライト文芸の普及と拡大」、大橋崇行・山中智省編『ライトノベル・フロントライン2』、二〇一六年、青弓社。

（7）「一般文芸×ライトノベル　キャラ立ち小説が今面白い!!」、『ダ・ヴィンチ』、二〇一二年八月、メディアファクトリー。

（8）「マンガのような主人公が活躍、「キャラノベ」が人気のワケ」、『日経エンタテインメント!』、二〇一二年八月、日経BP社。

（9）新城カズマ『ライトノベル「超」入門』、二〇〇六年、ソフトバンククリエイティブ〈ソフトバンク新書〉。

（10）髙橋広行『カテゴリーの役割と構造　ブランドとライフスタイルをつなぐもの』、二〇一一年、関西学院大学出版会。

（11）これは、たとえば書籍取次会社の日販が書店向けに刊行している『日販通信』の記事「ジャンル別　振り返り二〇一五年出版概況、トピックス、二〇一六年の日販の取り組み」（『日販通信』、第九一七号、二〇一六年一月）

が示すように、書籍の流通が「文芸書」「実用書」のように書籍の「内容」で容易にカテゴライズ可能なものだけでなく、「新書」「文庫」など書籍の内容が複数の「ジャンル」にまたがる書籍群も「ジャンル」と呼び、非常に粗雑な用語を伝統的に用いてきたことに起因していると考えられる。

(12) 図書館学においては書籍を棚に配置することを「排架」と称しているが、ここでは書店について述べているため「配架」を用いる。

(13) 前島純子「コージー・ミステリでくつろぐ」、『ミステリマガジン』、一九九九年一月、早川書房。

(14) 貝谷郁子「お茶の時間は推理の時間」、『ミステリマガジン』、二〇〇四年五月、早川書房。

(15) 集英社オレンジ文庫公式HP、http://orangebunko.shueisha.co.jp/(二〇一七年三月七日閲覧)。

(16) http://bookmeter.com/u/164467(二〇一七年三月七日閲覧)。

(17) http://bookmeter.com/u/187555(二〇一七年三月七日閲覧)。

(18) 拙著『ライトノベルから見た少女/少年小説史　現代日本の物語文化を見直すために』、笠間書院、二〇一四年。チャールズ・ベイザーマンの論については、Bazerman Charles, *Genre and identity: Citizenship in the age of the Internet and the age of global capitalism. The Rhetoric and Ideology of genre*, 2002。

(19) 「[ライトノベル進化論](下)「良質な青春小説のような…?」」、『読売新聞』、二〇〇六年十一月二十一日。このライトノベルという用語の「誕生」についての言説が実態としてはほとんど意味をなさないことは、拙著『ライトノベルから見た少女/少年小説史　現代日本の物語文化を見直すために』(二〇一四年、笠間書院)で論じている。

(20) 拙稿「中学生・高校性による読書の現状とその問題点――ライトノベルの位置と国語教育、読書指導」、『東海学園大学研究紀要　人文科学研究編』、二〇一六年

付記　本稿はJSPS科学研究費補助金(挑戦的萌芽研究 15K12848「現代日本におけるメディア横断型コンテンツに関する発信および受容についての研究」、研究代表者:大橋崇行)の助成を受けたものである。

# ゼロ年代批評とは何だったのか

## 一九九五年と二〇一一年の「あいだ」で

千田洋幸

### 1　批評の変容

批評、あるいは批評家という存在が担っていた役割がすでに風化して久しい。ゼロ年代批評[注1]とは何だったのか、という問いは、そういう文脈のなかでまず問われなければならない。たとえば一九七〇年代に吉本隆明がおり、八〇年代に蓮實重彦と柄谷行人がおり、「ニューアカ」などと称された現代思想の季節があり、九〇年代に『批評空間』(一九九一~二〇〇二)が必読のメディアであった、という意味での「古典的」批評の時代はすでに終わりをつげている。思想と文学のいずれもが凋落し、マジョリティの人々に共有される規範性と有用性を喪失したゼロ年代以後においては、後にもふれるように、コミュニケーションの迂路を抹消した言葉、直接性をもって「刺さる」(注・秋元康の愛用語)言葉の方が有効なのだ。未来に行き詰まりを感じている人々が、複雑きわまりない現実の状況に対して即座に解答を求めようとする欲望の発生と、ネット／SNSがもっとも手軽なプラットフォームとなるメディア環境の変容とは、いうまでもなく密接に結びついている。かつての丸山真男や吉本隆明に代表されるように、批評家ないし思想家とは、混沌とした同時代の状況に対する思考の方向性と可能性を——それがかりに誤謬をふくんでいたとしても——提示することを求められる存在だった。批評のその役割は、形を変えながらも、『批評空間』まではかろうじて維持されていたといっていい。だが現在、批評にそのような役割を求めても得られるものはなにもないし、傍からの失笑を買うだけだ。自分にとって都合のいい情報を手に入れたいのなら、ネット／ＳＮＳから無限に得ることができるし、そういう人々は批評家の言葉に耳を傾けたりはしない。ネット／ＳＮＳの情報支配と相まって、ゼロ年代は批評の意義が大きく変容した時期であると後々語られることは疑いないだろう。

他方で、たとえば筆者のフィールドである近代文学研究の領域——きわめて限定された場ではあるが——に眼を転じてみると、ゼロ年代直前の九〇年代は、あきらかにカルチュラル・スタディーズ隆盛の時期だった。文学テクストの解釈それ自体によって、国家、民族、ジェンダー、階層等が生み出す権力が可視化され、批判の対象にされるとともに、ポストコロニアル・スタディーズやジェンダー・スタディーズが提示する倫理と正義とに一義的な価値が付与されていった。そういう立場に与しない研究、文学の自明性を疑わない方法は軽蔑され、周縁化されていくことになる。文学のミクロポリティクスを顕在化させることによって、研究／研究者は現実世界の秩序にコミットし、その変革に貢献しうる、という楽観的な認識を多くの人々が共有していた時期でもあった。ゼロ年代は、そういう研究の言葉が誰にも届いていなかったという事実が露呈した時期である。文学研究者が生真面目に行使しつづけたポストコロニアル・スタディーズやジェンダー・スタディーズの方法は、現実に存在する排外主義やセクシズムを消滅させる力などほとんど発揮することができず、要するにい、い、い、い、役に立たなかった。結局、それらの理論の反復は、学会とか学界とか名づけられた身内の空間でのみ通用するパフォーマンスの産物にすぎず、しかもその内実は多分に「心情倫理」にもとづくロマンティックな反国家論、脱差別論でしかなかったために、(注2)研究の外部の世界に対して何ら働きかける術をもたなかったのである。

もちろん、これはあくまでも文学研究という狭いジャンルの問題であるが、ゼロ年代に至って理論上の閉塞が明瞭になったという点で、批評がおかれていた状況とも踵を接していたといえる。この背景にはもちろん、柄谷行人が『近代文学の終り』(二〇〇五、インスクリプト)で指摘したように、かつて「知識人と大衆、あるいは、さまざまな社会的階層を「共感」によって同一的たらしめ、ネーションを形成する」役割を保持していた近代文学の凋落という事態があったわけだが、ゼロ年代における批評の変質は他ジャンルにも及ぶ同時的な現象だった、ということは押さえておいてよい。

ここで少しだけ、一九九八年に刊行された東浩紀『存在論的、郵便的——ジャック・デリダについて』(一九九八、新潮社)の内容に触れておきたい。東は、ジャック・デリダの一見特殊にみえる後期テクストのエクリチュールに、「幽霊」「誤配」の位相を見いだした。デリダが語る散種の時間性とは、「決して現前したことのない、そして今後も決して現前することのない「過去」」である。たとえばホロコーストのような歴史的出来事にせよ、デリダという固有名に与えられた同一性にせよ、そこには「かも知れない」という「幽霊」——殺されたかも知れない／殺されなかったかも知れない、自分はデリダであったかも知れない／なかったかも知れない——が、エクリチュールとしてつねに取り憑いている。このとき、デリダにおけるコミュニケーションとは、誤配可能性を絶えずふくむ「あてにならない郵便制度」となる。「「幽霊」とは私たちの考えでは、すべてのシニフィアンに必然的に取り憑く確率的誤配可能性、誤配されるであろう可能性(約束)と誤配されたかも知れない可能性(デッド・ストック)の組み合わせにほかならない」(東)。この「幽霊」の記憶が、デリダ後期テクストの特異なスタイルを要請してやまないのだ。

　東が後期デリダに見いだした「幽霊」の記憶は、『存在論的、郵便的』とほぼ同時期において、「偶有性」「偶発性」の概念を重視する文化論を展開した大澤真幸『電子メディア論──身体のメディア的変容』(一九九五、新曜社)や宮台真司『制服少女たちの選択』(一九九四、講談社)の言説と、異なりながらも微妙に響きあっている。大澤は、オウム真理教による地下鉄サリン事件と阪神・淡路大震災とを並列して、そこに「われわれの生の根本的な偶有性」を想定した。また宮台は、援助交際する少女が、電話コミュニケーションによる客との関係において「関係の偶発性」に直面し、学校や家庭のなかで得られていた「現実の手ざわり」が喪失される事態について語っている。これらは、一九九〇年代の日本における「私が私であること」の同一性の揺らぎについて語るものであり、デリダ─東が語る「幽霊」と直接に接続しているわけではない。しかし、のちに東浩紀・大澤真幸『自由を考える──9・11以降の現代思想』(二〇〇三、NHK出版)での両者の対談において、「偶有性」「単独性」「確率」の問題が語られているように、東が柄谷的な「単独性」の剝奪を読み込んだデリダ的「幽霊」の意味と、九〇年代日本──震災と地下鉄サリン事件に象徴される──の問題とが、まったく異なった文脈におかれていたわけでもない。もちろん、東が『批評空間』にデリダ論を連載しはじめたのは一九九四年であり、震災とサリン事件はいまだ影も形もない。しかし、デリダがまさに不確定な「かも知れない」を含んだ未来をavenirと呼んだように、その未来は偶然に到来したのである。このことに関して、あまり恣意的な物言いは慎まなければならないだろうが、一九九五年の大きな災厄を通じて、日本という「悪い場所」(椹木野衣『日本・現代・美術』一九九八、新潮社)で思想の洗練がなされたという事実はやはり重要である。それは同時に、ゼロ年代が、一九九五年と二〇一一年という二つの災厄の年に挟まれた、文字どおりの〝谷間〟であったことをも意味している。

ゼロ年代批評は、一九九五年の出来事に着目した大澤、宮台の言説、あるいはそれと接続する文脈を備えていた東の『存在論的、郵便的』から遠く離れていくことによって自己形成した。これまた偶然にも、一九九五年にリリースされたマイクロソフトのOS、Windows95がサイバースペースにおける情報の大量流通と大量消費をうながし、この流れを加速させた。端的にいって、ネット上のコミュニケーションが奪い去ったのは、コミュニケーションの誤配可能性そのものである。発信―受信のつながりが断たれることなく常時接続され、受信側の恣意的なアクセスを無限に可能とし、あらゆる情報を過剰に届かせてしまうネット上のコミュニケーションは、「行方不明の手紙」が無数に存在するような「幽霊」性、複数性を排除する。それは、過去―未来にわたる「かも知れない」の集積によって成り立っている「歴史」それ自体が存在しない――正確にいえば、「歴史」など存在しないという態度をやすやすと許容する――空間である。

そのような事態をもっとも明瞭に描いてみせたのも、東浩紀である。東は、『動物化するポストモダン――オタクから見た日本社会』(二〇〇一、講談社現代新書)において、近代主義的なツリーモデル、あるいは大塚英志の物語消費モデルとは異なった「データベース消費」モデルを提示し、それについてつぎのように語った。

……九〇年代のオタク系文化を特徴づける「キャラ萌え」とは、じつはオタクたち自身が信じたがっているような単純な感情移入なのではなく、キャラクター(シミュラークル)と萌え要素(データベース)の二層構造のあいだを往復することで支えられる、すぐれてポストモダン的な消費行動である。特定のキャラクターに「萌える」という消費行動には、盲目的な没入とともに、その対象を萌え要素に分解し、データベースのなかで相対化してしまうような奇妙に冷静な側面が隠されている。(中略)

したがって『デ・ジ・キャラット』を消費するとは、単純に作品(小さな物語)を消費することでも、その背後にある世界観（大きな物語）を消費することでも、さらには設定やキャラクター（大きな非物語）を消費することでもなく、そのさらに奥にある、より広大なオタク系文化全体のデータベースを消費することへと繋がっている。筆者は以下、このような消費行動を、大塚の「物語消費」と対比する意味で「データベース消費」と呼びたいと思う。

ネットを通じてキャラクターとデータベースを往復する欲望の内部に、誤配可能性が介入する余地はまったくない。そこで求められるのは、直截に「脳」に作用し、刺激を与えてくれる萌え要素の効率的な獲得と収集、すなわちコミュニケーションの距離の縮減とノイズの排除である。東はそうして得られる刺激をドラッグ体験に近いものと見なし、「動物化」と呼ぶ。

『存在論的、郵便的』で提示された誤配可能性―幽霊―複数性という思想とは、一見ほとんど対照的とも思える「データベース消費」あるいは「動物化」の概念。この両者がどのような認識論的布置において語られているのかについては、またべつの考察を要するだろう。(注3) ここでは、ある意味できわめて孤立した試みだった『存在論的、郵便的』に対して、『動物化するポストモダン』が圧倒的な汎用性をもって拡大し伝播していった（筆者自身、何度も引用している）ことを確認しておけば足りる。それが肯定されるべき事態だったのかどうかはひとまず措くとして、ゼロ年代批評の大きな潮流は、ここでひとつの方向性が定められたのである。

## 2　ゼロ年代批評の志向

何の障壁もなく「脳」に働きかけてくるメッセージの直接的・刺激的作用への欲望、コミュニケーション回路につきまとう距離感や障害やノイズの縮減、それを可能とするメディアであるネット／SNS、という問題については、ゼロ年代批評の多くが自覚的である。「《繋がり》の継続そのものを指向する」「携帯電話の自己目的的《コンサマトリー》な使用」に「《秩序》の社会性に対する《繋がり》の社会性の上昇」を見いだした北田暁大『嗤う日本の「ナショナリズム」』（二〇〇五、NHK出版）をはじめ、『動物化するポストモダン』に先駆けて戦闘美少女キャラクターを構成する「想像界」の作用に着目した斎藤環『戦闘美少女の精神分析』（二〇〇〇、太田出版）、ネット上の祭り、炎上といった「カーニヴァル」の根底に、再帰的近代社会が必然とする「自己への嗜癖」――携帯電話やSNSを通じた自己とデータベースとの往復――を想定する鈴木謙介『カーニヴァル化する社会』（二〇〇五、講談社現代新書）など、この時期の批評は、ゼロ年代に固有のメディアと文化ジャンルに触れることを必須としている。そのなかで、大澤真幸は『不可能性の時代』（二〇〇八、岩波新書）において、つぎのように明快すぎるほど明快な規定を行っている。

> ……次のような仮説を得ることができる。現代社会には――若者たちを中心にして――極限の直接性を志向するコミュニケーションへの強い欲望が、広く浸透しているのだ、と。インターネットやウェブの普及を規定している、ひとつの、しかし有力な要因は、こうした欲望ではないだろうか。つまり、インターネットによる関係性に、あるいは携帯電話による接続に、こうした極限の直接性が投射されているのではないだろうか。
>
> インターネットや電話は、無論、物理的には、はるかに遠く隔たった身体同士を接続する。その意味では、ここに実現するのは、間接度の高いコミュニケーションである。しかし、当事者には、むしろ、インターネットは、直接性の高い、ほとんど触覚的なコミュニケーションの場として体験されている。

かつて大澤は、『虚構の時代の果て』(一九九六、ちくま新書)において、オウム真理教の「修行」が、「極限的に直接的なコミュニケーション」=「自我としての同一性《アイデンティティ》の意識に訴えることなく、したがって言語という媒介を経由せずに、そしてときには時空的な距離すらも越えて、〈他者〉の身体(の志向的な作用)に直接に感応=共鳴することによって得られる、コミュニケーションの様態」の獲得をめざしたことを指摘していた。ゼロ年代に普及したネットや携帯電話は、オウム信者が手に入れようとしたコミュニケーションの様態に近いというのが、大澤の論理なのであろう(そういえば、オウム信者が麻原彰晃と脳波を同調させるという名目で装着していたヘッドギアは、電脳ネットワークを戯画的に可視化したものと見えなくもない)。

もちろん、直接的なコミュニケーションが欲望されるのは、活字、ラジオ、テレビといった一方向的なメディアが主流だった時代においても同じことである。かつて太宰治は、「太宰は私のために書いてくれている!」と妄想する、それこそ信者というべき読者を多く生み出したりもした。しかし、前掲の柄谷『近代文学の終り』が語っていたように、近代文学の「「共感」の共同体」としての役割はもはや完全に失われている。ゼロ年代においては、小さな共同性を志向する物語ジャンル――アニメ、マンガ、ゲーム、ライトノベルなどが主流となり、時に現代文学さえ凌駕するかと思わせる傑作を生み出している。ネット/SNSに支えられたコミュニケーションが支配的となる現代にあっては、教養という名の解釈コードをインプットしておく必要がない――と思われている――アニメやマンガ、ゲーム等が文化ジャンルの中心に位置するのであり、解釈の迂路をともなう文学は、せいぜい国語教育の一角を占める程度の位置に追いやられざるをえないのだ。

こういう間隙をぬってあらわれた批評家が、宇野常寛であることはいうまでもない。その著書『ゼロ年代の想像力』(二〇〇八、早川書房)の冒頭には、つぎのような言葉が語られている。

私たちが生きる世界のしくみは、この十年で大きく変化している。ウェブと携帯電話の浸透、小泉純一郎政権による構造改革が象徴する労働市場の流動化とメガモールが象徴する地方都市の郊外化、そしてそれらを下支えするグローバリズムの進行と今や世界の「環境」の担い手たらんとするアメリカという存在——陳腐な表現を用いて簡易に述べれば二〇〇一年の「九・一一と小泉改革」以降の世界の変化は、私たちの世界観、そして物語を生み出す想像力にも大きく影を落としているのだ。「物語」について考えることで私たちは世界の変化とそのしくみについて考えることができるし、逆に世界のしくみとその変化を考えることで、物語たちの魅力を徹底的に引き出すことができる——。

宇野の用いる戦術のひとつは、ショートカット（短絡）ということである。「世界のしくみ」と物語を直結させるきわめてわかりやすい世界—物語観は、じつは物語の意味作用そのものに対して思考停止することによって成り立っている。そもそも虚構としての物語は、「世界の変化とそのしくみ」をその内部に直接的な形で見いだすような解釈行為を、ひとまずは拒否することによって成立しているジャンルだからである。しかし宇野は、「決断主義」「サヴァイヴ系」等のワードを駆使しながら、さまざまな作品ジャンルの物語切片と自己の分析の切片をつなぎあわせ、ゼロ年代の「新しい想像力」の構図を明瞭に描き出していく。「引きこもり／心理主義」を旧来の想像力として退け、ゼロ年代を「決断主義的に選択された「小さな物語」同士の動員ゲーム＝バトルロワイヤルの時代」とその克服の過程として位置づけ、この構図をあらゆる作品に押しつけていく宇野の方法自体が、いかにも自閉的で、自身の構図への「引きこもり」に見えてしまうのは少々皮肉なことであり、また「「誤配のない小さな物語」から「誤配のある小さな物語」へ」という提言にもかかわらず、宇野の方法は誤配可能性からはもっとも遠いものである。しかし、そうしたコンスタティブとパフォーマティブの分裂こそ、宇野が受け入れられていった理由のひとつなのかもしれない。宇野が毛嫌いする二人の批評家、蓮實重彦と柄谷行人――戦略的な迂回を重ねてマッチョであること、ファリックであることから可能なかぎり遠ざかっていこうとする蓮實の言説、明晰な断言のように見せかけながらじつは飛躍やずれを連ねてそこに読者の思考を呼び込もうとする柄谷の言説――は、ゼロ年代においてもはや主流たりえないことを見抜いているのが、宇野の優れた嗅覚だといえよう。いわゆる社会反映論――虚構の物語を解釈するための理論と方法を黙殺し、論者が先験的にイメージしている「社会」「世界」の短絡的反映を作品に見いだす態度――は、表象研究、文学研究の領域においては忌み嫌われるものであるが、人々が複雑な社会の諸問題に対する解答をネット／SNSに求める時代にあってはもっとも有効に機能し、むしろ批評家としては勝ち組の側に属するための重要な条件となるのである。

そういう宇野の資質がもっともポジティブに発揮された例は、『リトル・ピープルの時代』(二〇一一、幻冬舎)所収のAKB48論「AKB48――キャラクター消費の永久機関」と、文庫版『ゼロ年代の想像力』(二〇一一、ハヤカワ文庫)巻末に付された坂上秋成によるインタビュー「ゼロ年代の想像力、その後」ではないかと思う。前者は、AKB48というある特異性をもったアイドルを、コンテンツとしての側面ではなくコミュニケーション消費の観点から論じて、エケペディアやGoogle+といったネット上のファンコミュニティでメンバーのキャラクターが「「集合知」的に半ば自動生成されていく」様相を描き出し、AKB48が「超越的」アイドルではなく、消費者とともに立つ「内在的」アイドルであるという見方を示している。後者では、「アーキテクチュアルな没入」の先に「ソーシャルメディア的」な世界モデルを想定し、「コミュニケーションという現実が作品という虚構を産み出すという状況が出てくることによって、現実と虚構の境界が曖昧になってる」いわゆる拡張現実の概念について、初音ミクなどに触れながら言及している。明らかなように、宇野の方法はインタラクティブなコミュニケーションを前提とするジャンル、あるいはコミュニケーション消費の形態について語るときにもっとも強みを発揮する。一方、村上春樹など、文学言語を論じるための方法的自覚が要求される作品を対象にすると、冗漫な内容解説を連ねるばかりとなってしまうのがいささか悲しいところであるようだ。

さて、ゼロ年代の典型的な批評家として宇野常寛に触れてきたが、彼の批評では新しいメディア環境やコンテンツこそ常時取りあげられているものの、肝心の作品分析の方法それ自体は、社会反映論や作家論にリアリティがあった一九六〇～七〇年代あたりの古典的手法にもとづいていると思われる。たとえば、セカイ系のファンタジーを現実と直結させ、そこに「レイプ・ファンタジー」や「ごくごくありふれた男尊女卑的な既存の社会構造の生む広義の性暴力」（前掲「ゼロ年代の想像力、その後」）を見いだすような方法は、七〇年代に主流であったラディカル・フェミニズムのそれとほとんど同一である。『新世紀エヴァンゲリオン』や高橋留美子作品を論じる際、「父性／母性」という使い古された概念（ということはつまり、それを使用する際には膨大な研究的手続きが必要となる、ということだ）を無限定に駆使するのも、ごく旧来の態度である。要するに宇野が甦らせたのは、文化的創造物について語る際にセオリーへの無知と無自覚が許されていた時代、非知性の時代の亡霊だといえるだろう。八〇年代～九〇年代に曲がりなりにも文化の中心を構成していた人文知の歴史を抹殺し、直接的・短絡的なコミュニケーションを志向して、九〇年代的な知にもはや希望を見いだせなくなった若い読者をとらえ、批評的知性の廃墟の上にライターとしての確固たる地位を築くこと。それを、東浩紀をも含めた『批評空間』的な知の集積を完膚なきまでに葬り去る意志、と呼んでもいい。まさに、ゼロ年代の「思想地図」を塗り替えたことによって、宇野はゼロ年代批評家の象徴的位置を獲得したのである。

ちなみに、宇野の『ゼロ年代の想像力』「ゼロ年代の想像力、その後」や濱野智史『アーキテクチャの生態系——情報環境はいかに設計されてきたか』（二〇〇八、ＮＴＴ出版）、あるいは両者の対談『希望論——２０１０年代の文化と社会』(二〇一二、NHK出版)は、ネット/SNSのポテンシャルに日本の文化・社会の未来形を見いだそうとする点において、「繋がりの社会性」(北田暁大)が重視される文脈ともむろん軌を一にしていた(実際、濱野の著書にはこの語がしばしば登場する)。「今、世界的に起こっていることは、グローバル/ネットワーク化によるアーキテクチャーの画一化と、そのコインの裏表的な現象としての商品とコミュニティの多様化だと考えたほうがいい」「ここにはつまり、二〇世紀までの「革命」モデルとはことなる「ハッキング」モデルの社会変革、現実改変のモデルがあるのではないか」(宇野)。濱野も、ハイエクを援用してネットの「偶然性=自然成長性」と2ちゃんねるに代表される反理想的なアーキテクチャの「自然発生」を指摘しつつも、「私たちは、社会全体に浸透するに至ったアーキテクチャの設計と進化を通じて、日本社会のあり方そのものを書き換えていくことすら、不可能ではない」「アーキテクチャの設計を通じて、社会をいわば「ハッキング」する可能性を信じることとは、筆者にとって、単なるオプティミズム以上のものを意味している」という立場を捨てることはない。ネット/SNSが社会を「ハッキング」することによって何らかの変革が起こり、新しい「希望」が生み出されうる、というゼロ年代の情報環境への認識は、匿名のヘイト言説が跋扈するネット/SNSの現状からするといかにも向日的に見える。そういえば古市憲寿は、悲観的な未来がおそらく待ち受けているにもかかわらず、ネットをはじめとする豊かなインフラに囲まれ、そこそこの幸福感のなかに生きている日本社会の若者たちの姿を、『絶望の国の幸福な若者たち』(二〇一一、講談社)において考察していた。ネット/SNSの遍在化によって自己の批評そのものを肯定的に語ることができた宇野や濱野は、同書の印象的なタイトルを借りるなら、「絶望の国の幸福な批評家たち」と呼ぶにふさわしい存在なのかもしれない。

## 3　ゼロ年代から二〇一〇年代へ、その先へ

一方、ネット上のコミュニケーションの遍在を所与の前提としつつ、さまざまな文化ジャンル——小説、マンガ、アニメ、ゲーム……のテクスチュアルな可能性を問おうとする批評ももちろん存在する。

東浩紀『ゲーム的リアリズムの誕生——動物化するポストモダン2』（二〇〇七、講談社現代新書）は、大塚英志が提唱した、アニメやマンガの虚構を再帰的に反復する「まんが・アニメ的リアリズム」に対して、キャラクターの／へのメタ物語的な想像力から生まれるリアリズムを「ゲーム的リアリズム」と名づけている。そのひとつの例として桜坂洋『All You Need Is Kill』をあげ、物語世界にメタ物語的なプレイヤーが仮設されることによって「選択の残酷さ」や「死の一回性」が強調される様相について論じた。この著書は、「ゲーム的リアリズム」概念を定立する、言語／小説理論としては穴だらけの前半部分(注4)よりも、小説や美少女ゲームをそれぞれのジャンルに即して論じた後半の作品論編の方に価値がある。ゼロ年代を代表するマンガ表現論である伊藤剛『テヅカ・イズ・デッド——ひらかれたマンガ表現論へ』（二〇〇五、NTT出版）も、キャラ／キャラクターという概念の提唱に注意が集まりがちだが、むしろそれが、『NANA』や『地底国の怪人』など、具体的な作品論に貢献することによって意味をもつ概念であることに注意すべきだと思う。キャラ／キャラクター、コマ、言葉など、マンガを構成する諸要素について丹念に思考し、マンガというジャンルを論じる方法のあり方にたえず自己言及しながら表現史を語っていく姿勢は、きわめて正統的なテクスト研究、マンガ史研究のそれであり、大塚英志『戦後まんがの表現空間——記号的身体の呪縛』（一九九四、法藏館）『アトムの命題——手塚治虫と戦後まんがの主題』（二〇〇三、徳間書店）の発展形としてマンガ批評の方法を進化させているといえる。

すこし後の時期であるが、村上裕一『ゴーストの条件——クラウドを巡礼する想像力』（二〇一一、講談社）は、

キャラクターとネットワークの結びつきにより、現実にもコミットしうる「実在」としての「自立的で複数的な集合的無意識としてのゴースト」が生まれ出ることを述べ、同時に、生まれてこなかった「非在者の語り」、すなわち「水子」(筆者はこの比喩を好まないが)の語りをそこに見いだしていった。物語という営みは、ゴーストを描き出すことによって「忘却されたものとの出会い」を果たすことなのではないか、という、二〇一〇年代に生きる人々の実存に届く問いを問うことを村上はめざしているようだ。福嶋亮大『神話が考える——ネットワーク社会の文化論』(二〇一〇、青土社)は、同書中で使用される「神話」の概念について、「コミュニケーションを通じて「理解可能性」や「意味」、あるいは「リアリティ」といったものを提供するシステム」と定義し、この構造的定式に、ネット上のコミュニケーションと一体となって生成されるアニメ作品や、東方Projectのハイパーリアリティを組み込んでいく。村上春樹論においては、テクスト内の「寓話性の強い神話素」に異質な記憶が流し込まれ、それが重ね書きされることによって作中人物と読者を異世界へと誘導していく力学が語られ、そこに「神話」の構築(世界は高度に複雑化し予測不可能な出来事に満ちていてその再現は不可能なので、「そこかしこに偶然の穴が開いた世界の模型をつくる」こと)が想定されている。村上の論は、東浩紀『ゲーム的リアリズムの誕生』を直接的に踏まえながら、同時にデリダ—東による「幽霊」概念の変奏という側面を持ちあわせているし、また福嶋の提示する「偶然の穴が開いた世界の模型」というモデルも、『ねじまき鳥クロニクル』(一九九四〜九五)や『新世紀エヴァンゲリオン』といった九〇年代の作品を語る際にふさわしいものである(たとえば宮台真司もそういう指摘を九〇年代に行っている)。[注5] 両者の論はいずれも、ゼロ年代のコンテンツをおもに取りあげているが、九〇年代的な思考とけっして無縁であるわけではなく、むしろそれを継承し、更新しているととらえることも可能なのだ。

さて二〇一〇年代に入り、日本あるいは世界では、東日本大震災と原発問題、排外主義を堂々と掲げる政権の誕生、安保法案の強引な可決成立、ＩＳをはじめとするテロ組織の台頭、それにともなう恐怖と憎悪のとめどない連鎖……といったネガティブな問題が駆けめぐっている。これらはいずれも性格を異にする現象ではあるものの、「暴力」というワードで括れるという点では一致している。二〇一〇年代は、まさに「暴力の時代」と呼ぶしかない状況で推移しようとしているのである。この状況に触発された批評家たちが、東浩紀編『思想地図β vol.2 震災以後』（二〇一一、合同会社コンテクチュアズ）、東浩紀編『チェルノブイリ・ダークツーリズム・ガイド』（二〇一三、株式会社ゲンロン）、福嶋亮大『復興文化論――日本的創造の系譜』（二〇一三、青土社）、村上裕一『ネトウヨ化する日本――暴走する共感とネット時代の「新中間大衆」』（二〇一四、角川書店）、東浩紀『弱いつながり――検索ワードを探す旅』（二〇一四、幻冬舎）などをあいついで刊行したのは、ある意味で当然のことだったといえるだろう。ここには、震災や原発事故、流動的な政治状況などが生み出した偶発的な現在に向け、自己の思考の言葉を届けることを試みる、という原初的かつ素朴な批評の動機へと回帰する姿勢がうかがえるのだ。一方で、濱野智史『前田敦子はキリストを超えた――〈宗教〉としてのＡＫＢ48』（二〇一二、ちくま新書）の試みは、著者本人の真剣さにもかかわらず、人々の失笑の対象としかなりえなかった。むろん、ＡＫＢ48を取りあげたことがその理由ではない。震災後という、ゼロ年代のポップカルチャーが生産した「崇高」や「超越性」が根本的に問い直されるべき時期に、「現に生きるキリストのような自らを犠牲にした者が帯びる「利他性」と「超越性」が、あっちゃんには宿っている」という、あまりにも呑気な言葉を語ってしまったからなのである。

　もちろん、震災や政治の変動によって批評の風景が完全に一変してしまったわけではない。だが、ゼロ年代に多く試みられたポップカルチャー批評は、この時期にひとつの転機をむかえたといっていい。マンガ、アニメ、ゲーム、ライトノベル、Ｊポップ、アイドルなどをそれなりの水準で論じさえすれば一定の新奇な立場を確保できる、などという意識はもはやまったく通用しない。ポップカルチャーについて語る行為がどのような正当性と公共性を主張できるのか、そこで生成された批評の言葉がどのような形で社会・歴史にコミットするのか（あるいはしないのか）、そもそもポップカルチャーが生産する虚構とそれを囲繞する状況との関係をどのように測るべきなのか、といったしごく当然の問題に、誰もが直面せざるをえなくなっているのである。

ここで、二〇一〇年代の批評のゆくえについて語ってしまうのはまだ早計にすぎるだろう。だが、きわめて粗雑に状況を整理するなら、ある種の二方向的な傾向が発生しているといえるかもしれない。一方は、ゼロ年代的な方法を温存して非知性と非歴史性とを貫き、いま・ここの読者に「刺さる」ことをめざす批評の方向性。もう一方は、かつての哲学、思想、文学など知性の歴史を再審・再文脈化し、現代における有効性とラジカリズムをふたたび構築していこうとする方向性である。ただ、批評を受け入れる土壌となるはずのこの社会の未来は、あいかわらずまったく不確定というほかない。そもそも、二〇一〇年代に起こった数々の出来事を、いったい誰が予測できただろうか。歴史の偶発性と潜在性とに耐え、あらゆる予測不可能な未来を受け入れながら言葉を編み出していくことに、批評の強度は懸けられざるをえない。――ゼロ年代を通過した後で我々があらためて至りついたのは、ある意味でしごく当然ともいえる、そのような認識ではないだろうか。

---

（1）「ゼロ年代」の語は本来、単に二〇〇〇年代と表記すべきところであるが、本稿においては、このディケイドの特質を見定めるという立場を仮設するため、あえてこの語を用いることとする。

（2）萱野稔人は、『国家とは何か』（二〇〇五、以文社）『新・現代思想講義　ナショナリズムは悪なのか』（二〇一一、NHK出版新書）などにおいて、反ナショナリズムの理念が、現実的な有効性をもたないばかりか、ときにヒステリックな排外主義を助長してしまう事態を批判している。「一般に、反ナショナリズムをかかげるリベラル知識人たちは、政治を論じているようにみえて、じつは政治よりも道徳を上に置いている。そこでは、ナショナリズムがもつ社会的・政治的な力はまったく分析されることなく、ただ「他者性を抑圧する」という道徳的な理由からのみナショナリズムが批判されるのだ」「ウェーバーの言葉を借りるなら、道徳とは心情や動機の正しさにこだわる「心情倫理」にもとづくものであり、政治とは、たとえ自分は清廉潔白でなくなってもものごとの結果に責任をもつという「責任倫理」にもとづくものだ。両者では倫理の水準がまったく異なるのである。したがって、道徳的な正しさを追求することが政治的にはより悪い状況をもたらしてしまうことだって十分ありえる」「ナショナリズムが排外主義へと向かわないようにするためには、反ナショナリズムの立場ではなく、ナショナリズムのなかにとどまってナショナリズムそのものを加工していく立場が必要だ」(『ナショナリズムは悪なのか』)。この批判を踏まえるなら、文学研究におけるナショナリズム批判は、「心情倫理」と「責任倫理」とを野合させているにすぎず、それ自体が無意味ということになろう。九〇年代にカルチュラル・スタディーズの領域で盛んに行われたナショナリズム批判の方法では、こうした指摘に対抗することはできない。

また、当時のフェミニズム/ジェンダー・スタディーズの思想が、結局、広い共通理解を得て現実にコミットするに至らなかった理由については、与那原恵『物語の海、揺れる島』(一九九七・四、小学館)におけるオウム真理教の女性信者のインタビュー等を参考にすべきだろう。その信者は、「女性を解放することで私自身の幸福があるのかどうか疑問だった。自分とは何か、自分はどこに行くのかを知りたかったわけだけど、フェミニズムはそれに答えてくれなかった」「ここ(注・オウム真理教の道場)では異性を異性として見てはいけない。男性と女性の差もない。ひいては自分と他人の区別もない。自分のおんな性に悩む必要はないんです。セックスしなくていいなんてラクですよ」と、みずからの実存とジェンダー理論との乖離について語っていた。この問題に関しては、千田「ポップカルチャーとジェンダー・スタディーズの行方」(『日本近代文学』85 二〇一一・一一)を参照いただければ幸いである。

(3) のちに東は、『動物化するポストモダン』とは異なった観点からつぎのように述べている。「僕が主張したのは、結局、キャラクターが固有名を持つのは実は二次創作があるからだということでした。固有名が固有名として立っているから二次創作が生まれるのではなく、実は順序が逆なのだと。この小説の中でこの登場人物はこういう行動をしているが、もしかしたら別の行動をしたかもしれない、われわれがそういう想像力を働かせた時に、初めて登場人物というのは物語を超えた力を持つわけで、それこそが二次創作の本質なのだと」「人間未満だけれど、人間みたいな力を部分的に持っている存在。それがキャラクターです。そして動物です。『存在論的―』の鍵概念のひとつである「幽霊」も同じですね。僕は動物とか幽霊とかキャラクターとか、人間的な力を持っていないにもかかわらず、人間として振る舞ってしまうものたちに強い関心がある。そして、動物＝キャラクターの問題というのは、ハイデガー／デリダ／『クォンタム・ファミリーズ』的に言えば、並行世界を自分ではつくれないけれど、並行世界の中に生きることができる存在たちということになるわけです」（東浩紀・國分功一郎・千葉雅也「討議　東浩紀の11年間と哲学――『クォンタム・ファミリーズ』から『存在論的、郵便的』へ」『新潮』二〇一〇・七）。

（4）たとえば、一定の歴史的蓄積をもつ近代文学の表現を「自然主義リアリズム」の一語で片づけるのはそもそも無理である。またここでは、柄谷の『日本近代文学の起源』（一九八〇、講談社）が踏まえられているにもかかわらず、「近代以前、言語は意味や歴史に満たされた不透明なものとして存在し、主体と世界のあいだに障害として立ちふさがっていた。言文一致はその障害を取り除き、主体と世界が直面することを可能にした。少なくとも、人々にそう想像させた。自然主義文学はそこで生まれた」（東）という認識は、「「内面」がそれ自体として存在するかのような幻想こそ「言文一致」によって確立した」とする柄谷の小説言語観を逆に後退させてしまっている。

（5）『ねじまき鳥クロニクル』に対する宮台真司のつぎのような評価を参照。「村上春樹が『ねじまき鳥クロニクル』を発表したとき、安原顯をはじめとする批評家たちが、たとえば「思わせぶりな伏線」が引かれたまま結局は回答されずに放置されてしまうことを批判し、読者の評判も必ずしも芳しくなかった。昨今でいえば庵野秀明監督のテレビアニメ『エヴァンゲリオン』シリーズの最終二話をめぐる「悪評」を彷彿させる。／しかし、たとえ「物語」としては未完成でも、そうした物語の破綻へと作者を追いやった事情（という別の物語）が魅惑的であるならば、読み手や視聴者の一部は納得する。『朝日新聞』二月二六日夕刊「ウォッチ論潮」で、私は庵野氏の『エヴァ』をそのように擁護したが、村上の『ねじまき鳥』についても同じような理由から肯定的に受け取っていた。／三年前に『ねじまき鳥』を一読したとたん、これは結末がまったく分からないままに書き進められたものであることが理解できた。おぼろげにしろ結末（の選択肢）を予期しながら書かれただろう従来の作品とはずいぶん違う。しかし、ある個人的な事情（注・自分の内部に常に存在する他人を探し出すためには、支離滅裂な物語が書かれざるをえないのではないか、という問題意識）があって、作品がこのように書かれなければならなかった事情がよく分かる気がしたのを覚えている」（「物語の欠損に苛立たざるを得ない「実存の欠損」」『週刊読書人』一九九七・四・一一）。引用は五十嵐太郎編『エヴァンゲリオン快楽原則』（一九九七、第三書館）による。

付記　本稿は、「ゼロ年代批評の素描」（『F』14　二〇一四・一一）に大幅な修正を加え、増補したものである。

# 八〇年代以降の現代文学と批評を巡る若干の諸問題について

## 三島由紀夫と小林秀雄の〈亡霊〉に立ち向かうために

柳瀬善治

### 1 はじめに

本稿では、以下の点について述べる。

①一九八〇年代の中上健次や笙野頼子ら作家と当時の柄谷行人、吉本隆明ら文芸批評家がともに「世界のフラット化」(に起因する主体の解体とキャラクター化)と「小説の不可能性(そして小説を記述する「私」とは何かという問題)」を予期して作品を書いており、これらは三島の提出していた問題でもあったということ。

②いとうせいこうが提出している「三・一一以後の文学」の課題、具体的には「時間と空間の無限の分裂」の「同時的な観想」がもたらす、記述する「私」の分裂、および「過去と未来の死者の声」の表象の問題をあらかじめ先取りしていた存在として、じつは小林秀雄の仕事があげられること。

③そうした三島と小林の〈亡霊〉に立ち向かうことは「三・一一以後の文学」の課題に向かい合うことにつなが

るとしたうえで、伊藤計劃、宮内悠介ら現代の作家の様々な作品をこの課題への応答としてとらえなおす。

## 2 三島由紀夫の〈予言〉――「人間概念の分裂状態」・「小説の不可能性」

三島由紀夫は『小説家の休暇』のなかの一九五五年七月一九日の日記で、このように述べている。

われわれは、「知的」な、概観的な時代に生きている。（中略）かくて例の水爆実験の補償は、私の脳裏でふしぎな図式を以て、浮んで来ざるを得ない。いずれも人間の領域でありながら、一方には、水爆、宇宙旅行、国際連合を含めた知的概観的世界像があり、一方には肉体的制約に包まれた人間の、白血球の減少があり、日常生活の生活問題があり、家族があり、労働があるのだ。（中略）精神はどこに位置するか？　精神は二十世紀後半においては、人間概念の分裂状態の、修繕工として現れるほかはない。統一と総合の代わりに、あの二つのものの縫合の技術が精神の職分になるだろう。[注1]

情報と核兵器が引き起こす「人間概念の分裂状態」を指摘する三島の発想は同時期のハイデガー哲学と符合する。ハイデガーは、『放下』で「「不気味なもの」を現出させる「技術」の展開の現代的指標として「原子爆弾（ないし原子力）と「蛋白質合成」を挙げ、[注2]後年のインタビューでは「人間を無根にするために別に原子爆弾などはいりません。人間の無根化は既に存在しているのですから[注3]」と述べている。

「人間の無根化」が発生する状況下では、人物が一個の自立した人格として造形できなくなる。それはすなわち、西谷修が言う「もはや人間に固有の起源も終末もなくなり、一個の存在が生まれて死ぬという完結した物語は成り立たなくなる」(注4)という事態が発生するということであり、これは二〇世紀の文学が「一個の自立した人格」を造形することをやめた事態を、思想史的に裏打ちしていて興味深い。(注5)

西谷は、こうした事態が「その差異の飽和によって差異化することそのものが凡庸と化し、ある種の無差異の状況が回帰してきたのだとすれば、それはまさしくハイデガー的な世界の回帰であり」「世界は平準化し、その平準化した世界の中では、非人称化した〈ひと〉とメディアの公共性が拡散する人間の共同性を追補する」(注6)とも述べている。

つまり（ハイデガー的世界診断とも共鳴する）三島の世界認識は現在の「キャラ化」する人物造形と「ある種の無差異の状況」「平準化した世界」でのフラットな小説の世界観を予告している。(注7)

そして、三島が提出しているもう一つの問い、それは「小説の不可能性」の問いである。

古林　私はソルジェニーツインの作品が好きなんですが、それでは三島さんは社会主義段階での小説はどうあるべきだと考えているのですか。

三島　ぼくは理想的に言えば、共産主義国家においては小説は無くなるべきものだ、と思うんです。そういう私的な作業ではなく、叙事詩とか劇などのやうな集団的な制作、あるいはページェント、またはモニュメンタルな彫刻や建築、それで十分じゃないですか。（中略）

古林　資本主義が高度に発達して金融独占という段階に入ると、社会主義との区別が外見上つけにくくなりますね。金融独占資本主義の経済の仕組みは、その頂点の部分を社会主義権力にすげ代えるだけで、あとの形態はそのままで社会主義経済に移行できます。ちょっと乱暴な議論ですが、そうだとすると三島さんがいまソビエトについて言われたことは、つまりはアメリカや日本の小説についての危惧、ということになりませんかね。

三島　僕もそう思うんです。小説というやつは、どっちみちダメになるんだと思います。(注8)

現在、金融機関や企業が事実上国の管理下(日銀が筆頭株主になっている企業が半数を超える)に入りかつての国家金融独占資本主義と見まがう状況が起きており、さらにインターネット上で集団芸術的な「二次創作」「スレッド」が資本の消費の論理ともナショナリズム的情動とも結託しつつ文学の領分を侵犯しながら行われている昨今、この三島の発言はある種の予言性を持つ。

この不可能性への問いは、「小説を記述する「私」とは何か」という人称への問い、樺山三英が提出している問いとも関わる。つまり、「戦争が世界を一つに結び付けることで逆説的に戦争が不可能になる」(注9)状態においては、例えばすべての世界が「収容所」に代わってしまえば、それを記述する「私」の次元は、「収容所」の理念に吸収されてなくなってしまう。この「収容所」は、未来の次元の収奪を意味する。収容所を持つ国家では自由と未来は国家の独占物であり、そこから外れた主体のための未来や自由は論理的に存在しえないからである。

## 3「世界のフラット化」に抗して――八〇年代の作家と批評家の仕事について

三島が察知していた高度資本主義がもたらす「世界のフラット化」と核時代・高度情報化社会における「人間概念の分裂状態」、その帰結としての「小説の不可能性」という問題を、八〇年代の作家たちは果たしてどのように感じ取っていたのか、そして、彼らの作品が二〇一六年の現在をどのように予兆するものとなっていたのか、そうした一例として八〇年代中盤の作品をいくつか取り上げてみたい。
〈三島由紀夫以後〉の小説の運命を誰よりも敏感に感じ取っていた中上健次が「真の大東亜共栄、八紘一宇」の建設を物語の動力とする『異族』を書き始めたのは一九八四年五月(『群像』)である。それに先立つ一九八四年四月に、『群像』において笙野頼子が『皇帝』を書いている。アパートの一室に引きこもる青年の「内の私」=「皇帝」をはじめとする複数の「声」と「外の私」との「対話」とすらもはや呼べない壮絶な関係を描いているこの作品は、同時代においてはほとんど理解されないものだったが、(注10)二〇一六年現在の眼から振り返ってみた時、ゼロ年代以降のいわゆる「伊藤計劃以後」の文学を予言するものとなっている。(注11)
この「皇帝」の「自閉帝国」、「新世界のイマジネーション」を、「札幌の子供」の、「庸介」の妻「千恵」、北海道から東京に来たことで体の不調を訴え、仏壇の購入を夫に迫る、この平凡な「妻」の内面に宿らせれば、これは佐藤哲也『妻の帝国』(早川書房　二〇〇二)の「妻」=「最高指導者」が「直感」し、実行に移してしまった「民衆国家」そのものとなる。
さらにいえば、私が「塔」と呼ぶ「イマジネーション」によって作られた「観念」と、「私は私ではない」=「私は皇帝である」という問いかけは、樺山三英の『ゴースト・オブ・ユートピア』の『小惑星物語』(注12)と『収容所群島』なかんずく後者が提出している「はたして「一人称」は可能かという問題」を先取りしている。(注13)佐藤は著者あとがきで『妻の帝国』が『収容所群島』に触発されていることを記しており、樺山の『収容所群島』もまた、記述する「私」の問題=「はたして「一人称」は可能かという問題」を提出している。先に見た三島の問いかけ、「高度資本主義社会では小説は不可能になる」という問いは樺山と佐藤の作品に重ね合わせることができるのである。

中上、笙野の作品とほぼ同時期に書かれた、平石貴樹のすばる文学賞受賞作である『虹のカマクーラ』(「すばる」一九八三・一二)は、「原子力発電所」で「一週間だけ働いていた」(つまり原発ジプシーだった過去を持つ)ボブという黒人青年が、日本人の英語での発話(仏教の本質は「虚無(ナッシング)」であり、日本の繁栄も「ナッシング」であるという)に激高して、別の日本人カップルを殺害するという陰惨なプロットの作品だが、この陰惨さは、そのまま三・一一以後の日本の状況にもつながっているといえる。

平石が、一九八二年の段階(つまり彼の作家デビュー前の時点)で、シベリア収容所体験——これは先に見た「収容所」への問いを全身をもって生きたということを意味する——を持つ詩人石原吉郎の詩の総体を詳細かつ重厚に論じ、「書き手の自己」の「分化」と「拮抗」を、「一人称の主語代名詞の欠落」「あらゆる人称関係がもはや発生しえない孤絶の観念の領域」を引き出していること(注14)は、三〇年後の樺山の文学との対応——「はたして記述する「私」=「一人称」は可能かという問題」——を考えるとき重要となる。

このような八〇年代前半の作家たちの試みは、同時代の批評家たちの論調の変化とも対応している。たとえば、吉本隆明の「世界視線」(『ハイ・イメージ論』)は、いわば「世界像」のフラットな変容が進行し、映画やアニメを含むマスカルチャーの領域を湿潤していたことを八〇年代の吉本が敏感に感じ取っていたことを示しており、それは吉本の『言語にとって美とは何か』での新感覚派理解の正確な延長線上にある。

平準化し解体に直面した〈私〉意識が、文学的表現のうえで見つけ出したもうひとつの血路は、〈私〉意識の輪郭のぼんやりした不確かな内部を、表出上の対象性とすることによってまた現実の私の解体を補償しようとする欲求であった。(中略)このことは、想像線を対象の現実的な意味や差別性が喪失してしまう天球面に並列させたことと根源をひとつにしている。(注15)

この吉本の分析は、「フラットな世界の表象」の説明として提出しても何の違和感もないものであり、いわゆる「フラットカルチャー」をめぐる議論が、吉本の理論の焼き直しであり、一九二〇年代の議論の反復であるという笠井潔、押野武志らが主張する説を裏付けるものである。(注16)

こうした当時の吉本の動向は、同時期に三浦雅士が、戦後文学に現れた現代の終末観と科学技術やメディアとの結託を「メランコリーの水脈」(一九八三)として論じ、七〇年代の文学の集合性表象の問題を「主体の変容」(一九八二)として把握したこととも並行している。そして八〇年代に柄谷行人が「ユダヤ的な神」「無限の「観念」」(これはいわば「世界視線」である)(注17)をめぐってスピノザやライプニッツを、そして「キャラクター」に回収されない「固有名」の問題を論じ始めたこと(「探究」一九八五〜)、そして情報化社会の文脈からいち早く村上春樹を論じ、すべてを情報や構造に還元できると考える「超越論的自己」とそれに抗する「固有名」の問題を指摘していることの意味も、こうした文脈から再検討がなされるべきだろう。(注18)

すでに、柄谷の固有名論とキャラの問題を接続した論として、笠井潔「多重人格と固有名の喪失」があるが、そこで笠井は、キャラクター=確定記述の束に回収されるものとしたうえで、そこから逸脱する「「……でないこともありうる」という差異的な可能性」(注19)として柄谷の固有名論をとらえている。吉本と三浦が的確に把握していた事態──「世界像」のフラットな変容が進行し、映画やアニメを含むマスカルチャーの領域を湿潤し、それが文学の領域にも及び始めていたこと──を柄谷も(おそらくはポストモダニズム批判の文脈で)また理解しており、いかにしてそうした事態に理論的に対応するかを考えていたのだといえる。

すなわち、戦後の文芸批評家は鋭敏に社会構造の変動を察知し、理論的にそれに対応しようとしていたのであり、そうした仕事は中上、笙野ら同時代の作家の作品とも静かに共鳴していたのである。

## 4　いとうせいこうの「平面のサーガ」――「無限の分裂」を「同時に見ること」

先に触れた中上の『異族』でいったい何が行われていたのかを、最も正確に理解し、誠実に受け止めた作家がいとうせいこうである。

同一なるものが異なった時空間に現れることと、同一なるものが分裂すること。この二つの概念の間には一見大した差異がないように思われるが、その微妙な違いにこそ、私は『異族』のすさまじい思想的格闘を垣間見るのである。なぜなら、後者の選択においては時間が捨象されてしまうからだ。言うなれば、物語を薄っぺらな空間の上に置き、徹底的に平面化せざるを得なくなるのだ。（中略）このめくるめく分裂を最終的に統御してみせるかが、書かれていない『異族』の終結部の最大の謎であり、まったく新しいサーガの成否を決定するものだろう。土地批判としてのサーガを希求した中上が、物語駆動の力を平面的分裂に置いたことはテクスト上間違いないからである。（注20）

この独自の中上理解は、いとうのルーセル読解によって裏打ちされている。いとうせいこうの未完の論考「55note」はマルセル・デュシャン、フェルナンド・ソシュール、レーモン・ルーセルの三人の共通項に「チェス」を見出し、三人の創作の震源を探ろうとする試みである。（注21）そこではこのようなルーセル読解がなされている。

対称的な非対称と言ってもいい。ルーセルの書法の秘密は、単に同じ音の連なりにあったのではなく、こ

のカッコの運動、すなわち分節化の運動にあったというべきなのである！(注22)

この分節化の運動は、まさに「平面的」なもの、つまり中上が『異族』で行った「物語を薄っぺらな空間の上に置き、徹底的に平面化させる」「めくるめく分裂」の試みをより方法的に自覚したものである。(注23)

「55note」では、デュシャンのチェス論を基に、次のような議論が展開されている。

実際の四次元をグランドマスターたちが体験しているとは思わない。しかし、限りなくそれに近い脳の状態に至るまで彼らは手を読む。あくまで比喩だけれど、読むことによって三次元からわずかに四次元へと歪む。いや、歪む一歩手前、ぎりぎりのところまで脳を押し進める。このぎりぎりこそデュシャンが「アンフラマンス」(「酷薄」、または中沢新一にならって「超薄さ」)と呼んだものではないのだろうか。(注24)

ピカソは素晴らしい。だが、退屈だ。そこには「泣く女」の二日後と三年後、あるいは五十年後、いやそこに姿などなくなった千年後を同時に描く思考がない。(略)問題はあくまでも、「時間」と「空間」の無限の分裂、そしてそれらの同時的な観想にあるからだ。ダビンチは当然そういうことを考えながら描いていたに違いない。(注25)

いとうの言う「時間と空間の無限の分裂、そしてそれらの同時的な観想」はいとうせいこう版「平面のサーガ」の理論的基礎である。この「平面のサーガ」の試みは、先に見た、笙野の分裂する「私」の表象とも、平石が石原吉郎の詩を通して直面していた「あらゆる人称関係がもはや発生しえない孤絶の観念の領域」(注26)ともつながっている。「時間と空間の無限の分裂」の「同時的な観想」は、それを記述する「私」の分裂を、そしてその果てに「人称関係」が不可能になった領域を露呈させずにはおかないからである。

いとうは、「小説が作れる現実というのは死者の声を過去からも未来からも聴いて、その時間が混然一体となって同じ平面となること」(注27)と述べている。これが先に見た、「平面のサーガ」の認識、それも「55note」での試行錯誤を経由したのちの「小説＝平面論」であり、それは「死者の声を過去からも未来からも聴」くために必要なのである。

先のいとうの引用中にも表れた、デュシャンが晩年に書き残した謎めいた言葉、アンフラマンス(infra-mince)＝極薄については、四方田犬彦が興味深い検討を行っている。(注28)四方田はそれを単なる物質的な「薄さ」ではなく「つねに関係のなかで、事物と事物の廻りあいの中で偶然に生じるできごと」と定義し直し（デュシャンは工業製品の鋳型の生み出す製品の差異やすれ違った人の気配、座席のぬくもりにまで「アンフラマンス」を見出している）たうえで、「うっすらと遺された痕跡」「消滅の一歩手前にある映像」にその「「アンフラマンス」を見てとる。

四方田が述べたような、消滅一歩手前のはかない痕跡のただなかに〈歴史〉を超える可能性を見出そうとする読解は、ある意味でヴァルター・ベンヤミン的な読解でもある。　田中純は、ダニエル・リベスキントの都市計画案について、次のような指摘を行っている。

（ダニエル・リベスキントの都市計画案「いまだ生まれざるものの痕跡（TRACES OF THE UNBORN）」を指す―引用者注）この不可視の痕跡は、歴史の中で生起した事実でありながら、依然としてその一部となり得ていない出来事、トラウマ的な事件を指し示すしるしである。その痕跡の意味は遅れて、未来に到達する。（中略）端的に言えばそれは、過去のうちに未来の潜像を探そうとすることである。[注29]

一見平面的に見える「日常性」を記述する「文章の内部にはらまれた「極薄の」ずれ、〈空隙〉から、歴史の中に消え入りそうな「余白」「亡霊」を見出すこと。「遅れて、未来に到達する」痕跡に「過去のうちに未来の潜像を」探そうとすること。

こうした作業が、三島と中上を経由した文学、そしてなによりも三・一一以後の文学に要請されねばならない。それは後述するように「まだ見ぬ未来の死者」の声を聴くために必要とされるのである。

## 5 戦後の小林秀雄 「分裂する世界」と〈キリスト〉の表象

いとうが提出した「「時間」と「空間」の無限の分裂、そしてそれらの同時的な観想」を可能にするものとしての「記述する私」の可能性への問い、こうした問いを、戦後を通して追求し続けた文学者が存在する。それは意外にも近代批評の祖である小林秀雄である。

通常考えられているのとは異なり、小林の世界認識は絶え間ない分裂を繰り返すダイナミズムに満ちたものである。樫原修は、このように述べている。

小林は、精神と自由、自由と必然といった二元論を、人間が避けて通ることの出来ない〈秩序のヂレンマ〉と呼び、〈この分裂した不完全な在るがままの状態〉こそが人間に与えられた現実だと述べている。（中略）

自然とのジレンマのうちにある精神が、世界観という名で世界を覆うなどということは在り得ないのだから、抽象化された二元論によって構成された世界観などは真理でも何でもなく、〈人間精神が生産した〉観念形態に過ぎないのだと、デカルトはマルクスとともにいうことができると、小林なら答えるであろう。(注30)

小林の『常識について』の一文は樫原の分析を裏付ける。

デカルトは二元論を思いついたのではない。対立は、私たちに与えられた彼の言う「実在上の区分」なのであり、彼は、これを徹底的に明らかにしようとしただけだ。思想と延長、自由と必然、魂と肉体、これらの秩序のジレンマを人間は避けることは出来ぬ。私たちのこの分裂した不完全なあるがままの状態を、そっくりそのまま受納れるが良い。(注31)

このダイナミックな(マルクスと重ねられうる)デカルト像は柄谷行人の『探求I』を予言するものであり、こうした絶えず分裂を繰り返す世界像は小林の未完のベルグソン論『感想』でも共通して見られる。

私たちの現在の意識は、前に書いたように、時間線と空間線との交点にだけに与えられている。とすれば、私たちの意識が経験している具体的な現在において、私たちの知覚とはどういうものか。例えば、どんなに瞬間的な光線知覚にしても、無数の振動から成り立っている筈だ。初めの振動と最後の振動との間隔は、驚くほど多数に分裂している筈だ。それなら、どんな瞬間的な知覚でも、計算できぬ程の記憶要素から成立している筈だ。(注32)

小林秀雄の「経験の場所」は、言ってみれば、「驚くほど多数に分裂している」「分裂した不完全なあるがままの状態を、そっくりそのまま受納れる」ことによって成立している。それは、いとうせいこうが中上とデュシャンから見出した「「時間」と「空間」の無限の分裂、そしてそれらの同時的な観想」に限りなく近いのである。

もうひとつ重要なのは小林の叙法の問題である。それは山城むつみが「小林批評のクリティカル・ポイント」として指摘する問題、具体的には小林の最後の「ドストエフスキー論」である「『白痴』についてⅡ」での叙法の問題である。

小林はこの作品で〈ドストエフスキーの『白痴』を、原典を参照せずに記憶の中で再構成して再記述する〉という、通常の文芸評論では考えられない手法をとっている。

> 小林の関心は、（中略）自らドストエフスキイの創作の動機と方法を会得し、その会得されたところを実験して見せること、つまり、自分自身が『白痴』を書くことにあった。(注33)

このような、いわば「私」と「作品」の差異を意図的に消失させる手法を小林がとった理由について、山城むつみは、概略次のような推論を行っている。

> 小林は、一連のドストエフスキー論考の執筆において、同時に並行して持続していた戦争に深く食い入っていき、その内部に或るリミットを垣間見た。（中略）『文学』の成否は、戦争の内部から、この「戦争の時」を超えてゆく或る絶対的なものを、一般論としてではなく、小林一個の実存に、したがって文学者の場合、文に析出させることができるかどうかにかかっていた。（中略）『文学』の小林にとって、この真の意味での

戦後をもたらすその絶対的なものはキリストというかたちで問われた。しかし、だからこそ、同時代に反復する「一八七〇年代」の内側にキリストを析出させる書記運動の創出が『文学』にとって最大の困難として現れた。（注34）

山城が言う「「一八七〇年代」の内側にキリストを析出させる書記運動の創出」は、「小林秀雄自身が『白痴』を書くこと」と同じものであり、その試みは「真の意味での戦後をもたらすその絶対的なもの」を「キリストというかたちで問」うために必要なのである。そこで描かれる〈キリスト〉は、決して直接的に崇高な形では表象されない。例えば、このような記述の迂路を取りながら描かれる。

会堂の屋根に輝やく朝日の光を見つめていた時ほど、世界に対しても、自己に対しても、覚め切ったことは嘗てなかったと知った。と同時に、世界や自己が、この時ほど不可解な姿を現じたことはなかったと知った。あの最後の二分間の意識の明度に堪える為には、用箋紙の様な顔色で沈黙しているより他はなかった。（注35）

こうした「キリストのまねび」は、島弘之が述べるように「全くありふれたものが「不可解」極まるものと見えると同時に、それを見ている当人は究極の無表情の如きものしか体現していない」（注36）ものである。ここで描かれているのは、日常の「経験」という、「全くありふれたものが「不可解」極まるものと見える」――それは「経験の場所」が「分裂した不完全なあるがままの状態」であることを露呈したということでもあろう――瞬間であり、それこそがまさに「戦争の時」というものである。

そしてこの「究極の無表情」は小林の不気味なテクスト『死体写真或いは死体について』での女の「うつろ

な表情」と同じものである。

子供をおぶった女の人が、写真を見ながら、ホーラ、絞殺《しめころ》されたんだよ、絞殺《しめころ》されたんだよ、と背中の子供の尻を叩いている。彼女の顔には何んの表情も現れておらず、目はうつろの様であった。（中略）犯行者は死体を見ない。犯行という行為が、死体の異形をかくす。戦争という大きな行為の陰に何と沢山の死体が隠れてしまったか。帰還兵は、一人として死体の印象を正確に語り得ないはずである。（中略）死体の無意味さが、私の心を無意味にした。（注37）

「戦争の時」が生み出す「死体」、その「無意味さ」と対になる「うつろな表情」、そこで「全くありふれたものが「不可解」極まるもの」――「平凡なもの」と「無限」が一体化したものこそがすなわち〈キリスト〉に他なるまい――に変貌する瞬間、その瞬間を、「反復」における「差異」、書記の運動における〈空隙〉として描き出そうとすることこそが、小林のドストエフスキーの〈再記述〉なのである。

鎌田哲哉とそれを受けた山城むつみが的確にまとめているように、小林のドストエフスキー論で問われているのは、「キリストという単数的な固有名への緊張」から「ただの人の複数的な無名性」への旋回、もしくはその「分裂的共存」である。（注38）それを、「概念化への固有名の抵抗」と「固有名への無名性の抵抗」その「分裂的共存」（鎌田）と理解するか、「力動的な起伏」を持つ小林の「書記行為のただなか」において、「幻として出現させる」他ないものだとする（山城）かの違いである。ここでは山城の理解を取り、書記の運動における〈空隙〉にこそ出現するものだと解釈したい。

先に触れた、世界のフラット化に抗する柄谷の固有名への問い、「「…でないこともありうる」という差異的な可能性」、これはいわば偶有性の問いとしても理解しうる。大澤真幸は偶有性を、「偶有性というのは、他でもありうるということです。様相の論理を使えば、偶有性は、不可能性と必然性の否定です。つまり、可能だけれども必然ではないことが、偶有的なわけです。(注39)」と定義しているが、かつて拙稿で確認したように、三島と現代のオタク的欲望には偶有性にかかわる共通する特徴、東浩紀が「過視性」と呼ぶ特徴がある。(注40)

「過視的である」とは、大澤の理解に従えば、「深さの幻覚をもたず、すべてが見えるということ、あるいはすべてを見える状態へともちきたらせようとすること(注41)」であり、「オタクたちが好む、パロディや引用、書き換えなどの原作の二次創作は、原作に随伴していた偶有性を明示し、その未規定性を解消していく努力であったと解することもできる(注42)」。

大澤によれば、その努力自体が「支配的な規範を、より包括的で普遍的なものへと不断に置き換えていく運動」であるところの「資本主義の逆説的な帰結」でしかない。(注43) つまりすべてをキャラクターという確定記述の束に還元しようとする試みはすべてをフラット化する資本主義の運動と共犯しているのであり、かつ偶有性を消去しようとする姿勢でもある。

このすべてを「フラット化」し「過視的」にしようとする資本主義の運動に抗するものとなりうるのが、決して確定記述の束に回収できない「死体の無意味さ」と対になる「うつろな表情」を浮かべる「無名のもの」であり、また〈キリスト〉という固有名である。

そして、〈キリスト〉という「無限」は、「未来」をも内包しているが故に、決して偶有性・未規定性を消去できない。〈キリスト〉の表象可能性を問うことは必然的に未来の他者の表象可能性を問うことにつながるのである。

東浩紀は「スーパーフラット」論の中でラカンのホルバイン論に影響を与えたバルトルシャイテスの研究に

言及し、ラカン的な設定が去勢のメカニズム（それが透視図法の制度性と人間の社会化＝主体化と不可分であること）に基づいており、それを批判したのが七〇年代にあらわれたデリダの幽霊＝郵便論であるとしている。(注44)ただ、ハイデガーの『放下』と三島の『小説家の休暇』での「人間存在の無根化」をめぐる発言がなされたのは一九五〇年代であり、東の主張するような議論は七〇年代に浮上したというよりむしろ一九二〇年代の反復であるということは先に確認した。(注45)

そして、もう一つ付け加えるべきなのは、ホルバインにはラカンが論じる『大使たち』だけでなく、ドストエフスキーに衝撃を与え、『白痴』の霊感源ともなった作品、『墓の中の死せるキリスト』という作品があるということである。

『墓の中の死せるキリスト』に対応するもの、それは小林のドストエフスキー論の、「キリストを析出させる書記運動の創出」（山城）に他ならない。

それは「死体の無意味さ」と対になる「うつろな表情」を浮かべる「無名のものたち」と〈キリスト〉という固有名の「分裂的共存」をともに書記の運動において生み出される〈空隙〉として描きだすということでもある。今新たに、そうした「無名のものたち」と〈キリスト〉という固有名の「分裂的共存」を三・一一以後の文脈の中でいかにして表象するのかという問いをたて、その問いをいわばホルバインの裏面として、「スーパーフラット」論に重ね合わせなければならない。(注46)

## 6 「伊藤計劃以後」としての小林秀雄／ドストエフスキー
### ――「アンフラマンス」・「痛い記憶」・「臭いが聞こえる部屋」

では、なぜ現在において小林の描こうとした〈キリスト〉という表象が必要なのか。その問いに答える前に、菅原潤の次のような刺激的な提言を紹介したい。

菅原は彼のシェリング論の中で「数万年前の人類の営為を伝えるものがラスコーの壁画しかないように放射能の半減期がすべて終了する一〇万年後の生命体に原発事故の記憶を伝えうるのは神話的形象しかありえない。[注47]」という主張を行っている。

この菅原の問いかけで重大なのは、放射能核種の半減期が数万年単位であり、「人間の歴史認識能力を超えてしまっている」ということである。つまり今後、文学も思想もこれまでの時間性では処理できない巨大な問いを問わなければならなくなったのである。三・一一以後の世界では、その影響が数万年単位で続き、誰が死者に、誰が生者になるのかがわからないそこではいつ死ぬかもしれない生者がまだ見ぬ生まれていない死者を代行し、追悼するという不気味な事態が発生するのである。

この問題についてはかつて拙稿において高橋源一郎を題材に「未来の死者」「生まれていない子供たち」の「追悼」の問題として論じたが、[注48]本稿では別の角度から再度アプローチしてみたい。

宮内悠介の近刊の作品集『彼女がエスパーだったころ』に収められた『薄ければ薄いほど』では、白樺荘という終末医療を行う団体が舞台となる。そこでは〈量子結晶水〉と呼ばれる「生薬を十の六十乗倍以上に希釈した」水が治療に用いられ、薄すぎて原理上生薬の成分が含まれないことになるこの水は「延命効果が期待できない」ものである。(注49)

そうした〈量子結晶水〉を、治療に用いる理由は、その団体が「あらゆる意味で薄さを好んだ集団」であり、生薬も「薄ければ薄いほど」効果があると信じていたからである。この「薄さ」はこの世に生きた痕跡を残さないという意味にも通じ、その試みは「世に痕跡を残さないこと。一切の記録をつけず、鳥のように飛び立つこと」という代表を務める野呂の言葉に象徴されるように徹底したものである。(注50)

その教義の真の意味は、収容者の自殺など集団に様々な不祥事が起こった後、そのきっかけを作った記事(〈量子結晶水〉の効果に疑問を抱く記事)を書いた記者(作品の話者)に対して、野呂が話す言葉に集約される。

> ひいては―と言って、一瞬、野呂は暗鬱な微笑を浮かべた。そして、彼の教義の本当の顔をわたしに語ったのだった。「自己存在を限りなく薄めたその最果てに、自己の不滅があるのだと」(注51)

この作品の主題は、まさしく「アンフラマンス」そのものである。

物質的な「薄さ」ではなく「つねに関係のなかで、事物と事物の廻りあいの中で偶然に生じるできごと」であり、「うっすらと遺された痕跡」「消滅の一歩手前にある映像」としての「アンフラマンス」。そしてその薄い痕跡が決して完全に消滅することがなく、その最果てに〈歴史〉を超える可能性があるということ。

この「アンフラマンス」の可能性は、「スーパーフラット」や「平面のサーガ」に関する別の視座も提供している。

古川日出男『馬たちよ、それでも光は無垢で』では、三・一一以後の文脈でいとうや宮内が提出した問いが問い直されている。
福島県出身の作家「私」は、二〇一一年三月一一日に「京都にいた」[注52]。この偶然が「私」を苦しめ、当事者・非当事者の安易な弁別を「私」に許さないこととなる。そして「私」の前に、彼の創作した登場人物であり、かつ「私の被造物ではない」「彼の記憶がある」「狗塚牛一郎」があらわれる。

> 時間の外側、すなわち時間を超越した次元にいる人間には何が可能か。彼には歴史があたかも一つのプールの内部にあるような存在に見えている。（中略）そこに彼はダイブする。彼には潜水が可能だ。しかし彼は、SF的な世界観で語られるところのタイムトラベラーではない。そんな概念を生きてはいない。もっと生身の、肉声を携えた血と慟哭と人殺しの過去を背負う移動者だ。[注53]

ここで語られている「彼には歴史があたかも一つのプールの内部にあるような存在に見えている」という事態は、いとうせいこうが中上に見出した「平面のサーガ」にきわめて近いが、それとは微妙にずれた何ものかである。そこでは「記憶」と「罪」が、「もっと生身の、人殺しの過去」が残存し、それらを「背負う移動者」[注54]として「狗塚牛一郎」は造形される。つまり古川日出男版の「平面のサーガ」のなかでは、「時間」は消えるが「記憶」と「身体」と「罪」は消去されない。「いやな記憶だ。一世代では消えない、消去は不可だ。」「その飢餓の記憶。痛いとしか言えない記憶。[注55]」

いうまでもなく「血」と「身体」が残存しなければ、「一世代では消えない、消去は不可」な（原爆や原発の）「被曝させたもの」の「罪」を問うことはできない。そこではやはり「痛いとしか言えない記憶」が必要となるのである。

岡和田晃は仁木稔の『ミーチャ・ベリャーエフの子狐たち』に描かれる「痛みの感覚」に注目し、それを伊藤計劃が提出した「現代社会が抱える「痛み」の実態」の可視化に結び付けた。[注56] 伊藤は、「自由意志」が完全に否定された「虐殺の文法」の世界(『虐殺器官』)と、人々の身体が隅々まで管理され「自意識の消滅」した「生府社会」という世界(『ハーモニー』)を残したが、[注57] それは「世界内戦」により「痛み」が極限まで飽和し偏在化することにより逆説的に「個々の痛み」が消去されること——戦争が世界を一つに結び付けることで逆説的に戦争が不可能になることと同様であり、『ハーモニー』の「生府社会」は『虐殺器官』の正確な反転物である——を徹底して描き出すことで抗する試みに他ならない。また『ハーモニー』の「わたし」の「自意識」と「肉体」が消滅した「生府社会」、さらにその物語を記述する「話者」が「わたし」であると同時にプログラミング言語でもあるという複雑な設定は、樺山の「一人称」は可能かという問題」、そして平石の「あらゆる人称関係がもはや発生しえない孤絶の観念の領域」を伊藤独自の観点で問い直したものである。[注58] かつて拙稿で、この「あらゆる人称関係がもはや発生しえない孤絶の観念の領域」の表象を、世界内戦の時代、言い換えれば「自然状態＝戦争状態の始原的暴力」が恒常化した時代の文学の課題として論じたが、これはまた、伊藤の『虐殺器官』と『ハーモニー』が裏腹の関係であるように、(未来の)死者の沈黙を表象する文学の課題でもある。[注59]

宮内の『薄ければ薄いほど』においても、入居者の自殺に「硫化水素による自殺」という「あえて苦しい自殺方法」(一七一頁)が選ばれていたことを思い出すべきだろう。

この「あえて苦しい自殺方法」は、『ハーモニー』の「生府社会」に対抗するために三人の少女が餓死を試みるというプロットに対応し、また、宮内の「ムイシュキンの脳髄」が「オーギトミー療法」(一種のロボトミー手術)が失敗に終わり暴力衝動が回復したために殺人を犯した主人公網岡無為を設定していることは、『ハーモニー』

で御冷ミァハが「たくさんの人々の死への欲動に対し、双曲線的に高い価値評価を生成」するソースコードを書いたことに対応している。(注60) つまり『ハーモニー』の主題のひとつもやはり「アンフラマンス(の可能性)」なのである。

「アンフラマンス」が完全に消滅しえないのは「痛いとしか言えない記憶」がその痕跡に含まれるからである。この「痛いとしか言えない記憶」の問いは、柄谷行人がキルケゴールとドストエフスキーを接続しながら〈キリスト〉という「無限」(終末に到来する者ではなく「身近に卑しい姿でいる」隣人)の問題を「他者の傷み」の視点から考察したこととつながる。(注61)

『ハーモニー』の「生府社会」では、自殺者の死の直前の風景が装着していた「拡張用のコンタクトレンズ」に記録され「自殺者主観映像データベース」として閲覧可能になっている。(注62) これは小林秀雄が「『白痴』論」で書こうとした処刑直前の人間が見た「或る一点」をめぐる「想念」、「意識の恐ろしい透徹性の感触」(注63)を、人間がその自意識を喪失した社会において、意識から切断された情報としてフラット化したものに他ならない。そしてそのデータベースを閲覧する霧慧トァンは、自殺した友人キアンの視野に写る自分自身の顔を見て衝撃を受ける。それは「或る一点」が「意識といふ針の先端に座る苦痛」(注64)に〈再接続〉されたからである。小林が行ったように『ハーモニー』を『白痴』に〈再接続〉し、〈再記述〉することがなされねばならない。

伊藤計劃の遺作を円城塔が引き継いで完成させた『屍者の帝国』に、「カラマーゾフの王国」という「死者の王国」の設定がなされ、「すべての死者は蘇らなければならない」という思想を抱いたニコライ・フョードロフが描かれること(この作品の時代設定は一八七八年から一八九一年、ドストエフスキーが『カラマーゾフの兄弟』を執筆していた時期に正確に合わせてある)(注65)、先に見たように宮内が『白痴』を霊感源とする「ムイシュキンの脳髄」という作品を描いていること(注66)を考え合わせれば、小林が提出したドストエフスキー像を二〇一六年において〈再解釈〉〈再記述〉することは、まさに現代文学の最前線とも共鳴する課題になりうるのである。

山城むつみは『ドストエフスキー』において、『白痴』のロゴージンとムイシュキンの広間での対話(そこにはホルバイン『死せるキリスト』がかかっているとされる)での「臭いがするかい」というセリフのロシア語原語に「臭い(霊魂)が聞こえるかい」(注67)という二重の意味があることに着目している。腐敗するキリストを描いた絵画のもとで臭いとともに死者の霊魂が漂い、歩き回る部屋。「死者の声を響かせるテクスト」とは、そうした「死者の臭い=霊魂」をも表象しうるものでなくてはならない。

同様に「臭い」と「沈黙」とともに死者を描こうとした作家としてジャン・ジュネがいる。鵜飼哲はジュネの『シャティーラの四時間』の翻訳体験として「まさに体が横たわっていて、ジュネ自身が「真っ白なにおい」と言っている目に見えるほど濃密なにおいを伴った沈黙」(注68)をどう言語化し、どう翻訳するかを思案したと述べている。

この「目に見えるほど濃密なにおいを伴った沈黙」が支配する空間は「臭い(霊魂)が聞こえる」部屋と同質のものだろう。こうした空間に「痛いとしか言えない記憶」を響かせること。それも「現代社会が抱える「痛み」の実態」を「意識といふ針の先端に座る苦痛」「未来の記憶」とともに「時間と空間の無限の分裂」の「同時的な観想」として描き出すこと。

## 7 おわりに

世界の「フラット化」の果てには、この世の出来事が極限まで極薄となり痕跡化する「アンフラマンス」と呼ばれる状態が想定される。しかし、その「薄さ」はどこかで「フラット」であることをやめ、無数の歴史の痕跡の重なり合い、いわば「襞」（ドゥルーズ）に転化する。

それは、丹生谷貴志がバロックについて述べるように、一見すべてが平面化・平板化したように見える世界においても、そこでの「歪み」に無数の力の拮抗（この力の拮抗を「無名のものたち」と〈キリスト〉という固有名の「分裂的共存」の問題と重ねることが必要だろう）が働いているからである。[注69] そうした「力」、ドゥルーズが「ダイアグラム」と呼ぶ「不安定で、動揺し、攪乱されている」「歴史を追い越してしまう力の生成」[注70]を「フラット化する世界」の中に読み込まねばならない。

ドゥルーズはフーコーの最後の著作に触れながら「襞」を「外の記憶」あるいは「未来の記憶」[注71]を要請するものとして捉えた。今問われるべきは「意識の恐ろしい透徹性の感触」「意識といふ針の先端に座る苦痛」を維持しながら、「未来の（死者たちの）記憶」「痛いとしか言えない記憶」を内包し、かつ「目に見えるほど濃密な（死体の）においを伴った（死者の）沈黙」をも同時に表象しうる〈テクスト〉の可能性である。それは「死体の無意味さ」と対になる「うつろな表情」を浮かべる「無名のものたち」と〈キリスト〉という固有名の「分裂的共存」を表象しうる書記の運動をともなって表象されるものであろう。

そうした〈テクスト〉を語りうる〈話者〉の可能性を模索し続けることが、三島由紀夫と小林秀雄の〈亡霊〉に、そして過去・現在・未来の死者たちに立ち向かいうる誠実な姿勢なのではないだろうか。[注72]

（1）三島由紀夫『小説家の休暇』『決定版三島由紀夫全集』二八巻、二〇〇三、新潮社、六一〇～六一四頁。
（2）西谷修『不死のワンダーランド』（一九九六、講談社学術文庫、一八八頁）。
（3）ハイデガー「シュピーゲル対談」（『形而上学入門』川原栄峰訳、平凡社ライブラリー、一九九四、三八六頁）。

(4) 西谷前掲書一九九頁。
(5) 中村真一郎『現代小説の世界』(『中村真一郎評論集成2　私の西欧文学』一九八四、岩波書店)。
(6) 西谷前掲書一七一頁。
(7) この点について拙著『三島由紀夫研究——「知的概観的な時代」のザインとゾルレン——』(二〇一〇、創言社)、拙稿「サブカルチャー批評の現在と未来——三・一一以後のサブカルチャー批評は何を表象すべきなのか——」(押野武志編『日本サブカルチャーを読む』二〇一五、北海道大学出版会)。
(8) 「三島由紀夫最後の言葉」(『三島由紀夫全集』四〇、七六五—七六八頁)。
(9) 「樺山三英×岡和田晃　歴史と自我の狭間で『ゴースト・オブ・ユートピア』とSFの源流」(岡和田晃『世界内戦と「わずかな希望」』(二〇一三、アトリエサード、七〇頁)。
(10) 例えば、当時の文芸誌の合評を読むと、作家や批評家が困惑しているのが読み取れる。
(11) この点について、拙稿「三島由紀夫以後・中上健次以後・伊藤計劃以後」(『層』九号　二〇一六・九)。
(12) 樺山三英『小惑星物語』(『SFマガジン　二〇〇九・二』)『収容所群島』、(同　二〇一〇・六　ともに『ゴースト・オブ・ユートピア』所収　二〇一〇、早川書房)。
(13) 前掲樺山三英×岡和田晃「歴史と自我の狭間で」。
(14) 平石貴樹「石原吉郎」(上)(下)『武蔵大学人文学会雑誌』(第十四巻　第三号　一九八二、第十四巻　第四号　一九八三　引用は(上)一三九頁)。
(15) 吉本隆明『言語にとって美とは何か』(一九八二、角川文庫、二五一頁)。
(16) 笠井潔『探偵小説は「セカイ」と遭遇した』(二〇〇八、南雲堂)、押野武志「フラット文学論序説」(『日本近代文学』八〇　二〇〇九・五)、拙著『三島由紀夫研究——「知的概観的な時代」のザインとゾルレン——』。
(17) 蓮実重彦との対話『闘争のエチカ』での発言(一九八八、河出書房新社、二〇七頁)。
(18) 柄谷行人「村上春樹の「風景」——『1973年のピンボール』」『海燕』一九八九・一一、一二)。
(19) 笠井潔「多重人格と固有名の喪失」『探偵小説と記号的人物』(二〇〇六、東京創元社、一八〇頁)。

(20) いとうせいこう「平面のサーガ」(『中上健次全集12巻』解説)。
(21) いとうせいこうのHP「LIFE　WORK」URLは) http://www.froggy.co.jp/seiko/55/55.html
(22) いとうせいこう「55note」55-6-14(ルーセルのアナグラム)。
(23) この点について詳しくは、三・一一以後の原爆文学と原発表象をめぐる理論的覚書その三――現代小説を題材に核と内戦について考える――」(『原爆文学研究』一三　二〇一四・一二)。
(24) いとうせいこう「55note」55-4-2「チェスという思想」)。
(25) いとうせいこう「55note」55-4-2「チェスという思想」)。
(26) 平石前掲「石原吉郎」(上)一三九頁。
(27) いとうせいこう・星野智幸対談「想像すれば絶対に聴こえる」『文藝』二〇一三年春季号、一二五頁)。
(28) 四方田犬彦『磨滅の賦』(二〇〇三、筑摩書房、一五六頁)。
(29) 田中純『過去に触れる――歴史経験・写真・サスペンス』(二〇一六、羽鳥書店、一七八頁)。
(30) 樫原修『小林秀雄』(二〇〇二、洋々社、二一九頁)。
(31) 小林秀雄「常識について」(一九六四年一〇、十一月『展望』)。
(32) 小林秀雄『感想』『小林秀雄全集』別巻1　二〇〇二　三一七頁)。
(33) 山城むつみ「小林批評のクリティカル・ポイント」(『文学のプログラム』一九九五、太田出版、三七頁)。
(34) 山城むつみ『小林秀雄とその戦争の時　『ドストエフスキイの文学』の空白』(二〇一四、新潮社、八～九頁)。
(35) 小林秀雄「「白痴」についてⅡ」(『中央公論』一九五二・一　『小林秀雄全集』一〇巻、二〇〇二、新潮社、一九三頁)。
(36) 島弘之『小林秀雄』(一九九四、新潮社、一六〇頁)。
(37) 小林秀雄「死体写真或いは死体について」(「作品」一九四九・三　『小林秀雄全集』九　三九―四一頁)
(38) 鎌田哲哉「「ドストエフスキー・ノート」の諸問題(続)」『重力01』二〇〇二)、山城むつみ『小林秀雄とその戦争の時　『ドストエフスキイの文学』の空白』(二〇一四、新潮社)。

(39) 東浩紀・大澤真幸『自由を考える』(二〇〇三、NHKブックス、七五頁)。
(40) 前掲拙稿「サブカルチャー批評の現在と未来」。
(41) 大澤真幸「マルチストーリーズ・マルチエンディング」(『帝国的ナショナリズム』二〇〇四、青土社、七七頁)。
(42) 大澤真幸「マルチストーリーズ・マルチエンディング」七四頁。
(43) 前掲大澤「マルチストーリーズ・マルチエンディング」七六頁。
(44) 東浩紀「スーパーフラットで思弁する」(村上隆『スーパーフラット』二〇〇〇、マドラ出版、一四〇～一四四頁)。
(45) 拙著『三島由紀夫研究』四六一頁。
(46) スーパーフラット論に対する私の見解は前掲拙稿「サブカルチャー批評の現在と未来」参照。
(47) 菅原潤「3・11以降の弁神論的思考とシェリング」(『シェリング年報』第二一号、二〇一三・一一、のち改稿の上、『3・11以後の環境倫理風景論から世代間倫理へ』(二〇一六、昭和堂)に収録)。
(48) 前掲拙稿「三・一一以後の原爆文学と原発表象をめぐる理論的覚書その三」。
(49) 宮内悠介「薄ければ薄いほど」(『彼女がエスパーだったころ』二〇一六、講談社、一五六頁)。
(50) 前掲宮内「薄ければ薄いほど」一七八頁。
(51) 前掲宮内「薄ければ薄いほど」一八五頁。
(52) 古川日出男『馬たちよ、それでも光は無垢で』(二〇一一、新潮社、二〇頁)。
(53) 前掲古川『馬たちよ、それでも光は無垢で』一二五頁。
(54) 前掲古川『馬たちよ、それでも光は無垢で』一二五頁。
(55) 前掲古川『馬たちよ、それでも光は無垢で』九六、九八頁。
(56) 岡和田晃『世界内戦と「わずかな希望」』(二〇一三、アトリエサード、一六四、一六八頁)。
(57) 伊藤計劃『虐殺器官』(二〇〇七、早川書房)、『ハーモニー』二〇〇八、早川書房)。
(58) 伊藤計劃がすべての作品を「一人称」で書いていたことの意味(ハヤカワ文庫版『ハーモニー』佐々木敦解説、

三七七頁）をここからもう一度考え直してもいいかもしれない。
（59）拙稿「三島由紀夫以後・中上健次以後・伊藤計劃以後」（『層』九号、二〇一六・九）。
（60）宮内悠介「ムイシュキンの脳髄」（『彼女がエスパーだったころ』）、伊藤計劃『ハーモニー』（引用は二〇一〇、ハヤカワ文庫、三四二頁）。
（61）柄谷行人『探求Ⅰ』（一九八六、講談社、一八六頁）。鎌田や山城が主張しているように（また樫原の論からも明らかなように）、柄谷の他者論は実質的に小林秀雄によってすでに提出されていたといえるだろう。
（62）前掲伊藤『ハーモニー』一二三頁。
（63）前掲小林秀雄「「白痴」についてⅡ」一九三頁。
（64）前掲小林秀雄「「白痴」についてⅡ」一九三頁。
（65）伊藤計劃・円城塔『屍者の帝国』（二〇一二、河出書房新社）。
（66）宮内悠介「ムイシュキンの脳髄」（『彼女がエスパーだったころ』）。伊藤計劃『ハーモニー』（引用は二〇一〇、ハヤカワ文庫、三四二頁）。
（67）山城むつみ『ドストエフスキー』（二〇一〇、講談社、三三二頁）。
（68）李静和『求めの政治学――言葉・這い舞う島』（二〇〇四、岩波書店、十六頁）。
（69）丹生谷貴志「雪崩れる鏡　生の日曜日のために」（荒俣宏編『バロックの愉しみ』一九八七、筑摩書房、二三二―二三三頁）。
（70）G・ドゥルーズ『フーコー』（一九八七、河出書房新社、一三四頁）。
（71）ドゥルーズ『フーコー』一六八頁。
（72）こうした〈歴史〉を超える〈話者〉の可能性の模索として樺山三英『ドン・キホーテの消息』（二〇一六、幻戯書房）、殊にその最終章「わたし」を参照。
付記　本稿は、拙稿「三島由紀夫以後・中上健次以後・伊藤計劃以後」（『層』九号　二〇一六・九）と「二十一世紀

の小林秀雄」に向けて　近年の研究史を概観しながら」『国文学攷』二二八・二二九合併号　二〇一六・三）と一部内容が重複している。

広瀬正浩（ひろせ まさひろ）
椙山女学園大学国際コミュニケーション学部准教授
『戦後日本の聴覚文化―音楽・物語・身体』（青弓社、2013)、「声優が朗読する「女生徒」を聴く―声と実在性の捉え方」（『昭和文学研究』71、2015)、「一九八〇年代の「植民地主義者」による「交通」―坂本龍一『NEO GEO』におけるアジアへの視点」（『日本文学』57(11)、2008）など。

水川敬章（みずかわ ひろふみ）
愛知教育大学国語教育講座講師
「『食堂かたつむり』試論―倫子のイメージをめぐって」（『日本サブカルチャーを読む―銀河鉄道の夜からAKB48まで』北海道大学出版会、2015)、「太宰治、リパッケージそして、『嫌われ松子の一生』」（『季刊iichiko』107、2010）など。

矢口貢大（やぐち こうだい）
東京大学大学院総合文化研究科博士課程
「愚痴から心境へ―近松秋江と久米正雄をめぐって」（『論究日本文学』94(5)、2011 )、「愚痴をこぼす坑夫たち―宮嶋資夫『坑夫』論」（『フェンスレス』、4(9)、2016）など。

柳瀬善治（やなせ よしはる）
広島大学大学院総合科学研究科准教授
『三島由紀夫研究―「知的概観的な時代」のザインとゾルレン』創言社、2010)、「サブカルチャー批評の現在と未来―三・一一以後のサブカルチャー批評は何を表象すべきなのか」（『日本サブカルチャーを読む』北海道大学出版会　2015)、「三島由紀夫　とてつもない〈変態〉」（『〈変態〉二十面相―もうひとつの近代日本精神史』六花出版、2016）など。

山田夏樹（やまだ なつき）
昭和女子大学人間文化学部専任講師
『ロボットと〈日本〉』( 立教大学出版会、2013)、『石ノ森章太郎論』( 青弓社、2016)、「三島由紀夫「鏡子の家」における現在性」（『文学・語学』216、2016）など。

小谷瑛輔（こたに えいすけ）
富山大学人文学部准教授
「芥川龍之介「疑惑」論―回帰する「狂人」と「怪物」」（『日本近代文学』91、2014）、「綿矢りさ「勝手にふるえてろ」論」（『日本文学』64(6)、2015）、「坂口安吾「文学のふるさと」と芥川龍之介の遺稿」（『昭和文学研究』73、2016）など。

近藤周吾（こんどう しゅうご）
富山高等専門学校一般教養科准教授
『モーツァルトスタディーズ』（共著、玉川大学出版部、2006）、『日本探偵小説を読む　偏光と挑発のミステリ史』（共著、北海道大学出版会、2013）、「富山の文学―文学とサブカルチャーの〝両輪駆動〟」（『日本近代文学』95、2016）など。

千田洋幸（ちだ ひろゆき）
東京学芸大学教育学部教授
『テクストと教育』（溪水社、2009）、『ポップカルチャーの思想圏』（おうふう、2013）、『村上春樹と二十一世紀』（宇佐美毅との共編。おうふう、2016）など。

中村三春（なかむら みはる）
北海道大学大学院文学研究科教授
『フィクションの機構』1・2（ひつじ書房、1994・2015）、『花のフラクタル 20世紀日本前衛小説研究』（翰林書房、2012）、編著『映画と文学 交響する想像力』（森話社、2016）など。

西田谷洋（にしたや ひろし）*
富山大学人間発達科学部教授
『政治小説の形成』(世織書房、2010)、『ファンタジーのイデオロギー』(ひつじ書房、2014)、「エコーとユーモア―村上春樹「バースデイ・ガール」」（『日本文学』66(1)、2017）など。

服部徹也（はっとり てつや）
慶應義塾大学大学院文学研究科博士課程
「漱石における「間隔的幻惑」の論理―『文学論』を精読し『野分』に及ぶ」（『三田國文』58、2013）、「《描写論》の臨界点―漱石『文学論』生成における視覚性の問題と『草枕』」（『日本近代文学』94、2016）など。

# 執筆者紹介（五十音順　*編者）

岩川ありさ（いわかわ ありさ）
東京大学教養学部附属教養教育高度化機構教務補佐
「『痛み』の認識論の方へ―文学の言葉と当事者研究をつないで」（『現代思想』39(11)、2011）、「pixivという未来―「クィア・アダプテーション」としての二次創作」（『日本サブカルチャーを読む―銀河鉄道の夜からAKB48まで』北海道大学出版会、2015）、「クィア作家としての谷崎潤一郎」（『谷崎潤一郎読本』翰林書房、2016）など。

大橋崇行（おおはし たかゆき）
東海学園大学人文学部講師
『ライトノベルから見た少女／少年小説史』（笠間書院、2014）、『ライトノベル・フロントライン』（既刊3冊、山中智省と共編、青弓社、2015–）など。

倉田容子（くらた ようこ）
駒澤大学文学部准教授
『語る老女 語られる老女―日本近現代文学にみる女の老い』（學藝書林、2010）、「三枝和子と一九八〇年代フェミニズム―『鬼どもの夜は深い』を中心として」（『日本近代文学』91、2014）、「三枝和子における不「自由」の水脈―『八月の修羅』から『隅田川原』へ」（『駒澤國文』53、2016）など。

河野真太郎（こうの しんたろう）
一橋大学大学院商学研究科准教授
『愛と戦いのイギリス文化史―1951-2010年』（慶應義塾大学出版会、2011）、『〈田舎と都会〉の系譜学―二〇世紀イギリスと「文化」の地図』（ミネルヴァ書房、2013）、『終わらないフェミニズム―「働く」女たちの言葉と欲望』（研究社、2016）など。

# 文学研究から現代日本の批評を考える
## 批評・小説・ポップカルチャーをめぐって

Reading Contemporary Japanese Criticism through Literary Studies:
On Criticism, Novels and Pop Culture

Edited by Hiroshi Nishitaya

発行　2017年5月26日　初版1刷
定価　3200円＋税
編者　© 西田谷洋
発行者　松本功
装丁者　奥定泰之
組版所　株式会社 ディ・トランスポート
印刷・製本所　株式会社 シナノ
発行所　株式会社 ひつじ書房
〒112-0011 東京都文京区千石2-1-2 大和ビル2階
Tel.03-5319-4916　Fax.03-5319-4917
郵便振替 00120-8-142852
toiawase@hituzi.co.jp　http://www.hituzi.co.jp/

ISBN978-4-89476-770-6